Scrittori italiani e stranieri

Giuseppe Culicchia

BRUCIA LA CITTÀ

Romanzo

MONDADORI

www.librimondadori.it

Brucia la città
di Giuseppe Culicchia
Collezione Scrittori italiani e stranieri

ISBN 978-88-04-58438-4

I edizione gennaio 2009

Brucia la città

Avvertenza

Questa è opera di fantasia. Fatti salvi occasionali riferimenti a personaggi pubblici, prodotti o servizi, tutti i protagonisti, gli episodi e i dialoghi di questo romanzo sono immaginari. Non vanno collegati ad alcuna persona vivente, né intesi come denigratori di alcuna istituzione, associazione, movimento o organizzazione.

A Barbara e Federico

Il tipo di oppressione da cui sono minacciati i popoli democratici non somiglia a nulla di ciò che è avvenuto in precedenza. Voglio immaginare sotto quali nuove sembianze questo dispotismo potrebbe prodursi nel mondo: vedo una folla sterminata di individui simili tra loro ed eguali che si dannano incessantemente per procurarsi piccoli piaceri volgari, con cui si riempiono l'anima. Ciascuno di essi, preso a parte, è come estraneo al destino di tutti gli altri: i suoi figli e i suoi amici più intimi formano per lui tutta la specie umana; quanto alla vita dei suoi concittadini, egli è tra loro, ma non li vede; li tocca ma non li sente affatto; egli non esiste che in se stesso e per se stesso e, se gli resta ancora una famiglia, possiamo almeno dire che non ha più una patria. Al di sopra di questa massa si erge un potere immenso e tutelare, che si fa carico solo di assicurare i divertimenti collettivi e di vegliare sulla sorte dei singoli. È un potere assoluto, dettagliato, regolare, preveggente e dolce. Rassomiglierebbe all'autorità paterna se, come questa, avesse lo scopo di preparare gli uomini all'età virile; ma, al contrario, non vuole altro che fissarli irrevocabilmente nell'infanzia; ama che i cittadini si divertano, dato che non pensano che a divertirsi.

ALEXIS DE TOCQUEVILLE

Io sono la prova vivente che le
bionde non sono stupide.

PARIS HILTON

Noi siamo pupazzi di neve.

DJ ZOMBI

Sparita

Niente. Zero. Sparita. Sparita, Allegra. Sei di nuovo sparita. Non sai fare altro, quando litighiamo. L'ultima volta domenica sotto casa tua. Sul mio Hummer H3. Al ritorno dall'after al Doctor Sax. Eri in fissa con la solita storia. Che ormai hai ventisette anni e ti senti vecchia. Che nei locali è pieno di tredicenni. E che quando avevi la loro età eri certa che a quest'ora saresti stata qualcosa, qualcuno. Non una fuoricorso al Dams ancora alle prese con qualche problema di acne ma già col primo capello bianco. Ho ventisette anni e non so che voglio, mi hai detto sull'orlo delle lacrime. Tu almeno fai il dj al Tortuga e tutti ti conoscono e sei su YouTube e una volta ti ha intervistato perfino "GQ" e le lolite con le tette rifatte che vengono alle tue serate ti messaggiano a nastro su MySpace. Io invece non sono nessuno, capisci? Nessuno. E devo ancora laurearmi. E ho già seguito corsi di pittura scultura fotografia. E ogni volta lascio perdere e non concludo niente. E credimi non era così che immaginavo la mia vita quando da bambina pensavo al mio futuro. Tutte le volte che mia madre mi chiede che ho intenzione di fare dopo la laurea sto male, sai? Quando usciamo faccio la figa e me la tiro per starci dentro con quei tuoi cosiddetti amici Zombi e Boh e con il circo che frequentiamo in questa cazzo di città che ora tutti c'invidiano perché non sanno bene com'è fatta. E butto giù un cocktail dopo l'altro sforzandomi di ridere a ogni stronzata che dite. E cerco di ignorare le minorenni che vorrebbero scoparti solo perché metti dischi giù ai Murazzi. E se caso strano tu tra un mojito e l'altro ti accorgi che c'è qualcosa che non va e decidi di cagarmi, l'unica cosa che sai fare è portarmi nei cessi e riempirmi di bamba. Ti rendi conto? Da ragazzina quando i miei litigavano di continuo pensavo che questi sarebbero stati gli anni più belli della mia vita. Che sarei tipo diventata famosa, o che almeno mi sarei divertita da morire. E invece se vuoi saperlo non mi diverto proprio, anche se ho imparato a recitare. Perché in realtà sono stufa marcia della vita che facciamo, sai? Stufa marcia di aperitivi e feste e locali. Stufa marcia di passare con te da un privé all'altro. E sono stufa marcia pure di sentirti mettere musica, ormai per me il volume è troppo alto. E sai che vuol dire quando per te il volume diventa troppo alto e le altre tipe ti sembrano troppo giovani e per farti venire voglia di uscire ti tocca sbatterti ogni volta un po' di più? Be', vuol dire che stai invecchiando. Ma se mi sento così a ventisette anni, come pensi che mi sentirò a trenta? Già mi ci vedo. E ti giuro, mi vengono le vertigini. Ho ventisette anni, cazzo. Ventisette anni. E in vita mia non ho ancora combinato un tubo. E scusa tanto ma non mi pare proprio di meritarmelo, dopo tutto quello che ho passato con i miei. E tu? Tu te ne stai lì muto a rigirarti le cuffie tra le mani. Non hai proprio niente da dirmi?

Io in realtà stavo pensando al mio Hummer H3, ai suoi interni levigati e supertecnologici, e al fatto che dovevo ricordarmi di prendere *Spastik*, il nuovo singolo d'importazione di Richie Hawtin aka Plastikman, remixato da Dubfire dei Deep Dish, di cui sta girando un video in anteprima su YouTube. Ma non te l'ho detto. Ormai piangevi sul serio, in piena depressione post-bamba. E allora ti ho chiesto: non sarà che è un po' troppo tempo che devi dare l'ultimo esame all'università e la cosa ti terrorizza? È per questo che hai ricominciato con l'ero?

Mi hai guardato come se fosse la prima volta che mi vedevi. No. Non ci posso credere. Ditemi che non è vero. Proprio tu, Iaio. Tu che senza bamba praticamente non vivi. *Tu* hai il coraggio di rinfacciare a *me* di avere ricominciato con l'ero? Tu che ogni scusa è buona per farti un paio di piste? E che infatti te le fai, altroché se te le fai. La mattina per affrontare il pomeriggio e il pomeriggio per affrontare la sera e la sera per affrontare la notte. No, dico, ti rendi conto? Quante volte mi hai promesso che l'avresti piantata? Quante? Mille? Duemila? Un milione? Ma ti sei guardato in faccia, ultimamente? Datti un'occhiata qui! Nello specchietto retrovisore! Sembri un tossico di merda, sai?

Cazzo Allegra, vuoi mica paragonare l'eroina alla bonza? E poi siamo appena tornati dall'after al Sax! E io ci ho pure suonato! Che faccia vuoi che abbia? Sono uscito di casa diciotto ore fa! Comunque: se è questo che vuoi, te lo prometto ancora una volta. Anzi no, te lo giuro. Ti giuro che con la bamba ho chiuso. Ora. Dico sul serio. Basta che la pianti pure tu con tutto il resto.

A quel punto, anche se stavi piangendo, sei scoppiata a ridere. Chi ti credi di essere? Mio padre? Io faccio quel che mi pare. Se ti va è così. Se non ti va, sparati. Anzi, sai che c'è? Sono due anni che stiamo insieme, no? Due anni! Be', com'è che si dice? Pigliamoci una pausa di riflessione. Così finalmente potrai scoparti le tue piccole fan senza dovermi raccontare un mucchio di balle!

Ma chi me lo fa fare, mi sono detto. Ho afferrato la borsa dei dischi e sono sceso dal Suv, sbattendo la portiera. Non mi hai dato il tempo di rendermi conto che il Suv era il mio: sei scesa anche tu, e mi hai abbracciato, e baciato. E alla fine ci siamo fatti di nuovo la stessa promessa di sempre. Consapevoli del fatto che né tu né io l'avremmo mantenuta. E che nel momento in cui l'altro avesse sgarrato ce ne saremmo subito accorti. E che questo ci avrebbe autorizzati a comportarci di conseguenza. In ogni caso ce la siamo fatta di nuovo. E malgrado non credessimo davvero alle nostre parole, be', non so... è stato bello fingere di crederci, ecco.

Ti ho chiesto di venire da me. Mi hai risposto che preferivi andartene a dormire perché dall'indomani volevi riprendere a studiare per dare finalmente questo maledetto ultimo esame. Quando sei sparita dietro il tuo portone, sono risalito a bordo del mio Hummer H3 e sono ripartito. Poi, da domenica, zero. Non ci siamo più sentiti. Io però ho deciso che per primo non ti chiamo. Non stavolta. Perché alla fine tocca sempre a me farlo, quando litighiamo. Ma questo giro si cambia. Evvai.

Al Pistola

«Le serate sono come le fighe: devi riempirle» sentenzia Zombi sulle note di quello che ha tutta l'aria di essere l'ultimo cd di Ellen Alien. E mentre lui, con ostentata noncuranza, s'infila in una tasca dei jeans l'involucro che ha appena sventolato sotto gli occhi miei e di Boh, agitandosi sulla sedia e abbozzando un cenno di saluto alla cassiera non tanto perché gli importi di salutarla davvero ma giusto in omaggio alla celebre sesta che come d'abitudine le gonfia la maglietta con la scritta a caratteri cubitali I FUCK ON THE FIRST DATE, tutti e tre ghigniamo davanti ai rispettivi mojito nel frastuono del locale in pieno Quadrilatero Romano, stipato di lattine di Aria di Torino e intasato delle solite facce, allo stesso tempo ansiosi e soddisfatti. Soddisfatti all'idea che tra poco ci faremo. Ansiosi di farci.

Il posto è il Pistola. L'ora, le dieci e mezzo di sera. Io, Zombi e Boh ci siamo venuti al termine di un pomeriggio trascorso in studio di registrazione nel tentativo di finire il mixato che vorremmo far ascoltare a Bob Mambo, il boss che organizza il Klakson Festival in combutta con Radio Torino I Love You, così che prenda in considerazione il nostro dj set per farci suonare nell'edizione del prossimo anno. E dopo aver scartato l'ipotesi dehors per via del misterioso fetore che stasera aleggia sulla zona, abbiamo ordinato i rispettivi hamburger consapevoli che la cucina del locale in stile Spaghetti-Western delle sorelle Deturpi sta chiudendo e che comunque tranne Boh non mangeremo praticamente nulla, vista la qualità si spera eccelsa della bamba che ci aspetta. Ma l'idea di far sudare un altro po' gli schiavi di turno ai fornelli che da parte loro non vedono l'ora di finire le pulizie e correre a casa per farsi una canna ascoltando Manu Chao o Fela Kuti o magari in una botta di anticonformismo Bob Marley era troppo allettante. Così io ho preso un hamburger classico di salmone selvaggio norvegese, Boh due doppi cheeseburger di carne di Angus scozzese e Zombi, che non riesce a star fermo sulla sedia, un hamburger di fagiano del Canavese con una porzione extralarge di patatine organiche della Savoia: giusto per farsi proprio *odiare* dall'addetto alla frittura e dalla di lui tipa, ammesso che ne abbia una, visto il tanfo che deve emanare di regola quando esce di qua. Ma forse ce l'ha. Oggi come oggi, in certi ambienti puzzare fa figo.

«Electro-techno minimale tedesca» sospiro. «Diosanto che noia. Non la sopporto più, cazzo.»

«Non nominare il nome di Dio invano» mi redarguisce Boh, che ha tutta la discografia di Miss Kittin' e considera l'electro-techno minimale tedesca una grandissima figata. Non ho mai capito come faccia a mangiare tutto quello che mangia.

«E soprattutto, porca di quella troia, non azzardarti a dire ancora parolacce» interviene Zombi, digrignando i denti. «Statemi a sentire, ho deciso di investire nella ristorazione. Ormai Torino non ha più niente da invidiare a Roma o a Milano. Apro un nuovo ristorante qui nel Quadrilatero, oppure in piazza Vittorio, che a 'sto punto è un mix tra i Navigli e Campo de' Fiori. Un ristorante bio, che con tutti gli stronzi che si cagano sotto per paura di prendersi il cancro con i cibi trans o il morbo di Creutzfeldt-Jakob il bio tira un casino e tirerà sempre di più. Problema: come lo chiamo?»

«Boh» gli fa Boh.

«L'ultima volta che ho suonato a Napoli ho visto un posto che si chiamava O' Sole Bio» butto lì.

«O' Sole Bio! Che figata!» si entusiasma Zombi. Come al solito ha gli occhi fuori dalle orbite. Di fisso si è già fatto per conto suo, ecco perché non riesce a star fermo un secondo. «Però mica stiamo a Napoli, guagliò. Un momento: e se lo chiamassi... Bio Mio? Che ne dite?»

«Troppo moscio» dissente subito Boh. «Perché invece non lo chiami... Porco Bio?»

«Vabbe', allora tanto vale chiamarlo Bio Bastardo» propongo.

«Di nuovo con 'ste cazzo di parolacce, Iaio?» mi lancia un'occhiata torva Zombi.

«Ah!» protesto. «Bio Bastardo è una parolaccia, mentre Porco Bio no, vero?»

«Porco Bio non è una parolaccia» mi fa Boh. «Semplicemente, il nostro amico e socio Zombi proporrà nel suo bioristorante anche piatti di carne di biomaiale. A Berlino per esempio trovi i biowurstel provenienti da bioallevamenti. Tutta roba garantita, mica farlocca, che i tedeschi per queste cose sono rimasti nazi. All'ultima Love Parade me ne sono scassati una paccata, e vi assicuro che con la biosenape sono uno sballo. Ragion per cui, Porco Bio va benissimo.»

«Figo!» approva Zombi, levando le braccia al soffitto con le travi di legno a vista però finte. «Fossimo in Corea oppure in Cina, potrei perfino chiamarlo Bio Cane!» ghigna. Poi sempre torvo si guarda dietro le spalle. «Avete mica qualche niuzz sulla nuova serata di Boombastic?»

«Ci saranno state dieci persone» sibila Boh.

«Sicuro?»

«Me l'hanno detto le bariste. Si sono girate i pollici fino alle tre e mezzo, poi hanno chiuso baracca e burattini.»

«Ben gli sta, a quelle merde!»

«Ehi, Zombi!» strilla una tipa da un tavolo nell'altra sala.

Ci voltiamo tutti e tre. Sopra la distesa di teste avvistiamo una mano che si agita.

«Zombi! Sono qui!»

«E stacci, deficiente» ringhia lui, allungando il collo. «Chi cazzo è? Sarà mica Carla-Non-Lo-Sa?»

È lei. La vediamo alzarsi dal suo posto.

«Oh, no. Ora viene pure a salutare» geme Zombi, buttando giù un sorso di mojito. Beviamo anche noi.

Carla-Non-Lo-Sa si fa largo a fatica tra la selva di bipedi appesi ai loro cocktail. Alta, magra, fintabionda, tette rifatte, porta i jeans a vita bassissima e ostenta un tatuaggio tribale appena sopra il culo e la frangia d'ordinanza lanciata tempo fa da una tipa del *Grande Fratello*. Zombi se l'è zombizzata per primo, sostiene. Cioè fatta. E dopo di lui mezza Torino. No, tutta.

«Carla!» esclama Edoardo quando lei si china a baciarlo. «Che piacere immenso, vederti.»

«Ho sentito che ai primi di novembre inaugurate la vostra serata giù al Tortuga» ci fa lei, con quel suo sorriso da Carla-Non-Lo-Sa, ovvero da porca.

«Spaccheremo alla grande» proclama Zombi, estraendo dai jeans un pacchetto di Marlboro e facendo il gesto di accendersene una. Poi però gli viene in mente che nei locali non si può più fumare. Borbotta una bestemmia e sistema la sigaretta dietro l'orecchio destro, dopodiché aggiunge: «Tu c'eri all'inaugurazione di Boombastic?».

«Mi ci hanno portata. Una noia mortale: mettono roba vecchia di tre mesi. Ho telato prestissimo, saranno state le quattro.»

«Da quello che si dice non c'era nessuno. N-e-s-s-u-n-o» scandisce Zombi, digrignando i denti. «Nisba. Zero. Al quoto. Manco un pusher marocchino.»

«Prima stavo parlando con una mia amica» cambia argomento lei. «Dice che quando i ghiacciai e il Polo Nord si scioglieranno il livello dei mari si alzerà e spariranno le Maldive. Ma scusate, le isole non galleggiano? Vuol dire che se per caso si alzerà davvero l'acqua, verranno su anche loro, no?»

Zombi mi guarda. Io guardo Boh. Boh guarda Zombi. Nessuno di noi riesce ad aprire bocca. Si sente un cellulare. Il trillo è in stile vecchio telefono, quindi deve essere il mio: ho appena deciso di usare questa suoneria per distinguermi dalla massa. Sta a vedere che è Allegra, penso. Mi frugo in cerca del Nokia, ma subito vengo imitato da Zombi, Boh, Carla-Non-Lo-Sa e, non posso fare a meno di notare, da svariate persone nei paraggi. Sia come sia, non è Allegra. Vince il BlackBerry formato extralarge di Zombi.

«Siamo al Pistola. Ti aspettiamo.» Chiude la comunicazione. «Quel cretino *totale* di Davide Brocchi. Sta arrivando.»

«Chissà con che zoccola si presenta, stavolta» se ne esce Boh, senza badare al fatto che ci troviamo in presenza di Carla-Non-Lo-Sa, ex di Brocchi oltre che di Zombi e di tutta Torino compresi noi due. «Tra l'altro avete saputo di Boosta? Pare si sia messo con Fernanda Lessa.»

Nessuno fa in tempo a commentare la notizia, perché dal tavolo d'angolo dove ci troviamo vediamo entrare nel locale Davide Brocchi con addosso l'eterna giacca di velluto che porta d'inverno come d'estate, e però seguito anziché da una delle sue squinzie da un tipo che non riconosco, cravatta col nodone modello Tecnocasa e scarpe da rappresentante, a forma di bara, che all'ingresso viene omaggiato con salamelecchi assortiti dal direttore del locale. Davide Brocchi si guarda attorno. Ci avvista. Mette su quel suo sorriso da Davide Brocchi, cioè da cretino, e ci raggiunge.

«Ehi, raga!» ci fa, stringendo un braccio intorno ai fianchi nudi di Carla-Non-Lo-Sa, che da quel che lascia generosamente trapelare stasera è di nuovo uscita senza mutande. Lei lo bacia pudicamente su una guancia. «Allora? Siete caldi?»

«Caldissimi» rispondiamo in coro io, Zombi e Boh.

«Qua fuori c'è una puzza incredibile, l'avete sentita?»

«Io no» gli fa Zombi. «Il mio naso è troppo prezioso, non lo spreco per certe cose.»

«Ehm» si schiarisce la voce Brocchi, lanciandogli un'occhiataccia. «Permettetemi di presentarvi l'assessore alle Notti Bianche Mintasco. Assessore, questi sono dj Zombi, dj Boh e dj Iaio. I ragazzi di cui ti parlavo.»

L'assessore alle Notti Bianche sorride e ci stringe la mano, ripetendo tre volte: «Mintasco. Mintasco. Mintasco».

Davide molla i fianchi di Carla-Non-Lo-Sa e acchiappa una sedia per sé e una per l'assessore. I due si accomodano.

«Stammi a sentire, Zombi. E anche voi, Boh, Iaio. L'assessore e io siamo venuti a parlarvi di un progetto.»

«Vabbe'» si stiracchia Carla-Non-Lo-Sa. «Quasi quasi vi saluto. Voi che fate più tardi? Passate all'EscoBar?»

«È un progetto che vi vedrebbe coinvolti nella vostra veste di dj molto seguiti dai giovani» continua Brocchi.

«Ohi! Dico! Ci vediamo all'EscoBar, più tardi?»

«Si tratta di cogliere un'opportunità che vi verrebbe data dall'amministrazione» continua Brocchi.

«Ma tu guarda questi...» sbotta Carla-Non-Lo-Sa. Gira i tacchi e se ne va.

«E che rientra nell'ambito della campagna promossa in questi giorni dal ministero, di cui avrete certo sentito parlare» continua Brocchi.

«Campagna? Ministero?» fa Zombi a Boh.

«Boh» si stringe nelle spalle Boh.

«La campagna contro la droga, promossa dal ministero per il Disagio Giovanile» interviene l'assessore.

A quelle parole io, Zombi e Boh torniamo a guardarci negli occhi. Non so come, riusciamo a rimanere seri.

«Ah» esclama Zombi, dimenandosi sulla sedia, sfregandosi il naso e digrignando i denti. «Interessante.»

«Si tratta di una campagna di sensibilizzazione rivolta ai ragazzi» prosegue l'assessore. «Ed è proprio per questo che abbiamo pensato di coinvolgere dei dj in veste di testimonial. Lo slogan della campagna sarà La Droga Ci Fa Schifo. Che ve ne pare?»

«Geniale» mormora Zombi.

«Davvero: geniale» concorda Boh.

«Assolutamente» annuisco.

«Tenete presente che il tutto avverrà nell'ottica di fare sistema» spiega l'assessore.

«Fare sistema?» gli fa Zombi.

«Esatto, fare sistema» sorride Brocchi. «Tenete presente che la campagna godrà di più finanziamenti: i soldi arriveranno oltre che dal ministero anche dalla Comunità Europea.»

Io, Boh e Zombi ci scambiamo uno sguardo d'intesa.

«Mah, sai, sul principio non si discute: La Droga Ci Fa Schifo, per quanto ci riguarda, sfonda una porta aperta» spara Zombi. Cambia posizione sulla sedia, e torna a strofinarsi il naso digrignando i denti. «Il problema della diffusione degli stupefacenti tra i giovani ci tocca da vicino, e non possiamo certo restare...» s'inceppa, e per un attimo temo che scoppi a ridere, ma per fortuna si riprende «... indifferenti. A me poi i tossici stanno veramente sul cazzo. Anzi, li odio. E se mi dite che c'è la possibilità di... fare sistema...»

«Ma certo» lo rassicura Brocchi. «A questo ci pensa l'assessore. Io da parte mia metto in moto gli altri soci del Tortuga e l'Associazione Culturale Todos Caballeros...»

«Cioè te stesso» lo interrompe Zombi. Ma Brocchi non fa in tempo a ribattere.

«Ecco qua la cena dei signori! Un hamburger classico di salmone selvaggio norvegese, due cheeseburger di carne di Angus scozzese e un hamburger di fagiano del Canavese con una porzione extralarge di patatine organiche della Savoia!»

Una cameriera di cui non ricordo il nome ci squadra dall'alto, reggendo a stento le portate. Se non sbaglio in realtà fa l'artista. Tipo la pittrice o la scultrice, anche se non escludo di averla vista a una performance. Frangia come quella tipa del *Grande Fratello*, ostenta un tatuaggio tribale appena sopra il culo. Edoardo l'ha già fatta abortire almeno una volta. E mentre mi pregusto l'istante in cui tra poco, lasciati a metà i nostri piatti, salutati Ellen Alien, Davide e l'assessore e pagato il conto alla cassiera fissandole tutti e tre il davanzale, fileremo via da questo posto e a casa mia o di Boh oppure di Zombi o magari all'EscoBar sbamberemo alla grande, Edoardo si sporge verso di me. E a un orecchio mi sussurra:

«Non ci posso credere. Praticamente mi sono zombizzato tutte le ragazze che si trovano in questa sala. Madonnamia, che schifo che faccio.»

Dopodiché, mangiamo.

Ehi, 'mico

Salutato l'assessore alle Notti Bianche, che sulla porta del Pistola ha individuato una troupe televisiva impegnata in un servizio sulla nuova Torino e si è subito fatto sotto per farsi intervistare, Davide Brocchi ci invita a quella che lui chiama *una piccola festa* nella sede della sua associazione. Io, Zombi e Boh ci consultiamo brevemente e decidiamo di accettare la proposta. Ci sta di fare sciambola da Brocchi. Sbamberemo da lui. Quando usciamo su piazza Emanuele Filiberto tra i finti cactus disseminati sul selciato dalle sorelle Deturpi, non posso fare a meno di notare come la maggior parte delle ombre che affollano la distesa di tavolini illuminata malamente dalle luci dei lampioni tengano un fazzoletto o un tovagliolo di carta premuto sul naso. Poi, nella piazza semibuia e vociante, attacca a suonare una tromba. La solita coppia di zingari. Basta uno sguardo. Ci capiamo al volo. Lasciamo al suo destino il dehors Spaghetti-Western del Pistola con i suoi finti cactus e muoviamo in direzione di Porta Palazzo. Qualcuno ha scritto POVERINI sul muro tra il Pastis e il FreeVolo. Un'ombra ci saluta dai tavolini, ma noi fingiamo di non aver sentito e tiriamo dritto. Scansate una coppia di mendicanti e una pozza di vomito, arriviamo all'angolo con piazza della Repubblica e svoltiamo nel mondo parallelo ma complementare alla famosa *movida*. Passo dopo passo c'inoltriamo nella terra di nessuno. L'area su cui fino a poche ore fa c'era il mercato è un'immensa distesa di rifiuti. Da qualche parte arriva l'eco dei camion della nettezza urbana, all'opera con gli idranti. Alcune sagome si aggirano chine tra l'immondizia in cerca di qualcosa di commestibile. Un pusher marocchino è appostato nei pressi di una fila di bidoni della spazzatura.

«Ehi, 'mico! Csss! Fumo?»

«No, grazie» gli fa Zombi. «Il fumo uccide.»

Dieci metri e ce n'è un altro.

«Ehi, 'mico! Csss! Fumo?»

Lo ignoriamo. All'incrocio con corso Regina Margherita, un paio di tossici stanno per farsi dietro le auto parcheggiate sul controviale luccicante di insegne cinesi. Un terzo pusher ci vede e si fa avanti. Questo però non è marocco, ma negro. Nigeriano, probabilmente.

«Ehi! *Brown*?»

Né io né gli altri lo degniamo di uno sguardo. Non lo sa, lui, che ciascuno di noi ha il suo fornitore di fiducia con tanto di servizio a domicilio. Il mio è caldo: si fa chiamare Alì il Chimico. Oltrepassato il corso, saltiamo un ubriaco dritto tirato sul marciapiede e rientriamo in Marocco. Ogni dieci metri si ripete la stessa scena.

«Ehi, 'mico, csss, fumo?»

Alla fine arriviamo in piazza Borgo Dora, dove stamattina c'era il Balôn. Evitati un cimitero di bottiglie di birra e svariati rigagnoli di urina, seguiamo Brocchi fino al portone del palazzo dove ha sede la premiata Associazione Culturale Todos Caballeros. Lui citofona. Prima due volte una dietro l'altra, poi una terza. Il portone si apre con uno scatto. Chiamiamo l'ascensore. Saliamo.

L'Associazione Culturale Todos Caballeros

Ad accoglierci sulla soglia che si apre dietro la targhetta ASSOCIAZIONE CULTURALE TODOS CABALLEROS troviamo Tamara, l'attuale tipa di Davide Brocchi. Attuale, nel caso di Davide, vuol proprio dire *attuale*. Nel senso che fino a una settimana fa stava con Carla-Non-Lo-Sa, e domani si vedrà. Tra parentesi. Tamara, a prima vista, indossa solo una T-shirt, ma dato che la stoffa le arriva giusto sotto il pube, non ne sono certo. In fondo, potrebbe anche portare le mutande. Massì, mi dico, di sicuro le porta.

«Ciao Davide» lo bacia lei sulla bocca. «Ciao raga! Siete caldi?»

«Caldissimi» rispondiamo noi, in coro.

«Accomodatevi» ci dice Tamara, facendo strada nell'ingresso-living. «Fate come se foste a casa vostra.»

Entriamo. Qua un divano Le Corbusier. Là due sedie Kartell. Lì un tavolo Cassina. Il parquet dell'ingresso-living è coperto da un tappeto di feltro che ha l'aria di costare un occhio. Il nostro amico Brocchi va in giro con la stessa giacca di velluto dai tempi di Palazzo Nuovo, ma non è certo per mancanza di fondi. Però, appesa al muro dietro il Le Corbusier, tiene la classica immagine in bianco e nero di Che Guevara accanto a un ritratto di Madre Teresa e a uno un po' più grande di Veltroni. Bravo. Da qualche parte, arriva l'eco di un vecchio pezzo house. Bob Sinclair. *Champs Elisées*.

«Be', veramente la casa *è* nostra» sibila Zombi, lasciandosi cadere sotto il Che sul divano di pelle nera. Attacca a battere un palmo sul bracciolo, perfettamente a tempo col 4/4 bello tirato di Sinclair.

«Vostra?» gli dà corda lei, ingenuamente.

«Eh sì, bella. Non dirmi che non sai che questo posto al tuo ganzo l'ha regalato Sua Signoria in persona per i voti procacciati in occasione dell'ultima campagna elettorale. È un ex ufficio comunale, non è vero, Brocchi?»

«Eddài, Zombi!» sbuffa Davide, mentre Tamara si mette a sedere al cospetto del Che su un nanetto in plastica colorata di Philippe Starck. Adesso è ufficiale: Tamara è davvero senza mutande. E non è una di quelle che se la rasano tutta.

«Ogni volta che vieni qui, la stessa storia.»

«Vabbe', lasciamo perdere» borbotta Zombi, che non riesce a star fermo e cambia continuamente posizione sul divano. «Ma dimmi un po': non ci avevi invitati a una cazzo di festa? Che è successo a 'sto tuo appuntamento culturale? Gli ospiti hanno saputo all'ultimo momento che partecipavi pure tu e hanno pensato bene di dileguarsi?»

Tamara lo guarda a bocca aperta. Io guardo Tamara che, sempre seduta sul nanetto di Philippe Starck, oltre alla bocca tiene un poco aperte anche le gambe. Boh invece non deve essersi accorto del fatto che la nostra ospite ci ha accolti senza mutande, perché non dà alcun segno di arrapamento, e fa a Brocchi, mentre questo si accende una sigaretta:

«Non dargli retta, Davide. Ormai dovresti conoscerlo. È solo l'effetto della bamba.» Anche se subito dopo aggiunge: «Però, è vero: e la festa? Che fine ha fatto? È mica rimasto qualcosa da mangiare?».

«Sono tutti di là» dice Tamara.

«Hanno già cominciato?» le chiede Davide.

«Hanno già cominciato» gli risponde lei.

«E tu?» le fa lui.

«Io stavo per cominciare. Ma poi voi avete suonato.»

«Scusa.»

«Figurati.»

«Be'?» salta su Zombi, che a questo punto sta letteralmente schiumando. «Si può sapere che cazzo c'è, *di là*? Un cineforum sull'ultimo film di Ferrario? La presentazione di un libro di Baricco? Un dibattito sull'opera omnia di Veltroni? Che minchia ha in programma per il gentile pubblico stasera, 'sta tua associazione dei miei coglioni?»

«Massì» sospira Davide. «Boh ha ragione. Ormai dovrei conoscerti. Senti qua, ci fai fare un tiro pure a noi? Così almeno riusciamo a starti dietro senza troppi problemi, e come ricompensa se fai il bravo ci segui di là.»

Zombi medita per qualche istante sulla proposta.

«Eddài, Zombi» m'intrometto. «Molla la preda. L'abbiamo capito tutti che oggi ti sei fatto un paio di righe solo soletto, mentre io e Boh lavoravamo al mixato da far ascoltare a Bob Mambo. Ti pare carino, non condividere le cose sane e belle della vita con chi ti vuol bene?»

«Sii buono, Zombi, su» lo esorta a sua volta Boh. «In fin dei conti, è grazie a Davide se da stasera possiamo ritenerci i testimonial ufficiali della campagna La Droga Ci Fa Schifo.»

Allora Zombi, il nostro caro vecchio Edoardo Zomboni da tutti conosciuto come dj Zombi, autentico fuoriclasse della consolle anche se un po' troppo incline specie dopo il quinto mojito all'uso di effettacci, padre designer, madre architetto di giardini, entrambi ovviamente ricchissimi, ovviamente di sinistra, ovviamente divorziati, e ovviamente rei di aver messo al mondo questo figlio davvero esemplare, trentuno anni compiuti il mese scorso dei quali oltre diciassette passati a farsi tutto il fattibile, maria, skunk, colla, eroina, ecstasy, lsd, hashish, mescalina, ketamina, benzedrina, speedball, acido, litio, crack, quaalude, anfetamine, metanfetamine, funghetti allucinogeni, oppio in supposta, ma che da ultimo sostiene come da manuale di essersi ripulito una volta per tutte, e che quindi in linea di massima cerca di tirare solo coca, bamba, bianca, bonza, neve, farina, polvere però di prima, no, primissima qualità, uno che, non si sa come, vive e lotta ancora assieme a noi anziché starsene al cimitero o qua sotto dritto tirato sul marciapiede o magari su una panca di San Salvario con una spada piantata nell'avambraccio o peggio ancora in qualche comunità, smette di cambiare posizione ogni tre nanosecondi sul divano e di battere il tempo in sincronia con Bob Sinclair e scoppia a ridere sguaiatamente. Anzi, nel giro di pochi istanti assistiamo a una vera a propria crisi di *fou-rire*.

«Pensate... la faccia... di chi... ci conosce...» riesce a stento a farfugliare, mentre si dimena sotto lo sguardo impassibile del Che tra una raffica di risate e l'altra. «Pensate... noi... proprio noi... che sproniamo... i giovani... quelle merde... quei farlocchi... quegli inutili... a dire no... alla droga...» Cerca di prendere fiato, scosso dalle convulsioni. «È come... coinvolgere... Di Canio... in un'iniziativa... volta... a rieducare... le tifoserie... neofasciste... oppure... scritturare Previti... in veste... di portabandiera... contro... l'evasione fiscale...» Si tiene la pancia, piegato in due dalle risate. «Dio santo... aiuto... sto male... Davide Brocchi... devo dire... che ti avevo... giudicato... superficialmente...» Tossisce, le lacrime agli occhi. «Ho sempre pensato... che fossi... un cretino *totale*... ma invece... sei un genio... l'ultimo erede... dei Surrealisti... il nipotino... di Duchamp...» Si butta a terra, rotolandosi sul tappeto. Geme.

«Be', io torno di là» comunica Tamara, alzandosi dal nanetto. «Quando avete fatto ci raggiungete?»

«Subito» le risponde Davide.

Senza aggiungere altro, la Tammi abbandona l'ingresso-living e sparisce dietro un angolo. Davide la segue con gli occhi. Io e Boh guardiamo Zombi. Sta ancora rantolando.

«Scusate se metto fretta a lor signori, ma domani mattina ho una riunione in agenzia e non vorrei tirare tardi» dico, pensando all'involucro tuttora custodito nei jeans di Zombi e allo stesso tempo ripromettendomi di spararmi solo una riga, l'unica che mi concederò giusto perché con Allegra ci siamo appena promessi di smettere. «Che si fa?»

«Oh, Iaio, non sia mai che per causa nostra devi rinunciare alle tue otto ore di sonno filate!» esclama Boh. «Se devi andare vai pure, caro, noi non ci offendiamo!»

«E poi domani devo anche rimettere in ordine i dischi» aggiungo, consapevole di dover addurre un argomento più serio.

«Tu l'hai preso l'ultimo dei Daft Punk?» mi fa Boh.

«Purtroppo sì.»

«Ma che senso ha pubblicare un live con gli stacchi fra una traccia e l'altra?»

«Che delusione.»

«A parte che ormai sono tre dischi che suonano come gli Eiffel 65.»

«Bravo. E t'ho detto tutto.»

A queste nostre parole, Zombi si ripiglia.

«I Daft Punk fanno cagare. Ascoltatevi l'ultimo di David Guetta, piuttosto. Lui sì che ce l'ha, il *french touch*.»

Si tira su dal tappeto, e senza aggiungere altro si piazza al tavolo Cassina, ingombro di libri e scartoffie varie. Con un ampio gesto del braccio rovescia tutto a terra. Poi estrae da una tasca dei jeans il famoso involucro, lo apre con grandissima cura, e con altrettanta delicatezza ne deposita sul piano d'acciaio l'intero contenuto. Io, Boh e Davide lo osserviamo ipnotizzati. Ottenuta una specie di riproduzione in scala della piramide di Cheope, Zombi tira fuori da una tasca del giubbotto sempre in jeans il portafoglio, da cui sfila la sua American Express d'oro. Poi però cambia idea.

«Davide, la tua Associazione Culturale Todos Caballeros ce l'ha una tessera per i soci, vero?»

«Sì.»

«Passamene una.»

«Non so dove le ho messe.»

«Ah, già, che di soci ci siete solo te e il tuo culo. Dammi la tua.»

Davide, che come noi non vuol certo perder tempo, si fruga nelle tasche della giacca di velluto, e recuperato il carnet per biglietti da visita dove tiene la sua tessera esegue. Allora il nostro caro vecchio Zombi, nato Edoardo Zomboni ma da tutti conosciuto come dj Zombi, fa quello che nella vita gli riesce meglio in assoluto. Ovvero, con una precisione kubrickiana, forma quattro piste di cocaina assolutamente perfette, dritte come le gambe della Herzigova, però più lunghe.

«*Et voilà*!» esclama, soddisfatto di sé. «Bambini, la bamba è in tavola. Su! Da bravi! Venite a pippare!»

Per primo si va avanti Boh, che a questo punto scalpita. Si ferma con stampato in faccia un sorriso grosso così davanti alla prima riga, saltellando sul posto a ritmo con il 4/4 spumeggiante di Sinclair, pesca nel portafoglio una banconota da cento euro, l'arrotola, si china, blocca il movimento degli arti inferiori, e con un'unica tirata magistrale fa fuori in un sol colpo l'intera quantità a sua disposizione.

«Mmmhhh» fa, dopo qualche istante. «Questa sì che è buona.» Tossicchia, raccoglie con i polpastrelli un'ombra di polverina bianca rimasta lì dove fino a un attimo prima c'era la riga, se la sfrega sulle gengive e si fionda sul divano, gli occhi spalancati.

«Dai qua» gli intima Zombi, afferrando dalle mani di Boh la banconota arrotolata.

«E io?» salta su Davide.

«Tu sei il padrone di casa e aspetti il tuo turno, che viene dopo quello degli ospiti. Quindi ci siamo prima io e Iaio.»

Zombi si tira su le maniche del giubbotto e si posiziona a gambe divaricate davanti al tavolo. È in assetto di volo, pronto a scendere in picchiata. Quando si avventa sull'obiettivo tira su come un aspirapolvere. E difatti, a operazione conclusa, esclama:

«Non so se lo sapete, ma gli specialisti della Vorwerk mi hanno chiesto di poter studiare il mio naso per migliorare le prestazioni del Folletto.»

Acchiappo il pezzo da cento e tra me e me mormoro: *È davvero l'ultima, Allegra, promesso. Sempre che anche tu abbia davvero intenzione di smettere, ovvio*. Dopodiché compio il mio dovere senza tante cerimonie. La botta lì per lì mi arriva abbastanza attutita, ma poi è una vera bomba.

«Uau!» esclamo. «Che sberla!»

Davide, che ormai stava friggendo, ripete l'operazione. Ma io ho altro a cui pensare.

Domani mattina alle dieci ho la riunione in agenzia.

Devo rimettere in ordine i dischi.

Controllare MySpace.

Ricordarmi di richiamare MondoMusica e farmi mettere da parte non appena arriva d'importazione *Spastik*, il nuovo singolo in vinile di Richie Hawtin aka Plastikman remixato da Dubfire dei Deep Dish.

In un lampo siamo di là.

Bob Sinclair ha lasciato il posto ai Groove Armada.

Il pezzo: *The Groove is On*.

L'album: *Lovebox*.

Anno: 2002.

Casa discografica: BMG.

Durata: 4 minuti e 17 secondi.

Di solito lo mixo alla perfezione con *No rhyme no reason* di LTJ Experience e poi gli infilo dentro un classicone targato Indeep: *Last Night a Dj Saved My Life*.

La stanza è piena di cuscini e di tappeti dall'aria costosa e due tipe con indosso ciascuna solo una parrucca rossa da clown si fanno un tipo che anche lui indossa solo una parrucca rossa da clown e una delle due esibisce un tatuaggio tribale appena sopra il culo e potrebbe essere una ragazza che conosco ma del resto tutte le ragazze che conosco hanno un tatuaggio tribale appena sopra il culo... gemono... e di fianco al terzetto un altro tizio con la parrucca rossa da clown si fa un'altra tipa con la parrucca rossa da clown che esibisce un tatuaggio tribale appena sopra il culo e a sua volta si fa un'altra tipa con addosso solo la parrucca rossa da clown che si fa un altro tipo con addosso solo una parrucca rossa da clown... mentre un'altra tipa con addosso solo una parrucca rossa da clown si fa un tipo con addosso solo una parrucca rossa da clown che si fa un'altra tipa con addosso solo una parrucca rossa da clown che esibisce un tatuaggio tribale appena sopra il culo... e poi Tamara mi prende per mano e mi porta in un angolo... dove c'è un mucchio di parrucche da clown rosse e me ne infila in testa una... e mi fa dài che cosa aspetti lasciati andare se vuoi abbiamo paste di Viagra ma speciali queste in farmacia non le trovi vedrai fanno effetto in un amen vieni. La seguo in bagno.

Riunione.

Riordinare.

Controllare.

Richiamare.

E poi vedo Zombi che ghigna tutto rosso in faccia e con addosso solo una parrucca da clown... però verde... e si fa un'altra ragazza con addosso solo una parrucca rossa da clown che intanto si fa Boh che a sua volta indossa solo una parrucca rossa da clown e mi ritrovo tra le mani due pillole blu simili al Viagra ma fosforescenti e un calice di champagne e le butto giù... e finisco disteso a terra su un tappeto... e ho un razzo tra le gambe... e a un tratto mi sto facendo una tipa con addosso solo una parrucca rossa da clown... e vicino a me Davide Brocchi che addosso ha solo una parrucca rossa da clown si fa una tipa con addosso solo una parrucca rossa da clown e allo stesso tempo guarda Tamara... che si fa un tipo con addosso solo una parrucca rossa da clown... e sto per chiedere a Davide perché l'unico con addosso la parrucca da clown verde è Zombi ma lui mi precede e digrignando i denti mi dice, sempre facendosi la tipa con addosso solo una parrucca rossa da clown: sai... geme... ho deciso di presentarmi alle prossime elezioni col Partito Democratico... geme... pensa che solo ieri il Parlamento ha votato all'unanimità e senza astenuti un aumento di stipendio per i parlamentari pari a circa 1.135 euro al mese... geme... ma la mozione è stata camuffata in modo tale da non risultare nei verbali ufficiali... geme... e tieni conto che il mensile da parlamentare è di 19.150 euro al mese di cui base circa 9.980 euro... geme... portaborse che in genere è un parente o un familiare circa 4.030 euro al mese... geme... poi c'è un rimborso spese per l'affitto di circa 2.900

euro al mese e l'indennità di carica che va da 335 a 6.455 euro al mese e pensa che è tutto esentasse... geme... inoltre c'è il telefono cellulare gratis la tessera del cinema gratis la tessera per il teatro gratis la tessera per autobus e metropolitana gratis i francobolli gratis... geme... i viaggi su aerei nazionali gratis la circolazione sulle autostrade gratis le piscine e le palestre gratis le ferrovie gratis... geme... l'aereo di Stato gratis le ambasciate gratis le cliniche gratis l'assicurazione contro gli infortuni gratis l'assicurazione sulla vita gratis l'auto blu con autista gratis il ristorante gratis... geme... e tieni conto che in base agli ultimi dati disponibili risulta che i parlamentari italiani l'anno scorso hanno mangiato e bevuto gratis per 1.472.000 euro... geme... senza contare che ogni parlamentare ha diritto alla pensione dopo 35 mesi in Parlamento anziché dopo i 35 anni di contributi richiesti ai semplici cittaaahhhhdiiiiniiiiiihhhhhhooouuuuhhhhh e a quel punto si accascia sulla tipa che, me ne rendo conto solo in quel momento, esibisce un tatuaggio tribale appena sopra il culo.

Spesso con Allegra

Spesso con Allegra siamo scappati da Torino. Sua madre ha una villa a Monterosso nelle Cinque Terre e un sacco di volte siamo finiti lì. Lei aveva sempre questo suo ultimo esame da preparare, che poi era una scusa perfetta per passare qualche giorno al mare. Ma in realtà cercavamo soprattutto di lasciarci alle spalle almeno per un po' i soliti giri. E ogni volta ci ripromettevamo di smettere, e perciò di partire puliti. La casa di Monterosso aveva un giardino con tanto di palme e piscina ed era piena di foto di Allegra bambina con i suoi genitori. A due anni in Sardegna. A tre in Turchia. A quattro in Kenya. A cinque alle Seychelles. Allegra in elicottero con suo padre e sua madre sul Grand Canyon. Allegra a Bali a bordo di una jeep circondata da una folla di ragazzini. A un certo punto, quando lei aveva sedici anni, i suoi si erano separati. Da quel momento in poi, nelle foto, Allegra compariva ora con suo padre, magari in Egitto davanti alle piramidi, ora con sua madre, forse ai piedi di un grattacielo di New York. In uno scatto lei era sola in bikini verde, accanto all'albero di una barca a vela. Era già una gran figa. Ma aveva lo sguardo corrucciato, e anche se i suoi lunghi capelli rossi erano scarmigliati dal vento intuivi che non era per via di questo. Comunque. Quando arrivavamo a Monterosso sul mio Hummer H3 ci facevamo subito un tuffo in piscina e poi restavamo stesi a oziare sulle chaise-longue sotto le palme, ascoltando musica nei rispettivi iPod senza aprire bocca per ore. A un tratto lei mi diceva – Che noia – e allora io la baciavo e finivamo per farci di ketamina lì, sotto il sole. Nel giro di qualche minuto uscivamo dai nostri corpi e li guardavamo ciascuno per conto suo l'uno accanto all'altro e l'azzurro dell'acqua suonava una melodia cupa, e provavamo un confuso stupore perché anche se entrambi galleggiavamo a mezz'aria non riuscivamo a vederci. Più tardi raggiungevamo come al rallentatore i divani del soggiorno, e quando l'effetto della ketamina passava, magari dopo ore e ore o forse giorni, lei mi raccontava una storia per ciascuna delle foto appese alle pareti. Qui eravamo a Castiglioncello, dove l'anno dopo io e mia madre siamo tornate noi due sole per un fine-settimana perché mio padre era via per lavoro, e invece l'abbiamo incontrato in spiaggia con un'altra. Qui eravamo alla casa di Sestriere assieme a una coppia di amici dei miei con cui si andava a sciare, che poi è venuto fuori che all'epoca mio padre si faceva la tipa da mesi. Qui eravamo alle Maldive, quel Capodanno che i miei litigavano di continuo a causa dell'istruttrice di snorkeling e mio padre mi ha preso a schiaffi perché stavo troppo sulle mie e non mi divertivo.

La sera andavamo a mangiare a Rio Maggiore, al ristorante La Lanterna. Il più delle volte, prima ci eravamo di nuovo fatti, quasi sempre di bamba, perché in realtà né io né lei siamo mai riusciti a venir via da Torino davvero puliti, e finivamo per ordinare un mucchio di roba senza poi toccare praticamente nulla. I piatti andavano e venivano e noi buttavamo giù soltanto Ferrari Brut perché in quel cazzo di posto quei cazzo di liguri non tenevano nessuna marca di champagne. E guardando il mare che oltre gli scogli si confondeva col cielo, Allegra mi diceva che l'ultima volta che aveva visto suo padre, prima che si trasferisse a Montecarlo con Svetlana, una modella russa da showroom raccattata da qualche parte a Milano, lui le aveva solo detto – Mi raccomando, ricordati che dopo i vent'anni una donna deve cominciare a usare le creme antirughe. Dopodiché, non l'aveva più rivisto.

Brainstorming

Sono le undici meno un quarto di una mattina di merda. E mi sento di merda, proprio di merda. Alla riunione in agenzia sono arrivato sul mio Hummer H3 nero con appena quarantacinque minuti di ritardo grazie a Laurent Garnier che pompava techno nel lettore dell'iPod. Provvisto di tavola da surf, naturalmente, perché noi della F.U.F.F.A. siamo giovani, ribelli e creativi, e facciamo *viral marketing*, cioè *subliminal advertising*, o volendo *guerrilla marketing*. E la tavola da surf ci rappresenta. Non a caso, le agenzie grosse e potenti si rivolgono a noi quando hanno bisogno di idee veramente toste. Tipo mettere in rete il video girato col cellulare di una ragazzina forse minorenne che in un'auto addobbata da matrimonio ha un rapporto orale con un giovane uomo in abito da cerimonia, e poi fa da damigella alla sposa. Va da sé che il video non pubblicizza né i rapporti orali prematrimoniali con le damigelle minorenni della sposa né il modello di automobile scelto per salutare parenti e amici e iniziare l'incantevole luna di miele, ma piuttosto le scarpe sportive *limited edition* che lo sposo indossa sotto l'abito da cerimonia, inquadrate in modo apparentemente casuale nel momento in cui la ragazzina sputa sul pavimento dell'auto la venuta di lui. Basta piazzare il video in un blog, e il gioco è fatto. Dopo una settimana, massimo due, scatta la corsa all'accaparramento delle scarpe.

Stamattina ci siamo tutti. Io, Chicco e Inti con le nostre tavole da surf e anche Gaia sulla sua sedia a rotelle, che come sempre mi lancia occhiate adoranti. E con noi c'è pure un tipo che non ho ancora capito come si chiama ma che è qui in veste di rappresentante dell'agenzia grossa e potente a caccia di idee nuove, la BSLH di Milano. Noi siamo vestiti dalla testa ai piedi da giovani ribelli creativi, un miscuglio di capi vintage Stussy e Gucci e Carhartt e Burberry ed Evisu e Bathing Ape e Billabong. Il milanese è super in tiro in giacca e cravatta Dolce&Gabbana. Ma sentendosi forse un po' a disagio nel contesto giovane, ribelle e creativo si è tolto la giacca, arrotolato le maniche della camicia e annodato la cravatta intorno alla fronte a mo' di kamikaze. Insomma: ha veramente un'aria da milanese imbecille, anche perché porta un paio di occhiali da vista di quelli con la montatura ipercolorata da architetto appunto milanese simili a quelli di Yoghi, l'architetto torinese che mi ha ristrutturato il loft, socio di Brocchi e degli altri giù al Tortuga. Fatti suoi.

L'unico problema di questa storia di essere un'agenzia giovane, ribelle e creativa è che in quanto membri di un'agenzia giovane, ribelle e creativa tutti dobbiamo trascinarci dietro questi cazzo di surf, anche solo quando passiamo a ritirare lo stipendio. Chicco da questo punto di vista è irremovibile, solo Gaia gode del privilegio di farne a meno, visto che gira in sedia a rotelle. Per tacere del tavolo dove facciamo le riunioni: di quelli per bambini che si usano all'asilo, è alto appena venti centimetri, per cui dobbiamo stare per forza di cose seduti come fachiri direttamente sul pavimento, che sempre per volere di Chicco è rimasto in cemento come quando in questi locali al posto della F.U.F.F.A. c'era una piccola ditta fornitrice di non so quali componenti Fiat, oggi come oggi prodotti in India. Dopo un tot di ore da fachiri al tavolo delle riunioni, i dolori alle articolazioni e il mal di schiena sono assicurati. Per quanto mi riguarda, poi, stamattina la postura da fachiro è resa ancora più difficile da questa maledetta erezione che mi porto dietro, no, davanti, da ieri sera, e che non se ne vuole andare in nessun modo. Ecco perché Gaia dalla sua sedia a rotelle ogni tanto mi lancia occhiate adoranti ma anche perplesse: è da quando sono arrivato che continuo a contorcermi tutto. Allegra da parte sua non si è ancora fatta sentire. Ma se spera che la chiami io per primo si sbaglia. Evvai.

«Bene, riassumiamo per Iaio che è arrivato tardi, *oh yeah*» fa Chicco, ammiccando ma con un'aria un filo seccata. Chicco, che ha casa anche a New York, ama sfoggiare soprattutto in presenza di milanesi la sua conoscenza dell'inglese per far vedere che noi torinesi non siamo provinciali. E al fondo di ogni frase piazza un *oh yeah*.

«Ehm» mi schiarisco la voce. «Chiedo scusa. Ho dovuto... accompagnare mia madre in ospedale.»

Gaia dalla sua sedia a rotelle mi lancia un'altra occhiata adorante ma perplessa. Qua dentro è l'unica a sapere che dopo il divorzio da mio padre la stronza si è trasferita in India con la sua nuova compagna aprendo un ristorante biodinamico in un ashram, a Puna.

«Niente di gravissimo, spero» mi fa Inti, con un tono da frocio partecipe. Lui in realtà non è un copy, si occupa solo della contabilità. Però per darsi un tono vuol sempre essere presente alle riunioni creative.

«No» mi stringo nelle spalle. «Per fortuna... solo un controllo.»

«Molto bene» riprende Chicco, sempre ammiccando. «Allora: i nostri amici della BSLH, di cui il qui presente Giorgio è Project Manager» mi indica il milanese con gli occhiali ipercolorati da architetto milanese e la cravatta legata intorno alla fronte a mo' di kamikaze, «hanno ricevuto dalle autorità competenti l'input per trovare il brand con cui d'ora in poi verrà venduta la città di Torino, *oh yeah*.»

«Venduta... la città... di Torino?» chiede Inti, tono da frocio allarmato.

«Esatto. Come sappiamo, Torino non è più una company town. Grazie al know-how dei suoi nuovi manager la Fiat ha saputo risollevarsi da una terribile crisi, ma ora il suo futuro è in Cindia. Ecco perché Torino ha una nuova mission: diventare la città dell'intrattenimento. Un tempo era impensabile. Ma i Giochi invernali del 2006 hanno dimostrato che si può fare, *oh yeah.*»

«C'è da dire che grazie ai mutamenti climatici nei prossimi anni Venezia sparirà» interviene kamikaze Giorgio. «E Torino potrà contare su nuovi flussi turistici.»

«Ci sono» dico. «In poche parole, dobbiamo trovare uno slogan più efficace dell'ormai vecchio Torino Non Sta Mai Ferma, giusto?»

«Sbagliato» scuote la testa Chicco. «Non si tratta di trovare un nuovo slogan. Si tratta di trovare un nuovo brand per vendere Torino al resto del mondo, *oh yeah.*»

Gaia dalla sua sedia a rotelle mi lancia un'altra occhiata adorante ma perplessa, non capisco se per le mie contorsioni o per le parole di Chicco.

«Ehm» cambio postura nel tentativo di mascherare meglio l'erezione. «Forse non ho afferrato bene» dico.

«La cosa per il momento è strettamente riservata» ci spiega kamikaze Giorgio, «ma noi come BSLH siamo stati incaricati di trovare... un nuovo nome per Torino, da lanciare approfittando della vetrina offerta dal prossimo Congresso Mondiale degli Architetti.»

«Un... nuovo... nome... per... Torino» mormoro.

«Esatto!» esclama Chicco. «Un nuovo nome per Torino. Un nome *hip, cool, young*, un nome *charming, successful, friendly*, un nome *brand-new, up-to-date, yé-yé*: o se volete, un nome *hot, oh yeah.*»

«Un nome... capace di affascinare, stupire, incuriosire, ecco. Capace di far sognare» si sente in dovere di specificare kamikaze Giorgio, aggiustandosi la cravatta legata intorno alla fronte. «Diciamoci la verità: Torino sa di vecchio, di città industriale, grigia, noiosa. Funzionava una volta, oggi non più. Ecco dunque l'esigenza di trovare un'alternativa al passo con i tempi. Fresca, giovane, accattivante.»

«Giustissimo!» salta su Inti, tono da frocio entusiasta.

«Noi come BSLH abbiamo studiato a lungo il problema e proposto, in prima battuta, Paris Hilton» prosegue kamikaze Giorgio. «L'idea alle autorità competenti è molto piaciuta, anzi, ha scatenato un grandissimo entusiasmo, perché conteneva sia il concetto di Paris, che richiama l'immagine di Torino come piccola Parigi, sia l'idea di Hilton, che esplicita la vocazione turistica della città.»

Inti si lascia andare a un applauso, con un'aria da frocio che applaude.

«Ma poi» continua kamikaze Giorgio, «all'ultimo momento, è saltato fuori che non lo si può usare per ragioni di copyright legate alla catena Hilton. Ecco perché abbiamo deciso di rivolgerci a voi della F.U.F.F.A. Negli ultimi anni abbiamo seguito attentamente il vostro lavoro, e non vi nascondo che ci aspettiamo grandi cose dalla vostra collaborazione.»

A un tratto, noto che sotto il vestito Dolce&Gabbana indossa le stesse scarpe sportive del video con la minorenne pompinara.

«Ecco quanto!» esclama Chicco. «Idee? Spunti? Riflessioni? *Come on*, raga, sparate, *oh yeah*!»

Segue una lunga pausa di silenzio. Kamikaze Giorgio torna ad aggiustarsi la cravatta legata intorno alla fronte. Io cambio ancora postura per mascherare l'erezione.

«Be'» dice Gaia dalla sua sedia a rotelle, lanciandomi un'occhiata adorante ma ancora più perplessa, «certo che trovare qualcosa di meglio di Paris Hilton non è facile.»

Cala di nuovo un silenzio meditabondo. I giovani ribelli creativi stanno facendo lavorare i neuroni residui.

«Che ne dite di... Britney?» propone Inti, tono da frocio pensoso.

«Britney...» soppesa la questione kamikaze Giorgio.

«Sii più articolato» lo esorta Chicco. «*Please*!»

«Sì» annuisce Inti, con un'aria da frocio in difficoltà. «Ecco... il nome Britney evoca, ovvio, Britney Spears. Che è... la migliore amica di Paris Hilton.» Si arena.

«Già. Peccato che la Spears ultimamente sia in disgrazia» lo stoppa Chicco. «E poi il bello di Paris Hilton era che, come ci ha fatto notare Giorgio, suggerisce sia la piccola Parigi sia la vocazione turistica. Ora, io mi chiedo... e ti chiedo: *what the fuck* c'entra con Torino Britney Spears, *oh yeah*?»

«Aspettate» dico. Non è che voglio essere costruttivo: è che non vedo l'ora di tornare a casa per cercare in qualche modo di liberarmi dall'erezione. «Proviamo a ragionare a mente fredda.»

«Bravo» fa Chicco. «Procediamo con questo benedetto *brainstorming, oh yeah.*»

«Gianduiottiland» spara Inti.

«Bicerinville» propone Gaia dalla sua sedia a rotelle, senza avere il coraggio di lanciarmi alcuna occhiata.

«Juventus City» butta lì Chicco.

«No» scuote la testa kamikaze Giorgio. «L'avevamo già proposto noi, ma ci hanno fatto notare che il nuovo nome della città deve dare un'immagine *positiva.*»

«Abracadabra?» ritenta Inti, tono da frocio speranzoso. «In fondo, Torino è conosciuta anche come città magica.»

«Abracadabra» assapora il nome Chicco.

«A-b-r-a-c-a-d-a-b-r-a» lo scandisce kamikaze Giorgio.

«Sempre che poi non diventi un ritrovo per adepti di Charles o Marilyn Manson» faccio notare io, ricordandomi di dover mettere in ordine i dischi anche per ritrovare il vinile con la versione di *Personal Jesus* dei Depeche Mode rifatta proprio dall'ex di Dita Von Teese.

«Giusto» stabilisce kamikaze Giorgio. «Abracadabra è troppo... ambiguo. Troppo... sinistro.»

«E se adottassimo... Tokyo?» propongo.

«Tokyo?» mi guarda sbigottito Chicco.

«Be'» provo ad articolare, «di sicuro la cosa farebbe scalpore, e ne scriverebbero tutti i giornali del mondo. Ma non è proprio questo ciò che vogliamo? Stupire, far parlare di noi, finire in prima pagina sul "New York Times"?»

Segue una lunghissima pausa di silenzio.

«Quindi mi stai dicendo che potremmo avere anche noi il nostro Tokyo Film Festival...» mormora Chicco dimenticandosi l'*oh yeah*, forse perché è indeciso se abbracciare l'idea fino in fondo.

«Non vorrei fare la parte del guastafeste» inarca le sopracciglia kamikaze Giorgio, «ma così secondo me vi giochereste i turisti giapponesi: perché venire fin qui per ritrovarsi a Tokyo?» La cravatta gli scivola sul naso. Se la rimette su.

«Non ci avevo pensato» ammetto, cambiando nuovamente postura. Se becco chi ha inventato 'ste paste di simil-Viagra l'ammazzo. «Ma un momento: abbiamo detto che vogliamo un nome *hip, cool, young, charming, successful, friendly, brand-new, up-to-date, yé-yé,* ossia *hot*, giusto?»

«*Oh yeah*!» conferma Chicco.

«Bene. Allora, che sia Gisèle.»

«Gisèle?» mi chiedono gli altri, in coro.

«Gisèle. Come la modella. Un nome che richiama sia gli storici legami con la Francia, sia la tradizione lirica del Teatro Regio. La Bundchen poi è brasiliana: darebbe quel tocco esotico ormai caratteristico della nuova Torino multietnica.»

«Sai che c'è? Mi hai convinto» decide kamikaze Giorgio. «I tour operator impazziranno, all'idea di proporre Gisèle, anziché Torino.»

Gaia mi lancia un'occhiata adorante e stop. Evvai.

A casa

Quando dopo la riunione torno alla base nel mio nuovo loft in pieno Quadrilatero Romano, che ho comprato chiedendo a mio padre un anticipo sull'eredità, mollo la tavola da surf nell'ingresso accanto alla Bmx e allo skateboard e mi sfilo le cuffie dell'iPod. L'erezione continua a pulsare sotto gli Stussy mimetici. Mi tornano in mente le parole di Tamara quando mi ha proposto 'ste cazzo di paste: *Queste in farmacia non le trovi*. E ti credo.

Nel grosso living che contiene la cucina isola, i divani Le Corbusier del soggiorno e la mia consolle casalinga con la coppia di Cdj1000 più piatti e mixer Pioneer, cerco di non fare caso alle condizioni del parquet, che oltre a essere invaso da pile di cd e borsate di vinili e mucchi di "Mixmag", "I-d" e "Dazed and Confused" è anche saltato in più punti malgrado sia stato posato appena un paio di settimane fa dai rumeni che lavorano per Yoghi, e mi sistemo al tavolo Cassina davanti al computer indeciso se collegarmi subito a un sito porno o se controllare la mia pagina su MySpace. Non faccio in tempo a fare mente locale che sul Nokia mi arriva un sms. Leggo: QUESTA SERA A LA GARE SFILATA IN INTIMO ORGANIZZATA DA FASHION TV. 20 TESTIMONIAL DEL TOUR MIDNIGHT HOT LINGERIE PARTY... PRIVÉ DA BERLINO – DINKIE!!! Vorrei sapere chi cazzo è stato a dare il mio numero di cellulare ai pierre del La Gare. Cancello il messaggio. Diosanto che fastidio quest'erezione. In qualche modo devo liberarmene. Ma dopo l'orgia a casa Brocchi non è che ho poi tutta 'sta voglia di porno. Mi alzo e controllo le condizioni del parquet. Aveva ragione Allegra, penso. Non avrei dovuto affidare a quell'imbecille di Yoghi i lavori di ristrutturazione. Specie dopo il numero che si era fatto quando prima di comprarlo glielo avevo mostrato. Rivedo la scena. Yoghi che con i suoi occhiali dalla montatura ipercolorata da architetto milanese entra con fare professionale nel loft. Yoghi che con i suoi occhiali dalla montatura ipercolorata da architetto milanese osserva con aria professionale il parquet del loft. Yoghi che con i suoi occhiali dalla montatura ipercolorata da architetto milanese mi fa, testuali parole: *Be', c'è da dire che questo parquet è piuttosto bello. Durante la ristrutturazione lo copriremo per bene, rovinarlo sarebbe un peccato.* Solo che poi, quando al momento della ristrutturazione ho riferito la cosa al capocantiere rumeno, quello mi ha guardato come fossi un deficiente e mi ha detto: "Padrone sei lei, se vuoi noi copriamo, però questo tutto finto". E io: "In che senso, scusa, *tutto finto*?". Il capocantiere rumeno allora ha sollevato un angolo di parquet con la punta di un martello. "Questa foto di vero parquet stampata su laminato. Guarda: marca IKEA." Così poi i rumeni di Yoghi mi hanno posato un parquet vero. Questo. Che però dopo pochi giorni ha cominciato a gonfiarsi. E ora in diverse zone del loft è saltato. Evvai.

Dato che dopo le performance cui l'ho sottoposto stanotte non ho tutta questa voglia di menarmelo, vado in bagno e provo a metterlo sotto il rubinetto dell'acqua fredda. Passa un minuto. Ne passano due. Poi tre. Niente. Resta duro come tungsteno. Va a finire che mi ricoverano per priapismo, penso, sentendo il trillo del mio cellulare. Sarà Allegra? Torno di là incespicando nelle assi del parquet e nei pantaloni abbassati, e raggiungo il tavolo Cassina. Recuperato il Nokia accanto al Mac controllo il numero in entrata. Non è Allegra. È Zombi. Me lo rivedo in azione con addosso la parrucca verde da clown.

«Sei caldo?» mi fa.

«Un fuoco» dico, abbassando lo sguardo sull'uccello teso come la spada di Darth Vader in *Guerre Stellari*. «Tu?»

«Di più. Cheffai per pranzo?»

«QuiQuoQua?»

«Dài. Cinque minuti e sono lì. Così parliamo del mixato per Bob Mambo.»

Al QuiQuoQua

Io e Zombi siamo seduti nel dehors del QuiQuoQua, ristorante che fa parte del circuito di locali delle sorelle Deturpi. Un ombrellone ci protegge dalla luce accecante del sole. Ormai siamo a settembre, ma fa caldo come ad agosto. Qui come negli altri dehors del Quadrilatero Romano, dal Pastis al Tre Galli al FreeVolo, tutti portiamo le maniche corte, Zombi anche i bermuda. Boh ha il cellulare spento, pare, quindi non è venuto. La cameriera, di cui non ricordo il nome ma che se non sbaglio in realtà fa l'artista, tant'è che devo aver visto da qualche parte una sua mostra di pittura o di scultura o forse una performance, frangia come quella tipa del *Grande Fratello* e tatuaggio tribale appena sopra il culo, ha appena portato a me un'insalata Topolino, e a Zombi una tagliata di carne Pippo. Da bere, champagne. Edoardo digrigna i denti, e da come si dimena sulla sedia deve essersi appena sparato la riga del buongiorno. Io no. Con l'erezione che mi ritrovo correrei il rischio di saltare addosso alla Nonna Papera in topless, che sotto forma di statua in silicone dà il benvenuto ai clienti all'ingresso del locale. Poco più in là, un pensionato sta rovistando in un cestino della spazzatura. La puzza dell'altra sera per fortuna non si sente più. Sul muro di fronte, qualcuno ha scritto POVERINI.

«Vedi» mi fa Zombi, guardando con gli occhi di fuori la spacca della cameriera, «ormai viviamo nell'era della comunicazione, e dobbiamo farci i conti. Anche nelle piccole cose, nel nostro quotidiano.»

«Tu dici?» Ha tutta l'aria di non essersi né lavato né pettinato: stanfa peggio di una capra, però di liquidi organici, e in testa ha parecchi fili verdi provenienti dalla parrucca da clown.
«Ovvio.»
«Vuoi dire che siamo letteralmente sommersi dalle informazioni? Che non capiamo più quali sono quelle importanti? Che non siamo più capaci di distinguere tra ciò che è vero e ciò che è falso? Che Internet e i telefoni cellulari e la tivù ci hanno fatto perdere ogni residuo contatto con la realtà?»
«No» scuote il capo lui, sfregandosi il naso, digrignando i denti e agitandosi tutto. «Mi riferivo alle tipe.»
«In che senso?»
«Pensaci: qual è la cosa peggiore che ti può capitare nella vita, a parte quando blindano il tuo pusher di fiducia?»
«Non saprei. Forse quando in serata lavori con i cd e tra un pezzo e l'altro ti dimentichi di premere PLAY e s'interrompe la musica e tutti ti guardano come fossi un deficiente?»
«Sbagliato. Puoi sempre fingere di averlo fatto apposta. No, la cosa peggiore che ti può capitare nella vita è svegliarti dopo una serata e ritrovarti nel letto la tipa che ti sei portato a casa e con cui hai trombato fino a poche ore prima.»
«In effetti» convengo.
«Quindi non ci sono cazzi: la tua priorità assoluta è farla smammare. Anche perché 'ste cretine di solito si credono che siccome te le sei gommate poi le inviti pure a colazione fuori, o addirittura a pranzo e poi olé, a fare shopping» s'infila tra le fauci un boccone di carne Pippo. «Ma dove cazzo vivono?» bofonchia, masticando. «Roba da matti. Comunque: quando ti svegli e ti trovi nel letto gli avanzi della notte, la cosa essenziale è *comunicare*. Far capire alla cretina di turno, senza tanti giri di parole, che non vuoi certo avercela tra i coglioni per il resto della giornata. Però in modo elegante, perché non si sa mai. Una volta o l'altra, potresti sempre decidere di ritrombartela.»
«Tu come fai?» chiedo a Zombi, cacciando con un gesto deciso della mano un marocchino carico di cianfrusaglie prima che se ne esca col classico *Ehi, 'mico, compra qualcosa.*

«Mah, io col tempo ho affinato un paio di tattiche» mi spiega lui. «Prima tattica. Salto su di botto mentre la cretina ancora ronfa, e grido: "Cazzo, mi ero dimenticato che stamattina viene a trovarmi mia madre!". Lei apre a fatica gli occhietti. Io intanto sono già balzato giù dal letto e ho attaccato a tirarle addosso mutande e tutto. Lo shock è brutale, però efficace. La cretina, ancora mezza addormentata, biascica una protesta ma poi si veste in fretta e furia e si leva dalle palle.» Beve un lungo sorso di champagne, trattiene a stento un rutto e scaccia a sua volta un tossico che si sta avvicinando per battere moneta, sibilando un'unica parola: «Fila».

«E la seconda tattica?» riprendo io il discorso, pregando segretamente il mio uccello di non vulcanizzarmi i pantaloni.

«La seconda è una variante della prima» mi spiega lui, con uno sguardo che per un istante mi mette quasi paura. «La cretina ronfa sempre. Io schizzo in piedi sul letto e urlo: "Cazzo! Stamattina devo andare in banca per pagare la rata del mutuo!". Lei borbotta qualcosa infilando la testa sotto il cuscino, ma io la strappo via a forza dalle lenzuola e la chiudo fuori di casa mettendole in mano i suoi quattro stracci. Va da sé che la prossima volta dovrò farle un po' la corte.»

«Farle... un po'... la corte?»

«Sì» ghigna. «Tipo offrirle tre o quattro mojito giù al Tortuga e poi una sbambata nei cessi. Con 'ste troiette funziona sempre. Due righe e ormai ti gommi chiunque, è matematico.»

Una tromba attacca a suonare alle nostre spalle.

«Oh, no! Di nuovo quei cazzo di zingari!» geme Zombi, mettendosi le mani tra i capelli e poi passandosele sulla faccia. Guarda con aria perplessa un paio di fili verdi che gli sono rimasti tra le dita.

«Allora, che si fa con 'sto mixato?» chiedo. «Quand'è che lo finiamo e cerchiamo di farlo arrivare a Bob Mambo? Facile che lui e i suoi soci di Radio Torino I Love You stiano già lavorando al palinsesto del prossimo Klakson Festival.»

«'Ste merde. L'anno scorso si sono puppati un milione di euro di fondi pubblici. Un *milione* di euro, ti rendi conto?

Con quella cifra come minimo dovevano resuscitare John Lennon e George Harrison e fargli riformare i Beatles.»

«Dobbiamo assolutamente riuscire a entrare in quel giro anche noi. Ma Mambo alle nostre serate non è mai venuto, per quel che ne so.»

«E ti credo. Va per i cinquanta, ha un piede nella fossa. Pensa che trent'anni fa quando noi andavamo all'asilo lui era un cazzo di punk. E adesso campa con i soldi dei contribuenti.»

Uno zingaro particolarmente basso, forse perché si tratta di un bambino, gli mette sotto il naso un pezzo di cartone con su scarabocchiate parole incomprensibili.

«*Gni gnignace*» gesticola Edoardo, scuotendo la testa. «*Gnogno gnoido.*»

Il nano non si muove.

«Mi dispiace!» traduce Zombi. «Sono sordo!»

Il nano se ne va.

«Dovremmo chessò, incuriosirlo» dico a Edoardo.

«Mah, forse l'ideale sarebbe riuscire ad avere un cantato di Paris Hilton» mi fa lui, serissimo.

«Ne parlavo giusto stamattina.»

«Di incuriosire Bob Mambo con un cantato di Paris Hilton?»

«No, di Paris Hilton.»

«Tutti parlano di Paris Hilton. Anche quelli a cui sta sul cazzo. Lo sai che ha appena regalato al suo chihuahua un set di valigie Louis Vuitton e il nuovo iPhone della Apple?»

«Evvai.»

«Paris Hilton è l'unica vera icona del nostro tempo.»

«Tu dici?»

«Altroché.»

L'unica vera icona del nostro tempo

Potrei tranquillamente dire Richie Hawtin, il dj che ha ridato speranza alla techno. Oppure Steve Jobs, l'uomo che ha inventato l'iPod. Ma sarebbe troppo facile. Per quanto mi riguarda l'unica vera icona del nostro tempo, specie dopo che Kate Moss ha dichiarato di voler mettere la testa a posto e mollato quel tossico di Pete Doherty, è lo Hummer H3, Suv appartenente alla stessa famiglia dei famosi fuoristrada Humvee in dotazione all'esercito americano all'alba di questo terzo millennio, caratterizzata dall'incertezza seguita alla caduta del Muro di Berlino e dalla tenuta dell'elettronica malgrado l'esplosione del fenomeno emo e i successi del rap. Il mio Hummer H3 è un GA1 Luxury nero dai finestrini oscurati. Progettato per superare con sicurezza la maggior parte degli ostacoli in off-road con il suo telaio in acciaio perfettamente saldato, piastre di scivolamento anteriori in rilievo, 219 millimetri di altezza da terra, lo Hummer H3 è particolarmente efficace in acqua, con una profondità di guado di 610 millimetri a 8 chilometri l'ora e di 407 millimetri a 32. L'angolo di attacco di 37,5°, assieme a un angolo di uscita pari a 35,5°, consentono di superare ogni ostacolo. Oltre a rendere al meglio in condizioni off-road estreme, lo Hummer H3 garantisce le stesse prestazioni anche su strada. Sul portellone posteriore è montata una ruota di scorta di dimensioni normali. Il telecomando di apertura porte è dotato di pulsante antipanico. Lo Hummer H3 è equipaggiato con un motore Vortec 3700. Potenza? Ben 180 kW a 5600 giri al minuto e una coppia di 328 Nm a 4600 giri al minuto, sia con cambio manuale a cinque velocità, sia con cambio automatico a quattro velocità. Con le sue caratteristiche hi-tech e il peso ridotto, il motore Vortec 3700 rende lo Hummer H3 ancora più conveniente dal punto di vista dei consumi. Anche se, con quello che metto assieme tra serate e F.U.F.F.A., e soprattutto con la cifra che mi passano mensilmente i miei genitori, dei consumi posso tranquillamente fregarmene.

Sms

OPEN BAR A TEMA GENITAL HOSPITAL annuncia il display del mio Nokia quando mi sveglio sudato marcio nel futon e per prima cosa controllo gli sms, quasi certo di trovarne uno di Allegra. DR. FAUST'S E LE SUE INFERMIERE QUESTA SERA VI VISITERANNO PRESSO LA CLINICA LA GARE! continua il messaggio. PRIVÉ GNAPPO'S BIRTHDAY. Vorrei sapere chi cazzo ha dato il mio numero di cellulare ai pierre del La Gare. Per riuscire a prendere sonno questa notte dopo che mi sono svegliato convinto di trovare accanto a me mio fratello Ludwig, ho preso trenta gocce di Lexotan. Ho la bocca impastata e mi sento addosso una specie di effetto jet-lag. Guardo l'orologio del cellulare. Le due del pomeriggio. Da quant'è che non ci sentiamo, con Allegra? Da quando l'ho lasciata sotto casa sua. Che giorno era? Giovedì. No. Venerdì? Nemmeno. Arrivavamo dall'after al Sax, quindi era domenica. La chiamo? Non la chiamo? Mi sta veramente sul cazzo il fatto di dover essere di nuovo io a chiamarla, ma lei non lo farà mai, lo so. Fanculo.

La chiamo. Sento il tono di libero. Una volta. Due. Tre. Quattro. Cinque. Sei. Sette. Otto. Nove. Dieci. Niente da fare. Non risponde. Butto via il Nokia e afferro il telecomando del Panasonic appeso alla parete di fronte al futon. Lo accendo. Su MTV stanno ancora passando il video di Martin Solveig, *Jealousy*. Un vero palo, per carità: la gente ci sbatteva dentro, quando lo mettevi a metà serata. Pura ritmica house con chitarra e basso funk. E si mixava alla perfezione con Junior Jack, *E Samba*, nella versione originale dell'album *Trust it*. Zombi mi ha sempre criticato, a proposito di Junior Jack. Dice che è troppo ignorante e che fa pezzi zarrissimi. Sarà. Però ogni volta veniva giù il locale, letteralmente. Guardo sullo schermo al plasma del Panasonic le due coriste negre, la finta band vestita di bianco e di rosa e Lee Fields che al microfono si dimena tipo James Brown buonanima. Detto questo, *Jealousy* è del 2005. Cioè più o meno del Paleozoico. E io devo assolutamente procurarmi *Spastik*, il nuovo singolo d'importazione di Richie Hawtin aka Plastikman remixato da Dubfire dei Deep Dish. Richie Hawkin sì che è avanti. Altro che Paris Hilton. Devo ricordarmi di dare un'occhiata in rete, sul sito Beatport. Lì ce l'hanno di sicuro. Mi arriva un sms. Recupero il Nokia e controllo il mittente. Carletto. Leggo: TI DEVO PARLARE! URGENTE!

In teoria oggi per prima cosa volevo andare in via Mantova da MondoMusica a vedere se è arrivato questo benedetto singolo. Ma Carletto è il mio amico di più vecchia data: ci siamo conosciuti più di dieci anni fa in una serata targata José Padilla in un club di Formentera. Carletto ci aveva trascinato suo padre dopo la morte della madre in seguito a un'operazione di chirurgia plastica finita male, e i due ballavano assieme sui tavoli. Quel loro modo di lasciarsi una simile tragedia alle spalle mi aveva molto colpito, e avevo pensato che Carletto avesse una forza morale fuori dal comune.

Ora che anche suo padre è morto, un tumore alla prostata, Carletto gestisce la catena di agenzie di viaggi di famiglia. Massì. Da MondoMusica posso anche andarci un'altra volta.

Carletto

Io e Carletto ce ne stiamo seduti davanti a una bottiglia di champagne nel dehors del Pistolino, locale in stile Tex-Mex gemello del Pistola e come questo aperto nel Quadrilatero Romano dalle sorelle Deturpi. Una massa di fintipoveri e pseudoalternativi affolla i tavolini che si contendono ogni centimetro quadrato di piazza Emanuele Filiberto, già prolet e per ora fighetta. Non appena noi ci stuferemo di frequentarla ed eleggeremo a nostro luogo di ritrovo un altro angolo della città, scoccherà automaticamente l'ora degli zarri. Succede sempre così, anche con le marche di abbigliamento. Ma al momento non ci siamo ancora stufati. A un tratto mi pare di avvertire di nuovo la puzza che aleggiava in zona qualche sera fa, ma non ne sono sicuro. Sul muro di fronte a noi, qualcuno ha scritto POVERINI.

«Allora» dico a Carletto, che dall'epoca di Formentera ha già perso parecchi capelli, «spara.»

«Ho un problema. Mi devi dare una mano.»

«Se posso.»

«Sandy mi ha mollato.»

«Ma va?»

«Da una settimana. Per il momento conviviamo ma in pratica me ne devo andare, anche se quella in realtà è casa mia, perché lei di sicuro otterrà l'affidamento di Miorica. Tra l'altro se senti qualcosa, fammi sapere.»

«E come mai Sandy ti ha mollato?» indago.

«E chi lo sa? Se n'è uscita con 'sta storia da un giorno all'altro, si vede che in Inghilterra usa così.»

«Eh, 'ste straniere...» sospiro. «Ma qualcosa ti avrà pur detto, no?»

«Mah, sì, arrivo una sera a casa dopo che mi sono fatto il culo tutto il giorno per organizzare il viaggio premio di un gruppo di donne manager in cerca di forti emozioni cubane...»

«Diciamo pure di cazzi» lo interrompo.

«Diciamolo» ridacchia lui. «E mi fa: *dobbiamoi perlarei*. Eh, le ho detto, parliamo. *Voglio chei tei nei vei dei cheisa*, mi dice, e lì per lì credevo che stesse scherzando.»

«Sarà che sono otto anni che sta in Italia ma parla ancora come Stanlio» ghigno.

«Sarà. Infatti ho cercato di metterla sul ridere: ma come, non mi dai nemmeno gli otto giorni? Va bene che in giro c'è tutto 'sto precariato, ma mi licenzi così, su due piedi?»

«E lei?»

«E lei: *Tiu hai soulo eil seisso peir lai teista, uognei trei peir diue tei nei vei in veichenza coni gliei eimeici ein Breisilei, sei soulou iuno piutteinierei, mei sounou stiufeite*. Ti rendi conto?» si scalda. «Le solite stronzate che dicono tutte le donne. Per di più, dette a quel modo.»

«Che storia» scuoto la testa, cacciando con un gesto deciso della mano una coppia di mendicanti prima ancora che uno dei due apra bocca.

«Dopodiché, ti pareva, ha aggiunto i classiconi: *Trai nuoi noun cei pieu dialogoi e noun mei deiseiderei pieu*.»

«Ma un po' più di fantasia no, eh?»

«Vabbe', meglio così. A me sinceramente spiace solo per la bambina.»

«Certo» gli dico, mandando giù un sorso di champagne. «Ma dimmi, Carletto: come ti posso aiutare?»

«Allora, ti spiego in due parole. Ti ricordi che a luglio sono stato in Brasile per lavoro?»

«Tu sei sempre in Brasile, Carletto. Ma non credo che sia per lavoro.»

«È vero. Be', l'ultima volta, a luglio, ho conosciuto in un discobar di Rio una ragazza del posto, Janine. Una figa davvero notevole, credimi.»

«Ti credo.»

«Per farla breve» abbassa la voce, «lei era una *garota de programa*, come si dice da quelle parti.» Tossisce, un po' imbarazzato, guardandosi attorno nel dehors del Pistolino dove tra un tavolo e l'altro le sorelle Deturpi hanno piazzato giganteschi peperoncini finti vagamente fallici.

«Cioè?»

«Una puttana» ammette lui. «Il fatto però è che me ne sono innamorato.»

Guardo Carletto. A ben vedere è quasi del tutto calvo, ormai. Ma lui ha trentasei anni, tre più di me.

«Carletto» gli dico, «ti faccio notare che tutte le volte che vai in Brasile poi torni a Torino e mi racconti di esserti innamorato di una puttana.»

«Sì, ma questa volta è diverso» mi spiega lui.

«Diverso? E perché?»

«Perché lei...» esita. Torna a guardarsi attorno. «Lei... ha... appena... diciotto... anni» mi fa, abbassando ulteriormente la voce. «Cioè... a dire la verità... credo che ne abbia... quasi diciotto... tipo... diciassette e mezzo... o giù di lì.»

«Ah.»

«Eh.»

«E che posso fare, scusa, per darti una mano? Vuoi che metto i dischi al suo prossimo compleanno quando diventerà maggiorenne? Se mi paghi il volo fino a Rio più l'albergo, visto che siamo amici ti faccio uno sconto sul cachet.»

«Non ce ne sarà bisogno» ridacchia lui. «No, perché ho deciso di farla venire qui, in Italia. A Torino.»

«Ma, scusa se mi faccio i cazzi tuoi: Sandy non ti ha appena piantato?»

«Appunto. È stata lei a piantarmi, di sua iniziativa. E oltretutto così, da un giorno all'altro. Di punto in bianco. Io ho la coscienza a posto. Solo che...» Esita ancora.

«Solo che?»

«Solo che forse uno straccio di speranza di non perdere la casa ce l'ho, visto che in fin dei conti me l'ha lasciata mio padre. Quindi vorrei evitare, nel momento in cui Janine arriverà, di farmi vedere in giro da solo con lei. Sai, giusto per non dare a Sandy qualche arma in più una volta che finiremo in tribunale.»

«E quindi?»

«E quindi be', volevo chiederti... se non ti spiacesse troppo... sì, insomma... quando Janine sarà qui... ecco... vorrei che in linea di massima... si uscisse insieme, tutti e tre.»

«Tutti e tre io, te e la minorenne brasiliana?» gli chiedo facendo segno di smammare a un marocchino carico di cianfrusaglie prima che se ne esca col classico *Ehi, 'mico, compra qualcosa.*

«Bravo. Di modo che se per caso incontriamo qualche amica di Sandy posso sempre dire che lei è la tua nuova fidanzata. Che ne pensi? Ti va di aiutarmi?»

«Mah...» sospiro, più che altro per fargli cadere la cosa dall'alto. «A me pare una cazzata. E poi, francamente, è un po' complicato.»

In quell'istante scorgo Boh all'interno del locale. Si sta riempiendo la bocca di pizzette al bancone del bar e baccaglia la nostra cameriera, frangia come quella tipa del *Grande Fratello* e tatuaggio tribale appena sopra il culo. Il nome non me lo ricordo, ma so che è un'artista perché di solito porta i jeans a vita bassa tutti chiazzati di colore, anche se mi pare che una volta mi abbia detto di fare la scultrice. O delle performance? Anche Carletto vede Boh, e mi sussurra:

«Vabbe', ne riparliamo un'altra volta. Se lo viene a sapere quello è come attaccare i manifesti. Però sappi che ci conto. Ciao.»

Si alza e tela. Da qualche parte nella piazza attacca a suonare una tromba. Ancora quegli zingari. Basta, mi dico. Ora chiamo MondoMusica per sapere se è arrivato *Spastik,* il nuovo singolo d'importazione di Richie Hawtin aka Plastikman remixato da Dubfire dei Deep Dish.

Spastik

MondoMusica ha ricevuto una sola copia del nuovo singolo di Richie Hawtin aka Plastikman e non c'è stato modo di farmela mettere da parte. Dato che avevo lasciato il mio Hummer H3 nel parcheggio sotterraneo della piazza, e che mentre mi dirigevo da questa parte un taxi stava scaricando Samuel dei Subsonica che mi ha anche salutato, per non perdere altro tempo ho preso al volo l'auto pubblica. Il tassista ha attaccato a blaterare di come la città ormai pulluli di extracomunitari e spacciatori e puttane e tossici e in generale di delinquenti, e mostrandomi nel cruscotto la pistola con cui gira mi ha spiegato che lui se ne frega se ogni tre per due Minfischio dichiara ai giornali che Torino è sempre più bella e sicura e blablabla. Io gli ho dato ragione su tutta la linea, fingendo di interessarmi all'argomento, ma in testa avevo un solo pensiero. Mettere al più presto le mani su quell'unica copia di *Spastik*. Ragion per cui non mi sono nemmeno incazzato quando mi è arrivato un sms e l'ho aperto dicendomi che stavolta doveva trattarsi di Allegra che aveva visto le mie chiamate, mentre in realtà era solo un altro di quelli con cui ultimamente mi perseguitano i pierre del La Gare, STASERA LA GARE TRASH! ER MUTANDA PARTY CON TANTO DI PARTECIPAZIONE DI ER MUTANDA OVVERO ANTONIO ZEQUILA! PRIVÉ SAMBLA DAY, CHE REGALERÀ T-SHIRT E GADGET: ero troppo ansioso, per incazzarmi. E lo sono tuttora, tanto che pur di sbrigarmi lascio al tassista pistolero ben sette euro e cinquanta di mancia, visto che cincischia nel darmi il resto.

Mi catapulto fuori dall'auto e notando che anche qui qualcuno si è preso la briga di scrivere su un muro POVERINI varco la soglia di MondoMusica. Ai piatti a disposizione dei clienti stanno ascoltando dischi in cuffia dj Vespa, dj Titta, dj Frola, dj Hugo e Lollino. Tutti fanno su e giù con la testa seguendo il tempo delle rispettive tracce. Tra gli scaffali c'è anche dj Pisti. Dobbiamo veramente finire quel mixato per Bob Mambo e poi metterci a fare musica tipo lui, Samuel e Pierfunk. Come Motel Connection hanno piazzato un paio di colonne sonore con la Mescal, una casa discografica indipendente, e adesso hanno un contratto con una major nonché una piccola etichetta loro per i singoli che senza Pierfunk fanno uscire come Krakatoa. Insomma sono veramente caldi e anziché blaterare di progetti come tutti si danno da fare sul serio. Anche perché qui ridendo e scherzando tra quindici anni tutti più o meno ne avremo una cinquantina come Mambo, e a quell'età mica potremo pensare di continuare a fare i dj. Mi guardo attorno in cerca di un commesso. Non c'è. Sarà in magazzino. Mi dirigo verso gli scaffali e attacco a scartabellare. Dunque: Mylo, *Drop the Pressure*, con Radio edit, Club mix, Riton rerub, Erol Alkan edit, Felix Da Husecat remix, Dirty Minds rework, Clean Club mix... roba vecchia, ce l'ho. Poi: Layo & Bushwacka, *It's Up to You Shining Through*, con Radio mix, Roni Size vocal mix, Lee Cabrera remix... ho anche questo. Poi: Lcd Soundsystem, *Daft Punk is Playing at my House*, con solo il Radio edit e il Soulwax Shibuya mix... idem come sopra. Poi: di nuovo Lcd Soundsystem, *Disco infiltrator*, anche qui con solo il Radio edit e come seconda traccia Slowdive xfm session... com'è 'sta storia? Oggi hanno solo reperti? Poi: Juliet, *Avalon*, con l'album version Radio edit, l'album version normale, Jacques Lu Cont Versus remix, *Fuck Me I'm Famous* remix by David Guetta & Joachim Garraud, Low End Specialist Hollywood mix... uhm... questo non l'ho mai voluto prendere, però c'è David Guetta e Zombi l'altra sera ha detto che David Guetta lui sì che ce l'ha il *french touch* quindi mi sa che è una figata. Vediamo la data di pubblicazione... 2004? Pazzesco. Col cazzo che lo prendo. Poi: Thomilla, *Freaky Girl*, con Single edit, Dj T.'s Electric Boogie mix, Version 5.20 ed Extended Club mix... problema: chi cazzo è Thomilla? Non lo prendo. Poi: Eric Prydz, *Call on Me*, con Radio edit, Eric Prydz vs Retarded Funk mix, JJ Stokholm Club mix, Filterheadz remix, Red Kult Dub Bass 2 mix... ovviamente ho già anche questo, compreso il formato cd con quel video praticamente porno girato in una palestra durante una lezione di aerobica, anche se le ragazze sono tutte in body. Poi: Soulwax, *E Talking* con *E Talking* Radio edit, *Teachers* Pupil mix, *E Talking* Soulwax Nite Version featuring Nancy Whang, *E Talking* Jagz Kooner Black September Vocal Mix... questo sì che era una figata, devo avere anche il 45 giri in vinile giallo come uno Smile. Mah, qui mi sa che è appena passato qualcuno e ha fatto incetta di novità. Alzo gli occhi dai vinili. Un commesso sta uscendo dal magazzino. E con lui c'è... Zombi, con due, no, tre bustone gonfie di dischi. Non è possibile. Diosanto, ti prego, dimmi che non è vero. Li raggiungo dribblando dj Pisti con uno scatto degno di Kakà.

«Ehilà, Iaio!» mi fa Zombi, sorridente. «Com'è? Sei caldo?»

«Caldissimo» mi sforzo di sorridere a mia volta. Ci stringiamo la mano in stile negroide. Tutt'a un tratto sono marcio di sudore. «Ehm» mi schiarisco la voce, cercando di controllarmi. «Sono venuto... a prendere... *Spastik*... il nuovo singolo d'importazione... di Richie Hawtin... aka Plastikman... remixato da... Dubfire dei Deep Dish...»

«Questo?» mi fa lui, estraendolo da una delle due borse.

Mi cade la mandibola.

«Eh» allarga le braccia il commesso. «Purtroppo me ne hanno mandata solo una copia.»

Per un breve tratto

Per un breve tratto della sua vita, prima di cominciare a farsi, Allegra ha avuto qualche problema di bulimia. Così almeno mi ha sempre detto, anche se quando ci siamo messi assieme aveva già un fisico alla Kate Moss. Di quell'epoca, che io sappia, non esistono sue immagini, a parte forse un paio di foto di classe scattate nel cortile dell'Adoration, il linguistico su in collina dove ha studiato prima di iscriversi a Palazzo Nuovo. Una me l'ha mostrata poco dopo che ci eravamo conosciuti, giusto perché in quel periodo beveva per smettere con l'ero e ogni sera si ubriacava a botte di Campari e Vodka Lemon in quella fogna che è il Punk Rock Café al fondo di via dei Mille. Ma nella foto, che la ritraeva quindicenne con le sue compagne di liceo a suo dire tutte molto stronze perché tutte rigorosamente cabinotte, si nascondeva con tipica tecnica adolescenziale dentro una felpa Carharrt nera col cappuccio da punkabbestia così oversized da non lasciar trapelare nulla. Dato che i suoi in casa non c'erano mai, la madre nel negozio di antiquariato, il padre in giro a caccia di mobili e gioie e quadri e cioè a scoparsi tutto lo scopabile tra Torino, Milano e la Costa Azzurra, Allegra la mattina faceva colazione da sola rimpinzandosi di merendine davanti alla tivù. E all'uscita da scuola, prima di salire su nell'attico di via Roma dove la sua famiglia si era trasferita dopo aver venduto la villa al fondo di corso Moncalieri, così da ripianare i conti intaccati dalla bella vita del padre senza che questi dovesse rinunciare a nemmeno una delle sue tre Porsche, lei passava in Vespa da Gatsby in via Soleri per dare un'occhiata alle vetrine di Top Ten e prendersi un bel chilo di gelato. Il suo pranzo, visto che oltretutto detestava la cucina polacca di Julia, l'ultima di una lunga serie di domestiche. Finché un giorno suo padre, che per Allegra progettava un futuro da modella e l'aveva già iscritta a un paio di concorsi di bellezza, le aveva detto che non aveva nessuna intenzione di ritrovarsi con una figlia che portava la taglia 44, cioè obesa. E che se non si fosse data una regolata col cibo, le avrebbe fatto fare una liposuzione: si era già informato presso un suo amico chirurgo, titolare di un paio di cliniche tra Varese e Milano, che si era detto disposto alla cosa anche se Allegra era minorenne e si era portato avanti col lavoro, facendo presente che in caso di bisogno lui si era giusto specializzato in California nell'impianto di protesi mammarie al silicone. Risultato: lei aveva pianto per due giorni filati. Lui l'aveva costretta a iniziare la cosiddetta dieta del succo d'acero. Allegra non aveva più potuto toccare cibo per due settimane, durante le quali non aveva ingerito altro che grosse cucchiaiate di quel liquido maleodorante. Il suo alito al succo d'acero, a dir poco pestilenziale, aveva fatto sì che le compagne di classe cabinotte evitassero più di prima qualsiasi contatto con lei e la sua felpa Carharrt nera oversized col cappuccio da punkabbestia. Più tardi nel corso di quell'estate, un pomeriggio verso la fine di luglio, suo padre le aveva chiesto se per caso non avesse qualche amica da fargli conoscere. Lei lì per lì era rimasta senza parole, poi visto che lui insisteva gli aveva detto che di amiche non ne aveva. Poco dopo sua madre aveva sorpreso suo padre a letto con Julia e dopo aver cacciato la polacca lo aveva sbattuto fuori di casa, facendogli trovare le valigie pronte sullo zerbino. Un sabato d'agosto, per la prima volta, a una festa data da una sua ex amichetta dell'asilo su in collina, Allegra si era fatta di eroina.

Riunione al Tortuga

Oggi Davide Brocchi ci ha convocati giù al Tortuga per una riunione con gli altri soci del club in vista dell'inaugurazione della nostra nuova serata all'insegna dello slogan La Droga Ci Fa Schifo, prevista per i primi di novembre. Con Zombi ci troviamo al Lab in piazza Vittorio, dove qualcuno ha tracciato su un muro la scritta POVERINI. Davanti al locale c'è la solita folla di adolescenti ansiosi di sbronzarsi prima che sia ora di cena, circondata dal solito nugolo di minorenni nordafricani che spacciano indisturbati a poche decine di metri da una stazione dei carabinieri. Ogni tre metri ce n'è uno che da dietro le arcate dei portici offre la sua merce con l'immancabile *Ehi, 'mico, fumo?* Zombi è piuttosto su di giri. Tanto per cambiare ce l'ha con Davide Brocchi.

«Tutto il giorno che mi perseguita per 'sta riunione, 'sto cretino *totale*. Ma ti rendi conto? È a uno così che hanno messo a disposizione a titolo gratuito quattrocento metri quadri!»

Questo essere si è impadronito dell'unica copia esistente a Torino del nuovo singolo di Richie Hawtin aka Plastikman. Sto male. Sto veramente male.

«Tutto aggratis! Per la sede di un'associazione di cui il solo e unico socio è lui! Che nella sede della medesima ci mangia e ci dorme e ci fa pure le orge! Alla faccia dei contribuenti!»

Sferro un calcio a una lattina di birra apparentemente

vuota che però si rivela piena di piscio, maledicendo me stesso per non essere andato prima a comprarmi quel cazzo di singolo.

«Cos'è, Iaio? Dimmi, spiegami, illustrami, mi è forse sfuggito qualcosa? Com'è che un cretino *totale* come Brocchi è riuscito in pratica a farsi regalare una casa?»

Lo so: Zombi userà *Spastik* al culmine della serata, spaccando alla grande. Erano mesi che aspettavo il nuovo singolo d'importazione di Richie Hawtin aka Plastikman. Da quando ne avevo letto in anteprima su "Mixmag". Ho un attacco di nausea.

«Perché scusa tanto, ma quali mostre o rassegne o iniziative ha organizzato diciamo negli ultimi due anni questa sua associazione dei miei coglioni, a parte l'ammucchiata dell'altra sera? Siamo noi i distratti oppure è vero che fondamentalmente quel cretino totale passa il suo tempo tra bar, locali notturni e ristoranti senza fare un'emerita minchia?»

Incrociamo un paio di ragazzine che abbozzano un saluto a Edoardo, ma lui fa finta di non vederle e allunga le falcate. Un pensionato sta rovistando in un cestino della spazzatura. Il mantra che mi sta martellando il cervello è: *sono una testa di cazzo, sono una testa di cazzo, sono una testa di cazzo.*

«Mentre noi dobbiamo farci il culo fino alle sei del mattino per far ballare 'sta massa di sfinite cerebrolese il cui unico e solo pregio sta nel fatto che la danno via per un tiro di bamba!»

Lasciamo i portici, e attraversate le strisce pedonali tra le auto in coda sul Lungo Po Zombi viene interrotto da un trillo in stile vecchio telefono. Mi frugo in cerca del mio Nokia ma è il BlackBerry di Edoardo.

«Ancora lui! Stiamo arrivando!» ruggisce, senza rispondere. E mentre alle nostre spalle impazza lo strombazzare dei clacson, assume la posa plastica di un lanciatore di giavellotto e con un gesto veramente atletico lancia il BlackBerry al di là del parapetto, urlando a squarciagola: «MA VAFFANCULO!».

Il palmare vola nell'aria satura di smog ruotando su se stesso, e supera la lunga striscia d'asfalto dei Murazzi. Quindi, s'inabissa nel fiume. Incredulo, guardo Zombi. Lui borbotta una bestemmia e sibila, non capisco se rivolto a me o a se stesso: «Tanto è appena uscito il nuovo modello».

Senza aggiungere altro, s'incammina verso i gradini spisciazzati che portano alla discesa oltre la quale inizia la sparata di locali. Per arrivare al Tortuga passiamo la linea di frontiera costituita dall'eterno grappolo di pusher marocchini appollaiati sul parapetto del Po e pronti in caso di retata a tuffarsi nel fiume per poi sparire nei cunicoli di scarico delle acque bianche, che data l'ora non ci importunano in alcun modo. Sono come vampiri, questi stronzi: aspettano il calare delle tenebre per ciucciarti il portafoglio, il cellulare o l'orologio. Ci lasciamo alle spalle il Doctor Sax, Giancarlo 2 e il Beach, rivolgendo un cenno di saluto a due dei proprietari di quest'ultimo, Maurizio Cilli e Samuele Rocca. E quando da sotto un ombrellone del Tortuga Carla-Non-Lo-Sa fa capolino tra una selva di mojito, fingiamo entrambi di non vederla. Al bar del dehors è assiepata l'abituale folla di ragazzine tutte con i jeans a vita bassissima, tutte con la frangia come quella tipa del *Grande Fratello* e tutte tatuate in stile tribale appena sopra il culo, ciascuna accompagnata da almeno un pari età impegnato a ordinare da bere alle bariste. Boh, che in teoria dovrebbe mettere i dischi per l'aperitivo, ha appena inserito in un Cdj un vecchio mixato dei Chemical Brothers, così da scassarsi in santa pace un vassoio colmo di pizzette. Io e Zombi tiriamo dritto ed entriamo nel locale tutto mattoni a vista, come usa in genere qui ai Murazzi.

Alla riunione partecipano, oltre a noi e Brocchi, Yoghi con i suoi occhiali dalla montatura ipercolorata da architetto milanese e gli altri soci del Tortuga: l'esperto Ranger Smith, che in quanto figlio di un noto commercialista si occupa della parte contabile e cioè in linea di massima del nero, e l'utile Bubu, che in quanto figlio di un noto onorevole si è rivelato capace in questi anni di evitarci qualsivoglia problema con le autorità, a cominciare dalla sezione narcotici della Questura. Che qui al Tortuga infatti non ha mai messo piede, benché nel nostro piccolo si contribuisca non poco alla crescita del prodotto interno lordo e soprattutto dell'export della Colombia. Da un certo punto di vista, è proprio di questo che ci avviamo a discutere.

«La mia unica obiezione a 'sta storia della campagna La Droga Ci Fa Schifo» esordisce Ranger Smith dopo aver fatto sparire due enormi mazzette di banconote mentre gli altri ci accoglievano a colpi di *Sei caldo?* e strette di mano in stile negroide «è: siamo sicuri che per quanto riguarda il nostro pubblico non sia controproducente? Non corriamo il rischio di giocarci la clientela?»

«Secondo me possiamo stare più che tranquilli» sentenzia Bubu. «Non se ne accorgerà nessuno. Quando arrivano giù, specie il sabato sera, sono già tutti strafatti o ubriachi.»

«Questo è vero» concorda Yoghi.

«Senti un po'» gli dico, ricordandomi improvvisamente del parquet, «quand'è che riesci a sistemarmelo, 'sto pavimento?»

«Ah, già. Ricordami che gli è successo.»

«Appena posato ha cominciato a gonfiarsi. Poi una mattina torno a casa dopo aver suonato come dj ospite al Rock City e oplà, era saltato. Non in un punto solo: un po' dappertutto.»

«Eh» sospira, aggiustandosi sul naso gli occhiali.

«Che vuol dire, *eh*?»

Lui scuote la testa.

«Allora?» insisto.

«Brutta bestia, il parquet.»

«In che senso, brutta bestia?»

«Mah» si stringe nelle spalle lui, senza rispondermi.

«Sarà mica normale che uno lo mette e dopo un mese salta?» gli chiedo.

Sento che questa storia del parquet sta per farmi sclerare. Lui allarga le braccia, scuotendo nuovamente la testa.

«Parliamo un po' di soldi, piuttosto» digrigna i denti Zombi. Squadra Brocchi, torvo: «Qualsiasi cifra sganci il tuo assessore, noi vogliamo il cinquanta per cento più il cachet abituale per la serata. Anche perché con 'sta storia dello slogan La Droga Ci Fa Schifo ci sputtaniamo di brutto. Chiaro?».

«Facciamo il dieci» lo stoppa Ranger Smith.

«Il quaranta» rilancio io.

«Il venti» fa Bubu.

«Il trenta» sibila Zombi.

«Il venticinque» propone Brocchi.

Io e Zombi ci guardiamo. Eccolo lì, l'essere che ha messo le mani sull'unica copia esistente a Torino di *Spastik*, il nuovo singolo d'importazione di Richie Hawtin aka Plastikman remixato da Dubfire dei Deep Dish.

«Bene, vada per il venticinque allora» taglia corto Yoghi.

E come al solito, ce lo mettono nel culo.

Vernice

Oggi per l'aperitivo mi sono spinto a bordo del mio Hummer H3 fino alla Galleria Maze in via Mazzini dove c'era la vernice di una mostra di Ozzy, l'artista-performer amico di Allegra che tutti chiamiamo così perché è identico a Ozzy Osborne. In realtà ci sono venuto nella speranza di incontrare proprio lei, visto che anche stamattina non ha risposto a un paio di mie chiamate. Ma da quel che vedo, Allegra non c'è. In compenso c'è quasi tutta la Torino che conta. Oltre agli habitué del giro, infatti, come Paolo Grassino o Pietra Pistoletto o Nicus Lucà, ci sono Boosta con la Lessa, Marsiaj con la Herzigova, Buffon con la Seredova, uno che non riconosco con la Bobulova, Francesco Coco con una che somiglia a Elena Santarelli ma non sono certo che sia lei, Irene Grandi con Roberto Spallacci dell'Associazione Culturale Xplosiva, Fabrizio Gargarone dell'Associazione Culturale Hiroshima Mon Amour, Maurizio Cilli dell'Associazione Culturale The Beach con i soci Roberto Marucci e Samuele Rocca, Alberto Campo dell'Associazione Culturale Traffic Festival con il socio Ammendolia, Max Casacci con la sua tipa, Johnson Righeira con Isabella Santacroce, Pisti e Samuel con l'aria di voler sfuggire a due, no, tre ragazzine, dj Vespa con dj Samantha, il regista Davide Ferrario con la scenografa Francesca Bocca, le due stiliste del marchio Serienumerica di cui non ricordo il nome, la collezionista d'arte contemporanea Patrizia Sandretto Re Rebaudengo col marito Re Rebaudengo, l'attrice Stefania Rocca, lo scrittore Giuseppe Culicchia, Luciana Littizzetto con il batterista degli Africa Unite, Tiziano Lamberti nudo che la intervista per *Le Iene*, i nostri rivali dell'Associazione Culturale Boombastic, un artista sconosciuto con una ex di Zombi, Luca dello Studio 515 con la sua nuova ragazza che se non sbaglio arriva da Bologna e fa l'artista concettuale, una ex di Luca con un'amica racchia, Ivan di Progetto Durden con un'altra ex di Zombi, Sara e Sebastiana Cordero anche loro con un'altra ex di Zombi, tutta una serie di dj più o meno noti in città tipo Titta, Frola, Gambo, Hugo, Lollino, Ubit, più il consueto stuolo di figli e figlie di imprenditori e avvocati e chirurghi e giornalisti e architetti e costruttori e ingegneri e notai e. L'atmosfera è frizzante. Tra le altre cose, ci attende una Notte Bianca.

In un angolo, vestito di nero da capo a piedi, Ozzy è circondato da gente vestita di nero da capo a piedi. Tutti chiacchierano e nessuno guarda le opere, anche se qua e là colgo il classico commento *Divertente, davvero divertente.* Al bar, i camerieri del catering smerciano cocktail a raffica dietro una selva di mani tese come si vede in certe scene del *Tg24*, quando le telecamere inquadrano i volontari di Medici Senza Frontiere che dai camion distribuiscono provviste chessò, ai superstiti dell'ultimo tsunami. A un tratto mi imbatto in Boh, che dalle parti del bar si sta mettendo in tasca un tovagliolo pieno di salatini.

«Pensa che si è iscritto a un sito internet dove in pratica hai la possibilità di partecipare regolarmente a orge» mi fa, con un ghigno dei suoi. «Basta pagare una specie di abbonamento.»

Lo pianto lì senza aver capito a chi si riferisca, perché a un paio di metri di distanza inquadro una tipa dai capelli corvini che mi pare piuttosto figa, almeno vista di spalle. Molto alta e che, incredibile ma vero, appena sopra il culo non sfoggia alcun tatuaggio. Mi guardo attorno un'altra volta, ma Allegra proprio non c'è. Approfitto di un attimo di distrazione di Buffon e gli porto via da sotto il naso i due flûte di champagne che stava aspettando. Mentre mi avvicino alla tipa dai capelli corvini, assorta davanti a un'opera di Ozzy che se non ho capito male è un festone argentato di quelli usati per addobbare l'albero di Natale che pende dal soffitto sotto forma di cappio, controllo meglio. No, non mi sono sbagliato. Tra il corpetto nero che finisce all'altezza dei fianchi e i jeans, portati non bassissimi ma comunque bassi, non c'è alcun tatuaggio. Per fortuna prima di venire qui mi sono concesso un paio di righe di quella buona, benché ora come ora me ne farei volentieri altre due.

«Divertente, no?» esordisco, affiancando la preda di fronte al cappio argentato.

Lei si volta e mi trafigge con due occhi azzurrissimi e in quell'istante il mio cervello registra due dati. Primo: oltre a non avere alcun tatuaggio tribale appena sopra il culo, non ha nemmeno la frangia come quella tipa del *Grande Fratello*. Secondo: ho appena rivolto la parola a una delle sorelle Deturpi. E ora? Che le dico?

«Divertente?» mi fa lei.

«Be', sì» mi stringo nelle spalle. «Non come il mio Hummer H3, ma comunque divertente.»

«Che cos'è uno Hummer H3?»

«Uno Hummer H3 è un Suv» parto in quarta. «Cioè, è *il* Suv. Il suo cuore pulsante è costituito dal motore Vortec 3700, con trasmissione manuale a cinque velocità di serie o automatica a quattro velocità come optional.»

«Interessante.»

«Progettato in modo specifico per autocarri leggeri, Vortec 3700 è un motore ad alta tecnologia, che consente al veicolo un perfetto equilibrio fra prestazioni e consumi. La sua durata elevata lo rende la scelta migliore per uno Hummer H3.»

«Davvero?»

«Tra gli accessori, l'impianto di cablaggio per il gancio di traino, il portaruota di scorta con copertura rigida ornata dal logo Hummer in rilievo, la griglia di aerazione del cofano cromata come il tappo del serbatoio, il paracolpi avvolgente in acciaio sagomato che contribuisce a proteggere la zona frontale del veicolo da danni causati da rami, arbusti e simili.»

«Ma va'?»

«E poi i fari montati sulla griglia inferiore, i predellini tubolari cromati, i parafango color grigio fumo e la speciale protezione sottoscocca, costituita da un sistema anch'esso tubolare saldato e fissato al telaio mediante bulloni.»

«Tutto qui?»

«No. Ci sono il tettuccio apribile in cristallo, i tappeti antifango in gomma, le copertine per sedili realizzate in materiale Stormshield. E i fari da tetto off-road, oltre alle luci di segnalazione. Poi il sistema di navigazione satellitare Kenwood, l'impianto audio Bose a sei diffusori, il lettore cd e mp3, il caricatore da sei cd integrato nel cruscotto, l'interfaccia Bluetooth, i sensori di parcheggio, il sistema di rintracciabilità vettura. Il tutto per più o meno sessantamila euro. Non è meraviglioso?»

«Direi di sì, anche se non capisco perché non mi hai ancora offerto uno di quei due flûte di champagne» mi fa lei.

«Oh, scusa. Che sbadato.» Le porgo un flûte. «Io comunque sono Iaio.»

«Serenella» sorride.

Brindiamo. La squadro.

«Che ci fai qui, Serenella?»

«Be', vado sempre alla Fondazione Sandretto e non mi perdo una performance alle Fonderie Teatrali Limone. Insomma, sono diplomata allo Ied e adoro l'arte contemporanea. E tu?»

«Uguale. Ma dovendo scegliere tra quel coso» le indico il cappio argentato, «e una bella ragazza dai capelli corvini, non ho dubbi.»

Avvampa. Evvai, penso. Non solo non si è fatta tatuare un tribale appena sopra il culo e non porta la frangia come quella tipa del *Grande Fratello*, ma arrossisce pure. Un'aliena, oggi come oggi.

«Hai uno strano modo di baccagliare» mi fa lei.

«Ma io non ti sto baccagliando.»

«Ah, no?»

«No. Cioè, sì. È che a dire la verità... non ci sono abituato. Di solito, sono le ragazze a baccagliare me.»

«E perché?»

«Be', perché faccio il dj.»

«Oh.»

«Tu invece che fai?»

«Io? Disegno magliette con i manga. Disegno spillette. Ma negli ultimi tempi disegno soprattutto borsette.»

«Credevo ti limitassi ad aprire locali alla moda.»

«Quello lo fa più che altro mia sorella» mi dice lei, buttando giù un sorso di champagne. «Dunque sai chi sono.»

«Sì. Ma non so ancora il tuo numero di telefono.»

Avvampa di nuovo. Di sfuggita, noto che Ozzy dal suo angolo mi sta guardando di traverso. Torno a concentrarmi su Serenella Deturpi.

«Me lo dai?» le chiedo.

«Perché dovrei?»

«Mi piacerebbe invitarti a pranzo, uno di questi giorni. Ma non in uno dei vostri locali.»

Ci pensa su.

«Allora?» provo a insistere.

«Non lo so.»

Forum

Lo stupore provato nel constatare che Serenella Deturpi non ha né un tatuaggio tribale appena sopra il culo né la frangia come quella tipa del *Grande Fratello*, accresciuto dall'aver scoperto che è una ragazza ancora capace d'imbarazzarsi e arrossire, aumenta un altro po' quando deduco che contrariamente a tutti noi lei non ha una sua pagina su MySpace. La cerco in lungo e in largo, ma dopo un paio d'ore mi arrendo. Secondo me, non ce l'ha proprio. Pazzesco.

Già che ci sono, do un'occhiata al sito www.torinoforum.it, il portale dedicato alla vita notturna della città. Si apre col flyer della nuova serata di Boombastic. Leggo:

> Boombastic Productions presenta Boombastic Boom-Boom, la nuova serata della Boombastic Crew al Boombastic Club, Murazzi del Po, Torino. Boombastic Production è una Crew di dj attenti agli ultimissimi trend della scena musicale globale, e propone un caldissimo mix di tech-house punk-funk minimal-disco electro-clash big-beat reggae-dub drum'n'bass. Il progetto della Boombastic Crew: organizzare serate che sono eventi per la Torino by night. Torino città d'arte, Torino città d'artisti. La Boombastic Crew è un collettivo di fuoriclasse della puntina, ma non solo. Pensa in grande, frulla emozioni e sensazioni, shakera sogni psichedelici in un mix di eventi sempre innovativi e all'avanguardia, in cui chiama a raccolta chiunque si senta artista dentro: pittori, scultori, performer, soul-children e poètes maudits, survivor dei Favolosi Eighties e tiratardi professionisti. Boombastic è made in Torino, la città dove tutto è possibile.

Vado ai commenti.

BABAYAGA: siete i più caldi

NOME: caldi sì ma i Muri ormai sono un postaccio! bisogna far lo slalom tra quelli che collassano e quelli che ti vogliono asciugare portafoglio e catenina!

SARA: speriamo non ci siano i soliti 13 enni!!

MAGO MERLINO: sara, sbaglio o in questi giorni sei un po' presa male? ;)

BABAYAGA: vai sara tu balla e non ci pensare...

PIG: ma chi suona nel privé?

COOLBOY: ma soprattutto: chi porta la bamba?

SARA: Mago Merlino è che mi son rotta le palle di 'sti gagni... non è possibile! io a 13 anni stavo a casa alla sera!

SARA: babayaga credimi è dura non pensarci mi sembra di stare all'asilo dietro casa mia...

MAGO MERLINO: sara, guarda che in giro per Torino di serate elettroniche senza gagni ce ne sono...

SARA: Mago Merlino e dove?

COOLBOY: ma nel privé chi porta la bamba?

BABAYAGA: tranquillo coolboy la bamba nel privé c'è lanno tutti

MAGO MERLINO: babayaga si scrive c'è l'hanno, please...

PIG: sì però sara ha ragione la maggior parte delle serate sembra una "fuga dalla scuola media" :)

SARA: è vero grande Pig...

COOLBOY: ma la bamba?

SARA: ma omaggio fino all'una x le ragazze significa che non c'è bisogno della lista?

ESPERTO: certo che quando i dj sono i primi tamarri, è difficile che il pubblico non prenda esempio... ma volevo segnalarvi lo stile dei pierre... dei cretini totali... fino alla chiusura delle liste entrano solo i loro amichetti... dopo che le liste sono chiuse, possono entrare anche gli altri... ma a quel punto le liste sono chiuse! e si paga il biglietto intero!!! continuate così, andrete lontano!!!

Quel cretini totali è come una firma: ci faccio le palle, questo è un commento lasciato da Zombi. Scorro i commenti finché becco quelli successivi all'inaugurazione.

PIG: grande serata mi sono scassato una minorenne nei cessi

SARA: a me invece proprio non mi è piaciuta... poca gente e inoltre sempre pieno di ragazzini...

CASINI: sara vs 13enni! come finirà?

PIG: secondo me vince sara... io tifo x lei!!!

SARA: grande Pig... ti adoro abbasso i gagni!!! ahahahahah

PIG: sara dovremmo vederci

BABAYAGA: sara così tanto per sapere no, ma quando eri gagna tu cosa facevi? dove andavi? ma voglio dire, come sei stata gagna tu e magari nessuno ti ha mai rotto i coglioni, perchè ce l'hai tanto con i ragazzini, anche a me non fa impazzire andare a ballare dove ci sono i bimbi, ma io ci suono ai Muri e ti dirò che mi diverto anche, a te però non ti obbliga nessuno ad andare li, prova ad andare al millionaire che magari trovi gente di tuo gradimento... io alle serate di Boombastic ci andavo già quando avevo 15 anni e per me era una figata e quindi capisco tutti i ragazzini che ci vanno ora... i tempi cambiano e noi cresciamo ricordatelo... non sputare nel piatto in cui mangi...

ILNONNO: quando ero gagno io, mi guardavo bene dall'andare in giro vestito come i truzzi che normalmente affollano le serate di Boombastic, e soprattutto non scatenavamo le risse oceaniche che vedo spesso lì davanti. Ma il vero problema è che la musica che ha messo la Boombastic Crew faceva schifo...

SARA: il fatto è che purtroppo pensano solo ai soldi e fanno entrare di tutto... mah! contenti voi non so cosa dirvi

Ma 'sta Sara da che pianeta viene? A che dovrebbero pensare? Avrà mica preso sul serio il fatto che anche Boombastic è un'associazione culturale?

ROBERTINA: Io nn ce l'ho con i "gagni" di per sé... in fin dei conti io avevo 17 anni quando ho iniziato ad andare a ballare il sabato notte, ero piccina anch'io... quello ke nn tollero è la maleducazione e la stupidità di questa generazione di "gagni", sono gentaglia sempre in botta e pronta alla rissa... ma quello ke mi fa più rabbia è che nn capisco perché dove c'è elettronica c'è truzzo-gagno-fuso, come mai questo tipo di musica attira e identifica solo un certo tipo di gente e di comportamento? che palle

SEMPRESOLOCHIACCHERE: Vi siete mai kiesti xké ci sono solo + ragazzini in questi locali? Xké i miei cari coetanei preferiscono scappare da certe situazioni, invece di affrontarle. Ovvio ke poi parte il declino. Così come per i murazzi, se ci fosse ogni we

1 folla oceanica diventerebbe la zona + bella di Torino. Invece tutti pronti a criticare e scappare allo stesso tempo, bel modo di reagire! Dal canto mio, a 24 anni, continuo a scendere ai muri, a parlare con certa gente invece di scartarla solo xké truzza o + scura di pelle. Sono ancora vivo e mi diverto ;-D

SARA: il fatto è che non esistono più i gagni di una volta... io andavo alle serate Boombastic anni fa ed erano stupende oggi è uguale a domenica pomeriggio... che schifo!

Serate Boombastic stupende? No, questa arriva proprio dal Pianeta delle Scimmie.

BABAYAGA: ragazzi io dico che le cose sono cambiate ma non molto... prima avevamo 18 anni noi e vedevamo la serata e la clientela con altri occhi con un'altra prospettiva... ora avendo 24 o 25 anni guardiamo la serata e la clientela con un altro occhio... siamo anche noi che cambiamo non diamo solo la colpa ai locali e ai ragazzini

SARA: babayaga questo è anche vero... ma una volta la qualità c'era... quando ero piccola io la clientela era diversa...

CASINI: forza sara...

PIG: io e casini i 2 più accaniti fan di sara...

SARA: Grandi Pig e Casini i miei fan... vi adoro ragazzi.

CASINI: io parlavo d "forza sara", un film porno famoso nel circuito amatoriale...

PIG: gran bel film forza sara....

SARA: Ah proposito x i miei fan... le porcate tenetevele x voi però... vi prego... non scadete in queste kazzate... grazie!

MAGO MERLINO: sara, fai un favore a tutti: rilassati!!!

CASINI: fan??!!? porcate???!! kazzate scritto con la k??? ma tu guarda 'sta 13enne!!!!

SARA: Casini caro... di che film stavi parlando sopra? magari non ho capito bene io in tal caso scusami...

COOLBOY: oh volevo tranquillizzarvi tutti, alla fine la bamba l'ho trovata

Fine dei commenti. Vabbe'. Non mi pare che per l'inaugurazione della nostra serata ai primi di novembre noi si corra grossi rischi a causa della concorrenza di Boombastic. Chiudo il Mac. Afferro il Nokia. Vado alla rubrica. Vado alla lettera S. Vado a Serenella. Alla fine il numero sono riuscito a farmelo dare. Che faccio, allora? La invito a pranzo?

In Drogheria

PRANZO IN DROGHERIA? Ho scritto semplicemente così stamattina nell'sms che alla fine ho deciso di mandare a Serenella. Lei, dopo tipo un'ora, mi ha risposto OK. Poi, giusto per tenermi un po' in allenamento, mi sono trascinato la tavola da surf da casa fino in piazza Vittorio, i passanti che come al solito si voltavano a guardarmi. E sono inciampato in una deficiente con un cane, cadendo all'altezza di via Accademia Albertina. Evvai. Così ora sto aspettando Serenella nei pressi del dehors del locale con gli Evisu *limited edition* strappati all'altezza del ginocchio destro sanguinante, la giacca vintage Gucci lacerata e sporca come la T-shirt Stussy e un livido viola grosso così all'altezza delle costole. Che comunque il tutto fa molto figo. Come sempre qui in Drogheria, i tavolini pullulano di cabinotti vestiti Carhartt dalla testa ai piedi. Poco più in là, un pensionato sta rovistando in un cestino della spazzatura. Su una delle colonne del porticato che percorre piazza Vittorio, qualcuno ha scritto POVERINI. E qualcun altro ci ha pisciato contro. Dato che Serenella è in ritardo, provo a chiamare Zombi per raccontargli che cosa ho scoperto a proposito della nuova serata Boombastic leggendo i commenti di torinoforum. Ma lui non risponde. Starà dormendo. Faccio per scrivergli un sms quando sotto i portici avvisto Serenella. Lascio perdere e spengo il cellulare.

«Ciao» mi fa, venendomi incontro. «Dio mio che caldo, sono tutta sudata!»

«Sei venuta a piedi?» le chiedo, prendendomi la libertà di baciarla sulle guance. Indossa lo stesso corpetto nero dell'altra sera sempre con i jeans e un paio di ballerine Miu Miu rosse come la borsetta Fendi. Il corpetto nero fa intravedere giusto un centimetro del solco che separa le tette, senza però che si riesca a capire se le ha grandi o piccole. Noto che le ballerine sono tutte rovinate in punta.

«Sì, volevo prendere la Vespa ma oggi fa le bizze. Ho fatto una corsa per non farti aspettare.» Mi squadra. «Ma tu che hai?»

«Oh, niente di grave. Un banale incidente» mi stringo nelle spalle.

«No, mi riferivo a quella roba» mi fa lei, indicandomi con un cenno del capo la tavola da surf che tengo sotto un braccio. «A Torino non c'è il mare.»

«Tu credi?» le sorrido. «Be', ti sbagli.»

Mi guarda in modo strano, ma non dice nulla.

Appoggio la tavola da surf a una panchina in pietra e sediamo lì accanto nel dehors. La cameriera che ci porta i menù, di cui a dire la verità non ricordo il nome, è un'ex di Zombi che se non vado errato una volta mi ha detto di avere ambizioni in campo artistico. Dipinge, credo. O scolpisce. O forse fa performance. Ha un tatuaggio tribale appena sopra il culo e la frangia come quella tipa del *Grande Fratello*. Serenella invece oggi porta i capelli corvini raccolti in uno chignon tenuto assieme da una... spessa matita rossa da muratore, mi pare.

«Allora, che prendiamo?» mi fa lei, dando un'occhiata alla lista delle vivande. Poi si accorge che sto fissando qualcosa sopra la sua testa. «Che c'è?» mi chiede allarmata. «Un'ape?»

«No, stavo osservando quella... spessa matita rossa da muratore con cui ti sei fatta lo chignon» le dico.

«Oh» arrossisce, sfilandosela dai capelli che subito le scendono sulle spalle. «Me n'ero dimenticata.»

«È una... nuova moda?»

«No» sorride. «È che sto per inaugurare il mio nuovo atelier dalle parti del Quadrilatero Romano, e vengo direttamente da lì: ho lasciato l'architetto alle prese con gli ultimi ritocchi, e i muratori hanno finito stamattina di stuccare e imbiancare le pareti.»

«Capito.»

Tutti e due torniamo a scrutare il menù, anche se io in realtà scruto più che altro la scollatura di Serenella. Improvvisamente mi chiedo: e se Allegra capitasse in Drogheria? Che le dico? Io e Serenella Deturpi non stiamo facendo nulla, ma Allegra è diventata di una gelosia impossibile da quella volta che mi ha beccato con una ragazzina nei bagni del Tortuga, che poi me la stavo solo limonando dopo avere sbambato. Un marocchino carico di cianfrusaglie si avvicina al nostro tavolo. Faccio per cacciarlo con un gesto deciso della mano, poi mi blocco perché Serenella mi sta guardando. Mi frugo in tasca. Metto qualche spicciolo in mano al rompiballe. Lui ringrazia e si dirige verso un altro tavolo.

«Poveraccio» dico.

«A me la povertà non fa impressione» mi risponde lei. Lancia un'occhiata perplessa alla mia tavola da surf ma non aggiunge altro. Riprendiamo a scorrere i rispettivi menù.

Quando la cameriera torna da noi, io ordino una Niçoise, Serenella un carpaccio di pesce spada. Da bere, champagne. Il costato mi fa male ogni volta che respiro, e da quello che riesco a intravedere attraverso lo strappo che mi ha lacerato gli Evisu il ginocchio destro mi sta diventando blu. Ma conciato così mi sento più figo del solito. Evvai.

«Ehm» mi schiarisco la voce, cercando di non guardarle troppo esplicitamente il corpetto all'altezza delle tette. «Allora, parlami un po' di te.»

«Di me?»

«Sì, raccontami qualcosa che ti piacerebbe farmi sapere sul tuo conto. In fondo ci siamo appena conosciuti.»

«Be'» mi fa lei, frugando dentro la borsetta e recuperando un pacchetto di Diana Blu. «Sono una ragazza solare. Estroversa, direi. Ma non potrai dire di conoscermi davvero finché non incontrerai il mio Tobia.»

«Il tuo... Tobia?»

«Già» esclama lei dopo essersi accesa una sigaretta. Aspira una boccata e poi soffia via il fumo come a scatti.

«E... chi è il tuo Tobia?»

«Un maialino nano vietnamita.»

«Ah.»

«I maialini nani vietnamiti sono stati selezionati negli anni Sessanta partendo da maiali del Vietnam. Prima sono arrivati in Svezia e in Canada e poi negli zoo degli Stati Uniti. I primi a intuire le loro potenzialità come animali da compagnia sono stati proprio gli americani, a metà degli anni Ottanta.»

«Davvero?» le chiedo, rendendomi conto che pur non essendo mai stato in fissa con le tette sono turbato dal fatto di non riuscire a stabilire le dimensioni delle sue. «E... che cosa mangia, un maialino nano vietnamita?»

«Il maialino nano del Vietnam mangia prevalentemente cereali, pane, mais, erba, frutta, tra cui mele e pere, ma è onnivoro come gli esseri umani. È consigliabile integrare la dieta del maialino con un cucchiaino di vaselina una volta alla settimana per facilitare il transito intestinale.»

«Interessante» annuisco, fissando il solco che le separa le tette.

«Inoltre, bisogna lasciargli acqua fresca sempre a disposizione. Il maialino nano è un animale che sa essere pulito quanto un cane o un gatto, anche se periodicamente va lavato e spazzolato. Fin dalla nascita, istintivamente sporca fuori dalla sua lettiera, ma sempre nello stesso punto.»

«Fantastico» dico, chiedendomi di quali dimensioni siano i suoi capezzoli.

«Secondo gli etologi, il maialino nano è come un bambino di due anni. E per essere felice ha bisogno di buon cibo, una cuccia da cane, un pezzettino di prato, una pozza d'acqua melmosa... e tanto, tanto affetto!»

«Come tutti noi» mi stringo nelle spalle.

«Da un punto di vista caratteriale, il maialino nano è intelligente, curioso, testardo. Ma anche socievole, almeno come un cane. Per un buon bocconcino è disposto a imparare nuove cose. Io per esempio ho insegnato a Tobia a riportarmi indietro le scarpe, quando gliele lancio.»

«Ora capisco come mai le tue ballerine hanno quella punta» le dico con un sorriso.

«Esatto. Il maialino nano ama farsi grattare dietro le orecchie e se coccolato, si dimostra amichevole, docile e fedele. Non ha problemi a socializzare con altri animali, ma quando non vive con essi stabilisce un forte legame con le persone.»

«Che tenero.» Potrebbe avere la seconda come anche la sesta, tipo Alessia Marcuzzi. Che tra l'altro se le è fatte ridurre, 'sta deficiente.

«Il maialino nano comunica con simpatici grugniti e con un allegro movimento della coda, ma attenzione: sa essere permaloso e vendicativo.»

«Ne terrò conto» ammicco. «Ma... a parte questo tuo amore per i maialini nani vietnamiti, che altro mi dici di te?»

Lei aspira una lunga boccata e soffia di nuovo via il fumo come a scatti. Tace.

«Allora?»

«Mah, non saprei proprio cos'altro dirti.»

«Magari qualcosa che ti fa piacere farmi sapere sul tuo conto.»

Ci pensa su, mentre la cameriera si materializza con lo champagne, la Niçoise e il carpaccio di pesce spada. Poi mi fa:

«Non sopporto la Torino bene.»

La guardo, vagamente confuso. Brindiamo.

«E tu?» mi chiede, spegnendo quel che resta della sigaretta per attaccare a piluccare il carpaccio.

«Neanche io» dico, affrontando la Niçoise. «Tu che musica ascolti?»

«Musica? Non lo so.»

«Be', avrai di sicuro un gruppo preferito, o un cantante, oppure un genere, no?»

«Per la verità... no. Mentre disegno le mie borsette... ascolto la radio.»

«Ah» dico. «Mentre disegni le tue borsette... ascolti la radio.»

«Sì. In realtà, credo che mi piaccia la minimal. Ma non so riconoscerla.»

La guardo, senza parole.

«Comunque» continua lei, arrossendo leggermente, «tra qualche giorno, come ti dicevo, c'è l'inaugurazione di questo mio nuovo atelier. E se ti fa piacere... be', sei invitato.»

Avvampa, tale quale ieri. La fisso negli occhi. Lei distoglie lo sguardo. Ho un abbozzo di erezione.

«Oh, certo che mi fa piacere» le sorrido. «Grazie.»

Segue un momento di silenzio, in cui cerco di capire il motivo per cui mi sono eccitato. Per il fatto che ha i capelli corvini? O per via del mistero che circonda la sua taglia di reggiseno? Entrambe le cose, probabilmente. Ma quello che mi arrapa di più è vederla arrossire così.

All'improvviso avvisto una ragazza sotto i portici e ho un tuffo al cuore. Allegra! Cazzo! Sento il sangue defluirmi dal volto. L'erezione sparire. Poi però la ragazza si avvicina e mi rendo conto che per fortuna non è lei, anche se le somiglia abbastanza.

«Che ne dici se andiamo?» faccio a Serenella.

«Se vuoi.»

«Cameriera!» chiamo. «Tra l'altro, io sto in pieno Quadrilatero. Se torni al tuo atelier possiamo fare una passeggiata assieme» le propongo, subito pentendomi all'idea che ci si possa imbattere davvero in Allegra. Ma ormai è andata.

«Assieme?» Serenella mi guarda per un istante negli occhi. Ma poi subito si volta verso la nostra cameriera, che sta arrivando col conto.

«Allora?» le chiedo quando ho pagato.

«Perché no?»

In atelier

Lungo la strada tra piazza Vittorio e il Quadrilatero Romano zoppico un po' per via del ginocchio sbucciato, reggendo disinvolto la mia tavola da surf. Di tanto in tanto mi volto, nel timore di vedere Allegra alle nostre spalle, ma per fortuna non è così. Cerco anche di sbirciare nella scollatura del corpetto nero di Serenella, senza però ottenere granché. Magari porta semplicemente una via di mezzo tra la seconda e la quarta, cioè una terza. Per un po' nessuno dei due apre bocca. Lei si accende un'altra sigaretta e ricomincia a soffiare via il fumo come a scatti. Finché in via Po, davanti a Ghigo, le dico:

«Sai che sei l'unica ragazza di mia conoscenza a non avere un tatuaggio tribale... in fondo alla schiena?»

«Davvero?»

«E non porti nemmeno la frangia come quella tipa del *Grande Fratello.*»

«Odio la frangia.»

«Inoltre ti ho già vista arrossire più di una volta, altra rarità.»

«Arrossire? Io? Non credo proprio» mi fa. Evita di guardarmi ma avvampa nuovamente.

«Vedi?» sorrido.

«Ho solo caldo» mi fa lei, accelerando il passo.

Accelero a mia volta. L'erezione torna a pulsare negli Evisu.

«Non dirmi che non fai nemmeno uso di sostanze» azzardo.

«In effetti è così. Per carità, un paio di volte all'epoca delle superiori è capitato anche a me. Poi però ho capito che non mi interessava. E tu?»

«Io...» ho un attimo di esitazione, ma mi riprendo, «no. Pensa che non fumo neppure. Il fumo uccide, c'è scritto sui pacchetti.»

«Io invece come vedi fumo. Però immaginavo che voi dj foste tutti drogati.»

«Già, è quello che crede la gente. Ma è il classico stereotipo. Figurati che a novembre giù al Tortuga io e i miei soci dj Zombi e dj Boh inauguriamo la nostra nuova serata all'insegna dello slogan La Droga Ci Fa Schifo» le dico. «E per come la penso io, se vuoi saperlo, le sigarette rientrano nella categoria.»

«Prima o poi smetterò» si stringe nelle spalle lei.

Segue un altro momento di silenzio. Devo farmi venire in mente qualcosa di cui parlare, penso. Passiamo davanti a una libreria.

«Tu che libri leggi?» le chiedo.

«Libri?»

«Sì, tipo romanzi, o racconti.»

«Mah, non lo so.»

«Io ho appena letto *Io, dj*, di Claudio Coccoluto. Bellissimo. Ma mi piace anche Irvine Welsh, il tipo che ha scritto *Trainspotting*. Il film ce l'hai presente, no?»

«Non credo di averlo visto.»

«Massì, figurati se non l'hai visto. Sarà uscito una decina di anni fa. Quello con Ewan McGregor, una storia di tossici scozzesi. Colonna sonora da paura. C'era *Born Slippy* degli Underworld, un pezzo al livello di *Firestarter* dei Prodigy o di *Open Up* dei Leftfield.»

«Tutti nomi che non mi dicono nulla.»

«Già, è vero. Ascolti la radio. Ma non hai, chessò, uno scrittore preferito?»

«No. Be', mi è piaciuto quel saggio... com'è il titolo... me l'ha regalato mia sorella... ah, sì. *La profezia di Celestino*.»

Di nuovo, camminandole a fianco, cerco di incrociare

i suoi occhi. E di nuovo lei distoglie lo sguardo. In piazza Castello, all'altezza della discesa che porta ai Giardini Reali, sento il trillo di un cellulare in stile vecchio telefono. Il mio Nokia però è spento. Serenella fruga dentro la borsetta, e recupera... cazzo, un iPhone. È il primo che vedo. Che figo. Controlla il numero in entrata. Risponde e attacca a parlare di misure e specchi e vetrine e fiori. Percorriamo i portici dal lato della Prefettura, attraversiamo il cortile di Palazzo Reale e passiamo sotto l'arco che porta al Duomo e al Palazzaccio, ignorando una zingara che seduta a terra elemosina con in grembo un... bambolotto, mi pare, sporco quanto basta per sembrare uno zingarello vero. Poi lei chiude la comunicazione, e poco dopo siamo in largo IV Marzo. Di Allegra, per fortuna, nemmeno l'ombra. Evvai.

«Vieni» mi fa Serenella. «L'atelier è qua dietro.»

La seguo. Sui muri degli edifici, ristrutturati come nel vicino Quadrilatero Romano, leggo svariate volte la scritta POVERINI. L'atelier, provvisto di quattro enormi vetrine con alla base una fila di vasi di cactus vagamente fallici, è stato appena dipinto di bianco, e profuma di pittura fresca. Dal retro arrivano dei grugniti.

«Vado a salutare Tobia» mi dice Serenella, lasciando la porta a vetri dell'ingresso aperta. «Tu fai come se fossi a casa tua.»

Fossi a casa mia, penso che sbamberei. Ma non lo sono, perciò appoggio la tavola da surf a un muro e mi aggiro fra i tavoli su cui dentro apposite teche sono esposte le borsette. O meglio: le copie delle borsette, visto che da quanto vedo si tratta di... prototipi in carta, messi lì evidentemente giusto per farsi un'idea di come dovranno essere sistemati gli originali al momento dell'inaugurazione. Davanti alle copie, cerco di figurarmi come devono essere in realtà le borsette di Serenella. Nella maggior parte dei casi, deve avere scelto il coccodrillo, perché i prezzi all'interno delle teche vanno dai duemilacinquecento euro in su. Una pochette in particolare, in apparenza semplicissima a giudicare dalla copia esposta, costa diecimila euro. Ma chissà con quale materiale sarà fatta, in realtà. Magari in pitone.

Serenella torna. Si è messa un paio di occhiali dalla montatura ipercolorata da architetto milanese. E in braccio regge un coso pezzato dal pelo bianco e nero, un nastro di raso color oro tempestato di Swarovski al collo, che quando mi vede emette un grugnito feroce.

«Tobia, scommetto» le faccio.

«Non è un amore?»

«Di più.»

«Tobia, su! Saluta Iaio.»

Il coso pezzato emette un nuovo grugnito feroce, squadrandomi torvo.

«Che tenero!» esclamo.

«Allora? Che ne dici delle mie borsette?» mi chiede Serenella, posando a terra il coso pezzato col suo nastro Swarovski. Lui subito mi si avventa sulle scarpe.

«Molto, molto, molto belle» cerco di sorridere disinvolto mentre faccio un balzo di lato per mettere in salvo le mie *limited edition* in pelle di canguro Adidas modello Rom, prodotte in Germania nella fabbrica madre della casa tedesca in soli cinquemila esemplari.

«Davvero?»

«Credimi.»

«Oh, sei carinissimo» cinguetta, mentre il coso pezzato continua a cercare di azzannarmi le scarpe. «Sai, questa è la mia prima collezione, dopo le spillette e le magliette con i manga.»

«Immagino poi come devono essere quelle vere» dico, facendo un altro balzo.

«Quelle... vere?»

«Be', sì. Quelle in coccodrillo o magari...» esito, ma poi decido di azzardare: «... in pitone, che domani tirerai fuori per l'inaugurazione, no? Queste sono copie di carta».

«No» mi fa lei, con un'aria un filo contrariata. «Non è carta. È carta *di riso*. E non sono copie. Sono... le borsette *vere*.»

Per un lungo istante taccio, interdetto. Poi, girando intorno a un tavolo per cercare di seminare il coso pezzato, le chiedo:

«In che senso, scusa?»

«Come, *in che senso*? Nel senso che sono-quelle-vere. Punto.»

«Ah.» Questa volta sono io ad arrossire leggermente. Il coso pezzato mi azzanna una caviglia. Faccio per sferrargli un calcio, ma mi trattengo. «E come mai... costano... così care?»

«Non sono affatto care» inarca le sopracciglia lei. «Anzi, al contrario direi che sono piuttosto economiche, contando che ogni esemplare è unico.»

Ricontrollo i cartellini dei prezzi nella vetrinetta più vicina. No, non ho visto male. Vanno dai duemilacinquecento euro in su.

«Facci caso» mi fa lei, accendendosi una sigaretta. «Oggi come oggi, a non avere prezzo è *l'idea*. Queste borsette in carta di riso sono uniche al mondo. Le faccio con le mie mani, e non ne esistono due uguali.»

In un angolo, avvisto una sedia Kartell. Ci salgo su per mettermi in salvo dal coso pezzato, che da parte sua grugnisce feroce.

«Inoltre, come potrai immaginare» prosegue Serenella, «sono delicatissime. Se non fai attenzione le usi un paio di volte e già si disfano. Quindi in realtà costano pochissimo, perché... be', perché le cose più delicate sono anche le più preziose.»

«Tu dici?» mormoro dalla sedia, alzando prima un piede e poi l'altro per sottrarre le mie *limited edition* alle zanne del coso pezzato, per nulla ingentilito dal nastro Swarovski.

«Pensa a quanto costa chessò, la *Gioconda*» mi fa Serenella, soffiando via il fumo come a scatti. «Ma che ci fai lì sopra?»

«Ehm» mi schiarisco la voce, «pare che Tobia voglia proprio fare amicizia con le mie scarpe.»

«Tobia!» strilla lei. «Tesorino!»

Butta la sigaretta fuori dalla porta, si china e se lo riprende in braccio. Scendo dalla sedia. Da come mi guarda, il coso pezzato deve credersi un pit bull.

«Tobia! Amorino! Ti piacciono le scarpine di Iaio?» gli chiede lei.

Lui emette un grugnito ancora più minaccioso dei precedenti e prova a divincolarsi, per saltarmi addosso.

«Tobia! Amorino! Iaio è un... nuovo amichetto della mammina! Non devi comportarti così!»

Il coso pezzato continua a squadrarmi con aria truce, la bava alla bocca.

«Non è tenerissimo?» mi fa Serenella.

«Lo adoro» le dico, recuperando la mia tavola. «Senti, io purtroppo devo andare. Che ne dici se una sera ceniamo assieme?»

«Io e te?» Mi guarda negli occhi, ma solo per un istante.

«Io e te.»

Il coso pezzato continua a grugnire. Serenella riflette. Poi mi fa:

«Non lo so.»

«Domani?»

«Di già?»

«Hai qualche impegno?»

«Mah, no... non mi pare.» Fa una carezza al coso pezzato. «Va bene. Vada per domani sera.»

Allegra mi ha sempre detto

Allegra mi ha sempre detto che per lei il fatto di veder finire a quel modo il matrimonio dei genitori non è mai stato un vero problema. Anzi, in realtà si era trattato di un sollievo. Per quel che ricordava i suoi non erano mai andati d'accordo su nulla, a cominciare dalla gestione dell'antiquariato di famiglia e dalla disinvoltura con cui suo padre spendeva a destra e a manca tutto quello che entrava in casa, rivendendo poco per volta anche i beni ereditati dai nonni, anche se di base l'unico vero motivo di lite era la spiccata propensione di lui a scoparsi tutte le tipe che incontrava sulla sua strada, amiche della moglie comprese. In tutti quei viaggi in giro per il mondo testimoniati dalle foto appese nel soggiorno della villa di Monterosso, in tutte quelle vacanze per lo più africane, asiatiche o americane, Allegra non si era mai sentita felice. I suoi litigavano davanti alla vetrata panoramica in cima al World Trade Center e sotto gli ombrelloni di fronte all'Oceano Indiano, ai tavoli imbanditi nel ristorante del Club Med di Mauritius e alla luce delle lanterne del bungalow in Costa d'Avorio. Sempre per quella certa vicina di stanza o compagna di viaggio o animatrice o al limite anche semplice donna delle pulizie. Gli anni dell'infanzia e dell'adolescenza erano stati per Allegra un continuo alternarsi di urla e solitudine, le urla delle liti subite in presenza dei suoi, ovvero la sera a cena oppure in vacanza, e la solitudine sperimentata in assenza dei suoi, ossia per tutto il resto del tempo, un tempo scandito dagli orari scolastici, da quelli delle lezioni di tennis al Circolo Esperia e dei programmi televisivi, nonché dal succedersi delle domestiche, che per un motivo o per l'altro non duravano mai più di un tot di mesi. Una l'aveva licenziata anche lei, all'epoca in cui con i suoi stava ancora nella villa di famiglia al fondo di corso Moncalieri. Si era rifiutata di andare a comprarle le caramelle alla violetta al Caffè Torino in piazza San Carlo. Sua madre, al ritorno dal negozio, l'aveva subito riassunta, salvo sbarazzarsene una settimana dopo a causa della scomparsa di un orologio Baume&Mercier d'epoca che, era venuto fuori qualche tempo dopo, suo padre aveva pensato bene di regalare a una delle sue tipe.

All'EscoBar

L'appuntamento con Serenella era per le nove all'EscoBar in piazza Cavour, locale da me scelto in base al fatto che Allegra lo detesta a causa degli habitué della Torino che conta che lo frequentano, che poi sono gli stessi di tutti gli altri posti. Ma quaranta minuti dopo, la mia corvina disegnatrice di borsette in carta di riso non si è ancora fatta vedere. In piedi al bancone del bar, dove circondato dalla folla dell'aperitivo sto sorseggiando un mojito, recupero il Nokia e le mando un sms: TUTTO BENE? Dopo un po' mi risponde. Leggo: MI SPIACE MA NON ME LA SENTO. Rileggo il messaggio. Cazzo vuol dire, *mi spiace ma non me la sento*? GUARDA CHE È SOLO UNA CENA le scrivo. Lei replica: PER ME È TROPPO PRESTO... STIAMO CORRENDO. Ma tu dimmi. Tutte a me capitano, le fuori di testa.

Esco col mio mojito. Mentre venivo qui passando per piazza Carlina, ho notato che la Lutèce è chiusa per il turno di riposo infrasettimanale. Così nel dehors dell'EscoBar individuo parecchi clienti di quella brasserie. Tra gli altri Marsiaj e la Herzigova, Boosta e la Lessa, Samuel e Pisti con un tipo che non riconosco e con... Vanessa Incontrada. Certo, mi dico, Torino sta veramente cambiando. Una volta, al massimo, potevi imbatterti in un qualche parente alla lontana dell'Avvocato. Oggi invece sembra di stare a Milano. Mi arriva un altro sms. Dimmi che ha cambiato idea. Leggo: GAUDENTE INVITO! CI SIAMO! QUESTA SERA ERIC MORILLO AL LA GARE! DJ CULTO DIRETTAMENTE DA IBIZA! PRIVÉ CON TITTA, LOLLINO E HUGO! SEGUI LA PALLA DI LUCE! Quale palla di luce? A parte che Eric Morillo l'ho già visto suonare almeno tre o quattro volte.

«Devi mangiare?»

Di fianco a me si è materializzata una cameriera. Deve essere una nuova, perché la sua faccia non mi dice nulla. Porta i jeans a vita bassissima e la frangia come quella tipa del *Grande Fratello*.

«In realtà, stavo aspettando una persona» le dico. «Ma com'è che non ti ho mai vista?»

«Oggi è il mio primo giorno di lavoro. Anche se a essere sincera questo non è il mio vero lavoro.»

«Ah, no?»

«Già» sorride. «In realtà... sono un'artista.»

«Artista?» dico io. «Interessante. Di che genere?»

«Oh, be', dipingo, scolpisco... ma faccio anche performance.»

«Complimenti.»

«Tu sei dj Iaio, vero?»

«Colpito e affondato.»

«Ti ho visto un pacco di volte che mettevi dischi al Tortuga. Be', se hai bisogno chiedi pure.» Mi strizza un occhio e fila via sculettando. La guardo allontanarsi, un tatuaggio tribale appena sopra il culo, e all'altra estremità del dehors riconosco Ozzy. È seduto solo a un tavolo da due. Mi fa segno di raggiungerlo. Massì, tanto quell'altra non se la sente.

«Ciao, Iaio. Com'è? Sei caldo?»

«Un geyser» rispondo, sedendomi. «Tu?»

«Io sto di merda, grazie.»

«Come, stai di merda? Non hai appena inaugurato una mostra alla Maze?»

«Sì, ma nessuno ha comprato un cazzo» scuote la testa. «Sono ricchi come il mare, questi qui. Ma ragni.»

A giudicare da quello che vedo sul tavolo, è già alla seconda bottiglia di... Bonarda? Che schifo. Noto che la Lessa ha appena ordinato una magnum di Krug. Così si fa.

«Be', quel tuo... festone a forma di cappio era... divertente» dico a Ozzy. «Davvero... divertente.»

«Ah, ti è piaciuto» borbotta lui. Si china a terra, dove ha posato una borsa di cuoio nero che deve aver visto tempi migliori, e da questa estrae uno dei suoi cappi argentati. «Tieni. Te lo regalo.»

«Grazie!» dico, prendendolo con cura, per non rovinarlo.

«Volevo già dartelo all'inaugurazione, ma non ti sei staccato un attimo da quella merda.»

«Quale merda?»

«Serenella Deturpi, no?»

«E perché Serenella sarebbe una merda?»

«Perché è una delle sorelle Deturpi.»

«Che ti hanno fatto le sorelle Deturpi, scusa?»

«Non dirmi che non lo sai.»

«Giuro.»

«Io sono nato e cresciuto nel Quadrilatero Romano. Alloggi popolari. Mio padre faceva il barbiere. Mia madre l'operaia. Poi sono morti tutti e due, ma questo è un altro discorso. Dieci anni fa stavo ancora lì quando una delle sorelle Deturpi, Delfina, ha sposato il figlio di Minfischio.»

«Sua Signoria?»

«Lui. E si è pure messa in lista per una campagna elettorale. Da un giorno all'altro guarda caso il padre delle sorelle Deturpi ha ottenuto l'appalto per la riqualificazione del quartiere.»

«Per quel che ne so, sono tutte illazioni.»

«Già. Risultato: i prezzi al metro quadro nel Quadrilatero sono passati da settecento-mille euro a tre-cinquemila euro, e le sorelle Deturpi hanno cominciato ad aprire locali su locali, distribuendo Rolex a chi di dovere. Quanto a noi degli alloggi popolari...» s'interrompe per bere un sorso di Bonarda. Riprende. «Ci hanno trasferiti qui in piazza Cavour, in quel palazzo» mi indica un edificio alla mia sinistra.

«Be', è un po' cadente ma è un bel palazzo.»

«Già. Ora però me ne sto ai Docks Dora in un capannone senza cesso e senza riscaldamento. Sai perché?»

«Credevo fosse il tuo studio.»

«Infatti. Ma ci sono andato ad abitare quando le sorelle Deturpi, nel frattempo subentrate al padre nella gestione della ditta di famiglia, sono riuscite a mettere le mani anche su quel palazzo, che era di proprietà della città, con l'idea di farlo diventare un casinò in stile Las Vegas.»

«Ma va'?»

«Eh sì. Oltretutto vincendo in modo a dir poco rocambolesco l'asta a cui partecipava una catena di casinò americana, e pagandolo appena settecento euro al metro quadro.»

«Cosa? Qui in piazza Cavour?»

«Sissignore. Subito dopo, noi delle case popolari siamo stati obbligati ad andarcene nei nuovi condomini costruiti dopo le Olimpiadi dalle parti dei Docks Dora.»

Vedo arrivare un marocchino carico di cianfrusaglie. Lo caccio con un gesto deciso della mano prima che se ne esca col classico *Ehi, 'mico, compra qualcosa*.

«E perché tu hai preferito finire ai Docks in un capannone senza servizi e senza riscaldamento?» chiedo a Ozzy.

«Perché quei nuovi condomini sono delle sorelle Deturpi. Che li hanno venduti alla città a un prezzo maggiore di quello pagato per comprare dalla città medesima il palazzo qua a fianco.»

«No.»

«Sì. Così ci hanno guadagnato tre volte: con la riqualificazione del Quadrilatero Romano, con l'acquisto del palazzo e con la vendita dei condomini. Ecco perché io ora me ne sto ai Docks in un capannone senza cesso e senza riscaldamento.»

Guardo la Herzigova che se ne va con Marsiaj. Mi viene in mente di aver visto delle sue foto su "Playboy". È una fintabionda.

«Che dire?» faccio a Ozzy.

«Lasciala perdere, quella» mi fa lui, finendo la Bonarda e alzandosi in piedi. «Rimettiti con Allegra.»

«Ma... io e Allegra... stiamo... insieme.»

«Ah, sì? Be', mi fa piacere. Quando la vedi, salutamela.»

Il Cartello di Medellin

Ma alla fine non sono riuscito ad andarmene perché via Ozzy è arrivato Zombi con Carla-Non-Lo-Sa e ormai siamo alla quarta bottiglia di Krug e Zombi prima ce l'aveva con quelli di Boombastic e poi con Eric Morillo che pure lui l'ha già visto e stravisto e quindi con Boh che pensa solo a mangiare e se ne frega del mixato per Bob Mambo e del Klakson Festival e ora ce l'ha con Davide Brocchi e con gli altri soci del Tortuga e sarà che sono a stomaco vuoto ma piazza Cavour ha cominciato a girare attorno a noi con tutti i suoi alberi prima piano e poi forte e cazzo non vuole saperne di fermarsi.

«Vedrai!» mi fa Zombi. «Quelli ci riproveranno col solito trucco! Come l'anno scorso! Che anziché suonare per un fisso abbiamo fatto la cazzata di metterci d'accordo per una percentuale sulla serata che variava a seconda dell'incasso!»

Questo essere, mi dico, mi ha fregato per una questione di pochi minuti, forse addirittura secondi, l'unica copia esistente a Torino del nuovo singolo d'importazione di Richie Hawtin aka Plastikman.

«Caso strano, alla soglia oltre la quale ci avrebbero pagati di più non arrivavamo mai! Ricordi? Se il sabato si dovevano fare chessò, diecimila euro, quando alla fine Ranger Smith faceva la chiusura veniva sempre fuori che avevano incassato novemila e cinque, novemila e sei...»

Titolo: *Spastik*. Evvai. Remixato da Dubfire dei Deep Dish. No, dico, Dubfire dei Deep Dish. E scusate se è poco.

«Quei ladri maledetti! Ti ricordi Halloween? C'era un'iradiddio di gente! La pista intasata già a mezzanotte! Il bar imballato ancora alle sei! Con i buttafuori che alle sette non sapevano più come fare per cacciar via tutti quegli sballoni! E poi?»

Piazza Cavour gira vorticosamente, e con lei anche Zombi e gli altri, Samuel, Pisti, Boosta, Fernanda Lessa e Vanessa Incontrada e la scritta POVERINI che qualcuno ha tracciato sul muro qua di fronte. Provo a chiudere gli occhi. No. È peggio.

«E poi hanno avuto il coraggio di dirci che avevano incassato solo novemilanovecentottanta euro! Ma guarda! Caso strano! E per quei venti euro di merda, dico *venti euro di merda*, per noi non è scattata la percentuale superiore!»

Carla-Non-Lo-Sa ha tirato fuori dalla borsetta gli attrezzi per il trucco e si sta trasformando in... un clown?

«Sono solo parassiti! Falliti! Venditori di birra! Però pure loro con la patente di associazione culturale! Tutti che fanno cultura, in questa città! A cominciare da Davide Brocchi! Quel cretino *totale*!»

Devo riuscire a procurarmi *Spastik*. Devo riuscire a procurarmi *Spastik*. Devo riuscire a

«Ma mi stai a sentire sì o no?» sbotta Zombi. «Ehi! Dico a te! Iaio! Ci sei? Guarda un po' chi è arrivato!»

Mi giro. Un pensionato sta rovistando nei bidoni della spazzatura di fronte al dehors.

«Vuoi dire quel pensionato?» chiedo.

«Ma no! Che cazzo me ne frega del pensionato! È arrivato lui! Il mio uomo! Il Cartello di Medellin!»

Aguzzo lo sguardo, e in effetti è vero: eccolo lì, il suo pusher di fiducia. È appena sceso dalla sua Bmw e sta chiacchierando sulla porta del locale con Bonzo, uno dei soci proprietari dell'EscoBar. Anche se ormai è buio porta gli occhiali da sole. Ci fa un cenno di saluto. Ricambiamo.

«Be'» sospira Zombi, «mangiare abbiamo mangiato.»

Nel suo piatto mi pare di vedere una bistecca con patate al forno, intatta. «Che ne dici se andiamo a salutare come si deve?»

Biascico qualcosa che non capisco nemmeno io.

Qualche minuto più tardi, dopo che in bagno Zombi mi ha ficcato la testa sotto l'acqua gelata per rimettermi un po' in sesto, siamo nella saletta riservata sotterranea, adiacente alle cantine dell'EscoBar, circolare e illuminata da grosse candele profumate, nonché disseminata di grossi e comodi cuscini. Bonzo aspetta che ci siamo accomodati, poi afferra un tovagliolo dal tavolo, se lo sistema a mo' di cameriere su un avambraccio tatuato, e con un ghigno accompagnato da un lampo negli occhi ci chiede:

«I signori desiderano?»

«Champagne» gli dice Toio, cioè Vittorio, cioè il Cartello di Medellin, insomma il pusher di fiducia di Zombi, aggiungendo: «Non bevo altro, lo sai».

«Una bottiglia?»

«Fai pure tre e formato magnum, mi raccomando» esclama Zombi pregustando la sbambata e sfregandosi le mani. «Già che ci sei... faccele portare da quella nuova.»

«Come preferiscono i signori.»

«E attento a non inciampare per le scale come Iaio poco fa, non sia mai che mi sbatti il naso da qualche parte.»

«Dio non voglia» si tocca i coglioni Bonzo. «Sapete anche voi che è il mio bene più prezioso!»

«Allora, raga, come butta? Siete caldi?» ci chiede Toio, che ha rinunciato a un avvenire sicuro ma noioso nello studio notarile di papà alla Crocetta per un presente un po' più movimentato. Del resto ha la stoffa del fuoriclasse: sulla sua Bmw va e viene tra Napoli e l'Olanda, e a ventidue anni rifornisce praticamente tutta la Torino che conta.

«Come altiforni» proclama Zombi. «A novembre inauguriamo la nostra nuova serata giù al Tortuga, e pensa che siamo stati scelti come testimonial per una campagna nazionale...»

«Ah sì?» gli fa Toio, estraendo dal giubbotto di pelle un

grosso involucro trasparente gonfio di polvere bianca. «Figo! E che campagna è?»

«Diglielo tu, Iaio» ghigna Zombi.

«No, diglielo tu» borbotto, distogliendo lo sguardo da Carla-Non-Lo-Sa. Mi fa paura, quel suo sorriso da clown.

Toio afferra un cd dimenticato da qualcuno sul tavolo, l'ultimo live dei Subsonica, poi apre l'involucro e con grande delicatezza disegna una prima, spessa riga bianca sulla superficie del disco. *Nuova ossessione, perché ci sono dentro? Dammi solo anestetici sorrisi...*

«Allora?» ci fa, mentre noi osserviamo i suoi gesti come ipnotizzati. Mi chiedo come possa essere così preciso malgrado gli occhiali da sole, che naturalmente non si è tolto neppure nella penombra della saletta riservata.

«Be', non ci crederai» ghigna Zombi, «ma grazie a quel cretino *totale* di Davide Brocchi e ai suoi agganci ci hanno scelti come testimonial della campagna...» Si blocca. Cerca di trattenersi. Diventa paonazzo. Gli si gonfiano le guance. Infine scoppia a ridere. Urla: «LA DROGA CI FA SCHIFO!».

Rido forte anch'io, e Toio allora sfodera una prontezza di riflessi davvero eccezionale, perché prima di scoppiare a ridere a sua volta riesce a posare ben lontano da sé il cd dei Subsonica con su la spessa riga di coca, evitando di perderne anche solo un micron.

«La Droga Ci Fa Schifo!» si sganascia Zombi. «*A noi*! Ma ti rendi conto?»

Abbiamo tutti le lacrime agli occhi come Carla-Non-Lo-Sa, che nel frattempo se ne era disegnate due, anche se non riesco a guardare quella sua faccia orribile da clown. E perfino Toio, che di norma non ride mai e sfoggia sempre un grande distacco, ben presto si tiene la pancia piegato in due.

«La... Droga... Ci... Fa... Schifo!» continua a gemere Zombi, dimenandosi sui cuscini.

Più tardi.

Zombi.

E Toio.

E Bonzo.
Si sono fatti.
La bamba.
E Carla-Non-Lo-Sa.
E la nuova cameriera.
Io Carla-Non-Lo-Sa no.

Insonnia

E fa caldo e sudo e non riesco a dormire e mi rigiro nel futon e sudo e non riesco a spegnere il cervello e mi rigiro nel futon e devo smetterla di sbambare e sudo e devo comprarmi *Spastik* il singolo nuovo di Richie Hawtin aka Plastikman remixato da Dubfire dei Deep Dish e sudo e mi rigiro nel futon e non riesco a spegnere il cervello e fa caldo caldo caldo come cazzo è che fa 'sto caldo e mi sembra che accanto a me ci sia mio fratello Ludwig e accendo la luce e mi guardo attorno e vedo il cappio fatto con un festone argentato di quelli che si mettono sull'albero di Natale che mi ha regalato Ozzy appeso sopra il futon e per terra una pozza di vomito e improvvisamente ho la sensazione che alle mie spalle ci sia un clown e vengo preso da una vertigine di paura.

«ALLEGRA! ALLEGRA, DOVE SEI?»

Tutto tace. Allegra non c'è. Come Ludwig. Chiudo gli occhi. Li riapro. Il cappio argentato è ancora lì. La pozza di vomito anche. Mi giro. Non c'è nemmeno il clown. Devo riuscire a spegnere il cervello. Devo riuscire a smettere con la bamba. Devo riuscire a addormentarmi. Il caldo. Magari se leggo qualcosa poi dormo. Attorno al futon ho solo riviste di musica e moda e porno. Fanculo. Dov'è finito *Io, dj* di Claudio Coccoluto? Non lo trovo. Vado in bagno evitando di calpestare la pozza di vomito. Sul davanzale ci sono l'ultimo numero di "Mixmag" e una vecchia copia della "Stampa". Afferro il quotidiano. Lo apro a caso.

Ecco, *Specchio dei Tempi*. La rubrica delle lettere al giornale. Un lettore scrive:

> Si parla molto di risparmio energetico, si fanno concerti in mondovisione per sensibilizzare i giovani e anche per prepararli a un'eventuale decrescita e scopro che l'assemblea condominiale del palazzo dove vivo ha deliberato di riscaldare gli appartamenti dalle 5,30 alle 23 e, non paghi, di tenere il riscaldamento acceso dalla vigilia di Natale a Capodanno...

E chi cazzo se ne frega? Una lettrice scrive:

> Permettetemi una riflessione su un tema oggi molto dibattuto, gli over-trentenni mantenuti dai genitori. Io sono un caso-tipo. Ho quasi quarant'anni, diplomata, un'esperienza pluriennale nel settore marketing, buone conoscenze linguistiche. E vivo con i miei. Perché manderò ogni giorno venti curricula, mi chiamano per i colloqui ma, ahimè, c'è sempre un giovane laureato che viene scelto al posto mio, o sono troppo qualificata, oppure lo sono poco. Nei casi migliori, invece, ottengo contratti a progetto, che possono andare dai tre mesi ai due giorni. Spero che i miei vivano il più a lungo possibile, perché sennò dormirei sotto i ponti. Il tempo passa, un lavoro vero non riesco a trovarlo. Non ho opportunità. Non ho futuro. E ho paura.

Fai bene. Alzo la testa. Non c'è nessun clown. Un lettore scrive:

> La mia città, Torino. Purtroppo non mi piace più. Ieri notte io e due miei amici abbiamo deciso di fare un giro ai Murazzi. Attraversata piazza Vittorio abbiamo percorso per venti metri la rampa che porta ai locali. In corrispondenza di un paninaro italiano sostava un gruppo di marocchini. Uno è venuto verso di noi e non appena ha visto il braccialetto d'oro che portavo al polso ha iniziato a darmi la mano e a toccarmi fino a quando con un colpo secco l'ha afferrato. Ovviamente non abbiamo reagito. Ho evitato di rischiare la

pelle per un braccialetto. Ma questa non è giustizia. Questo è schifo. Il fatto che un paninaro italiano abbia assistito alla scena come se niente fosse non mi dà pace. Il fatto che io a casa mia non possa essere tranquillo di fare ciò che voglio e di camminare dove mi pare non mi dà pace. Il fatto che le autorità cittadine dichiarino un giorno sì e l'altro pure quanto bella è diventata Torino non mi dà pace. Forse è diventata bella per loro, che girano sempre con la scorta e non vogliono vedere quello che è sotto gli occhi di tutti.

Bravo. Getto via il giornale. Afferro l'ultimo "Mixmag". Pare che *Get Down* featuring Stush, il nuovo singolo dei Groove Armada con remix di Calvin Harris, Henrik B e Stretch & Form, sia un capolavoro. Io invece l'ho comprato e fa schifo. Getto via "Mixmag". Raccolgo da terra "La Stampa". Mi cade l'occhio su una pubblicità a colori di fianco alla rubrica delle lettere al giornale. RENDIAMO ONORE ALLA STORIA DI UNA VITA c'è scritto. L'ARTE DELL'ULTIMO SALUTO. È la pubblicità di una ditta di pompe funebri. Fanculo. Getto di nuovo via il giornale. Torno di là. Evito la pozza. Mi corico sul futon. Ho il cuscino marcio. Guardo il cappio argentato. Non c'è nessun clown. Spengo la luce. Fa troppo caldo. Mi rigiro nel futon. Sudo. Devo smetterla con la bamba devo smetterla con la bamba devo smetterla con la bamba. Smetterla smetterla smetterla smetterla. Sento il cappio argentato sopra di me. Vorrei alzarmi di nuovo e strapparlo via ma non ce la faccio. Non c'è nessun clown. Non c'è nessun clown. Non c'è nessun clown. Ma non c'è nemmeno più Ludwig. Ludwig, fratello mio, dove sei? E tu, Allegra? Aiutatemi.

Quando eravamo bambini

Quando eravamo bambini io e mio fratello Ludwig giocavamo a fare gli inviati come papà. Soprattutto d'estate a bordo piscina su alla casa di Pino Torinese, da dove dettavamo ai rispettivi quotidiani i nostri pezzi dagli Stati Uniti mentre su in terrazza nostra madre faceva meditazione trascendentale sotto una tenda arancione con le sue amiche e il Sai Baba di turno. Noi all'epoca non lo sapevamo, ma i nostri genitori avevano fatto entrambi il Sessantotto. Lui, figlio di un banchiere, dopo essersi fatto crescere barba e capelli era poi entrato in Lotta Continua, cominciando a scrivere sul quotidiano omonimo. Lei, figlia di un capitano d'industria, dopo un aborto in Svizzera aveva scelto di bazzicare le riunioni semiclandestine di Potere Operaio. Entrambi avevano partecipato a una lunghissima serie di dibattiti e manifestazioni, convinti di cambiare il mondo. Insomma, la solita storia. Poi, nel 1971, dopo una breve fase maoista avevano abbandonato la politica attiva. E l'anno dopo, in India, si erano conosciuti. Al ritorno in Italia lui si era tagliato barba e capelli ed era stato assunto dal "Corriere della Sera". Lei aveva fatto due figli, cioè me e Ludwig, e li aveva affidati alle cure di una serie di tate referenziatissime e addestrate secondo il metodo Montessori. Ben presto nostro padre aveva ottenuto il posto di inviato dagli Stati Uniti. Nostra madre anziché seguirlo aveva cominciato a fare la spola tra Torino e Puna con puntate in Tibet. Noi eravamo stati messi in collegio dai Salesiani al Valsalice, in viale Thovez. Una volta che nostro padre era venuto a trovarci, credo dopo un'elezione presidenziale americana, Ludwig si era fatto trovare con i capelli rasati a zero da un nostro compagno che in stanza aveva un rasoio elettrico, cosa che a scuola gli aveva procurato non pochi problemi. Papà non aveva fatto commenti. Si era limitato a regalarci l'ultima versione di SuperMario, *metterci in mano una busta piena di soldi e raccontarci qualcosa sulla campagna elettorale del candidato repubblicano. Quello è stato l'anno in cui un pomeriggio d'estate che eravamo entrambi a casa in attesa di partire per l'Elba con la famiglia di un nostro compagno, Ludwig nella Jacuzzi si era messo a tagliuzzarsi il petto con una lametta da barba, come aveva visto in una foto di Sid Vicious. Avevo cercato di bloccarlo, ma lui mi aveva respinto con una risata. Si era appena bevuto tutta una bottiglia di Chivas Regal. Quando l'acqua aveva iniziato a colorarsi di rosso, ero corso su in terrazza da mia madre ed ero entrato nella tenda arancione. Mamma, avevo urlato, vieni a vedere cosa fa Ludwig! Lei mi aveva ignorato. Se non ricordo male avevo quattordici anni.*

La Badessa

Dopo che l'altra sera Serenella mi ha dato buca a quel modo, ero molto, molto, molto tentato di mandarla a cagare. Poi però ho ripensato alle sue tette, che non so perché ma mi incuriosiscono proprio tanto, e al fatto che non ha né un tatuaggio appena sopra il culo né la frangia come quella tipa del *Grande Fratello*, e a come arrossisce, e mi sono detto che se si era comportata a quel modo era perché evidentemente lei, al contrario di tutte le tipe che conosco, deve essere una persona seria. Tanto seria che al primo appuntamento non solo non la dà via, ma non si fa nemmeno vedere. Una ragazza d'altri tempi, insomma, visto che oltretutto a suo dire non fa uso di sostanze. Così ho deciso di comportarmi da giovanotto d'altri tempi anch'io, e le ho fatto recapitare un mazzo di rose dalla fioraia di piazza Savoia. Lì per lì avevo pensato a dodici rose rosse. Poi ho cambiato idea. E se fatta com'è avesse trovato la cosa troppo audace? Ho allora optato per il bianco, un bel bianco bamba. Lei poco dopo mi ha mandato un sms che diceva: MA CHE CARINE! GRAZIE! Io allora ho subito rilanciato, rinnovandole l'invito a cena per stasera. Lei lì per lì non mi ha risposto. Poi, un paio d'ore dopo, quando se non altro mentalmente ormai l'avevo mandata a cagare senza più tanti scrupoli, mi ha scritto: ALLORA DOVE CI VEDIAMO? Io le ho dato appuntamento di nuovo alle nove, questa volta in piazza Carlina. Perciò adesso eccomi qui, seduto su una delle panchine di pietra di fronte al ristorante La Badessa a controllare il mio

Submariner. Sono le nove e mezzo, e di Serenella non c'è traccia. Prima di uscire mi sono sparato un paio di righe di quella buona, ma chissà perché sono così nervoso che farei volentieri il bis, non fosse che a pochi metri c'è la caserma dov'è nata l'Arma dei carabinieri con tanto di militare di guardia sul portone d'ingresso che a tratti mi scruta, manco fossi un membro di Al Qaeda.

In realtà, ora che ci penso, se quello che mi ha detto è vero, Serenella Deturpi è la sola persona di mia conoscenza che non si fa di qualcosa. E all'improvviso mi viene in mente un'idea folle: mettermi con lei e piantarla davvero. Non come con Allegra, che anche oggi tra l'altro non ha risposto a un paio di mie chiamate e che messa com'è non mi ha mai aiutato a ripulirmi sul serio. Anche perché con la bamba credo di far fuori tipo... be', suppergiù... migliaia di euro al mese. E va bene che problemi di soldi non ne ho, però anziché spararmeli su per il naso potrei per esempio comprarmi in blocco tutto il vinile d'importazione che arriva a Torino ogni settimana, alla faccia di Zombi e di tutti gli altri esimi colleghi. Ricontrollo l'orologio. Segna le nove e trentacinque. Mi frugo in cerca del cellulare, metti che mi abbia mandato un sms dandomi ancora buca e non me ne sia acc...

«Ciao!»

Alzo gli occhi.

«Serenella!»

È elegantissima con un vestitino e una giacca bianchi, ballerine bianche dalla punta rovinata e borsetta dello stesso colore. Grazie al cielo ha lasciato a casa il porco. Ci baciamo pudicamente sulle guance.

«Credevo portassi anche Tobia» le sorrido.

«Ero tentata, ma alla fine l'ho lasciato a mia sorella. Sai che per le persone ha un fiuto infallibile? Se non piacciono a lui, prima o poi scopro che non piacciono neppure a me.»

«Accidenti! Allora farò del mio meglio.»

«Vedremo. Dove mi porti a cena?»

«Avevo pensato qui, alla Badessa. Non è vostro, vero?»

«No.»

«Allora andiamo.»

Pochi passi ed evitato un rigagnolo di piscio raggiungiamo il ristorante, di fianco al quale qualcuno ha scritto POVERINI e qualcun altro ha aggiunto STRONZO. Una cameriera vestita da suora ma con la frangia come quella tipa del *Grande Fratello* ci fa accomodare al tavolo che ho prenotato nella sala fumatori, sotto un enorme dipinto a soggetto religioso dai colori un po' cupi. Ai tavoli c'è un'intera comitiva di orientali. Pazienza. Dopo aver esaminato attentamente il menù, Serenella ordina la tartare di branzino e gamberoni marinati agli agrumi e aneto, i plin con sfoglia verde di spinaci ripieni di seirass con fonduta al tartufo nero e la faraona arrosto disossata e ripiena di funghi porcini e fontina con salsa al tartufo. Io invece scelgo i medaglioni di foie gras del Perigord su insalatina, gli agnolottini dal plin Casa Reale con ristretto di manzo e rosmarino e la tagliata di manzo marinata alle erbe selvatiche con battuto di olive e finocchio selvatico. Come bevande, optiamo di comune accordo per una bottiglia di Cristal e una di Sanpellegrino.

«Chissà il mio Tobia senza la sua mammina» mi dice Serenella accendendosi una Diana Blu, quando la cameriera ci lascia soli.

«Be', c'è la zia, no?»

«Sì, ma è un'altra cosa. Per me Tobia è davvero come un figlio.»

«Capisco. Pensa che Paris Hilton ha regalato un cellulare al suo chihuahua.»

«Ha fatto benissimo» mi fa lei, seria. «Se ci pensi comunque, con tutti i bambini abbandonati che ci sono al mondo, che senso ha continuare a fare figli?»

«Tu dici?»

«Secondo me oggi come oggi i figli si dovrebbero adottare» dice, soffiando via il fumo come a scatti. «Prima o poi lo farò, se non vado in Africa.»

«In Africa?»

«Bah» inarca le sopracciglia lei. «Sì. È da un po' che ci penso. Andare in Africa.»
«Ma a fare che?»
«Be', per dare una mano, no? Dopotutto, voleva farlo anche Veltroni. C'è un mucchio di gente che muore di fame, laggiù.»
«E tu... pensi che potresti aiutarla?»
«Non lo so» si stringe nelle spalle lei. «Potrei insegnare alle bambine come si fanno le borsette in carta di riso, no?»
«Già, non ci avevo pensato» sorrido. «Immagino però che tu e tua sorella abbiate parecchio da fare qua a Torino, no?»
«Be', sì. Diciamo che il lavoro non ci manca, fra la ditta di famiglia e il mio atelier.»
«Mi raccontava un amico che siete riuscite a comprare a un ottimo prezzo un palazzo in piazza Cavour.»
La cameriera ci porta lo champagne e sostituisce i nostri calici con un paio di flûte. Toglie la gabbietta al Cristal e fa per stappare la bottiglia ma io la blocco.
«Avete una sciabola?»
«Vado a prenderla.»
«Chissà quante malignità» mi fa Serenella, spegnendo la sigaretta in un posacenere di pietra a forma di acquasantiera.
«In che senso?»
«Chissà quante malignità ti avrà detto quel tuo amico riguardo a come io e mia sorella abbiamo comprato il palazzo.»
«Mah, no. Ha solo menzionato un'asta, con certi americani» mi tengo sul vago.
«E ti avrà detto che mia sorella anni fa si è sposata col figlio di Minfischio, vero?»
«Ha accennato a qualcosa del genere, ma non ricordo bene.»
«La gente è proprio invidiosa, non c'è niente da fare» scuote la testa lei, sconsolata. «Pensano sempre che dietro il successo di chicchessia ci debba essere chissà cosa.»

La cameriera torna con la sciabola. Me la consegna. Io mi alzo, afferro la bottiglia di Cristal e inclinandola leggermente di fronte a me, prendo la mira. Dal tavolo accanto al nostro una giapponese mi punta addosso la sua Nikon. Con un solo gesto netto, *zac*, apro il Cristal. Il flash della macchina fotografica parte con la punta della bottiglia, che schizza via e... per poco non si conficca nella tela a soggetto religioso. Gli orientali applaudono.

«Ooops» sorrido alla cameriera.

«Il quadro è mio» mi fa lei. «Potevo sempre restaurarlo.»

Riconsegnata la sciabola, verso lo champagne nei flûte. Brindiamo. E da lì a un paio d'ore, dopo che fra un boccone e una sigaretta lei mi ha raccontato per filo e per segno la storia della sua famiglia, a suo dire immacolata, e che io le ho spiegato come si fa a mixare la house contando fino a otto e a seconda dei bpm accelerando il pezzo successivo o rallentandolo, pago il conto e la accompagno alla sua auto, una Smart parcheggiata in via Principe Amedeo. E sulla Smart limoniamo per quella che mi sembra un'eternità, ma poi non c'è verso. Serenella non intende proseguire la serata. Le chiedo perché. E lei mi fa:

«Perché non so cosa voglio.»

Dopodiché, torna a casa dal suo Tobia.

Brazil

Raggiungo Carletto alla Drogheria in piazza Vittorio, dove mi ha dato appuntamento poco fa al cellulare. In realtà sarei dovuto andare a un aperitivo con Serenella: dovevamo vederci al Tre Galli, uno dei pochi locali del Quadrilatero Romano che non appartiene alla famiglia Deturpi, intorno alle sette. Poi però mi ha mandato un sms. SCUSA, NON SONO PRONTA PER RIVEDERTI. Ho provato a chiamarla, ma lei non mi ha risposto. Così adesso eccomi qua.

«Allora, restiamo così» mi dice Carletto, euforico. «Io adesso vado a prenderla, tu mi aspetti qui al tavolino, due minuti e arrivo, ti faccio un colpo di clacson, tu fai finta di niente, sali in macchina e andiamo su da me.»

«Mah, non so...»

«Perché scusa?»

«Non vi vedete da luglio, magari lei ha voglia di stare con te senza estranei tra i piedi.»

«Oh, ma stai scherzando? Guarda che tu non sei un estraneo! Sei il mio migliore amico. Ci conosciamo da una vita, lo sai che per me sei uno di famiglia.»

«Per te sì, ma per lei no.»

«E allora? Che problema c'è?»

«C'è che vi siete rivisti ieri dopo due mesi, e che lei sarà pure stanca, avrà voglia di riposare.»

«Ascolta: te lo chiedo come un favore, veramente. Da amico. Da fratello.»

«Mio fratello è morto.»

Lui esita. Guarda il culo di una cameriera con la frangia come quella tipa del *Grande Fratello*. Se non sbaglio devo averla vista il mese scorso a *Io Espongo*, la rassegna di giovani artisti organizzata ogni anno dal Pastis. Deve fare la pittrice, mi pare. O la scultrice. O forse fa performance. Non ricordo. Carletto in ogni caso è come ipnotizzato. In effetti ha un culo notevole. Appena sopra il culo noto un tatuaggio tribale. Poi Carletto si riprende.

«Lo sai come sono combinato con Sandy.»

«E allora?»

«E allora lei non deve venire a sapere niente.»

«Ma non mi hai detto che è in vacanza a Filicudi con Miorica? Come fa a venire a sapere qualcosa da Filicudi?»

«Una sua amichetta francese sta nel nostro stesso palazzo.»

«E io che c'entro?»

«Be', seguimi. Se noi arriviamo assieme a casa mia, e per sfiga incontriamo Monique, e lei attacca cicicì e ciuciuciù, che 'sta cerebro non si fa mai i cazzi suoi, *sciao Carletò me como stoi, me como mei non sei andoto en vaconza a Filicudì con Sendì*, io a voi vi presento come una coppia di amici. Capito?»

«Capito.»

«Così se per caso le due stronze si sentono, lei al massimo può dire a quell'altra: *sai Sendì, ho vuisto Carletò che saliva ne la casa con una copìa di amuisci*, e stop. Non le dice: *Sendì! Sendì! Ho vuisto quel porcòn de tuo maritò che seliva ne la casa con una disciasetene arivata fresca fresca stamatina da San Paolò*. E Sandy così non scassa il cazzo al sottoscritto e se ne resta con la bambina a Filicudi, convinta che il qui presente lavori come un matto dalla mattina alla sera per poi pagarle gli alimenti una volta che divorziamo, cioè nella sua ottica perversa per il bene della famiglia. Anche se come sai in realtà io lavoro, più che per il bene, per il pene.»

Ride solo lui. Con un gesto deciso della mano caccio un marocchino carico di cianfrusaglie prima che se ne esca con il classico *Ehi, 'mico, compra qualcosa*. La cameriera col culo notevole ripassa davanti a noi per portare un vassoio pieno di Bacardi Breeze a un gruppo di cabinotte tredicenni con i loro ganzi. Insomma: mi tocca fare da complice in una storia di corna, penso.

«Insomma: mi tocca fare da complice in una storia di corna» dico.

«Ma va', non è mica una storia di corna» sbotta Carletto, senza staccare gli occhi dal culo notevole della cameriera.

«Ah, no? E che cos'è?»

«Diciamo uno scambio culturale Italia-Brasile, un incontro per approfondire gli usi e costumi dei due popoli» ridacchia.

«Ma non li avevi già approfonditi?»

«Sì, ma dato che quella stronza di Sandy ha preteso che malgrado noi si viva da separati in casa le pagassi una vacanza con la bambina a Filicudi...»

«Sandy quando torna da Filicudi?»

«Tra un mese.»

«E la tua diciassettenne brasiliana quanto si ferma a Torino?»

«Per un mese.»

«Ah, però. Tutto organizzato nei minimi particolari.»

«Esatto» sorride lui.

«Ma scusa: oggi ci sono io e va bene, si sale da te tutti e tre trotterellando, e se incontri la francese siamo una coppia di amici tuoi e amen. Ma nei prossimi giorni?»

«Nei prossimi giorni?»

«Be', sì, nelle quattro settimane che la brasiliana si ferma da te: come fate a uscire senza correre il rischio di incagliarvi nella francese?»

«E chi esce, scusa?»

«Come, *e chi esce*?»

«No, dico: io vado in Brasile, conosco questa puttana veramente stupenda veramente di diciassette anni, anche se a dire la verità quando l'ho incontrata ne aveva sedici, me la porto in albergo, me la trombo, ci spendo una cifra che per noi è niente ma per loro ti assicuro è iperbolica, me ne innamoro come un ragazzino, le scrivo, al mio ritorno in Italia continuo a mandarle dei soldi che per noi non sono niente ma per lei ti assicuro sono bei soldi, dopodiché le organizzo 'sto volo San Paolo-Roma, glielo pago, le mando altri soldi per ottenere un visto turistico al consolato italiano a San Paolo che quelli bisogna ungerli, vado a prenderla a Roma, scopro che l'hanno bloccata alla frontiera perché è minorenne, chiamo un amico che lavora in questura a Milano, riesco a farle passare la frontiera ungendo di nuovo e tirando fuori un bel cinquecento euro, me la porto in un quattro stelle dietro al Pantheon, le faccio fare una doccia, me la trombo che comunque un bel cazzo italiano ti assicuro fa sempre piacere, la porto a cena in piazza Navona che lei in vita sua ha sempre e solo mangiato porcherie in una favela, la riporto nell'albergo a quattro stelle dietro al Pantheon, me la ritrombo pure mentre dorme che giustamente ha il jet-lag ed è un po' stanca per il viaggio e le storie che le hanno fatto alla frontiera, stamattina le faccio portare la colazione in camera e mi faccio spompinare mentre mangia il primo cornetto della sua esistenza, la carico sulla mia Mercedes cabrio che lei in vita sua su una macchina così non c'era mai salita, me la ritrombo nei cessi di un autogrill dopo Firenze dove le pago una pizza abbastanza schifosa ma non è che potevo fermarmi pure in un ristorante extralusso in piazza della Signoria, arriviamo a Torino, organizzo tutta 'sta messa in scena con te per evitare problemi con quella cerebro di una francese e di conseguenza con quella stronza di mia moglie, alla fine della fiera riesco a mettermela in casa, e secondo te le faccio fare i giri turistici per la città, la porto a visitare la Mole e il Museo Egizio e Palazzo Madama?»

Rifiata.

«Non ci penso nemmeno. Mi sono preso un mese di ferie anch'io dalla mia premiata ditta, e per un mese, finché quella stronza di mia moglie non torna, me la trombo in tutte le combinazioni possibili. Dopodiché approfitto del fatto che devo tornare giù fino a Napoli per recuperare moglie e figlia di ritorno dalle Eolie e la scarico a Fiumicino, dove lei riparte per San Paolo con la bernarda un po' più consumata ma comunque felice di avermi rivisto e di essere stata in Italia, paese ospitale e bellissimo che starà decadendo finché si vuole superato dalla Spagna e perfino dal Portogallo, ma che le sue amiche della favela si s-o-g-n-a-n-o.»

«E tutto perché te ne sei innamorato come un ragazzino» gli dico io.

«Guarda Iaio, dovresti vederla. È una figa spaziale. Ti dico solo tre parole: brasiliana, diciassette anni, un culo che parla.»

«Veramente le parole sono sette.»

«Vabbe': culo-che-parla.»

«Meglio di quello?» gli indico con un'occhiata l'esemplare notevole in dotazione alla cameriera.

«Non ho dubbi di sorca: non c'è gara.»

Per un po' restiamo in silenzio. Ripenso al messaggio che mi ha mandato Serenella. *Scusa, ma non sono pronta per rivederti.* Ma che vuol dire? E perché quando poi l'ho chiamata non mi ha risposto? Due volte che ci vediamo e fa già come Allegra?

«Allora?» mi chiede Carletto. «Mi dai una mano?»

«Va bene, ti do una mano.»

«Che grande!» urla lui alzando le braccia al cielo e richiamando l'attenzione di un paio di cabinotte tredicenni, che però subito dopo tornano a occuparsi dei loro ganzi. È così che ti accorgi che gli anni dopotutto passano anche per te: quando per le tipe sedute ai tavolini di un locale sei un filo troppo grande. Infatti Carletto preferisce andare a puttane in Brasile.

«Ma perché preferisci andare a puttane in Brasile?» chiedo a Carletto.

«Come perché?»

«Voglio dire, perché non ci provi per esempio con la cameriera, che ammetterai non è male? Sarebbe meno complicato.»

«E qui sbagli, caro mio. Col cazzo che sarebbe meno complicato. 'Ste qua sono viziate: prima che te la danno, devi farle sbambare. E alla fine ci stanno solo perché hai il Mercedes cabrio e tre carte di credito e la casa in collina e quella al mare o in montagna. Perciò dimmi te se non sono delle puttane fatte e finite pure loro. No, guarda, preferisco un milione di volte trombarmi un'onesta puttana brasiliana che fa la puttana per guadagnarsi onestamente il pane. Non devo nemmeno dirle ti amo, anche se a Janine io glielo dico.»

«Va bene, mi hai convinto. Lei dov'è?»

«In macchina, qua dietro, in via della Rocca. Vado a prenderla, ti suono, ci raggiungi e andiamo.»

«D'accordo.»

Si alza, raggiunge la cameriera, estrae il portafoglio dalla tasca interna della giacca, le dice qualcosa ridendo, ride anche lei, le paga i nostri mojito e se ne va. Guardo negli occhi la cameriera. La cameriera ricambia. Poi torna nel locale. *Non so cosa voglio*. Ma che vuol dire? Anche qui, accanto alla scritta POVERINI che qualcuno ha tracciato su una colonna del porticato, qualcun altro ha aggiunto STRONZO. Non faccio in tempo a pentirmi di avere accettato che sento la frenata della Mercedes cabrio sulla piazza. Parte subito il clacson. Due delle cabinotte tredicenni si voltano. Guardano l'auto di Carletto, sembra un proiettile d'argento. Una dice qualcosa. L'altra ride. Ecco: grazie alla sua protesi argentata, ai loro occhi Carletto è finalmente venuto al mondo. Avessi parcheggiato qua fuori il mio Hummer H3 si accorgerebbero anche di me.

Mi alzo e raggiungo la macchina. Apro la portiera. Salgo. La diciassettenne brasiliana dorme sul sedile posteriore. Vista così a dire la verità non mi sembra una figa spaziale. Ma forse mi sbaglio. Carletto ghigna, accende l'autoradio, ingrana una marcia dietro l'altra e punta verso la collina.

Da Carletto

Varchiamo il cancello spalancato sul verde che circonda il condominio extralusso dove vive Carletto e, parcheggiata la Mercedes cabrio sotto un ippocastano, lui scuote la ragazza.

«Ehi, Janine! Su, sveglia! Andiamo!»

«Capisce l'italiano?» gli chiedo.

«Con tutti gli italiani che se la sono trombata, vorrei vedere!»

Sul sedile posteriore Janine si stropiccia gli occhi, e si tira su. È una ragazzina bruna, dai capelli ricci e la pelle abbronzata e, ora che la vedo meglio, decisamente non una figa spaziale. Per essere una figa spaziale, come dice il mio amico, somiglia molto, anzi moltissimo, a Ronaldinho.

«Figa eh?» mi chiede conferma Carletto.

«Proprio spaziale.»

«Te l'avevo detto. E adesso che scende, guardale il culo.»

Lei non fa una piega. Ovviamente ci è abituata. Scendiamo.

«Che ne dici?» mi fa Carletto, palpandole il didietro.

Abbozzo un sorriso. Ronaldinho come giocatore in effetti è un grande, ma come ragazza non mi ha mai fatto impazzire.

«Allora come stabilito» mi fa Carletto. «Janine sa già tutto. Prendetevi per mano, come se foste fidanzati.»

Esito.

«Eddài! Non fate i timidi!» ci esorta Carletto.

Janine sorride con lo stesso identico sorriso di Ronaldinho e mi prende per mano. Ci avviamo verso l'ingresso, e Carletto fa per infilare la chiave nella toppa quando il portone si spalanca.

«*Sciao, Carletò, me como stoi?*»

«Bene, grazie, Monique. E tu?»

«*Oh, comsì-comsà. Me como mei non sei andoto en vaconza a Filicudì cono Sendì?*» gli fa lei squadrando me e Janine, che in effetti sono passati un paio di mesi da quando dimostrava appena sedici anni ma continua a dimostrarne appena sedici.

«Lavoro, lavoro, lavoro! Sono oberato» le fa Carletto. «Questi tra l'altro sono Iaio e Janine, due vecchi amici. Sono venuti a trovarmi. Lei è brasiliana.»

«*Basiliona?*» mi fa la francese, indicandomi Ronaldinho.

«Sì, ci siamo conosciuti a luglio quando sono andato in vacanza a Copacabana» le rispondo.

«No Copacabana» interviene la prostituta di diciassette anni che continua a tenermi per mano. «Sao Paolo. Eu soi Paulista!»

«Come il caffè» la stoppa Carletto. «Be', ora dobbiamo andare. Ciao Monique, buon pomeriggio.»

«*Sciao Carletò*» lo saluta lei. «*Sciao sciao*» dice a noi.

Entriamo. In ascensore Carletto, che con la moglie e la figlia vive nell'attico all'ultimo piano, infila la lingua in bocca alla sosia di Ronaldinho palpandole nuovamente il didietro. Sarà anche un bel sedere, ma di sicuro non è un bel vedere.

«Be'» dico a Carletto quando le porte dell'ascensore si aprono, «ora posso anche andare: la francese l'abbiamo neutralizzata.»

«Ma che fai, scherzi? Vuoi mica tornare in centro a piedi?» Sta già aprendo la porta di casa.

«Non vorrei essere di troppo. Vi siete rivisti ieri dopo due mesi.»

«Ho capito, ma mo' me la godo per un altro mese. Su, entra! Non fare lo stupido.»

Li seguo. Casa immacolata. Deve essere appena passata la donna delle pulizie, un'ecuadoregna che Carletto mi ha confidato di farsi saltuariamente perché, stando alle sue parole, è un'altra figa spaziale. Come no.

«Piazzatevi pure sul divano» ci dice il nostro anfitrione quando ci affacciamo in salotto. Accende il televisore, un Sony al plasma più grosso del mio Panasonic, col telecomando. «Torno subito.»

Janine-Ronaldinho si lascia sprofondare nel divano di cuoio, accanto al bracciolo destro. Io mi siedo accanto a quello sinistro.

Il Sony è già sintonizzato su un canale porno. O forse è un dvd, non riesco a capire. La scena è ambientata in una stalla. I protagonisti sono una ragazzina biondissima dall'aria molto dolce apparentemente minorenne come Janine, però vestita da contadina, e un cavallo.

A quel punto Carletto torna da noi volteggiando. Tra le mani regge un vassoio su cui svettano una bottiglia di Mumm's e tre flûte. Ma quando lo posa sul tavolino di cristallo tra noi e il televisore, noto oltre allo champagne e ai flûte anche un sacchetto di plastica trasparente di discrete dimensioni, pieno di polvere bianca.

«Ti ho mai raccontato di quella volta a New York?» mi fa Carletto.

Scuoto negativamente la testa, evitando di guardare quello che sta accadendo sullo schermo del Sony, anche se mi pare che per il momento la ragazzina biondissima stia solo accarezzando dolcemente la criniera del cavallo. Di fianco a me Janine ha tutta l'aria di volersi riaddormentare.

«Be', ero ancora un ragazzino» mi racconta lui, dandosi da fare per stappare lo champagne. «Avrò avuto diciotto anni. Mi trovavo lì perché l'estate prima avevo conosciuto a Formentera Sarah, una ragazza americana, grandissima figa, che poi mi aveva invitato a casa sua. Io arrivo a New York gasatissimo, e per prima cosa la porto a cena fuori, in un ristorante pazzesco. Per farla breve, flirtiamo come due innamoratini, e lei a un certo punto da sotto il tavolo mi piazza un piede nudo sulla patta dei pantaloni.»

Stappa con un botto lo champagne. Janine ha un sussulto.

«Insomma» va avanti Carletto, «mi viene l'uccello duro come il marmo. Allora, visto che abbiamo finito di cenare, faccio segno a un cameriere di portarmi il conto. Quello dopo un po' arriva, e io per fare lo splendido gli allungo la carta di credito e la prima banconota che mi capita tra le dita, dicendogli che quella è la mancia.»

Versa il Mumm's nei flûte. Evito di guardare lo schermo del Sony anche se la ragazzina biondissima ormai è seminuda ed è veramente molto bella.

«Solo che il cameriere fa due occhi così, e Sarah pure» riprende il racconto Carletto. «Lì per lì penso di essermi incasinato con la lingua, poi noto che Sarah e il cameriere stanno entrambi fissando la banconota, allora abbasso gli occhi e sai che vedo?»

«Che vedi?» chiedo, afferrando un flûte senza guardare lo schermo del Sony.

«Vedo che in mano quello ha una banconota da mille dollari» ridacchia. «Ma che potevo farci, ormai? Mica potevo fare la figura dell'ebreo. Così gliel'ho lasciata. Il bello però doveva ancora venire.»

Brindiamo. Butto giù lo champagne in un sorso. Diosanto che schifo, penso. Ma non per lo champagne.

«Sì, perché poi finiamo a casa sua» continua Carletto, «un appartamento enorme al trentesimo piano con vista sul Central Park. E lei mi dice, da vera americana, che prima di scopare è meglio se mi faccio una doccia. Mi fa vedere dov'è il bagno, tutto nero, enorme, e mi fa: ti aspetto di là.»

Apre il sacchetto trasparente con la bamba. Ne versa un bel po' sul tavolino di cristallo e attacca a fare una serie di strisce con l'American Express di platino. Nella stalla, con la ragazzina biondissima e il cavallo, ora ci sono anche due negri. Mi chiedo quanto abbiano pagato la ragazzina biondissima per farle quello che le stanno facendo. Ma forse non l'hanno nemmeno pagata.

«Io allora mi fiondo sotto la doccia» prosegue Carletto, «mi lavo, resisto alla tentazione di spararmi una sega anche se ho un uccello così, esco dalla doccia, m'infilo l'accappatoio e mi asciugo. E sul piano di fianco al lavabo vedo una boccia trasparente colma di borotalco. La apro, e mi cospargo tutto, che di sicuro l'americana apprezzerà. Be'» ridacchia, «quando la raggiungo in camera, a momenti mi ammazza.»

Continua a suddividere in lunghe strisce la bamba ma non aggiunge altro, aspettando che io gli chieda perché.

«Perché?» chiedo. No. Non ci posso credere.

«Perché non era borotalco» sogghigna lui, soddisfatto. «Quella deficiente teneva in bagno tutta la sua scorta di coca. Ma ti rendi conto?» Dà un'occhiata allo schermo. «Figo eh 'sto dvd? Tutta roba vera, non recitata. È di genere *amateur*. Se ti piace questo te ne posso passare altri. Ne ho anche di genere coprofago.»

Più tardi Carletto e io siamo seduti sul tappeto, completamente nudi tranne per le calze. Janine dorme per terra. Deve essere esausta, dopo il viaggio e tutto quello che le abbiamo fatto. Io non riesco a pensare ad altro che alle robe che ho visto fare alla ragazzina biondissima in quella stalla. In testa mi martella una frase. *Non so cosa voglio.*

Dopo che sua madre

Dopo che sua madre aveva sbattuto fuori di casa suo padre, per Allegra era iniziato il classico periodo in cui la figlia unica adolescente deve vedersela con le beghe dei genitori alle prese con una separazione. Ci siamo passati tutti. Il solito viavai di avvocati e le tipiche discussioni per la divisione del patrimonio liquido e delle azioni e degli immobili e per la definizione e il pagamento di spese e alimenti. Naturalmente lei rientrava tra le cose da spartire, ma data l'età aveva diritto di decidere con chi stare. Era come andare sulle montagne russe, mi ha detto una volta. Se per le vacanze di Pasqua suo padre la portava a Barcellona, coprendola di regali nonostante il palese fastidio della russa, sua madre prima la cazziava per aver accettato l'invito al seguito dell'amante, e poi rilanciava con un week-end all'Hotel de Crillon a Parigi, comprese visite a Versailles e alla boutique di Jean-Paul Gaultier in Galérie Vivienne. Quando suo padre veniva a sapere della trasferta parigina, subito faceva l'offeso per la serie ma come, prima vieni a Barcellona con me e poi vai a Parigi con tua madre, dopodiché le firmava il libretto delle giustificazioni della scuola e se la portava a Chelsea in giro per antiquari rivestendola da capo a piedi tra Harrods e Selfridges, sempre con grande scazzo della russa. Al ritorno da Londra, Allegra assisteva a una crisi isterica della madre, che però poi metteva a sua volta un altro tot di firme sul libretto delle giustificazioni e correva all'agenzia di viaggi di via Accademia delle Scienze per comprare un pacchetto per una settimana in Canada comprendente viaggio in prima classe, alberghi a cinque stelle pensione completa e visite a Montréal, cascate del Niagara e regione dei Grandi Laghi. Di nuovo a casa dopo il viaggio canadese, Allegra riceveva una telefonata dal padre che l'accusava di essere tale quale sua madre, e cioè di mirare solo ai suoi soldi. Seguivano, sempre da parte di lui, insulti anche pesanti. Poi però dopo una decina di giorni la richiamava, e faceva di tutto per convincerla a seguirlo con Svetlana a Venezia per il week-end. Magari sua madre aveva ascoltato la conversazione da un altro apparecchio. Altra scena isterica, altri insulti, ma il pomeriggio dopo shopping a gogò da San Carlo dal 1973, la versione torinese di Colette. In tutto questo, Allegra continuava a farsi. Senza che i suoi se ne accorgessero, ovvio.

Brainstorming

Questa mattina, per la prima volta dopo essere caduto in via Po mentre andavo a quel pranzo in Drogheria con Serenella, ho di nuovo dovuto prendere la mia tavola da surf per venire qua in F.U.F.F.A., dove Chicco ha convocato via email una riunione. Mentre attraversavo sul mio Hummer H3 piazza Statuto con Felix The Housecat nel lettore dell'iPod, il ginocchio ha ripreso a farmi un po' male a ogni frenata, così ho guidato con grande prudenza. Questo spiega il mio ritardo di oggi, intorno ai trentacinque minuti. Sto comunque migliorando, anche se il dolore alla rotula mi fa sentire un po' meno giovane, ribelle e creativo di quanto dovrei. Va da sé che non appena varcata la soglia dell'agenzia con la mia tavola da surf ho raggiunto in modo giovane, ribelle e creativo Chicco e Inti, che con le rispettive tavole appoggiate alla parete mi aspettavano seduti da fachiri al basso tavolo per bambini. Ora mi ci sono seduto anch'io, adottando per forza di cose la medesima postura. Gaia invece gode del privilegio di prendere parte alla riunione sulla sua comoda sedia a rotelle. Come sempre, mi lancia le sue occhiate adoranti. Faccio finta di nulla. Il mio Submariner segna le undici e cinque. Chicco relaziona.

«Bene, raga, ieri sono stato contattato dal City Entertainer Mingozzo, che aveva appena parlato con la BSLH, cioè con i nostri partner milanesi, *oh yeah*.»

I pensieri che mi occupano la testa da quando intorno alle

sei mi sono di nuovo svegliato convinto che Ludwig fosse accanto a me sul futon sono in linea di massima quattro.

«Informato della nostra idea di cambiare il nome di Torino in Gisèle, il City Entertainer Mingozzo si è molto complimentato, definendola assolutamente brillante, *oh yeah.*»

Primo: devo riuscire a procurarmi *Spastik*, il nuovo singolo d'importazione di Richie Hawtin aka Plastikman, remixato scusate-se-è-poco da Dubfire dei Deep Dish.

«Molto presto, mi ha detto il City Entertainer Mingozzo, ne parlerà di persona a Sua Signoria, così da decidere quando e come comunicare la cosa al pubblico, *oh yeah.*»

Secondo: voglio veramente impegnarmi per avere una storia con Serenella Deturpi, a prescindere da quelle che possono essere o non essere le dimensioni delle sue tette?

«Probabilmente, si sceglierà di farlo proprio durante il Congresso Mondiale degli Architetti, così da sfruttare l'effetto mediatico di quella manifestazione. Ma fino a quel momento, raga: bocche cucite, *oh yeah*!»

Terzo: e se mai decidessi di volermi veramente impegnare per avere una storia con Serenella Deturpi, quali conseguenze avrebbe questa cosa sul mio rapporto con Allegra?

«Intanto, comunque, il City Entertainer Mingozzo ha deciso di bypassare i nostri amici della BSLH, segno evidente della sua soddisfazione per il nostro lavoro in F.U.F.F.A., *oh yeah.*»

Quarto: Chicco indossa un paio di Levi's Big E *limited edition* identici ai miei. Detto questo, in realtà ci sarebbe da prendere in considerazione anche un quinto argomento. Che fine ha fatto Allegra? Perché si ostina a non rispondere alle mie chiamate e ai miei messaggi? È già venuta a sapere dei miei approcci con Serenella?

«E mi ha chiesto seduta stante di accettare un nuovo incarico: volendo, raga, ancora più tosto del precedente, e altrettanto riservato. Nemmeno in BSLH ne sono a conoscenza.»

Se così fosse, credo di non avere dubbi. A parte Boh, che i cazzi suoi non se li fa per definizione, l'unica altra gola profonda può essere stato Ozzy, sia in quanto amico di Allegra, sia in veste di nemico delle Deturpi.

«In due parole, si tratta di risolvere una volta per tutte un problema che Torino, la futura Gisèle, si porta dietro dal Ventesimo secolo: la vecchia immagine della grigia città industriale, *oh yeah*.»

Chicco fa una lunga pausa. La prima a reagire è Gaia, che dopo avermi lanciato un'occhiata adorante chiede:

«In che senso, scusa?»

«Be', per farla semplice, dobbiamo trovare il modo per cambiare nell'immaginario degli italiani, ma anche a livello europeo, anzi, mondiale, questo vecchio stereotipo. Scrostare per sempre il grigio dalla nuova Torino destinata a diventare Gisèle. Idee? Suggerimenti? Su, raga, diamoci da fare, *oh yeah*.»

Segue un lungo momento di silenzio.

«Coraggio!» ci incita Chicco. «Sparate, *come on*, che qualcosa verrà fuori!»

«Be', obiettivamente non è facile» esordisce Inti, con tono da frocio pensoso. «Un conto è trovare un nuovo nome per Torino, un altro scrollarle di dosso per sempre questa storia di città grigia che ogni tanto riaffiora perfino dopo le Olimpiadi.»

«Lascia perdere» interviene Gaia. «Una volta ti guardavano con un'aria di commiserazione, come dire: poverino, chissà che vita grama farà in un posto come Torino. E adesso ci tengono subito a farti sapere che comunque in base alle ultime rilevazioni la città più trendy d'Italia è Cagliari.» Mi lancia un'occhiata adorante.

«Già» fa Inti con tono da frocio concorde. «Come se non aspettassero altro che Torino tornasse quella che era prima dei giochi: grigi eravate, grigi tornerete.»

«Ma certo» interviene Chicco. «Ed è proprio questa la ragione per cui il City Entertainer Mingozzo ci ha dato questa nuova mission, raga, *oh yeah*.»

«E se... mettessimo tipo delle scritte appositamente pensate sotto la nuova segnaletica stradale nel momento in cui il vecchio nome di Torino verrà sostituito da quello nuovo di Gisèle?» propongo.

«Spiegati» mi fa Chicco.

«Mah, non so... ora quando arrivi in autostrada o all'aeroporto c'è scritto TORINO, CITTÀ OLIMPICA, oppure TORINO, CITTÀ D'ARTE. Si potrebbe scrivere, per esempio, GISÈLE, CITTÀ NON GRIGIA.»

Chicco ci pensa su, poi scuote la testa.

«No. Troppo prevedibile. E poi, non si vende un *brand* con un *claim* che comincia con una negazione, *oh yeah*.»

«Sono d'accordo con te» gli fa Inti, tono da frocio che ci gode. «Troppo scontato, e per nulla efficace.»

Che stronza.

«Mah, secondo me non è del tutto sbagliato... forse si potrebbe anche...» abbozza Gaia, lanciandomi una delle sue occhiate adoranti e cercando di venirmi in soccorso. Ma si arena subito.

«Aspettate!» salta su Inti, tono da frocio che crede di aver avuto un'idea geniale.

«Spara!» gli fa Chicco.

«No, niente» si schermisce Inti, tono da frocio che vuol farsi pregare. «È un'idea troppo pazza.»

«Del tipo?» chiedo io, curioso di sentire che cosa possa venire in mente a uno che di mestiere fa il contabile, *non* il copy.

«No, è solo che stamattina per puro caso sotto la doccia mi sono ritrovato a canticchiare *La vie en rose* di Edith Piaf» civetta lui, alzando gli occhi al soffitto. «E insomma, così come a Napoli gli albergatori regalano ai turisti un orologio di plastica per metterli al riparo da scippi e rapine, noi potremmo regalare a tutti quelli che verranno a Torino... un paio... di occhiali... dalle lenti... colorate di rosa... Che ne pensate?»

«Bravo!» dico io. «Così finiremo per sottolineare ancora di più il grigiore della città!»

«*Explain*» mi fa Chicco.

«E per forza» dico. «Se a tutti quelli che verranno a Torino, cioè a Gisèle, regaleremo un paio di occhiali dalle lenti colorate di rosa, be', quelli si chiederanno: "Perché arrivando qua mi hanno regalato un paio di occhiali dalle lenti colorate di rosa?". E non appena se li toglieranno, ammesso che se li infilino, andranno a sbattere nel famoso grigiore. Ma se noi invece...»

M'interrompo. Non sono sicuro di dove sto andando a parare.

«Ma se noi invece... che?» mi fa Inti, tono da frocio piccato.

«Già, che?» mi sprona Gaia.

«*Oh yeah*, che?» mi punta Chicco.

«Ma se noi invece... riverniciassimo da cima a fondo Torino, cioè Gisèle, colorandola tutta di rosa?» mi esce di bocca.

A Inti cade la mandibola. Gaia mi lancia un'occhiata adorante. Chicco tace. Poi improvvisamente s'illumina, e fa:

«Geniale! Questo sì che è geniale! Wow Iaio che ideona! *Oh yeah*!»

Mi batte il cinque, recupera la sua tavola da surf e corre nel suo studio a chiamare il City Entertainer Mingozzo.

Al Dai-Chi

Seduti sui rispettivi sgabelli al bancone sushi del Dai-Chi in largo IV Marzo, nuovo locale nippo-thailandese molto alla moda aperto da Tati, il socio dello storico Giancarlo giù ai Murazzi, io e Zombi abbiamo fatto le rispettive ordinazioni, e in attesa dei nostri maki e nigiri lui legge "la Repubblica".

«Ma guarda un po', se ne sono accorti» sghignazza. «Roma. L'Italia in polvere. Dopo il sequestro a Napoli di una tonnellata di coca da parte delle forze dell'ordine, allarme del ministro dell'Interno: il consumo di cocaina è spaventoso. C'è troppa richiesta, non riusciamo a fermarla. Secondo l'Istituto Superiore di Sanità negli ultimi anni il consumo in Italia è aumentato dell'11,3 per cento. Due milioni di italiani fanno uso di cocaina, spendendo oltre quattro miliardi d'euro l'anno. Il medico e il bancario, l'insegnante e il broker, il muratore e la baby-sitter, il politico e l'agente di viaggio.» Mi guarda, un po' scornato.

«E noi dj chi cazzo siamo?» gli dico. «Gli ultimi degli ultimi?»

«Roba da matti.» Scuote la testa. Riprende la lettura. «La cocaina è la droga che modifica il codice etico, che disinibisce, toglie la paura e dà la voglia del rischio. Nel 2006 lungo la Penisola sono stati sequestrati 4.077 chili di coca. Ma per capire quanta ne transita in realtà, le tabelle non scritte di polizia e carabinieri moltiplicano per dieci quel numero. Ed è questo il dato che colpisce di più il ministro. Vi rendete conto? – ha dichiarato – Vuol dire che nel Paese c'è un consumo gigantesco di cocaina. Ed è una domanda che viene dalle famiglie, dagli italiani adulti, dai giovani.»

«Il signor ministro dimentica quella che viene dal Parlamento» borbotto.

«Secondo gli esperti» riprende lui, «ci sono consumatori stabili e occasionali, le donne iniziano dopo i maschi, cioè tra i diciassette e i diciotto anni, ma rischiano di più: aumenta il consumo di coca come antidepressivo, tra una pappa al bimbo e una telefonata di lavoro. Hai capito, 'ste deboscate?»

«Be', una cura a base di bamba è l'ideale per la depressione post-parto» commento.

«Aspetta, che citano anche noi!» si esalta lui, agitandosi sullo sgabello. «A Torino, intanto, in base all'analisi delle acque reflue del Po, è stato accertato che in diversi punti il fiume porta con sé l'equivalente di quattro chili di cocaina. Tutta droga che arriva dalle urine dei consumatori convogliate dalle acque di scarico.»

Battiamo un cinque.

«Che caldi che siamo!»

«A Firenze, con lo stesso metodo, si è rilevato che il consumo nella città toscana è venti volte superiore a quello di Londra.» Si acciglia. «Hai capito 'ste merde di fiorentini? Pippano venti volte più che i londinesi e senza Kate Moss. Basta, il nostro blasone di torinesi è in gioco! Dobbiamo impegnarci di più!»

Di fronte a noi, al di là del bancone, l'omino del sushi si dà da fare con i suoi coltelli affilati. Zombi va avanti:

«Un quartino ormai può costare intorno ai venti euro. Con un principio attivo molto alto, fino al 40%, che testimonia la grande abbondanza di offerta. Per questo la droga si diffonde anche tra i ragazzi. I baby cocainomani, tra i quindici e i ventitré anni, sono i nuovi consumatori. Tra loro uno su cinque, almeno una volta, ha sniffato.» Mi guarda perplesso. «A parte che ormai si comincia a dodici-tredici anni, uno su cinque mi sembra poco.»

«Saranno come minimo uno su tre» concordo.

«Sì, come negli ovetti Kinder. Uno su tre... è Snoopy!»

Scoppiamo a ridere. Ricomincia:

«La trovano ovunque. La vende chiunque. Non più tardi del mese scorso l'Asl di Milano rivelava che in città, su una popolazione di circa un milione e duecentomila abitanti, centoventimila milanesi avevano provato la cocaina. Un milanese su dieci. Di più: venticinquemila persone si dichiaravano consumatori abituali, almeno una volta al mese. E ancora: quindicimila dipendenti, uno su ottanta. Un consumo a prezzi friendly: dai sessanta agli ottanta euro al grammo. E ogni consumatore alleva in proprio la sua clientela, trasformandosi in un attimo in spacciatore.» Alza gli occhi al cielo. «Ma che stronzate! Inviti gli amici a casa e non apri la dispensa?» Torna a scuotere la testa. «L'ha detto anche Nostro Signore che bisogna condividere pani e pesci...»

«Sì, pani di bamba» concordo io.

«E pesci trasformati in sushi» esclama lui, guardando ammirato i maki e i nigiri e i California roll che stanno prendendo forma di fronte a noi.

«Che spettacolo!» esclamo.

«Così spacciano i ragazzini tra i banchi dei licei e delle aule universitarie» riattacca lui. «Spacciano i baristi delle discoteche e le ragazze nei locali di lap-dance. Gli avvocati tra i colleghi dello studio e perfino» sghignazza «i medici tra i corridoi dell'ospedale, oppure professori universitari trovati in piazza, in piena notte, con qualche decina di grammi di bamba in tasca.»

«Ecco perché ho mollato l'università» gli spiego. «Mi sono detto: com'è che 'sti tossici si arrogano il diritto di giudicarmi?»

«Insomma» prosegue lui, «ormai la coca costa poco e si compra dappertutto. Non più e non solo tra i locali della movida o nei quartieri diventati luogo comune del degrado. E dilaga tra i muratori dei cantieri, soprattutto tra i cottimisti, pagati in base alle ore di lavoro, che così riescono a faticare nell'edilizia anche per quindici ore al giorno dal lunedì al sabato, e a portare a casa dai tre ai quattromila euro al mese.»

«Da spendere subito in bamba» intervengo, mentre l'omino del sushi ci mette sotto il naso i nostri piatti.

«Ovvio.»

«Oh! Ecco i nostri dj!»

Ci voltiamo. L'assessore alle Notti Bianche Mintasco. Con lui ci sono due altri tipi dotati di cravattona modello Tecnocasa e scarpe a forma di bara.

«Posso presentarvi i miei colleghi? L'assessore ai Debiti e Derivati Marrangio e l'assessore agli Svaghi e Divertimenti Mincenso.»

«Marrangio. Marrangio» ripete il primo stringendoci la mano.

«Mincenso. Mincenso» lo imita l'altro.

«Allora» sorride Mintasco con un'aria a metà tra il complice e il paterno, però viscida. «Come vanno i preparativi per la nostra serata La Droga Ci Fa Schifo?»

«Alla grande» fa Zombi, agitandosi di nuovo sullo sgabello. «E stavamo giusto leggendo di questo sequestro di bam... cioè, di cocaina, a Napoli. Una tonnellata. No, dico, una *tonnellata*! Riuscite a immaginarvela?»

«È pazzesco» dice Mintasco a Marrangio.

«È pazzesco» dice Marrangio a Mintasco.

«È pazzesco» sintetizza Mincenso.

«Pare si tratti solo della punta dell'iceberg» intervengo.

Loro non mi danno retta.

«Dobbiamo sensibilizzare i giovani, consapevolizzarli» dice Mintasco.

«Senza però che commettiamo l'errore di colpevolizzarli» dice Marrangio.

«Ci mancherebbe» dice Mincenso. «Noi siamo per una cultura della legalità, ma nell'ottica della tolleranza.»

«Reprimere non serve» dice Marrangio. «Prima di tutto bisogna comprendere.»

«Comprendere il disagio» dice Mintasco.

«Il disagio giovanile» dice Mincenso. «Non per niente oggi come oggi c'è l'apposito ministero.»

«Qui però dice che in Italia ormai si fanno un po' tutti, non solo i giovani» sbotta Zombi, digrignando i denti.

I tre lo ignorano. Noto che hanno tutti qualche filo rosso tra i capelli.

«L'importante è fare sistema» dice Mintasco.

«Bravo. Quello che conta è fare sistema» dice Marrangio.

«Fare sistema, ma senza personalismi» dice Mincenso.

«Per carità!» dicono in coro Marrangio e Mintasco.

Improvvisamente Mincenso allunga il collo: ha adocchiato qualcosa fuori dalle vetrine del ristorante. Da quel che vedo, una troupe televisiva si sta aggirando intorno alla Porta Palatina.

«Scusate, ma io devo andare» taglia corto Mincenso.

«E dove vai?» gli chiede Mintasco.

«C'è la tivù, qua fuori. Provo a farmi intervistare sulla Torino che cambia.»

Gira i tacchi.

Mintasco e Marrangio si guardano.

«Aspetta! Veniamo anche noi!»

Corrono via.

«Sai che c'è?» dico a Zombi. «Alle prossime elezioni, se sono ancora vivo, voto Südtiroler Volkspartei.»

«Io invece piuttosto che andare a votare mi faccio rinchiudere in comunità» mi fa lui.

Aperitivo al Jammin'

Grazie a una serie di sms particolarmente spiritosi sono riuscito a portare Serenella al Jammin' per l'aperitivo, contando sul fatto che Allegra questo locale lo detesta: dice che è un posto da cabinotti, in realtà lo frequentano troppe sue ex compagne di scuola. Oltre alle sue ex compagne di scuola ci sono Boosta con la Lessa, Marsiaj con la Herzigova, Buffon con la Seredova, uno che non riconosco con la Bobulova, Francesco Coco con una che somiglia a Elena Santarelli ma non sono certo che sia lei, Irene Grandi con Roberto Spallacci dell'Associazione Culturale Xplosiva, Fabrizio Gargarone dell'Associazione Culturale Hiroshima Mon Amour, Maurizio Cilli dell'Associazione Culturale The Beach con i soci Roberto Marucci e Samuele Rocca, Alberto Campo dell'Associazione Culturale Traffic Festival con il socio Ammendolia, Max Casacci con la sua tipa, Johnson Righeira con Isabella Santacroce, Pisti e Samuel con l'aria di voler sfuggire a tre, no, quattro ragazzine, dj Vespa con dj Samantha, il regista Davide Ferrario con la scenografa Francesca Bocca, le due stiliste del marchio Serienumerica di cui non ricordo il nome, la collezionista d'arte contemporanea Patrizia Sandretto Re Rebaudengo col marito Re Rebaudengo, l'attrice Stefania Rocca, lo scrittore Giuseppe Culicchia, Luciana Littizzetto con il batterista degli Africa Unite, Tiziano Lamberti nudo che la intervista per *Le Iene*, i nostri rivali dell'Associazione Culturale Boombastic, un artista sconosciuto con una ex di Zombi, Luca dello Studio 515 con la sua nuova ragazza che se non sbaglio arriva da Bologna e fa l'artista concettuale, una ex di Luca con un'amica racchia, Ivan di Progetto Durden con un'altra ex di Zombi, Sara e Sebastiana Cordero anche loro con un'altra ex di Zombi, tutta una serie di dj più o meno noti in città tipo Titta, Frola, Gambo, Hugo, Lollino, Ubit, più il consueto stuolo di figli e figlie di imprenditori e avvocati e chirurghi e giornalisti e architetti e costruttori e ingegneri e notai e... L'atmosfera è frizzante. Tra le altre cose, ci attende una Notte Bianca.

Alla consolle, Marcelo Tag alterna il deep funk all'happy house alla minimal. Al bar, le bariste smerciano cocktail a raffica dietro una selva di mani tese come si vede in certe scene del *Tg24*, quando le telecamere inquadrano i volontari della Croce Rossa che dai camion distribuiscono provviste chessò, ai profughi del Sudan. Serenella ha incontrato due suoi ex compagni dello IED che l'hanno sequestrata per un'ora ricordandole episodi legati agli anni della scuola, io mi sono incagliato prima in Carla-Non-Lo-Sa che mi ha intrattenuto per un po' raccontandomi di un suo progetto, formare una band di sole donne e suonare solo punk, e ora in Boh.

«Pensa che lui frequenta abitualmente 'sto cinese dove a cena ti servono il sushi su ragazze cinesi completamente nude» mi sta dicendo, infilandosi pizzette nelle tasche del giubbotto, «e una sera ci va e chi ti trova fra le ragazze? La sua tipa!»

«Cinese anche lei?»

«Macché! Era venuta a sapere tutto e voleva fargliela pagare!»

Lo mollo lì senza aver capito a chi si riferisca, perché i due ex compagni dello IED di Serenella stanno entrambi parlando ai rispettivi cellulari e ne voglio approfittare.

«Ti va di riaccompagnarmi a casa?» mi fa lei, con un'aria un filo seccata.

«Volentieri.»

Usciamo dal locale e risaliamo la rampa dei Murazzi senza fermarci ai posti di blocco dei pusher maghrebini che come da regolamento ripetono *Ehi, 'mico, fumo* e una volta in piazza Vittorio svoltiamo a destra e raggiungiamo il mio Hummer H3 parcheggiato sulle strisce in via Giolitti. Per tutto il tempo lei non mi dice una parola, e continua a farsi di Diana Blu soffiando via il fumo come a scatti. Io da parte mia ho in testa un solo pensiero: farmela. Ma come?

Quando arriviamo in corso Siccardi, dove abita, fermo lo Hummer H3 davanti al suo portone. La guardo. Mi guarda. Senza darle il tempo di fare alcunché, la bacio sulle labbra. Lei dapprima si ritrae, poi cede. Limoniamo per almeno mezz'ora e io le impasto le tette e concludo che deve avere almeno una quarta e lei lascia fare e di tanto in tanto sospira forte.

«Che ne dici se saliamo su da te?» le chiedo.

«Non lo so.»

«Eddài.»

«Ci devo pensare.»

Si stacca da me e dalla mia erezione, che sento pulsare dolorosamente nei jeans rigidi G-Star Raw. Vedo passare un'ombra in direzione di via Juvarra. Si ferma a rovistare in un cestino dei rifiuti.

«Guarda che non voglio mica metterti le mani addosso» le dico.

«Ah, no?» mi fa lei.

«Sono un ragazzo serio, io.»

«Non credo proprio.»

«E sbagli. Non te le metterò, a meno che tu non me lo permetta.»

«Allora perché vuoi salire?»

«Be', perché mi farebbe piacere stare ancora un po' con te.»

«A fare che?»

«Mah, così... per conoscerci meglio.»

«E se ti dicessi che io non ho intenzione di permettertelo?»

«Permettermi cosa?»

«Di salire e di mettermi le mani addosso.»

«Non ce l'hai?»

«No.»
«Ma perché?»
Lei non mi risponde.
«Allora?» insisto.
«Non lo so.»
«Che vuol dire *non lo so*?»
«Non lo so vuol dire non lo so.»
«Ti perdi qualcosa, sai?» le sorrido, cercando di allentare la tensione. «E poi scusa, ma ci siamo appena baciati e tu... be', mi hai permesso eccome di metterti le mani addosso.»
Lei apre la portiera.
«Serenella! Che c'è?» le chiedo.
«C'è che...»
«Che?»
«Che non credo di essere pronta.»
«Ma io...»
«Mi spiace, Iaio. Ci sentiamo.»
Esce dall'auto. La vedo frugare nella borsetta sotto la luce fioca dei lampioni. Trova le chiavi del portone. Lo apre salutandomi con un cenno della mano. Il portone si richiude alle sue spalle. E io mi ritrovo in compagnia di una dolorosa erezione.

Una volta spartiti i beni

Una volta spartiti i beni con sua moglie e resi più ricchi tre o quattro avvocati e almeno un architetto e un notaio, il padre di Allegra si era comprato un appartamento di dodici stanze a Montecarlo e per prima cosa si era portato via le sue tre Porsche. Era stato in quell'occasione che aveva raccomandato alla figlia le creme antirughe. Poi con la russa aveva aperto un ristorante dalle parti di Juan-les-Pins, e con un tocco di originalità l'aveva chiamato La Dolce Vita. Lui avrebbe voluto che Allegra mollasse sua madre, se ne andasse da Torino e si trasferisse in Costa Azzurra. La russa no: secondo lei l'appartamento era troppo piccolo per tre persone. In ogni caso, Allegra doveva ancora terminare il liceo, ed era rimasta a Torino. Questo aveva fatto incazzare non poco suo padre, secondo cui per una bella ragazza destinata a fare la modella il diploma era inutile, anche se prima di venire in Italia la sua Svetlana da showroom si era presa una laurea in ingegneria all'Università di Mosca. Tra l'altro il tribunale aveva stabilito che lui doveva passare alla madre di Allegra cinquecentomila lire al mese extra oltre agli alimenti finché la figlia non avesse terminato gli studi. Risultato: per oltre un anno, lui non si era più fatto vivo. E quando di tanto in tanto Allegra provava a chiamarlo, suo padre non rispondeva al cellulare oppure le faceva dire dalla russa che aveva troppo da fare per perdere tempo con lei al telefono. Un giorno, però, era stato lui a chiamarla. E l'aveva letteralmente investita. Tu sei come tua madre, le aveva detto. Vuoi solo i miei soldi. Ma sappi che non li avrai. Non vedrai più nemmeno una lira, da me. Non metterai mai le mani sull'appartamento di Montecarlo, ficcatelo in testa. E nemmeno sul ristorante. Quanto alle Porsche, le ho nascoste in un garage di cui io solo ho le chiavi. Non le troverai mai. Allegra, che al momento della telefonata era un po' fatta, aveva tentato di spiegargli biascicando che a lei non importava niente né dei soldi né dell'appartamento, e tanto meno del ristorante o delle Porsche. Inutilmente. Tu sei tale quale tua madre, aveva ribadito suo padre. Per fortuna ho incontrato Svetlana, che mi ha aperto gli occhi. Con tutti i viaggi che ti ho fatto fare! E i concorsi di bellezza! E le lezioni di tennis! Ti volevo così bene che quando eri arrivata a portare la taglia quarantaquattro avevo perfino pensato di pagarti una liposuzione! Spero che te lo ricordi! Ma adesso basta. Otterrò il divorzio e farò un figlio con Svetlana e tra noi non ci sarà più alcun legame, sappilo.

San Carlo dal 1973

RICORDATI CHE DOMANI SUONI DA NOI leggo sul display del mio Nokia mentre immerso nell'inconfondibile profumo di San Carlo dal 1973, il mio concept-store preferito in piazza San Carlo, dove vado se come in questi giorni non ho voglia di fare un salto a Parigi da Colette, mi sto provando un cappotto Gucci chiedendomi se ad Allegra, no, se a Serenella piacerebbe, e se c'è un modo per dargli un effetto vintage. Controllo il mittente e scopro che a mandarmi l'sms è stato Pisti. Pisti? Cerco di ricordare. Quand'è che Pisti mi ha chiesto di mettere i dischi con lui e Samuel giù al Beach? Possibile che non abbia registrato la cosa? Che me ne sia totalmente dimenticato? Forse sarà stato... quella sera che mi sono ubriacato all'EscoBar? Non lo escludo.

«Le sta veramente molto bene» esclama il direttore del negozio. «Benissimo, anzi.»

«Sì?»

«Altroché. Sembra tagliato su misura per lei.»

Mi rimiro nello specchio a figura intera. Ad Allegra, che anche stamattina non ha risposto a un paio di mie chiamate, piacerebbe di sicuro. Ma a Serenella?

«Non vorrei...»

«Non vorrebbe?» m'incoraggia lui.

«Che mi facesse...»

«Che la facesse?»

«Troppo...»

«Oh, no» scuote la testa deciso il direttore del negozio. «Proprio no.»

«Sicuro?»

«Sicurissimo.»

«No, è solo che...»

«Guardi, il problema non esiste. Lei è nato per vestire Gucci.»

«Dice?»

«Se non ricordo male, e non credo di ricordare male, lei qui da noi compra sempre Gucci. Si è mai pentito?»

Mi sono mai pentito? Mi sono mai pentito di qualcosa in vita mia? Mi sono mai pentito di tutte le corna che ho messo ad Allegra? Mi sono mai pentito per come mi sono comportato con Ludwig? Be', nel suo caso più che di pentimento credo si tratti di rimpianto. Se gli fossi stato più vicino, forse non si sarebbe ucciso. Se avessi saputo ascoltarlo, non...

«Facciamo così. Lei se lo porti a casa. Lo provi con comodo. Non fosse soddisfatto, ma ne dubito, ce lo riporta.»

Guardo il direttore del negozio. Mi fa:

«Non si preoccupi. La conosciamo da tanti anni. Veniva da noi che era bambino, con i suoi. Ricorda?»

Ricordo. Vedevamo nostra madre più o meno una volta alla settimana, quando non era in India a Puna o in Tibet, e lei allora ci portava qua e dall'Esploratore Azzurro e ci comprava tutti e due i negozi. Se per combinazione il giorno dopo nostro padre era in città anche lui e trovava mezz'ora per stare con noi, ci riportava qua e dall'Esploratore Azzurro e ci ricomprava tutti e due i negozi. Riempirci gli armadi era il loro modo per sentirsi a posto con se stessi. Avevamo centinaia di scarpe Nike e felpe Best Company e polo Lacoste e jeans Levi's e piumini Moncler e cinture El Charro e calze Burlington e zainetti Invicta e giacconi Henry Lloyd e trapuntini Barbour e giubbotti Avirex e Chevignon e Spiewak e Schott, e naturalmente né io né Ludwig eravamo mai contenti. Mi sfilo il cappotto.

«Allora desidera provarselo a casa?»

«No, lo prendo.»

«Benissimo. Vuol vedere altro?»

«Devo andare.»

«L'accompagno alla cassa. C'è un ragazzo nuovo che non sa che le facciamo lo sconto.»

Lo metterò mai questo cappotto, col caldo che fa? Da qualche parte sul Web ho letto che c'è chi sostiene che l'aumento delle temperature farà sparire la corrente del Golfo, provocando una nuova era glaciale. Quindi lo metterò. Resta il problema dell'effetto vintage. Come farlo sembrare usato? Mi ci arrovello per tutta via Roma. Poi ho un'illuminazione. Ci vuole la mano di un artista. Un artista vero. Ozzy. Evvai.

Un anno, l'ultimo giorno di scuola

Un anno, l'ultimo giorno di scuola, fuori dal collegio trovammo ad aspettarci non una delle tante colf ma nostro padre. Erano più o meno nove mesi che non lo vedevamo e non lo sentivamo, credo fosse finito per qualche tempo in Medio Oriente per seguire l'ennesima crisi tra israeliani e palestinesi, o forse il giornale l'aveva mandato a Beirut, in Libano. Era l'epoca della strage di Sabra e Shatila? Non ricordo. Sia come sia: venne a prenderci in taxi, doveva essere la mezza o forse l'una, e ci disse che ci avrebbe accompagnato a casa lui. Tu Ludwig però non ne volesti sapere. Con te a casa non ci vengo *gridasti.* Tu te ne freghi di noi. *Nostro padre allora ti disse che aveva in serbo una sorpresa, e che se non fossi salito su quel taxi poi te ne saresti pentito, ma non ci fu nulla da fare. Te ne andasti a piedi piantandoci lì, senza nemmeno voltarti. Io invece saltai a bordo e sentii nostro padre dire al tassista che eravamo diretti all'aeroporto. Dove andiamo?, gli chiesi. Tra poco vedrai, mi rispose. Mezz'ora dopo eravamo a Caselle e lui che era sempre in giro per il mondo aveva già fatto tutti i documenti di viaggio, e non so come aveva anche il mio passaporto, e così ci imbarcammo su un volo per New York via Zurigo. Il mio unico bagaglio era lo zainetto con dentro il diario, un paio di quaderni, il portapenne e i libri di italiano e matematica, perché i prof avevano voluto fare lezione fino all'ultimo. Ma nostro padre mi disse che non dovevo preoccuparmi, mi avrebbe comprato tutto il necessario una volta in America. Il volo fino a Zurigo lo facemmo su un Fokker da cinquanta posti, ma gli unici passeggeri eravamo noi due e una coppia, e le hostess della Swiss Air ci riempirono di Toblerone e panini al salmone e bibite, per lui tirarono addirittura fuori una bottiglia di Moët. Poi in Svizzera prendemmo un Boeing enorme superaffollato di uomini d'affari arabi e tedeschi e di modelle e il viaggio durò tantissimo e io mi rovesciai sulla camicia bianca una lattina di Coca-Cola e così sbarcai al J.F.K. in uno stato pietoso, ma poi una volta passata la frontiera un altro taxi di quelli gialli ci portò fino da Macy's e nostro padre mi rivestì da capo a piedi comprandomi addirittura cinque paia di Timberland che là comunque non costavano niente rispetto all'Italia e poi andammo a cena in un ristorante giapponese o forse thailandese e da lì a dormire a casa sua, nell'appartamento al trentaseiesimo piano che il giornale gli aveva trovato in un palazzo vicino a Central Park. Il giorno dopo, smaltito il jet-lag, mi portò a fare un giro in elicottero tra i grattacieli, ed era veramente come tuffarsi nei canyon. Dalle parti di Wall Street al di là delle finestre si vedevano gli impiegati chini sulle loro scrivanie, e sullo sfondo lo Hudson e la baia e il ponte di Brooklyn come sui pacchetti delle gomme da masticare. Era come andare sulle giostre, insomma, però decisamente meglio che a Torino in piazza Vittorio. Quel pomeriggio, dopo un salto da McDonald's che in Italia non c'era ancora, nostro padre mi portò al Luna Park di Coney Island. La sera cenammo in un altro ristorante, credo indiano o forse pakistano, e lì lui mi fece conoscere Jennifer, una ragazza americana poco più grande di noi. Subito non lo capii, ma poi da come si comportavano mi fu chiaro. Lui e Jenny stavano assieme, anche se a vederli l'uno di fianco all'altra sembravano padre e figlia. E non so perché ma quando a un tratto attaccarono a slinguarsi di fronte agli altri clienti anche se nessuno mi conosceva mi vergognai.*

MySpace

Sono le quattro del mattino e non riesco a addormentarmi e dato che il porno in rete di ogni genere e grado, o forse degrado, mi ha profondamente annoiato, decido di dare un'occhiata su MySpace per vedere chi mi ha scritto ultimamente. Di sicuro non Allegra. Lei MySpace lo odia, col fatto che ha solo un amico, cioè io, mentre per quanto mi riguarda ne ho 1789.

DJ IAIO.
Uomo.
33 anni.
Italia.
Ultimo accesso: 19.09.07.
Mood: caldo.
Stato: eccomi.
Segno zodiacale: Capricorno.
Mi piacerebbe conoscere: Richie Hawtin, il team di ingegneri che ha progettato lo Hummer H3, Kate Moss, Pablo Escobar.
Iaio: Spazio amici.
Iaio ha: 1789 amici.

Sono io. Rileggo la presentazione della nostra nuova serata al Tortuga che ho messo in rete alcune settimane fa prima di sapere che l'inaugurazione sarebbe avvenuta all'insegna dello slogan La Droga Ci Fa Schifo:

Il nuovo sabato dell'Associazione Culturale Tortuga Club, costola notturna dell'Associazione Culturale Todos Caballeros, nasce all'insegna di una nuova formula musicale pensata dai resident djs dj Zombi, dj Iaio e dj Boh per il loro progetto Ehi Raga Siamo Caldi, rivolto a un pubblico aggiornato ed esigente, alla ricerca di qualcosa di molto diverso dal solito tram tram. A questo scopo i suoni che usciranno dal mixer del Tortuga creeranno un'atmosfera a metà tra Ibiza e Berlino in cui si incroceranno suggestioni a dir poco disparate, ma allo stesso tempo molto friendly e studiate appositamente per creare ogni sabato un clima da party non-stop. Largo dunque ai remixes di canzoni celebri, riviste e corrette in base alle ritmiche più attuali, i bootlegs cioè le produzioni nate dalla sovrapposizione di coppie di hits celebri (per esempio Iggy Pop e le Salt'n'Pepa) e la musica elettronica più raffinata e di tendenza, oltre a una serie di ripescaggi ad hoc da quella grande isola del tesoro che è la musica anni Novanta. Dj Iaio sta attualmente lavorando con dj Zombi e dj Boh a un nuovo progetto musicale di genere non etichettabile: stay tuned!

Be', forse alla luce di 'sta menata organizzata da Davide Brocchi dovrò rimetterci le mani, aggiungendo qualcosa in stile *Trainspotting* tipo "Ehi, tu, raga! Non farti! Scegli la vita!", che così tutti quelli che ci conoscono si ammazzeranno di risate, ma in definitiva dal punto di vista dei contenuti mi pare perfetto. Controllo gli ultimi messaggi.

DJ VESPA: ehilà Iaio, qualche neeeewz per il mio blog No Hay Banda?

FABIANA: grazie per l'add!!!

BIMBA: ehi Iaio quando ripassi per Roma? kizzzz!!!

GIADA: Iaio sempre io ma ci sei? Smack!!!

GIADA: hai presente al Goa alla riapertura? Ero la tipa che nei bagni eh insomma...

GIADA: ciao Iaio chissà se ti ricordi di me?

Scorro la pagina, non c'è niente di che. Dato che questa Giada, che in effetti non ricordo, dalla foto sembra abbastanza carina, clicco lei e vado alla sua pagina. Cerco la presentazione. Leggo:

GIADA: parlo di me.
Chi sono: Sono un artista anche se attualmente lavoro come cameriera, un anno fà sono andata a vivere da sola e da allora per arrotondare faccio pure la modella, uno dei lavori psicologicamente più pesanti che ci sono, credetemi che di lavori né ho fati un mucchio benché ho solo 22 anni! Chi mi conosce sa che sono una persona solare, ma sincera, non mi tange dire quello che penso senza tanti peli sulla lingua. Se devo dire un mio unico difetto è che non sono capace di chiedere scusa! Molti per questo motivo mi considerano una stronza, io ritengo di non esserlo però a volte la faccio, ma solo quando qualcuno se lo merita! Sono certa che nella vita uno possa fare sempre ciò che si sente giusto di fare, con il dovuto rispetto per il mondo e per ciò che ci circonda, a cominciare dagli animali e in particolare dal mio cane Zunami che adoro. Non credo nel concetto della ragazza "facile" solo perché una si porta a letto un tipo dopo un ora di baccaglio e sono convinta che tanti pregiudizi sono frutto del ignoranza che ci sta intorno! C'è altro da dire? Eccomi.

Segue una lunga serie di *slide*. Giada in bikini che si abbronza su una spiaggia. Giada in una discoteca tra un gruppo di ragazzi palesemente ubriachi. Giada prima di un servizio fotografico. Giada in viaggio da qualche parte in un paese esotico. Giada in un'altra discoteca. Giada a un casting. Giada mentre dipinge un quadro orribile. Giada mentre la stanno truccando. Giada sotto il Duomo di Milano. Giada con un cane enorme che le sta leccando la faccia. Ma ci sono anche foto più personali, più intime. Niente di porno, per carità. Però ce n'è una in cui sta dormendo, e un'altra in cui pare come smarrita, scattata alla sua festa di compleanno. E per un istante non so, mi sento come... a disagio, ecco. Volendo c'è anche il suo book. Molto professionale. Per lo più in bianco e nero. In effetti questa Giada è piuttosto figa, però mi sembra un po' troppo... complicata? Do un'occhiata agli amici. Ci sono il Gabibbo, Robbie Williams, Riccardo Scamarcio, Dj Tommy Vee, Eminem. C'è anche Johnson Righeira, che ce l'hanno in molti perché fa tanto pop-trash. Do un'occhiata ai messaggi.

NUVOLA: uè tipa me lo spieghi allora come si fa una slide? Ciauuuu

FRANCA: cazzo che figate che hai scritto per presentarti massimo rispetto Giada!!!

NUVOLA: Giada scusa se rompo mi spieghi come si fa 'sta slide? ciàciàciàciàcià

IRENE: la prossima volta che sei da queste parti fammelo sapere che ci beviamo il Po!!!!

NUVOLA: cià bella mi dici com'è ke si fa una slide ke nn ci riesco? messa bene, eh?

Scorro altri messaggi ma non c'è niente di che. Vabbe'. Basta cazzeggiare. Mi sconnetto. Le quattro e mezzo. Il Lexotan l'ho finito ieri. Devo ricordarmi di comprarlo in quella farmacia dove non mi fanno storie per la ricetta. Ci fosse Allegra le ruberei un po' di ero.

Da Ozzy

«Ozzy!» chiamo.

Niente.

«Ozzy!» riprovo.

Zero.

«Ozzy! Sono io, Iaio!»

Macché.

Al cellulare non risponde, ecco perché sono venuto fin qui sul mio Hummer H3 col nuovo cappotto Gucci ripiegato nella borsa di San Carlo dal 1973, nella speranza che lui sappia come fare per dargli un aspetto vintage. Mi guardo attorno. Dei Docks Dora non resta molto. Ripenso a quando abbiamo scoperto questo posto. Era la fine degli anni Novanta, la techno andava a palla e qualcuno aveva perfino cominciato ad ascoltare il drum'n'bass. In uno di questi vecchi magazzini ferroviari c'era stato anche un rave. Non mi ricordo nulla di quella notte ma so che c'ero anch'io. Guardo il cielo invaso dalle sagome dei condomini edificati stando a Ozzy dalla ditta Deturpi al posto delle fabbriche. Qui nei dintorni c'era la Michelin, se non sbaglio. Una sera c'eravamo entrati, con Allegra, Zombi e Carla-Non-Lo-Sa. Era una specie di villaggio. Anziché metterci qualcosa di figo come avrebbero fatto a Zurigo o a Berlino o a Londra o a New York, l'hanno rasa al suolo. Che spreco. Bazzicavo sempre da queste parti, una decina di anni fa. Locali, aperitivi, feste, mostre, installazioni. Era una location pazzesca. Potevano farci qualsiasi cosa. Ci hanno costruito questi così pieni di balconi. Evvai.

«Ozzy!» grido, rivolto al basso capannone di mattoni in cui un tempo dovevano stoccare le merci scaricate da treni provenienti da chissà dove.

«Ozzy!» riprovo.

Niente da fare.

«Ozzy! Sono Iaio!»

Inutile. Giro i tacchi e mi dirigo verso il Suv, evitando una pozzanghera nera d'olio per non sporcare le mie Nike *limited edition* disegnate da Shawn Stussy. Ma poi alle mie spalle sento una voce familiare.

«Iaio! Aspetta!»

Mi volto. Ozzy è sbucato dal capannone. Si regge i pantaloni.

«Cos'è? Dormivi?» gli chiedo, tornando sui miei passi. Ci salutiamo con la consueta presa da negroidi.

«No, a dire la verità stavo cagando» mi fa lui, con un colpo di tosse. «Sul retro. Sai com'è, qui il cesso non ce l'ho.»

«Ehm» mi schiarisco la voce, sfregandomi il palmo sui jeans Helmut Lang. «Ti ho cercato sul cellulare ma a quanto pare non sei raggiungibile. Cos'è? Qui non c'è campo?»

«Dipende da dove ti metti.»

Lo seguo all'interno del capannone attraverso la porta di ghisa da cui è sbucato, tutta imbullonata e arrugginita. A vederla così peserà una tonnellata. Dentro, la sola luce è quella che arriva dalle vetrate rattoppate qua e là con fogli di cartone. In un angolo c'è un lavandino con un tubo che sgocciola, e sotto una bacinella. A terra, accanto a una vecchia poltrona di pelle ormai sfondata e al sacco a pelo buttato su un bancale di legno che funge da futon, un fornello da campo. C'è molta umidità, tanto che in più punti l'impiantito di cemento e i muri di mattoni sono chiazzati di muschio. Qua dentro le stagioni sono rimaste quelle di una volta: l'autunno è già arrivato.

«Vieni, ti mostro il nuovo progetto a cui sto lavorando»

mi dice Ozzy, allacciandosi la cintura tra un colpo di tosse e l'altro.

Mi porta al suo tavolo da lavoro, ingombro di forbici e pinze e tubetti di colore e barattoli di colla. Sopra c'è un enorme cartello nero con una scritta a caratteri cubitali bianca. POLVERE SIETE POLVERE TORNERETE.

«Che te ne pare?»

«Be'» dico. «Divertente. Davvero... divertente.»

«Trovi?»

«Tu sei sempre avanti, Ozzy. Lo sai. Non ce n'è per nessuno.»

«Intanto sono due giorni che mi nutro con cibo per cani, l'unica roba che sono riuscito a comprare al discount con gli spiccioli che mi rimanevano.»

«Cazzo Ozzy, non fosse che ultimamente ho scoperto di essere un po' in rosso, ti aiuterei» gli dico.

Borbotta qualcosa, poi prende il cartellone e sale sulla poltrona sfondata, allungando le braccia fino a raggiungere un grosso chiodo piantato appena sotto il soffitto sulla parete di mattoni. Appende il cartellone.

«In realtà non dovrebbe pendere da un chiodo» mi spiega, scendendo dalla poltrona. «Però anche così non è male.»

«Divertente» annuisco. «Davvero... divertente. A proposito, mi piacerebbe commissionarti un lavoro.»

«Per casa tua?» s'illumina subito lui. «O per la vostra nuova serata giù al Tortuga?»

«No, non esattamente. Ecco, vedi» gli dico, cercando le parole giuste. «Il fatto è che mi sono comprato... cioè, che mia madre mi ha regalato... questo.» Tiro fuori il Gucci dalla borsa. «Il taglio è figo, come vedi. E però il cappotto è un po' troppo... nuovo, capisci?»

«Nuovo?»

«Già, nuovo. Non mi va di mettermi qualcosa di così nuovo. Lo sai anche tu come vesto abitualmente. Preferisco il vintage.»

«Lo stile *shabby-chic*» annuisce lui. «Il fintopovero.»

«Ehm» mi schiarisco la voce. «Esatto.»

«E che posso fare per te?»

«Be', Ozzy, tu sei un artista vero, l'unico che conosco. E... sì, credo proprio che se tu ti ci mettessi... saresti capace di trasformarlo in un capo... vissuto, ecco. Ovviamente mi dici quant'è e alla consegna ti pago.»

Mi prende il cappotto. Lo esamina attentamente. Davanti, dietro. Lo gira e lo rigira. Controlla la fodera.

«Mah» si stringe nelle spalle. «Si può fare. Certo è un lavoro da eseguire a regola d'arte. Duecento euro?»

«Duecento? Cazzo, Ozzy, speravo in un prezzo da amico. Facciamo cento?»

«Centocinquanta e mi offri un pasto al Tre Galline.»

«Affare fatto.»

Al Beach

E quando Pisti alla consolle mette un pezzo che stranamente non riconosco ma che dovrebbe essere di Josh Wink e mi urla in un orecchio che andrà avanti per un po' butto giù quel che resta del mio quarto mojito mi sfilo le cuffie scavalco la ragazza addetta agli spot che lui chiama *luciaia* china a confabulare con un'amica ai bordi della postazione sopraelevata e con un balzo mi tuffo nel locale ondeggiante di ragazzine seminude micromagliette microgonne piercing all'ombelico tatuaggio tribale appena sopra il culo tanga di pizzo stivali da cow-girl trucco da puttana che appese ai loro drink smaniano per farsi notare guardare meglio ancora riprendere. Ai margini della pista in due si strusciano tra loro, improvvisano una scena lesbo slinguandosi e toccandosi le tette per gli obiettivi dei cellulari, tempo poche ore e saranno su YouTube. Altre quattro invece sono salite a ballare sui tavolini di fianco al bancone del bar, avranno sedici anni ma ci danno dentro come consumate professioniste di peep-show mimando pompini a gogò, Dita Von Teese in confronto a queste è una suora. A casa prima di uscire mi sono sparato due righe di quella buona e già che ci sono me ne farei un'altra ma dalle parti dei bagni c'è una coda mostruosa tenuta d'occhio dai buttafuori e poi non vorrei essermi perso Serenella, mi ha promesso via sms che sarebbe venuta ma ancora non l'ho avvistata, a meno che non mi sia sfuggita nella bolgia generale che *unz unz unz unz* si muove a tempo con la cassa a quattro di

Wink. Mi faccio largo a fatica nel groviglio di corpi sudati imbattendomi in un paio di zarri col cappellino da baseball in cima al cranio infiltratisi chissà come tra i cabinotti e punto verso il bar dove le bariste preparano cocktail a nastro cercando di tener dietro alle richieste incessanti delle moltitudini assetate, scene da Etiopia in carestia all'arrivo degli aiuti umanitari, magari Serenella è lì, ma non ce n'è, per farmi strada ci vorrebbe un machete, rinuncio. In un angolo vedo Maurizio Cilli e Samuele Rocca, due dei proprietari, e scambiamo un cenno di saluto. Mi viene in mente che anche Cilli è un architetto, forse per il mio parquet avrei fatto meglio a chiedere a lui. Poi scorgo Davide Brocchi, infiltratosi da queste parti in compagnia di una che a vederla così potrebbe essere una studentessa delle medie, lui le sta impastando il culo ma a un tratto i nostri sguardi si incrociano, fingo di non averlo riconosciuto e tiro dritto verso l'ingresso.

Quando mi affaccio fuori dal locale vengo investito dal puzzo del Po e dall'aria fredda che si respira lungo il fiume. Barriere metalliche dietro cui torreggiano buttafuori rasati e palestrati con tanto di auricolare e bomber nero marchiato dalla scritta bianca SECURITY bloccano la coda che si è formata davanti al dehors in attesa del via libera per poter entrare nel club. Tutto intorno, il consueto viavai di pusher maghrebini, calati a branchi fin qui dai loro posti di blocco disseminati lungo la discesa che porta a questo lato dei Murazzi. Esamino rapidamente la coda. Conto cinque bionde di cui almeno quattro finte. Serenella non c'è. Un paio di facce che ho già incrociato diverse volte al Quadrilatero o in giro per locali e che di solito non alzano un sopracciglio mi sorridono per avere la possibilità di entrare prima degli altri, ma io non muovo un dito. Torno dentro notando che di fianco all'ingresso anche qui qualcuno ha scritto POVERINI, e faccio per dirigermi di nuovo verso il bar quando una mano mi tocca una spalla. Mi giro controvoglia pensando a Davide Brocchi e invece è lei.

«Serenella!»

«Ciao.»

Dopo un istante di esitazione, scambiamo un leggero bacio sulle labbra. Noto con piacere che sotto una corta giacca argentata indossa il corpetto nero che portava al primo appuntamento, e una gonna plissettata, anch'essa nera. Ai piedi calza un paio di ballerine argentate dalla punta rovinata, credo Miu Miu come la borsetta, a sua volta argentata.

«ALLORA? NON DOVEVI SUONARE?» mi grida per riuscire a farsi sentire. Josh Wink ha lasciato il posto a Jeff Mills.

«ORA TOCCA A PISTI!» urlo a mia volta. «TI VA DI BERE QUALCOSA?»

Mi mostra il drink che regge nella destra, che ha tutta l'aria di essere un cocktail a base di Campari.

«QUANDO SEI ARRIVATA?»

«UN ATTIMO FA.»

«E SEI GIÀ RIUSCITA A FARTI DARE DA BERE?»

«C'È RIUSCITO LUI.»

Solo in quell'istante vedo alle sue spalle un capellone in tenuta da impiegato americano stile *casual friday*, pantaloni kaki camicia azzurra *button down* cravatta blu mocassini marroni. Mi guarda torvo.

«È ALF. IL RAGAZZO CON CUI CONDIVIDO L'APPARTAMENTO IN CORSO SICCARDI.»

Accenno un saluto. L'altro fa una smorfia.

«NON SAPEVO CHE CONDIVIDESSI L'APPARTAMENTO CON UN RAGAZZO.»

«ORA LO SAI.»

Sento che Pisti sta per far sgorgare dai diffusori *E Talking* dei Soulwax, oltretutto la Nite Version featuring Nancy Whang. È un grande. Prendo Serenella per mano.

«VIENI, QUESTA È UN VERO PALO!» esclamo, e la trascino via.

Lei mi risponde qualcosa ma non riesco a capire cosa. Con una certa perseveranza mi apro un varco nell'intreccio di corpi braccia gambe occhi, e accanto a una delle colonne di mattoni a vista che caratterizzano il Beach come tutti i club dei Murazzi riesco a trovare un metro quadro scarso in cui ballare con Serenella. Solo che quando mi volto vedo che con Serenella c'è anche Alf, il capellone, che continua a squadrarmi torvo. Decido di fregarmene e prendo a muovermi a tempo col pezzo dei Soulwax. Benché sia uscito nell'estate del 2005 non ha perso il tiro. Serenella mi imita, e alle sue spalle accenna qualche passo di danza anche Alf. Lo ignoro e mi concentro su di lei, guardandola a lungo negli occhi. Malgrado la semioscurità spezzata dalle lame luminose degli spot manovrati dalla *luciaia*, mi pare di vederla arrossire.

«SMETTILA» mi fa.

«SMETTILA COSA?»

«SMETTILA DI FISSARMI A QUEL MODO.»

«QUALE MODO?»

«LO SAI BENISSIMO.»

«PERCHÉ?»

«PERCHÉ... NON MI VA.»

«SECONDO ME INVECE TI VA.»

«DAI, CHE C'È ALF!»

«E ALLORA?»

«MI HA APPENA DETTO CHE È INNAMORATO DI ME.»

Lancio un'occhiataccia ad Alf, che non la pianta di squadrarmi torvo. Allora approfitto del fatto che io e Serenella siamo praticamente appiccicati l'uno all'altra e le prendo il viso tra le mani e la bacio. Lei subito sembra ritrarsi, poi invece ricambia e allora le metto le mani intorno ai fianchi e prendiamo a limonare con foga sempre maggiore, finendo per appoggiarci alla colonna di mattoni a vista. Un tipo che si dimena accanto a noi urta la mano con cui Serenella regge il drink e lei me ne rovescia addosso un po' ma chissenesbatte. Continuiamo a baciarci e io attacco a impastarle le tette sotto il corpetto nero e mi viene un'erezione gigantesca e lei non può non essersene accorta perché ormai mi si è incollata addosso e non accenna a staccarsi e andiamo avanti per così tanto tempo che nei Soulwax entra Dj Hell e poi al posto di questo subentrano i Glimmers e mi dico be' cazzo se stasera è così calda vuol dire che ce n'è eccome e a un tratto a forza di lavorarmela mi fa quasi male la mandibola ma lei non si stacca e io nemmeno e le infilo le mani nella gonna e scopro che non porta le mutandine e le afferro i glutei e allora lei si stacca e si leva le mie mani dal culo e mi guarda tutta rossa in faccia e poi si volta e dopo aver dato un'occhiata circolare alla massa di corpi che si agitano intorno a noi mette su un'aria un po' seccata e mi fa:

«E ALF? CHE FINE HA FATTO?»

Allargo le braccia, come a dire *chissà*. Lei allora va verso il bar. La seguo. Si mette a cercare 'sto cazzo di Alf, ma è un'impresa senza speranza. C'è ancora più gente di prima, e tra il volume della musica e il buio e le luci e la confusione trovare qualcuno è praticamente impossibile. Lei allora estrae l'iPhone dalla borsetta argentata, e controlla lo schermo. La vedo premere un tasto, leggere un messaggio. Alza gli occhi al cielo, scuotendo la testa. Me lo mostra. Leggo a mia volta: BE' VEDO CHE HAI DA FARE IO ME NE VADO CIAO ALF.

«MA TI RENDI CONTO CHE RAZZA DI CAFONE?» sbotta, riponendo l'iPhone. «SIAMO VENUTI AI MURI CON LA SUA AUTO! COME CI TORNO A CASA? FIN QUI I TAXI NON SCENDONO!»

«CHE PROBLEMA C'È? TI CI PORTO IO!»

«MA IO ME NE DEVO ANDARE SUBITO! DOMATTINA PRESTO DEVO PARTIRE PER ROMA! TU INVECE TE NE STARAI QUI FINO ALLE SEI!»

Alzo lo sguardo verso la consolle. Pisti ha appena messo *Two*, il singolo dei Motel Connection, cioè suo e di Samuel e Pierfunk. Batte le mani a tempo, facendo strillare le ragazzine sulla pista. È preso benissimo. Se me ne vado ora non se ne accorgerà neppure.

«VIENI» grido a Serenella mentre nell'intro con l'arpeggiatore entra la cassa. «CASOMAI TORNO PIÙ TARDI.»

Anche se in realtà mi auguro che stasera le cose prendano tutt'altra piega. Evvai.

In corso Siccardi

Prima di muoverci da via Matteo Pescatore sul mio Hummer H3 parcheggiato sulle strisce io e Serenella continuiamo a limonare per un pezzo. Poco fa, lungo la salita dai Murazzi fino a piazza Vittorio, abbiamo tirato dritto evitando le pozze di vomito, i rigagnoli di piscio e i posti di blocco dei pusher maghrebini, anche se in realtà all'altezza di uno dalle parti del Doctor Sax avrei voluto fermarmi, non per fare la spesa ma perché una delle ombre sedute sul parapetto del fiume aveva esclamato al nostro passaggio *Ehi tipa vuoi ficcare o pippare?* È stata Serenella a impedirmelo, trattenendomi ed evitandomi con ogni probabilità una coltellata nella schiena, come usa da queste parti.

«Andiamo, su, che è tardi» mi fa lei a un tratto.

Metto in moto. Via Po è gialla di luci e intasata di auto e lei mi si butta letteralmente addosso con le tette e il resto e mi bacia sul collo come un'ossessa e mi agguanta i pettorali e mi pizzica un capezzolo così forte che devo trattenermi per non urlare e mi ritrovo tra le gambe un'erezione gigantesca, pensare che non ho più assunto Viagra o schifezze simili dalla festicciola a casa di Davide Brocchi. Piazza Castello diventa via Pietro Micca che diventa via Bertola e poi corso Siccardi.

«Allora grazie e ciao» mi dice Serenella dopo che ho fermato il Suv davanti al suo indirizzo, aprendo la portiera e scendendo in strada.

«Ehi, aspetta!»

Scendo anch'io. Lei sta già frugando dentro la borsetta argentata in cerca delle chiavi del portone.

«Che fretta c'è?» le dico, afferrandole un braccio.

«Te l'ho detto» mi sorride. «Domattina presto devo partire per Roma e ora voglio andare a dormire. Grazie mille per avermi accompagnata, sei stato molto carino, al contrario di quel cafone.»

«Che ci vai a fare, a Roma?»

«Presento le mie borsette in una serata ai Parioli.»

«E se... dormissimo insieme?»

«Non credo proprio» mi sorride.

«Ma io intendo proprio solo dormire» le sorrido a mia volta, tentando di mascherare l'erezione che mi pulsa nei pantaloni. «E non intendo disturbarti. Mi metto buono in un angolo e dormo. Non mi credi?»

«Come no. Solo che... mi sa che sarà per un'altra volta.»

«Ma Serenella... già l'altra sera non mi hai fatto salire.»

«E allora?»

«E allora mi hai baciato dal Beach fino a qui, hai smesso un secondo fa.»

«Appunto: ho smesso. E ora tutti e due facciamo i bravi bambini e andiamo a dormire, ciascuno a casa sua.»

«Ma perché?»

«Perché domattina mi devo svegliare presto per andare a Roma. Ciao» mi dà un leggero bacio su una guancia. «Dormi bene. Ci sentiamo al mio ritorno.»

Dopodiché apre il portone e se lo richiude alle spalle, senza voltarsi. E mi lascia lì con la solita erezione.

A un certo punto

A un certo punto il padre di Allegra aveva chiesto ufficialmente il divorzio. La madre intanto, che con i soldi ricavati dalla vendita dell'antiquariato aveva aperto un cosiddetto polo del lusso in via Andrea Doria con l'idea di passarlo ad Allegra una volta che lei avesse terminato gli studi, si era rivolta a un'agenzia d'investigazioni, e aveva saputo che le cose per lui non andavano come sperato: pareva che a Juan-les-Pins il ristorante La Dolce Vita fosse passato nel giro di un paio d'anni da circa sessanta ad appena quattro coperti al giorno: compresi quelli di lui e della russa, che del resto si erano imbarcati in quell'avventura senza avere alcuna esperienza nel settore. Il ristorante era stato messo in vendita. E anche l'appartamento di dodici stanze a Montecarlo. Sua madre, allora, per concedere il divorzio all'ex marito gli aveva chiesto una cifra enorme tramite l'avvocato. Lui lì per lì le aveva risposto picche. Ma evidentemente doveva fare i conti anche con la russa. Così un giorno, dopo più di un anno e mezzo dalla telefonata in cui di punto in bianco l'aveva aggredita accusandola di essere tale quale sua madre, aveva richiamato Allegra. Ma con un tono del tutto diverso. Gentilissimo. Sai, le aveva detto, ti penso spesso. Mi manchi molto. Non vedo l'ora di rivederti. Non l'ho mica dimenticato che sei la mia unica figlia. Ricordi quanti viaggi abbiamo fatto assieme? Quello in Costa d'Avorio? Quello a Bali? E quel bellissimo Capodanno alle Maldive? Perché non vieni per un week-end qui a Montecarlo? Se ti va andiamo a fare un tuffo a Saint-Tropez. O se preferisci ci giriamo un po' di Provenza. Tra l'altro volevo chiederti se per favore puoi pro-

vare a far capire a tua madre che io tutti i soldi che mi chiede per il divorzio non li ho. Vedi, purtroppo col ristorante io e Svetlana non siamo stati fortunati. In questa zona della Francia ormai c'è troppa concorrenza. Infatti pensiamo di andarcene in Brasile, che da questo punto di vista offre molte più opportunità, e aprire un bed & breakfast. Ho già pensato al nome, Alla Bella Italia, ti piace? Quando vorrai potrai venirci a trovare anche là. Magari poi t'innamori di Copacabana e decidi di fermarti con noi. Anche Svetlana ti vuole molto bene. Pensa che parliamo sempre di te. Tra l'altro mi ha detto di dirti che se hai sempre intenzione di fare la modella lei potrebbe darti parecchi consigli. Allora vuoi per cortesia spiegare a tua madre come stanno le cose? Le dici che gli affari qui non vanno proprio e che abbiamo un mucchio di problemi? Pensa che per andarcene in Brasile a rifarci una vita abbiamo messo tutto in vendita, le azioni, il ristorante, l'appartamento, perfino qualche gioiello. Come, scusa? Le mie tre Porsche? No, quelle se Dio vuole me le tengo.

Da Zombi

Sono da Zombi per risolvere con lui una volta per tutte la faccenda del mixato da far ascoltare a Bob Mambo, e in teoria con noi dovrebbe esserci anche Boh, che però all'ultimo momento ci ha mandato un sms dicendo che è rimasto bloccato da Eataly, il negozio di alimentari di lusso del Lingotto.

«Senti che roba» mi fa Zombi dopo aver insultato a lungo il nostro socio, posando la puntina sul vinile che gira sul suo Pioneer. Parte un pezzo techno in cassa a quattro, bello tirato. Entrambi attacchiamo automaticamente a muovere la testa seguendo il ritmo del brano.

«Che palo, eh?»

«Non male» ammetto.

«L'ho preso ieri mattina da Ultrasuoni. Ne avevano solo una copia» ghigna.

«Figo» esclamo, anche se ripensando che ha fatto lo stesso con *Spastik* mi si torcono le budella.

Lui alza la puntina. Ferma il piatto. Toglie il vinile. Lo rimette nella copertina. Ne afferra un altro. Lo piazza sul piatto. Preme START. Posa la puntina.

Parte un nuovo pezzo techno sempre in cassa a quattro, sempre bello tirato. Entrambi attacchiamo automaticamente a muovere la testa seguendo il ritmo del brano.

«Che palo, eh?»

«Non male» ammetto.

«Anche di questo c'era solo una copia» ghigna. «E ora è mia!»

«Evvai» dico a denti stretti, pensando a *Spastik.*

Lui alza la puntina. Ferma il piatto. Toglie il vinile. Lo rimette nella copertina. Ne afferra un altro. Lo piazza sul piatto. Preme START. Posa la puntina.

Parte un nuovo pezzo techno ancora in cassa a quattro, ancora bello tirato. Entrambi attacchiamo automaticamente a muovere la testa seguendo il ritmo del brano.

«Che palo, eh?»

«Non male» ammetto.

«Anche di questo c'era solo una copia» ghigna. «E ora ce l'ho io!»

«Spaccare spacca, non ce n'è» sibilo, pensando a *Spastik.*

Lui alza la puntina. Ferma il piatto. Toglie il vinile. Lo rimette nella copertina. Ne afferra un altro. Lo piazza sul piatto. Preme START. Posa la puntina.

Parte un nuovo pezzo techno sempre in cassa a quattro, sempre bello tirato. Entrambi attacchiamo automaticamente a muovere la testa seguendo il ritmo del brano.

«Che palo, eh?»

«Non male» ammetto.

«Anche di questo c'era solo una copia» continua a ghignare. «E ora eccolo qua!»

«Ti vedo già caldo per l'inaugurazione» cerco di sorridere, sempre pensando a *Spastik.*

Lui alza la puntina. Ferma il piatto. Toglie il vinile. Lo rimette nella copertina. Ne afferra un altro. Lo piazza sul piatto. Preme START. Posa la puntina.

Parte un nuovo pezzo techno sempre in cassa a quattro, sempre bello tirato. Entrambi attacchiamo automaticamente a muovere la testa seguendo il ritmo del brano.

«Che palo, eh?»

«Non male» ammetto.

«Di questo invece ce n'erano due copie» allarga le braccia lui. «Ma l'altra l'ho spostata nel settore drum'n'bass senza farmi vedere da Claudio, eh eh.»

«Sei veramente... un grande, Edoardo» gli dico, guardandomi attorno per evitare che incroci il mio sguardo, che so carico di... invidia? Temo di sì. Questa è pura e semplice invidia. Il soggiorno di Zombi, che lui ha attrezzato a studio, è ingombro di dischi e cd e riviste musicali sparse dappertutto, dai divani al pavimento. Il televisore, un Panasonic al plasma ultrapiatto da 50 pollici appeso al muro accanto a un'opera di Paolo Grassino, se non sbaglio un cervo inseguito da un branco di lupi, trasmette a volume azzerato immagini di un qualche tsunami. In un angolo c'è la batteria che Edoardo suonava ai tempi del liceo, quando faceva parte di un gruppo hardcore-punk formato da ragazzi del nostro ambiente, cioè da figli di papà. Lui e Ludwig all'epoca non si conoscevano, ma sarebbero andati d'accordo. Mi rendo conto solo in questo momento che in Zombi e forse anche in Carletto ho sempre cercato un surrogato di mio fratello. Senza trovarlo, naturalmente.

Lui alza la puntina. Ferma il piatto. Toglie il vinile. Lo rimette nella copertina. Ne afferra un altro. Lo piazza sul piatto. Preme START. Posa la puntina.

Parte un nuovo pezzo techno sempre in cassa a quattro, sempre bello tirato. Entrambi attacchiamo automaticamente a muovere la testa seguendo il ritmo del brano.

«Che palo, eh?»

«Non male» ammetto.

Sul tavolino basso al centro della stanza, un Cassina, noto due posacenere stracolmi, tre bottiglie vuote di Moët, i resti di una canna, una confezione di preservativi e un involucro di stagnola.

«Quella è bamba?» chiedo.

«Magari!» ringhia lui. «No, mi è rimasto solo un ciocco di fumo merdoso. Ho finito tutto, tra venerdì e domenica. Bonza, crack, paste, ketamina, perfino la maria.» Alza la puntina senza fermare il piatto. «Tra l'altro ora che ci penso se stasse voglio sfattarmi devo fare un ordine al Cartello di Medellin.»

Si fruga nelle tasche dei jeans G-Star, recupera il cellulare e scrive un sms. Guardo le immagini che scorrono sullo schermo al plasma. Un'enorme massa d'acqua e melma sta trascinando via case, macchine, camion, alberi, persone.

«Cazzo, il mondo sta finendo e tutto quello che facciamo è drogarci, bere e scopare» dico.

«Perché, scusa? Che altro vorresti fare?» S'infila in tasca il cellulare. «Non siamo mica umani, noi. Siamo pupazzi. Pupazzi... di neve» ghigna, ammiccando.

Ferma il piatto. Toglie il vinile. Lo rimette nella copertina. Ne afferra un altro. Lo piazza sul piatto. Preme START. Posa la puntina.

Parte un nuovo pezzo techno sempre in cassa a quattro, sempre bello tirato.

Al Caffè Elena

Me ne sto seduto a un tavolino del Caffè Elena in piazza Vittorio in compagnia di un bloody mary a guardare pochi metri più in là Boosta e Fernanda Lessa davanti a una bottiglia di champagne. Da un po' di tempo in qua fa pure lei la dj e l'ho perfino vista su MTV di fronte a una folla di adolescenti urlanti, disposti a tutto pur di farsi inquadrare dalle telecamere, tanto che a un certo punto due ragazzine sui quindici anni hanno attaccato a slinguarsi. E lei si metteva e levava di continuo le cuffie Sennheiser argentate, manipolando alti e bassi sul mixer. Roba da matti, direbbe Zombi: uno si fa un mazzo così suonando per anni e anni in posti di merda davanti a gente di merda prima di approdare a un altro posto fondamentalmente di merda però trendy come il Tortuga e questa addirittura finisce su MTV solo perché s'è fatta nell'ordine l'*Isola dei Famosi,* Vallettopoli e Boosta e allora adesso la chiamano dj. Al mondo non c'è veramente giustizia, e sto pensando che forse dovrei cambiare questo mestiere inflazionato quando mi accorgo che qualcosa non quadra nel panorama della piazza.

Butto giù un altro sorso di bloody mary e lascio perdere Boosta e la Lessa e mi sfilo i Gucci a fascia e guardo meglio e però è proprio così, la collina alle spalle della Gran Madre sta lentamente smottando, e anche se c'è un sole che spacca un'enorme valanga di fango viene giù insieme con gli alberi e con una quantità d'acqua che aumenta col passare dei secondi e trascina giù nel fiume auto e passanti e ciclisti e cassonetti dei rifiuti e altre auto e altri alberi e carrozzine, e nel giro di pochi secondi c'è gente che urla, chiede aiuto, e cerca di scappare, le braccia levate al cielo come quando in serata metti un pezzo di quelli che fanno ululare la pista, ma non c'è niente da fare, una dopo l'altra tutte le persone in fuga vengono raggiunte dalla massa d'acqua e detriti e fango, che travolge i dehors dei bar ai lati della chiesa spazzando via tavolini e ombrelloni e sedie e avventori e cocktail e cameriere e finisce per invadere l'interno dei locali facendo scoppiare le vetrine, finché dalla collina viene giù anche un tram, rovesciato su un fianco, mani e teste che annaspano fuori dai finestrini, grida altissime, e la cosa assurda è che qui nel dehors dell'Elena nessuno ci fa caso. Mi guardo attorno terrorizzato ma Boosta e la Lessa continuano a sorseggiare champagne come se niente fosse, e così gli altri clienti seduti ai tavolini intorno a me, e io vorrei mettermi a urlare a mia volta e avvertirli di quello che sta succedendo dall'altra parte del fiume ma sono come paralizzato dal terrore, e anche se provo a gridare dalla bocca non mi esce alcun suono. L'acqua e il fango e i detriti intanto hanno raggiunto il primo piano delle case eleganti alle pendici della collina e vedo altre finestre esplodere e gente che si sbraccia dai piani superiori e improvvisamente succede quello che doveva succedere: il fiume gonfio di ogni sorta di relitti e cadaveri monta su marrone e rompe gli argini dei Murazzi e invade il Lungo Po sommergendo le auto ferme al semaforo e trascinandole via con le fioriere che ornano il parapetto del ponte e spazza addirittura il grosso furgone del paninaro fermo sulla destra all'imbocco della discesa che porta ai locali dalla parte di Giancarlo e risale inarrestabile la piazza, fagocitando altri dehors, quello del Flora, quello della Drogheria, quello del Lab, altri ombrelloni e altre sedie e altri tavolini e ragazzi e ragazze e cameriere che spariscono invocando aiuto sotto il ruggito prodotto dall'onda altissima di fango, che invade gli accessi ai parcheggi sotterranei e le pensiline degli autobus e avanza sotto i portici portando con sé tutto quello che incontra, altri passanti, altri ciclisti, altre carrozzine, e poi scarpe, abiti, cani, e altri cadaveri, e io guardo le persone intorno a me, sono sudato marcio, nessuno accenna una reazione, tutti continuano a conversare indifferenti davanti ai loro drink, e Boosta e la Lessa ordinano un'altra bottiglia di champagne, e di nuovo provo a urlare ma non ci riesco, è come se non avessi più le corde vocali, e allora mi alzo e inciampo nella sedia e sbatto contro un marocchino carico di cianfrusaglie e corro via, via, via, il più lontano possibile.

All'Arcadia con Carletto e Ronaldinho

«Be', per lei deve essere la serata più bella della sua vita.»

«Tu dici?»

«Ma certo. Quando mai a casa sua poteva permettersi di cenare in un posto del genere?»

«Magari qualche volta l'hanno già portata al ristorante, no?»

«Sì, al McDonald's! No, guarda: questa in un locale così non c'è mai stata, puoi credermi.»

«Manco fossimo all'Arcadia di New York.»

«Ti informo che l'Arcadia di New York e l'Arcadia di Torino sono gemellati, caro. E comunque lei in un posto come questo non ha mai posato quel suo bel culo rotondo e caldo. Perché non glielo chiedi?»

Carletto mi ha chiamato quattro volte, oggi. E mi ha mandato una dozzina di sms. Tutto per convincermi ad accompagnarlo a cena fuori con la sua cosiddetta *garota de programa* brasiliana. Sempre per timore di imbattersi in qualche amica della moglie. Mi ha preso per sfinimento, insomma. Così ora eccomi qua a un tavolo dell'Arcadia in Galleria Subalpina, col mio amico puttaniere e la sua puttana minorenne. Che tra parentesi più la guardo e più mi ricorda Ronaldinho.

«Avanti, su, perché non glielo chiedi?»

«Ma io non parlo brasiliano, lo sai.»

«Ti ho già detto che lei l'italiano lo capisce benissimo, con le migliaia di nostri connazionali che in Brasile se la sono trombata in tutte le combinazioni possibili.» Si rivolge alla ragazzina: «Tu capisci tutto, eh, amore mio?».

«No me chiama amori meu» gli fa lei.

«Come dici, amore mio?»

«No me chiama amori meu» ribadisce Janine-Ronaldinho.

«Ma come?» sbotta lui. «Io ti porto via da quella favela di merda dove stai, ti pago un volo per farti venire in questo paese meraviglioso che è l'Italia, ti vengo a prendere all'aeroporto sulla mia Mercedes cabrio argentata, ti ospito a casa mia su in collina, ti porto a cena fuori in questo ristorante di lusso che tra parentesi è gemellato con un locale superchic di New York, ti... be', non lo dico certo per vantarmi ma...» si guarda attorno abbassando la voce «sì, ti chiavo come manco una regina, roba che tu non hai mai goduto tanto prima, e poi mi dici *no me chiama amori meu*?»

La ragazzina lo guarda, senza aprire bocca, ma in modo strano.

«Da quando sei qui ti ho comprato una mini di pelle rossa, un paio di shorts in jeans, una maglietta rosa con su scritto LOLITA, un paio di stivali di pelle bianca, insomma ti ho vestita da capo a piedi che sembri una principessa» insiste lui, «e poi questa sera davanti al mio migliore amico te ne esci con 'sto *no me chiama amori meu*?»

La ragazzina continua a guardarlo, ma in un certo senso è come se non lo vedesse.

«I signori hanno dato un'occhiata al menù?»

Il maître, un tipo in abito grigio dalla faccia grigia, si è materializzato al nostro tavolo.

«Per me un misto sushi» dice Carletto. Poi, rivolto a Janine: «Ti va il sushi, amore mio?».

«No me chiama amori meu» gli fa la ragazzina.

«Bene. Due sushi, allora» sorride Carletto al maître.

«Massì. Anch'io vado sul sushi» annuncio, anche se non ho per niente fame.

«Da bere?»

«Champagne!» esclama Carletto. «Che ne dici, amore mio?»

«No me chiama amori meu.»

«Cristal? Veuve Cliquot? Moët & Chandon?» chiede il maître.

«Cristal va benissimo» decide Carletto.

Il maître ci lascia. Carletto guarda la ragazzina. Allunga una mano sul tavolo. Lei non reagisce.

«Eddài, amore mio! Avanti, dammi la mano! Ti ho appena ordinato sushi e champagne, cazzo! Facciamo un po' i romantici no? Lo sai che ti amo.»

La ragazzina lo guarda a sua volta ma è come se guardasse altrove. Lui le afferra una mano e attacca ad accarezzargliela. Lei la ritrae. Lui gliela riprende.

«Meu amori no sta tu» gli fa lei. «Meu amori sta Bredu Pitu.»

«COSA?» scoppia a ridere Carletto. Che subito, rivolto a me, aggiunge: «Ma l'hai sentita? Il suo amore è Brad Pitt! Ah ah ah! Brad Pitt! Niente di meno! E quand'è che Brad Pitt se la scarrozza al ristorante e le offre sushi e champagne, a questa? A una *garota de programa*?».

«Ma non è il tuo amore, scusa?» gli chiedo.

«E vabbe', ma resta sempre una puttana. A parte il fatto che da quel che si legge sui giornali a puttane vanno anche Hugh Grant e Sting, e quindi se tanto mi dà tanto ci va pure Brad Pitt.»

«Bradu Pitu nienti putani» interviene la ragazzina.

«Eh già, perché il tuo Brad Pitt l'uccello in mezzo alle gambe non ce l'ha, vero? Tutti gli uomini hanno l'uccello in mezzo alle gambe, ecco perché tutti gli uomini vanno a puttane. Tranne i froci, ovvio. Che infatti vanno a puttani.» Si volta verso di me. «Ma di' un po', Iaio, e Allegra?»

«Allegra?» gli chiedo, sorpreso. Stavo pensando a Serenella.

«È da un po' che non vi vedo assieme.»

«Sta... studiando sodo per preparare l'ultimo esame. E

poi, se per caso incontriamo un'amica di Sandy, io devo passare per quello che sta con Janine, no?»

«Ah, già. È vero. Ma... mi sembra di intuire che c'è dell'altro.»

«Tipo?»

«Bah, ho come l'impressione... che le cose non girino per il verso giusto. Sbaglio?»

«Ma no, te l'ho detto. Vuol solo finirla una buona volta con l'università.»

Un cameriere in uniforme si avvicina con la bottiglia di Cristal nell'apposito secchiello del ghiaccio. Stappa lo champagne. Versa da bere a tutti e tre. Rimette la bottiglia nel secchiello del ghiaccio. Si allontana.

«Dài, cazzo, brindiamo» esclama Carletto. «Alla nostra. E tu dài, già che Allegra sta studiando stasera fai il bravo e rimani con noi, non voglio saperti in giro per la città solo soletto.» Si gira verso Janine. «A te non spiace, vero, amore mio?»

Al mare

Grazie a tutta una serie di sms molto brillanti e spiritosi e a un secondo mazzo di fiori ho convinto Serenella a trascorrere assieme una giornata al mare, in Liguria, anche se in programma oggi a Torino c'è una Notte Bianca. Lei del resto non è ancora riuscita a inaugurare il suo atelier per non so quali problemi con suo padre, e dunque, le ho detto, perché non approfittarne? Io sarei voluto andare a Portofino, a Camogli o al limite a Santa Margherita. Ma lei ha preferito un paesino poco prima del confine con la Costa Azzurra, dove i suoi hanno una villa. Quando arriviamo parcheggio il mio Hummer H3 sotto i pini del giardino, così vasto e ricco da nascondere alla vista la magione. Il cancello elettronico, dotato di telecamere di sorveglianza, si richiude automaticamente alle nostre spalle, e scendendo dal Suv inalo a pieni polmoni il profumo della vegetazione.

«Ma ti rendi conto?» dico. «Ormai siamo a ottobre e sembra di stare in primavera. Il termometro del mio Suv dice che qua fuori ci sono ventotto gradi.»

«Io mi sa che oggi mi piazzo in spiaggia e faccio pure il bagno» esclama Serenella.

Recupera il borsone da viaggio Fendi sul sedile posteriore. Mi avvicino a lei. L'abbraccio.

«Contenta di essere venuta al mare con me?» le chiedo.

«Mah, sì» si stringe nelle spalle lei. «Anche se in teoria sarei dovuta restare a Torino a lavorare.»

«Ma oggi è sabato.»

«Appunto. A quest'ora dovrei essere in atelier.»

«Be', c'è tua sorella. Che molto gentilmente si è anche offerta di tenerti Tobia.»

«Oh, il mio tesoruccio» geme. «Senza la sua mammina. Come farà? Non mi ci far pensare.»

La seguo lungo un vialetto di lose tra due aiuole piantumate. Oggi indossa una felpa grigia e un paio di shorts neri. A un tratto il vialetto finisce, e davanti a noi si staglia la villa. Per un istante resto frastornato.

«Be', certo che non ci si aspetta di trovarsi di fronte a... una baita in stile alpino, da queste parti» dico a Serenella.

«Ti piace?»

«È... divertente» dico, osservando la grossa testa di cervo che domina l'ingresso, i balconi di legno in stile tirolese e le tendine ricamate di San Gallo alle finestre. «Davvero... divertente.»

«L'ha voluta così mio padre. Laggiù ci sarebbe anche la piscina a forma di Babbo Natale» mi dice, indicandomi un angolo del giardino. «Ma i miei devono averla fatta pulire l'ultima volta quest'estate, meglio se andiamo in spiaggia.»

Apre casa disinserendo l'allarme. Entriamo. Mi guardo attorno. È una vera e propria Stube. Tappeti, arazzi, pelli d'orso, trofei di caccia. C'è perfino un fucile appeso sopra il caminetto con tanto di spiedo. Noto una statua in silicone di Paperino con addosso un aderentissimo costume sado-maso in latex. Serenella posa il borsone da viaggio su un divano di cuoio, si sfila la felpa e gli shorts, poi la canottiera di cotone, poi il reggiseno, poi le mutande, e resta completamente nuda, tranne per gli stivaletti alla caviglia con l'elastico, Blundstone. Per un istante pianta i suoi occhi nei miei. Penso: forse, stavolta vuole scopare. Ma poi, senza dirmi una parola, mi dà le spalle e si mette a frugare nel borsone. Non posso fare a meno di guardarla. Ha una pelle molto chiara, costellata qua e là da nei ed efelidi. Ho un'erezione. Se non ho visto male, i peli del pube sono folti e... biondi, anziché corvini come i capelli. Quindi è... una fintacorvina. Com'è possibile? Quanto alle tette, anche se si è trattato di un attimo, sono enormi. Il culo forse è un po'... molle, mi pare. Magari se le cose vanno per il verso giusto le regalo un abbonamento in palestra. Tira fuori dal borsone un bikini giallo, lo indossa e si rimette il maglioncino di cotone e gli shorts. Dopodiché, come se niente fosse, mi fa:

«E tu? Non te lo metti, il costume?»

«Ehm» mi schiarisco la voce, infilando una mano in tasca per mascherare in qualche modo l'erezione, che malgrado la sorpresa dovuta al contrasto fra capelli e pube non accenna a smollarsi. «L'ho già indossato. A dire la verità, pensavo di spogliarmi in spiaggia.»

«Massì, tanto andiamo in quella dei nudisti.»

«In quella dei nudisti?»

«La chiamano tutti così. È la più carina, nei paraggi.»

Riprendiamo il Suv, e nel giro di pochi minuti arriviamo a uno spiazzo di fianco all'Aurelia, dove sono già parcheggiate quattro o cinque auto e un paio di motociclette. Scendiamo e ci inoltriamo nella vegetazione che degrada verso il mare, seguendo un minuscolo sentiero coperto di aghi di pino, piuttosto scosceso e accidentato per via delle numerose pietre aguzze che sbucano dal terreno. Lei fa strada. Be', mi dico, se non scopiamo oggi che prima si spoglia nuda davanti a me e poi mi porta a una spiaggia di nudisti, non scopiamo mai più. Dopo un paio di curve a gomito, ci ritroviamo su una spiaggetta pietrosa protetta su entrambi i lati da grossi massi, e capisco perché la chiamino *spiaggia dei nudisti*.

Palle raggrinzite. Tette flosce. Vagine rasate. Pance rivestite di pelo. Culi flaccidi. Cascate di cellulite. E poi scroti oblunghi e unghie incarnite e cicatrici di operazioni assortite: appendiciti, ernie, protesi mammarie. Capisco anche perché in vita mia non avevo mai messo piede in una spiaggia di nudisti.

«Che ne dici? Ci piazziamo lì?» mi fa Serenella, indicandomi una zona vagamente appartata.

«Per me va bene. Ma... dobbiamo denudarci dalla testa ai piedi anche noi?»

«No, se non ti va puoi tenere il costume. Io a volte mi limito al topless.»

Estrae un telo dal borsone e lo stende a terra. Poi si leva la felpa e gli shorts, gli stivaletti e le calze, e resta in bikini. Io mi svesto, ripiegando su un masso piatto i pantaloni Fake London Genius, il maglioncino Gucci dall'aspetto vintage che mi sono bucherellato ad arte senza ricorrere a Ozzy e la T-shirt dei Motörhead e resto in pantaloncini Billabong. Serenella prende un libro dal borsone, *L'Alchimista* di Coelho. Noto che ha tenuto anche il pezzo di sopra del bikini. A questo punto però ci terrei a vederle meglio le tette. Forme. Volumi. Diametro dei capezzoli.

«Come mai... non ti metti in topless?» le chiedo.

«Oggi non mi va» mi risponde lei, stringendosi nelle spalle.

«Perché?»

«Perché ci sei tu.»

«E allora?»

«E allora non mi sento a mio agio.»

«In che senso?»

«Non lo so.»

«Come non lo sai?»

«Se fossi uno sconosciuto, mi ci metterei. Ma non lo sei. E però non ci conosciamo ancora abbastanza, ecco.»

«Francamente non ti capisco.»

«Lo so, lo so. Sono complicata.»

Apre il libro e attacca a sfogliarlo. Scuoto la testa.

«Be'? Che hai?» mi chiede.

«Ti faccio notare che prima ti sei spogliata nuda davanti a me per metterti il costume.»

«Prima era prima. Adesso è adesso.»

Per un po' rimaniamo in silenzio. Lei legge Coelho, io guardo il mare cercando di non soffermarmi sui nudisti. Ci fosse almeno una ragazza anche solo carina, mi ci soffermerei. Ma non c'è. In lontananza, si intuiscono i contorni di una città.

«Quella laggiù è Nizza?»

«No, Montecarlo. Quando vengo qui con mia sorella ci andiamo a ballare.»

«Ti va di andarci, stasera?»

«Stasera?»

«Potremmo anche cenare da quelle parti, in qualche ristorante.»

Lei ci pensa un po' su, poggiandosi il libro sul ventre. Poi mi fa:

«Non lo so.»

Un nudista esce dall'acqua. Distolgo lo sguardo. E a un tratto mi viene da pensare ad Allegra. Che faremmo insieme io e lei se oggi fossimo al mare? Probabilmente ci ammazzeremmo di bamba. Ma è solo un istante.

«Io mi faccio una nuotata» mi dice Serenella, alzandosi in piedi nel suo bikini giallo. «Vieni anche tu?»

«Mah, sai... non so se ti conosco abbastanza per nuotare con te.»

«Stupido. Dài, vieni.»

Mi tende una mano. L'afferro.

A letto

E sotto il baldacchino del letto in legno scuro intarsiato pieno di stambecchi lei mi morde i pettorali fin quasi a farmi urlare e si dibatte come una selvaggia ma vuole tenere il reggiseno e io la stringo per i fianchi e le strappo via le mutandine e lei sospira forte e mi si avvinghia addosso con gli occhi chiusi e ci slinguiamo attorcigliati come serpenti e poi lei si gira e io le bacio i capelli corvini e lei nasconde la faccia nel cuscino e io la accarezzo e lei si bagna e sospira più forte di prima e io a quel punto decido che è arrivato il momento di farmela e l'ho penetrata di appena pochi millimetri quando Serenella mi sfugge e si rigira e chiude le gambe e mi fa:

«No.»

«No?»

«No, ti prego.»

«Ma perché, scusa?»

«Perché... non sono ancora pronta.»

Dopo un bel tira e molla

Dopo un bel tira e molla e decine di altre telefonate in cui il padre di Allegra le diceva quanto bene le volesse e insisteva perché lei parlasse con la madre e continuava a invitarla a Montecarlo, tanto che lei un paio di volte si era decisa ad accettare l'invito e si era organizzata per partire facendosi mille paranoie per paura che alla frontiera la beccassero con l'eroina che aveva intenzione di portarsi dietro, anche se poi in entrambi i casi lui l'aveva bloccata spiegandole che per combinazione proprio in quei giorni sfortunatamente Svetlana non stava bene e con tutta la buona volontà non avrebbero potuto ospitarla al meglio, alla fine i suoi genitori avevano trovato una sorta di accordo economico, e il tribunale aveva ratificato il divorzio. Lui era dovuto tornare a Torino per firmare le carte, e in un primo momento aveva dato appuntamento ad Allegra dopo il disbrigo di queste formalità. Lei e suo padre a quel punto non si vedevano da quasi tre anni, e non è che Allegra ci stesse proprio dentro all'idea di incontrarlo. Da una parte sperava di riallacciare in qualche modo i rapporti, dall'altra non aveva dimenticato le accuse che lui le aveva fatto in passato. La settimana precedente all'appuntamento aveva rischiato l'overdose, ma sua madre non si era accorta di nulla. Il giorno in cui suo padre era tornato a Torino, Allegra per farsi coraggio aveva provato per la prima volta la coca. Al Caffè Mulassano dove dovevano trovarsi per poi andare al ristorante su a Villa Sassi, era arrivata con mezz'ora di anticipo. Seduta a un tavolino di quelli che danno su piazza Castello, aveva cercato di dominare l'agitazione con un paio di mojito. Tre o quattro vol-

te era uscita a fumarsi una Marlboro Light. Aveva provato a distrarsi leggendo "La Stampa", senza riuscire ad andare oltre i titoli della prima pagina. All'una, l'ora in cui suo padre si sarebbe dovuto palesare, dentro Mulassano era entrato un gruppetto di turisti con tanto di guida che aveva riempito il minuscolo locale. Lei allora era uscita sotto i portici, temendo che lui non la vedesse. All'una e mezzo era ancora lì che faceva su e giù tra Mulassano e la Galleria Subalpina con i negri che le rompevano il cazzo cercando di venderle libri e i marocchini che insistevano per legarle al polso un braccialetto portafortuna o metterle in mano un pacchetto di accendini. Alle due era tornata dentro il caffè e aveva buttato giù un altro mojito. Alle due e mezzo si era fatta dare le chiavi del bagno, era andata a spararsi una riga di coca e poi aveva provato a chiamare suo padre al cellulare. Il numero, le aveva detto la classica voce preregistrata, risultava spento o non raggiungibile.

Vernice alla Maze

Serenella mi ha mandato un sms per dirmi che si annoiava e chiedermi che cosa facevo per l'aperitivo, così siamo finiti alla Galleria Persano in piazza Vittorio, dove c'è la vernice della nuova mostra di Paolo Grassino. Da parte mia, conto sul fatto che Allegra le gallerie le detesta, dopo tutti i suoi fallimenti in campo artistico, e poi fondamentalmente non sopporta la Torino che conta. Tra gli habitué del giro, come Paolo Grassino o Pietra Pistoletto o Nicus Lucà, ci sono Boosta con la Lessa, Marsiaj con la Herzigova, Buffon con la Seredova, uno che non riconosco con la Bobulova, Francesco Coco con una che somiglia a Elena Santarelli ma non sono certo che sia lei, Irene Grandi con Roberto Spallacci dell'Associazione Culturale Xplosiva, Fabrizio Gargarone dell'Associazione Culturale Hiroshima Mon Amour, Maurizio Cilli dell'Associazione Culturale The Beach con i soci Roberto Marucci e Samuele Rocca, Alberto Campo dell'Associazione Culturale Traffic Festival con il socio Ammendolia, Max Casacci con la sua tipa, Johnson Righeira con Isabella Santacroce, Pisti e Samuel con l'aria di voler sfuggire a quattro, no, cinque ragazzine, dj Vespa con dj Samantha, il regista Davide Ferrario con la scenografa Francesca Bocca, le due stiliste del marchio Serienumerica di cui non ricordo il nome, la collezionista d'arte contemporanea Patrizia Sandretto Re Rebaudengo col marito Re Rebaudengo, l'attrice Stefania Rocca, lo scrittore Giuseppe Culicchia, Luciana Littizzetto con il batterista degli Africa Unite, Tiziano Lamberti nudo che la intervista per *Le Iene*, i nostri rivali dell'Associazione Culturale Boombastic, un artista sconosciuto con una ex di Zombi, Luca dello Studio 515 con la sua nuova ragazza che se non sbaglio arriva da Bologna e fa l'artista concettuale, una ex di Luca con un'amica racchia, Ivan di Progetto Durden con un'altra ex di Zombi, Sara e Sebastiana Cordero anche loro con un'altra ex di Zombi, tutta una serie di dj più o meno noti in città tipo Titta, Frola, Gambo, Hugo, Lollino, Ubit, più il consueto stuolo di figli e figlie di imprenditori e avvocati e chirurghi e giornalisti e architetti e costruttori e ingegneri e notai e. Manca Ozzy, e mi viene in mente che devo chiamarlo per sapere se ha sistemato il mio cappotto Gucci. L'atmosfera è frizzante. Tra le altre cose, ci attende una Notte Bianca.

In un angolo, Paolo Grassino vestito di nero da capo a piedi è circondato da gente vestita di nero da capo a piedi. Tutti chiacchierano, nessuno guarda le opere anche se tutti come al solito ogni tanto se ne escono con il classico *Divertente, davvero divertente*. Al bar, i camerieri del catering smerciano cocktail a raffica dietro una selva di mani tese come si vede in certe scene del *Tg24*, quando le telecamere inquadrano i volontari di Emergency che dai camion distribuiscono provviste chessò, ai profughi del Rwanda. Serenella ha incontrato tre suoi ex compagni dello IED che l'hanno sequestrata per un'ora ricordandole episodi legati agli anni della scuola, io ho fatto due chiacchiere con Carla-Non-Lo-Sa continuando a guardarmi attorno tutto il tempo perché malgrado tutto temevo di incrociare Allegra, che per fortuna però non si è materializzata. Dopo un po' m'imbatto in Boh, che dalle parti del bar si sta mettendo in tasca un tovagliolo pieno di salatini.

«Pensa che l'ho visto ieri sera al Diamond con la sua nuova tipa» mi fa sghignazzando. «E lui davanti a lei sai che mi ha detto?»

«Che ti ha detto?»

«Cosa vuoi, ha diciassette anni e porta la 38 ma ha la

quinta di tette, se lo piglia nel culo e se le faccio vedere uno di quei video brasiliani dove si cagano in bocca non fa una piega.»

Lo mollo lì senza aver capito a chi si riferisca, anche perché vedo che i tre ex compagni dello IED di Serenella stanno tutti e tre parlando al cellulare.

«Ti va di accompagnarmi a casa?» mi chiede lei.

«Volentieri.»

Segue la solita trafila. Pusher maghrebini. Hummer H3. Limonata in corso Siccardi.

«Che ne dici se mi fai salire?» le chiedo la terza volta che si stacca per respirare.

«Dovrei?»

«Guarda che non voglio mica metterti le mani addosso» le dico, per fare lo spiritoso.

«Ah, no?»

«Be', l'ultima volta non te le ho messe.»

«Già, perché io non ti ho fatto salire.»

«Ma al mare abbiamo dormito assieme e quando tu mi hai detto che non te la sentivi io mi sono regolato di conseguenza.»

Lei ha già estratto le chiavi di casa dalla pochette Fendi.

«Stammi a sentire» le dico. «Tu... mi piaci, Serenella. Molto. E ti piaccio anche io, altrimenti non mi baceresti. Per cui...»

«Per cui?» m'interrompe lei, tornando a frugare dentro la borsetta.

«Per cui che male c'è se mi fai salire?»

Tira fuori accendino e Diana Blu. Se ne accende una, soffiando via il fumo come a scatti.

«Allora?»

«Non lo so.»

Inspiro a fondo. E sto per URLARLE IN FACCIA qualcosa, qualcosa di molto, molto, molto spiacevole, temo, quando lei inaspettatamente mi fa:

«Dài, sali.»

Senza aggiungere una sola parola, scendiamo dal mio

Hummer H3. Lo chiudo inserendo l'allarme. Lei apre il portone. Varchiamo la soglia. La seguo nel buio attraverso il cortile e poi oltre una porta lungo le scale fino al secondo piano. Lei apre un'altra porta, quella dell'appartamento che condivide con quel simpaticone di Alf, che spero di non incontrare. Avanzo alle sue spalle lungo un breve corridoio. Apre un'altra porta ancora, quella della sua stanza. Accende la lampada accanto al letto. Vedo un armadio di legno chiaro Cassina, una libreria Driade ingombra di ritratti di Tobia e biancheria intima e creme per il viso e per il corpo e con due soli libri, *La profezia di Celestino* di Redfield e *L'Alchimista* di Coelho, più una poltrona foderata di broccato. Lei spegne la sigaretta in un posacenere vintage con su scritto Campari Soda, getta sulla poltrona la pochette Fendi, si sfila gli stivali Blundstone, i jeans e il resto, buttando tutto a terra e rimanendo in reggiseno bianco e mutande nere. La guardo. I capelli corvini le scendono sulle spalle.

«Vado un secondo in bagno, tu mettiti comodo» mi fa, ed esce.

In un amen mi libero dei vestiti e li lancio sulla poltrona. A un tratto il cellulare mi segnala che è arrivato un sms. Cazzo. Sta a vedere che è Allegra. Frugo nelle tasche dei pantaloni. Afferro il Nokia. Controllo. Mittente sconosciuto. Leggo: VENERDÌ ORE 18.30 ALL'AUDITORIUM AGNELLI DEL LINGOTTO WALTER VELTRONI TI INVITA ALLA CHIUSURA DELLA CAMPAGNA PER IL PARTITO DEMOCRATICO. NON MANCARE! Ma tu dimmi. Rimetto via il cellulare. C'è da dire che sono così eccitato che non mi si smolla. Al suo ritorno, lei evita di posare lo sguardo sull'erezione e mi fa:

«Se devi usare il bagno è la prima porta a destra. Puoi adoperare il mio spazzolino, è quello blu.»

In realtà ne farei volentieri a meno. Ma non voglio intoppi, e dato che sembra preferire che io mi lavi i denti, vado in bagno e me li lavo col suo spazzolino. Già che ci sono mi farei volentieri un paio di belle righe di bamba, ma l'ho lasciata di là in una tasca dei pantaloni. E preferisco non pregiudicare in alcun modo la serata, visto che lei non si fa.

Quando torno nella sua stanza, Serenella mi sta aspettando sotto le lenzuola. Noto che si è accesa un'altra sigaretta, e che come al solito sta soffiando via il fumo come a scatti. Indossa ancora il reggiseno. Richiudo la porta alle mie spalle e m'infilo a mia volta nel letto. Lei spegne la sigaretta. Si alza e riapre la porta lasciandola socchiusa. Vorrà sentire se arriva il coinquilino, penso. Torna a letto. La bacio. Mi bacia a sua volta con foga. Prendo a trafficare col gancetto del reggiseno. Glielo sgancio. Cascano giù due tette veramente enormi. Stacco a fatica la mia bocca dalla sua e faccio per leccarle i capezzoli, ma... i capezzoli non ci sono. Com'è possibile? Lei intanto come già al mare mi si sta avvinghiando addosso con tutte le sue forze, gli occhi sempre chiusi. Be', penso, pazienza. Torno a concentrarmi sulle tette. Lei soffoca una serie di mugolii. Intanto con una mano le ho quasi sfilato le mutandine. Lei mi dà una mano. Allora decido di esplorarla tra le cosce, e lei lascia fare. Buon segno. Insisto ancora un po' con le tette. Ma poi lascio perdere e con la lingua scendo fino all'ombelico e quindi più giù fino al pube biondo e ancora più sotto, e con mia sorpresa scopro che ha un sapore dolce. Serenella soffoca altri mugolii, poi mi prende la testa tra le mani, si china, mi bacia avida in bocca. A quel punto mi dico che rimandare oltre potrebbe risultare controproducente, e opto per un attacco frontale. Questa volta Serenella non cambia idea come al mare, ma cede di botto e mi stringe le gambe attorno ai fianchi e mi abbraccia e soffoca altri mugolii e io però a un tratto... non sono più così sicuro di averla penetrata. Controllo. Be', direi proprio di sì, non ci sono dubbi, dentro sono dentro. Eppure è come se non ci fossi. Non sento niente. Che succede? Lei mi stringe sempre più forte, si dibatte, mi addenta un pettorale e devo fare un discreto sforzo per non urlare, ma intanto laggiù non sto andando da nessuna parte. Mi do da fare, vado su e giù, avanti e indietro, ma senza alcun risultato. Ho la fronte imperlata di sudore. Lei mi morde un orecchio e quasi me lo stacca. Io cerco disperatamente un qualche attrito, prendendola dal basso verso l'alto, da sinistra verso destra, da destra verso sinistra, spingendo, stringendo, impastando, accarezzando, frizionando, tornando a leccarle le tette nonostante l'assenza di capezzoli. Lei continua a soffocare mugolii. Perdo letteralmente la nozione del tempo. Da quant'è che abbiamo cominciato? Un'ora? Due? Tre? Mi viene in mente che forse è così che si sentono gli astronauti in condizioni di assenza totale di gravità. A un certo punto capisco che in qualche modo devo uscirne. O meglio devo farla venire e venire a mia volta, ma come? Mi sforzo di provare qualcosa, ricordando di aver letto da qualche parte sul Web che l'organo sessuale principale è, strano a dirsi, il cervello.

Forza Iaio.

Su.

Ci tenevi tanto a fartela.

Ora te la stai facendo.

Avanti.

Vieni.

Chiudi gli occhi.

Chiudi gli occhi e pensa al suo corpetto nero.

Ai suoi capelli corvini sopra il corpetto nero.

Alle sue tette enormi sotto il corpetto nero.

Enormi però senza capezzoli.

No. Non devo smontarmi proprio ora.

Trovato: pensa a come arrossisce.

Pensa a come avvampa.

Ci penso.

Penso alle sue gote come arance rosse.

Ed ecco che allora ho un leggero orgasmo.

Lei, invece, ce l'ha larga.

Evvai.

Colazione al Pastis

Con Serenella stamattina abbiamo appuntamento per colazione al Pastis. Quando arrivo sulla mia Bmx, in leggero anticipo visto che stanotte praticamente non ho dormito, prendo posto a uno dei tavolini del dehors su piazza Emanuele Filiberto e afferro una copia del "Corriere della Sera", abbandonata da qualcuno sul tavolino a fianco. In prima pagina leggo:

> UN'UMANITÀ CHE NON SA SALVARE SE STESSA
>
> La Terra è malata, il clima è impazzito, le risorse si assottigliano. Pian piano (troppo piano) se ne stanno accorgendo un po' tutti. Ma la gente non vuole sapere; vuole sperare. E così rimuove le cattive notizie. Chi ne parla è un catastrofico, un apocalittico, e magari anche un uccello del malaugurio. Ma se una cattiva notizia è vera, allora è vera. Ed è purtroppo vero – la scienza è pressoché unanime nel certificarlo – che siamo al cospetto di una catastrofe ecologica che presto andrà a rendere invivibile anche la vita dell'uomo.

Vabbe', abbiamo capito. E non ce ne frega un cazzo. Un pensionato sta rovistando in un cestino della spazzatura. Chiudo il quotidiano e lo metto sul tavolino di fianco al mio. Poi però vedo avvicinarsi un marocchino carico di cianfrusaglie e oltre a cacciarlo con un gesto deciso della mano prima che se ne esca con classico *Ehi, 'mico, compra qualcosa* riprendo il giornale e lo riapro. Sfoglio le pagine interne. Vediamo:

> Borse a picco: il fantasma del '29 su tutti i mercati... Remunerazioni d'oro nel Palazzo: i segretari del Senato e della Camera guadagnano più di 480.000 euro l'anno, oltre 250.000 euro il compenso degli stenografi, ai barbieri vanno 133.000 euro... Intanto i parlamentari si aumentano nuovamente lo stipendio...

Controllo l'orologio. Serenella è in ritardo di un quarto d'ora. Sento suonare il cellulare. Sarà lei. Mi frugo. Lo recupero in una tasca del giubbotto. Controllo il numero in entrata. Gaia. Che vuole?

«Sì?»

«Ciao Iaio.»

«Ciao Gaia.»

«Senti, vengo subito al dunque. Ho saputo che tu e Allegra vi siete piantati.»

«Io e Allegra? Chi te l'ha detto?»

«Torino è una città pettegola, lo sai benissimo.»

«Io e Allegra non ci siamo per niente piantati.»

«E allora perché lei è sparita e tu esci con una delle sorelle Deturpi?»

«Allegra sta... preparando il suo ultimo esame. E io non esco con nessuna sorella Deturpi.»

«Iaio io ti amo, lo sai.»

«Gaia, stammi a sentire, non mi va di parlare di queste cose con te. Soprattutto al telefono.»

«Se è per questo con me non parli più nemmeno quando ci si vede di persona. Non mi dai mai l'occasione. E io...»

«Lasciamo stare, Gaia, su.»

«E io... sto male, capisci? Se non ti vedi più con Allegra perché non ti rimetti con me? Ci divertivamo assieme, ricordi?»

«Gaia, io...»

«Prima di quel maledetto incidente.»

«Avevamo bevuto tutti e due, lo sai.»

«Che ha la tua nuova fiamma che io non ho? Le funzionano le gambe, per esempio?»
«Gaia, finiamola qua, per favore. Non è il caso, credimi.»
Scoppia a piangere.
«Gaia, stammi a sentire» le dico. «A parte il fatto che io e Allegra non ci siamo assolutamente piantati, Serenella è l'unica persona che conosco che non si droga. L'u-n-i-c-a. Forse grazie a lei riuscirò a smetterla anch'io una volta per tutte. E poi...»
«E poi?»
«E poi Serenella non ha tatuaggi sopra il culo e nemmeno la frangia come quella tipa del *Grande Fratello* ed è ancora capace di arrossire. Insomma è una ragazza diversa dalle altre, e... non mi sono mai scopato una bionda che si tinge di nero.»
«Cosa?»
«Ho detto che non mi sono mai scopato una bionda che si tinge di nero... ci pensavo stamattina: di solito succede il contrario.»
Sento un clic.
«Gaia? Pronto?»
Niente. Guardo il cellulare. L'icona della cornetta è abbassata. Mi ha chiuso in faccia la comunicazione. Ma tu dimmi. Prima mi chiama, e poi... Bah. Scuoto la testa. Dall'altra parte della piazza vedo una coppia di mendicanti. Mi puntano. Riprendo in mano il giornale. Leggo:

> A Milano un cittadino marocchino fa abortire a calci la compagna incinta, una trentunenne italiana...
> Roma: litiga con il figlio e lo gambizza...

Che canari! Richiudo il quotidiano e lo rimetto sul tavolino accanto al mio. Poi si lamentano che i giovani non leggono i giornali. Se proprio non avete buone notizie, inventatevele.
«Iaio, scusa!»
«Serenella!»

Lascio la sedia e le vado incontro. Ci baciamo. Oggi porta gli occhiali dalla montatura ipercolorata da architetto milanese.

«Ho fatto tardi perché ero al telefono con un amico che sta a Londra» mi sorride.

«Londra?»

«Damien Hirst. Lo conosci?»

«Damien Hirst... sì, l'artista dei bambini impiccati.»

«No, quello è... Dino Chapman, mi pare. Hirst ha fatto... lo squalo sottovuoto. Hai presente?»

«Ah, già.»

«Quand'ero a Londra per uno stage di design abbiamo condiviso un loft. Lui all'epoca faceva il pubblicitario, non era ancora una celebrità.»

«E tra voi...»

«No» mi sorride, mentre sediamo al tavolino. «Io sono una ragazza seria, sai?»

«E chi dice il contrario?»

«Anche se a Londra...»

«Anche se a Londra?»

«Bah, non so perché l'ho fatto. Una sera ero a una festa e ho incontrato un tipo e...» fruga dentro la borsetta, recupera una sigaretta e se l'accende.

«E?»

«E niente, senza conoscerlo, senza nemmeno scambiare più di due parole... sono finita a casa sua.»

«E se fosse stato un serial killer?»

«Un serial killer? Ma va'. Lavorava in borsa.»

«Come Patrick Bateman.»

«E chi è Patrick Bateman?»

«Il protagonista di *American Psycho*.»

«È un libro di Coelho?»

«No. Di Stewart Copeland.» Mi blocco. «Ma che dico, quello è il batterista dei Police... è di Douglas, *Douglas* Copeland. E non l'ho letto nemmeno io, a dire la verità, però ho visto il film.»

«Me lo sono perso.»

«E insomma sei finita a casa di questo tipo e avete scopato. E poi?»

«E poi me ne sono andata.» Soffia via il fumo della sigaretta come a scatti. «Subito dopo. Senza sapere come si chiamava.»

Mi guarda con aria... orgogliosa? No, non esattamente. Forse... di sfida? Può darsi. Ma perché?

«Succede» le dico, stringendomi nelle spalle.

«Già. E tu?»

«E io cosa?»

«Che mi racconti? Chissà quante tipe ti sarai fatto, visto che sei un dj.»

«Non molte, sai? Non molte.»

«Non ci credo.»

«Sul serio. La gente pensa che chi fa il mio mestiere combini chissà che cosa, ma in realtà conduciamo uno stile di vita piuttosto... tranquillo, direi. Sì, tranquillo. Per certi versi addirittura morigerato. Non tutti, si capisce. Però... più di quanto si pensi.»

«Strano. Ho sempre pensato che i dj passassero tutto il tempo a scopare e a drogarsi.»

«C'è chi lo fa, senza dubbio» annuisco. «Ne conosco, di tipi così. Ma non il sottoscritto. È un mestiere duro, in realtà. Devi sempre tenerti aggiornato su tutto quello che esce, e c'è molta concorrenza, specie ora che in consolle puoi usare pure i cd e anche un cretino può mettersi a giocare con le cuffie. L'ha fatto perfino Culicchia, e t'ho detto tutto. Ma se ti ci metti sul serio, è un lavoro che richiede un impegno notevole sia dal punto di vista fisico sia da quello mentale. Stai sveglio tutta la notte, e devi sempre essere lucido, perché il mixer richiede una grande precisione. Come scrive Claudio Coccoluto nel suo *Io, dj*, se sei un dj hai una missione: generare il benessere della gente mentre metti i dischi. Così alla fine conduci una specie di vita da atleta. Ecco perché come avrai notato oggi mi sposto in BMX.» Accarezzo la mia bicicletta.

«Tu quindi... davvero non fai uso di sostanze come mi hai detto l'altra volta?»

«Io? Scherzi? Li odio, i tossici.»

«Vuoi farmi credere che non hai mai provato nemmeno uno spinello?»

«Uno spinello?» rido.

«Perché ridi?» mi chiede lei. Arrossisce appena, smuovendomi qualcosa.

«Per la parola. Spinello. È un po'... vecchia. Comunque, be', sì, certo, provare ho provato come tutti. Ma come vedi, non fumo nemmeno le sigarette. Il fumo uccide, c'è scritto anche sui pacchetti. Anzi, sai che ti dico? Dovresti smettere anche tu.»

«Io? E perché?»

«Perché mi piaci. Ecco perché.»

E senza aggiungere altro, mi sporgo sul tavolino e la bacio sulle labbra. E attacco a slinguarla, e lei dopo un attimo di incertezza getta a terra la sigaretta e mi slingua a sua volta. Limoniamo per almeno un quarto d'ora. A un tratto avverto accanto a noi una presenza. Di fisso è una cameriera, che però vista la situazione si dilegua. Poi Serenella si stacca dalle mie labbra e mi fa:

«Aspetta, non riesco più a respirare.» È tutta rossa. «Non mi guardare così.»

«Perché?»

«Perché no.»

Improvvisamente mette su un'aria smarrita. Salta in piedi. Afferra la borsetta.

«Che c'è?» le chiedo.

«Tobia! Mi sono dimenticata Tobia!»

«Dove?»

«Nella cartoleria dove compro la carta di riso! Devo andare!»

«E la nostra colazione?»

«Domani. O un'altra volta. Scusa!»

«Ci vediamo più tardi?»

«Non credo, oggi devo parlare di una cosa con mio padre.»

La guardo correre via, dal suo maialino nano vietnamita. E in quell'istante ho un flash: e se quella che ho avvertito accanto a noi... fosse stata Allegra, anziché una cameriera? Mi guardo attorno con circospezione, facendo una panoramica. Prima sugli altri tavolini. Poi sulla piazza. Infine, mi sporgo per dare un'occhiata dentro il locale. No. Era per forza una cameriera. Allegra avrebbe fatto qualcosa. Ne sono sicuro. Qualcuno sul muro di fronte ha di nuovo scritto POVERINI.

Champagne

Più tardi, seduto nel dehors del QuiQuoQua dopo aver fatto un salto in Bmx fino alla Fnac per vedere se per caso è arrivato l'iPhone che usa Serenella, negativo, aspetto come stabilito via sms che Zombi si faccia vivo per pranzo. Il ginocchio va meglio, e la cosa, coniugata al fatto che finalmente Serenella me l'ha data, mi ha messo di buonumore. Oggi in teoria io e Edoardo dobbiamo metterci al lavoro per finire una buona volta il mixato da far ascoltare a Bob Mambo nella speranza che lui e i suoi soci di Radio Torino I Love You ci prendano in considerazione per il prossimo Klakson Festival, e pazienza se Boh ci ha di nuovo tirato pacco per andare da Eataly, dove se non ho capito male oggi Brocchi è a rimorchio di Mintasco per l'inaugurazione di una sagra della farinata.

Quando vedo passare Johnson Righeira diretto verso il Tre Galli mi prende una botta d'invidia tremenda. Quello, mi dico, campa ancora con i diritti d'autore di *Vamos a la playa*. Ci ha pure vinto il disco di platino, e all'epoca in cui te lo davano per centinaia di migliaia di copie, mica come oggi che col calo delle vendite per via del *download* ne bastano duemilacinquecento. Mi hanno perfino detto che una sera ha messo i dischi a Berlino in un club dietro l'Alexanderplatz e che tutti i ragazzini presenti sapevano a memoria il testo. Da non credere. Pare che in rete abbia pure messo su un sito dove pubblica le foto dei piedi delle ragazze che vanno alle sue serate. Qualcuno l'ha addirittura citato in *Torino is burning*, quel pezzo che dice *Ai Muri stasse suona Johnson Righeira / Gli piacciono i miei piedi?* Be', ormai Johnson avrà quasi cinquant'anni. Praticamente è un morto che cammina. Vorrei solo capire come hanno fatto lui e quel tuonato di Michael a scrivere pezzi come quello. Fanculo.

Do un'occhiata all'orologio. Zombi come al solito è in ritardo. Mi arriva un sms. Sarà lui. Recupero il Nokia in una tasca dei Levi's Big E *limited edition* e controllo il numero in entrata. Sconosciuto. Leggo: VENERDÌ ORE 18.30 ALL'AUDITORIUM AGNELLI DEL LINGOTTO WALTER VELTRONI TI INVITA ALLA CHIUSURA DELLA CAMPAGNA PER IL PARTITO DEMOCRATICO. NON MANCARE!

Ma tu dimmi. Prima mi perseguitavano dal La Gare. Ora dal Partito Democratico. All'improvviso sento di nuovo la strana puzza che aleggiava in zona qualche tempo fa. Lancio un'occhiata perplessa alla statua di Nonna Papera in topless posizionata strategicamente accanto all'ingresso e poi decido di sedermi a un tavolo all'interno del locale. Già che ci sono vado alla rastrelliera dove tengono i quotidiani. Ne prendo un paio, scelgo un posto accanto alla finestra notando che anche qua sul muro di fronte qualcuno ha scritto POVERINI e qualcun altro STRONZO e attacco distrattamente a sfogliarli. Chissà se da stamattina le notizie sono migliorate. Apro a caso "La Stampa".

> Impiegati in coda per i pacchi Caritas. Molte famiglie vivono con poco più di mille euro al mese e fanno i salti mortali per far quadrare i conti.

Diosanto che palle. Che dicono in prima pagina? TORINO, STRAGE DI OPERAI NELL'ACCIAIERIA. SALITO A SETTE IL CONTO DEI MORTI. Vabbe', chiudo "La Stampa" e apro a caso "la Repubblica".

> Londra. L'assalto dei nuovi ricchi: sta finendo lo champagne. L'acqua è poca, il petrolio anche e perfino lo champa-

gne scarseggia. Nel mondo se ne consuma troppo, e il rischio è che si esauriscano le scorte.

Mi guardo attorno sbigottito. Ma il locale è ancora vuoto e non trovo nessuno con cui condividere la cosa. Cazzo, è pazzesco! Vado avanti nella lettura:

A lanciare l'allarme è un'inchiesta del quotidiano inglese "Times". Le vendite mondiali sono aumentate dai 287 milioni di bottiglie del 2001 a 321 milioni nel 2006 (con un + 4,6% sul 2005). Quest'anno si stima che i milioni di bottiglie vendute possano arrivare a 330, anche perché crescono le esportazioni in Russia (+ 39%), Cina (+ 50%) e India (+ 125%). Per gli esperti non possono essere prodotte più di 350 milioni di bottiglie l'anno.

Porca troia, questa sì che è grossa. In quell'istante vedo arrivare Zombi. Si porta dietro un festone argentato di quelli che si usano per decorare l'albero di Natale, annodato a forma di cappio. Deve aver visto Ozzy. A proposito: non mi sto ricordando di chiamarlo per sapere se ha sistemato il cappotto.

«Edoardo, ma ti rendi conto? Qui sta finendo lo champagne!»

«Se vuoi pranziamo al Pistola.»

«No, non intendevo qui al QuiQuoQua» gli spiego. «In generale. Lo champagne sta finendo in tutto il mondo. Da' un'occhiata.»

Gli mostro l'articolo. Lui lo scorre. Mi squadra perplesso.

«E come cazzo fa a finire *in tutto il mondo*, lo champagne? Cos'è, la famiglia Bush ha scoperto che si può usare al posto della benzina?» Scuote la testa e posa il giornale. Poi, di punto in bianco, mi fa: «Di' un po', è da un pezzo che non ti vedo con Allegra. Vi siete mollati?».

«No. Sta semplicemente... studiando sodo in vista dell'ultimo esame all'università.»

Lui mi guarda sornione.

«Be'?» gli chiedo. «Che hai da guardarmi così?»

«Io al posto tuo ci penserei.»
«Penseresti a cosa?»
«A quella cosa.»
«Quale cosa?»
«Lo sai.»
«No che non lo so.»
«Sì che lo sai.»
«Non potresti essere meno enigmatico?»
«Enigmatico! Cazzo, Iaio, ma che parole usi?»
Non capisco dove voglia andare a parare.
«Non capisco dove vuoi andare a parare» gli dico.
«Ne parlano tutti.»
«Di che?»
«Di te e di lei.»
«Di lei chi?»
«Serenella Deturpi.»
«È solo un'amica. E ti faccio presente che in questo momento siamo in un locale di sua proprietà. Sua e della di lei sorella, s'intende.»
«E allora?»
«E allora niente. Sono solo malignità. In questa cazzo di città nessuno si fa i cazzi suoi.»
«Questo è certo. Però, al di là di quello che dicono le malelingue, io alle mie amiche le tette a quel modo non gliele guardo.»
«Ah, tu non gliele guardi.»
«Be', in effetti sì, gliele guardo. E non solo. Tu però forse non te ne sei accorto, ma gliele guardi proprio tanto anche in pubblico. E se non sbaglio, al contrario del sottoscritto, sei fidanzato con un'altra.»
Scoppio a ridere.
«Questa è grossa» gli dico. «Tu, Edoardo Zomboni detto dj Zombi, celebre tra le altre cose perché ti sei trombato o come dici tu zombizzato mezza Torino, no, tutta, mi arrivi bello bello e te ne esci col quarto o quinto o sesto comandamento, quello che è, non desiderare la donna d'altri?»
«Da uno che ha fatto il Valsalice mi aspettavo un altro tipo

di preparazione, sui comandamenti. Comunque: tu e Allegra state assieme da due anni, Iaio. Due anni. Ti rendi conto?»

«Embe'?»

«Nessuno di noi è mai stato con una tipa per tanto tempo così. Io al massimo posso starci toh, per tre settimane, ma proprio solo se sono in uno di quei periodi-no in cui chissà perché mi salta in testa l'idea balzana di disintossicarmi e mi dico che una certa stabilità di coppia al limite potrebbe anche essermi d'aiuto. In realtà ho scoperto di no: dopo tre settimane con la stessa stronza, pur di non annoiarmi mi fumerei perfino una pannocchia. Ma io sono fatto così, per me una relazione di lunga durata corrisponde a passare con la stessa tipa il sabato e la domenica. Tu no, Iaio. Tu in fondo rispetto a me sei diverso. E con Allegra hai saputo costruire un rapporto, come dire? Speciale. Siete...» Ci pensa su. «Affiatati, ecco. Vi muovete allo stesso ritmo. Un po' come due pezzi in cassa a quattro: se li mixi per bene vanno in sincro che è un piacere.»

Per un po' taccio. Da Zombi non mi sarei mai aspettato un discorso del genere. Mi chiedo se dovrei dirgli che Allegra non mi risponde al cellulare da un pezzo e chissà dov'è finita, non so se sta studiando o cosa, è semplicemente sparita. Ma poi decido che sono cazzi miei. Lui è pur sempre l'essere che per pochi minuti, o forse secondi, mi ha sottratto l'unica copia arrivata a Torino di *Spastik*.

«Sì, va bene, quello che dici è abbastanza vero. Io però con Serenella...» Mi guardo attorno, in fin dei conti siamo appunto in un locale delle sorelle Deturpi, ma nessuno ci ascolta: «... con Serenella mi vedo solo ogni tanto, così, niente di ufficiale».

«Iaio, su» inarca le sopracciglia lui. «Ci conosciamo da qualche anno, tu e io, se non sbaglio. Non raccontarmi storie. Ma vabbe', non sono cazzi miei. Comunque facci caso: Allegra è molto, molto, molto più figa di Serenella.» Si passa le mani tra i capelli, poi afferra il festone argentato che Ozzy ha trasformato in un cappio e c'infila la testa. «Detto questo» mi fa, «pare che il nonno abbia intenzione di diseredare Paris Hilton.»

«No?»

«Giuro. Ma sono all'oscuro dei motivi. Tu piuttosto spiegami com'è che proprio sul più bello, mentre 'sto mondo di merda affonda, sta finendo lo champagne.»

Varigotti

Ho dovuto insistere un po', però anche grazie a una serie di sms davvero molto spiritosi e brillanti alla fine Serenella si è convinta. In attesa dell'inaugurazione del suo atelier, ancora rimandata per non ho capito quali problemi con suo padre, aveva progettato di dedicare il fine-settimana alla prossima collezione di borsette primavera-estate 2008 e alla ricerca in rete di nuovi tipi di carta di riso, specie dopo le garbate rimostranze di un paio di sue amiche, lamentatesi perché le loro borsette si erano un po' sgualcite dopo una serata in un club. Ma dato che il tempo è davvero splendido, ha accettato di passare un paio di giorni con me in Liguria, malgrado la Notte Bianca in programma a Torino per oggi.

A Varigotti siamo arrivati a bordo del mio Hummer H3 intorno alle 11, dopo un viaggio reso un po' complicato dalla presenza di Tobia: a tutti i costi il coso pezzato ha preteso di occupare il sedile centrale, e non mi ha permesso di sfiorare la sua padrona neppure con una carezza, cercando tra l'altro di fare colazione col mio prezioso cappellino, un Kangol vintage comprato a Londra al Notting Hill Festival dello scorso anno. Preso possesso della nostra stanza in un cinque stelle fronte mare, dove stremato dalle nostre insistenze l'impiegato alla reception ha infine dovuto ammettere che malgrado le apparenze suine Tobia era un cane, aggiungendo oltretutto "Scusate, stamattina sono un po' rincoglionito", abbiamo pranzato in un ristorantino sulla spiaggia concedendoci champagne e *coquillage*. Il porco, sotto il tavolo, ha tenuto a mostrarci la sua gratitudine per la gita divertendosi a mordicchiare le scarpe di entrambi, e di tanto in tanto azzannandomi un polpaccio. Per fortuna, avevo messo un vecchio paio di Doc Martens. Dopodiché abbiamo cercato uno stabilimento che facesse al caso nostro, anche perché nonostante quel che dice il calendario il sole picchia come a giugno e volevamo piazzarci su un paio di sdraio.

Il primo stabilimento l'abbiamo scartato perché non ne volevano sapere di permettere l'ingresso in spiaggia al coso pezzato, fregandosene del fatto che per l'albergo era appena rientrato nella categoria cani anziché porci. Il secondo perché quando siamo entrati per chiedere informazioni la proprietaria stava sibilando all'indirizzo di un cliente seduto sotto un ombrellone "Le tartine col cocktail te le devi meritare! Non mi devi rompere i coglioni!": obiettivamente non granché, come biglietto da visita. Per cui abbiamo scelto il terzo, ovvero i Bagni Nettuno. Il ragazzo alla cassa, di fronte al coso pezzato, non ha fatto una piega. Così, mentre lui trottava allegro in mezzo a noi col suo fiocco di raso dorato tempestato di Swarovski abbiamo raggiunto il nostro ombrellone tra gli sguardi un po' stupiti degli altri turisti del fine-settimana. E Serenella, dopo aver sfiancato Tobia lanciandogli le Miu Miu almeno una ventina di volte, si è subito messa in topless, sfoggiando a beneficio di grandi e piccini le sue enormi tette senza capezzoli.

«Sai che mio padre si rifiuta di guardarmi anche solo di sfuggita, se per caso vado al mare con i miei e mi metto in topless?» mi fa Serenella quando il porco si arena esausto sulla sabbia e lei può finalmente venirsi a sedere accanto a me.

«Ma va'?»

«Strano, no? Finché sto in bikini si comporta normalmente. Ma non appena tolgo il pezzo di sopra, improvvisamente mi evita. Succede da quando ho sedici anni.»

«Davvero?»

«Pensa che io quando c'è lui faccio apposta di tutto per

farmi notare. Per esempio vado a tuffarmi in acqua e poi torno in spiaggia e corro a spruzzarlo, un gioco che facevamo sempre quand'ero bambina. Ma lui si gira dall'altra parte e cerca in ogni modo di non guardarmi. Non è bizzarro?»

«Suppongo di sì.»

«Lo stesso quando d'estate mi capita di stare dai miei e di girare nuda per casa.»

«Perché tu d'estate dai tuoi giri nuda per casa.»

«Certo, non vedo il problema. Non sono per nulla esibizionista» mi fa, recuperando le sigarette e accendendosene una, «ma ho un rapporto molto sereno col mio corpo. Come avrai notato, non mi depilo nemmeno: trovo sia una cosa innaturale.»

«L'ho notato.»

«Quando entro in una stanza dove c'è mio padre, però, lui distoglie lo sguardo, o si nasconde dietro il giornale, o magari accende la tivù, oppure esce con un pretesto qualsiasi. Non capisco perché. Sono sua figlia, no?» Fa una bella boccata e soffia via il fumo come a scatti.

«Questo dovresti chiederlo a tua madre.»

«Stupido. Comunque, non capisco proprio il perché del suo comportamento. Tu che sei un uomo riesci a spiegarmelo?»

«Forse...» esito.

«Forse?»

«No, è una stupidaggine.»

«No, ti prego, dimmi, se pensi di avere una spiegazione sarei felice di ascoltarla.»

«Be', vedi... può darsi che... come dire?»

Lei mi squadra con aria interrogativa.

«Ehm» mi schiarisco la voce. «Può darsi che... che lui si senta un po' a disagio per via del tuo...»

«Del mio?»

«Del tuo... seno» dico.

«Del mio... seno?»

«Del tuo seno, sì... che è... be', che comunque è un bel seno. Un seno... straordinario, anzi.»

«Cosa intendi, scusa, per *seno straordinario*?»
«Intendo solo... un gran bel seno. Che taglia porti di reggiseno? La quinta? La sesta?»
«La... terza» mi fa, avvampando. «Ma che c'entra? Mio padre è mio padre, non capisco perché il mio seno dovrebbe metterlo a disagio.»
«Hai ragione» convengo, chiedendomi perché mi abbia palesemente mentito sulla taglia.
«E tu, invece?» mi fa.
«Io cosa?»
«A te dà fastidio, se sto in topless?»
«A me? No, Serenella. Figurati. Per me puoi stare in topless finché ti pare.»
Inspira una boccata enorme dalla sigaretta. Poi soffia di nuovo via il fumo come a scatti. Mi squadra. Esclama:
«Vedo però che anche tu eviti di guardarmi.»
«Io? No, ti sbagli. Cioè, sì. Dipende. È che... be', insomma, come puoi immaginare... per me è diverso. Voglio dire, io... provo una certa attrazione fisica per te... e però non vorrei nemmeno sembrarti un porco.»
Tobia grugnisce.
«Tesorino, non ci fare caso.» Gli dà un buffetto. «Vabbe', e allora?»
«E allora... non vorrei esagerare.»
«Esagerare?»
«Sì, darti l'impressione... di guardarti troppo insistentemente le tette, ecco.»
«Quindi tu vorresti guardarmele, perché sei attratto fisicamente da me. Ma proprio per questo, cioè perché sei attratto fisicamente da me, non me le guardi. Buono a sapersi.»
«In che senso buono a sapersi?»
Lei non mi risponde. Recupera dalla sabbia una delle sue Miu Miu mezzo rovinate, si alza dalla sdraio e la agita davanti al naso di Tobia. Che da parte sua subito si tira su, grugnendo eccitato. E scatta di corsa non appena lei fa il gesto di tirargli la scarpa.
Un bambino, sotto l'ombrellone di fianco al nostro,

non sa decidersi, e come a una partita di tennis sposta continuamente lo sguardo dal porco di Serenella alle sue tette.

«In che senso *buono a sapersi*?» insisto.

Ma lei corre via, dietro al suo maialino nano vietnamita ormai calato nel ruolo di cane. Io e il bambino la seguiamo con gli occhi, interdetti. Massì, forse le regalerò un abbonamento in palestra.

La torta

Quando l'indomani sera arriviamo a Torino dal mare è ormai ora di cena.

«Devo passare dai miei a prendere una cosa, ti spiace?» mi fa Serenella dopo che ho già imboccato corso Siccardi.

«No, figurati. Dove stanno i tuoi?»

«Zona Gran Madre.»

«Bene.»

Una svolta a destra e un'altra a sinistra e siamo in via Cernaia. In piazza Solferino squadre di operai stanno smontando i gusci trasparenti di Atrium, la prima struttura nata per le Olimpiadi del 2006.

«Che ne dici se mangiamo assieme?» propongo.

«Mangiamo assieme?» ripete lei.

«Potremmo andare in quel nuovo locale sushi-piemontese di via Santa Chiara, com'è che si chiama... non ricordo.»

«È nostro» mi fa.

«Se preferisci andiamo da un'altra parte.»

«Non lo so.»

In piazza Castello superiamo una distesa di tendoni bianchi. Gli striscioni annunciano la Fiera Internazionale del Bollito. Deve trattarsi di una delle mille iniziative volte ad attirare in città turisti da tutto il mondo perpetuando il famoso effetto dei Giochi. Se non sbaglio davanti a Palazzo Madama hanno piazzato due enormi pentoloni. Di sfuggita intravedo un palco per i dibattiti, un paio di trampolieri e un mangiafuoco.

«Zona Gran Madre dove?» chiedo a Serenella quando ormai siamo a metà di via Po.

«Dopo la chiesa.»

«Dove c'è Villa della Regina?»

«Bravo.»

«Non dirmi che i tuoi stanno lì.»

«Sì. Perché?»

«Credevo fosse una specie di monumento.»

«Se la sono comprata quando la città l'ha messa all'asta per ripianare i conti pubblici.»

«Pagata cara?»

«Non mi pare. Circa settecento euro il metro quadro, se non ricordo male.»

«Un affarone.»

«Papà è molto bravo in queste cose.»

In piazza Vittorio c'è un ingorgo all'altezza del semaforo. Un mezzo dei pompieri con i lampeggianti accesi è fermo sul ponte che porta alla Gran Madre. Mi sporgo dal finestrino. Lungo i Murazzi, la folla dell'aperitivo sta guardando qualcosa.

«Che succede?» chiedo a un vigile della sezione motociclisti che passa di fianco al mio Hummer H3.

«Un suicidio, pare.»

Individuo un fagotto al centro del fiume. Una lancia con a bordo due pompieri sta per raggiungerlo. La gente assiste al recupero del cadavere sorseggiando cocktail. Sul parapetto qualcuno ha scritto POVERINI.

«Pensa che io non ci sono mai stato, a Villa della Regina. Mi sono sempre chiesto che panorama si vede, da lassù» dico a Serenella.

«Se vuoi ti porto sul terrazzo» mi fa lei, che guarda la scena distrattamente mentre digita un sms sul suo iPhone. In quel momento mi arriva un messaggio sul Nokia. Controllo. È di Zombi: SEI AI MURI? UN TIPO SI È BUTTATO DAL PONTE SPERO SIA QUEL CRETINO TOTALE DI BROCCHI.

«Sul terrazzo?» chiedo a Serenella, senza rispondere a Zombi. «Evvai.»

Poco dopo ci fanno passare. Su il cancello d'ingresso è aperto. Imbocco il viale che porta alla villa tutta illuminata, e quando fermo il mio Hummer H3 resto a bocca aperta. Serenella scende dal Suv.

«Allora che fai, vieni?» mi chiede, tenendo la portiera per far saltare giù Tobia, che ringrazia con un grugnito educato.

«Non mi ero accorto che l'avevate trasformata in...» Non mi vengono le parole.

«Un castello in stile Disney? È stata un'idea di mio padre» mi sorride lei. «Bella, no?»

«Divertente. Molto... divertente.»

Scendo a mia volta e la raggiungo. Lei e il coso pezzato sono già sotto le mura colorate di un rosa tipo Big Babol, e circondate dai sette nani della fiaba, che però qui sono stati riprodotti in formato gigantesco e hanno tutti... un fallo al posto del naso. Serenella apre il portone d'ingresso. Una domestica negra in uniforme, con tanto di grembiule nero, pettorina bianca, crestina e tutto, ci viene subito incontro e prende in consegna Tobia. Saliamo lo scalone d'onore, tra finti cactus e finti peperoncini uguali a quelli che decorano i dehors di Pistola e Pistolino e pareti dipinte a pois fucsia.

«Be', dopotutto questo era un pezzo di storia» mormoro. «Ero convinto che gli edifici di questo tipo non si potessero toccare.»

«Ma che dici?»

«Non c'è... la tutela delle Belle Arti?»

«Ah, sì? Allora ci avrà pensato papà.»

Vabbe'. Mentre saliamo, le metto una mano sul culo. Ma cambio subito idea, e gliela infilo nei jeans. Ha la spacca sudata.

«Piantala» mi fa lei.

«Tanto qui non ci vede nessuno» le sussurro in un orecchio. Attacco a leccarglielo mentre saliamo.

«Dài, mi fai solletico» si divincola lei.

Le infilo l'altra mano sotto la maglietta e prendo a impastarle le tette. Le si sgancia il reggiseno.

«Piantala!»

La pianto. Serenella si riaggancia il reggiseno, e arriviamo a un pianerottolo pieno di finti cactus e finti peperoncini. Lei apre una porta. Ci accoglie una seconda domestica negra, in uniforme come la prima.

«Oh, buongiorno signorina.»

«Buongiorno, Elsa. Vieni» mi fa, entrando nell'ingresso tutto marmi e candelabri e ori. «Prendo una cosa in camera mia e poi ti porto in terrazzo.»

«Ma io la voglio vedere la tua camera!» protesto.

«Non ci pensare nemmeno» taglia corto lei, e mi pianta lì con la negra.

«Prego, si accomodi» mi dice questa, indicandomi la porta che conduce al soggiorno.

La precedo. Qui lo stile è più consono all'ambiente. Altri marmi e candelabri e ori, più una serie di divani foderati di broccato e tappeti persiani e tavolini di cristallo e di nuovo statue e quadri, e in un angolo un'installazione a forma di scala a chiocciola con un trompe-l'oeil nel soffitto color azzurro cielo, come a simulare una botola aperta. Potrebbe essere di Giulio Paolini, ma non ne sono sicuro. Più che altro mi chiedo se Elsa, la negra, che intanto non mi sta perdendo d'occhio un istante, pensi che voglia rubare l'argenteria.

«Eccomi.»

Mi volto. Serenella è ricomparsa alle mie spalle. Tra le mani regge un cappello nero, una giacca rossa e un paio di pantaloni bianchi da fantina, più un frustino di cuoio intrecciato e un paio di stivali da amazzone. Hermès, li riconosco dall'alto bordo color sangue.

«Che ci fai con quella roba?» le chiedo.

«Bah, niente» si stringe nelle spalle lei. Molla tutto l'armamentario a Elsa e mi dice: «Avanti, vieni che ti porto su in terrazzo». Va verso l'installazione di Paolini. Sale come se niente fosse la scala a chiocciola. La guardo, interdetto.

«Allora? Ti muovi?»

La seguo. Evidentemente non si tratta di un'installazione di Paolini ma di un trompe-l'oeil. Oppure di un trompe-l'oeil di Paolini. Mentre salgo su per la scala le guardo il culo. Ora che ci ritroveremo da soli sul terrazzo ricomincerò il discorso interrotto poco fa, penso. Poi però mi sembra di avvertire delle voci.

Quando sbuco dalla botola, vedo un grande gazebo bianco fitto di uomini. Gli abiti comprendono tutte le sfumature del grigio, e le cravatte tutte quelle del rosso. Stanno per fare un brindisi. Da un secondo gazebo più piccolo arriva un altro cameriere negro, pure lui in uniforme, giacca bianca e pantaloni neri. Spinge un carrello coperto da una tovaglia bianca su cui spicca una torta. Anche questa è bianca, un vero trionfo di panna, e coperta di candeline.

«Tanti auguri al nostro caro Minfischio!» esclama l'Ingegner Deturpi, che riconosco per la somiglianza con Serenella. Leva in alto un flûte di champagne.

«Tanti auguri!» si unisce Mintasco.

«Tanti auguri!» si associa Mincenso.

«Tanti, tantissimi auguri!» sorride Marrangio.

«Mille e mille di questi giorni» fa un primo signore distinto, che se non sbaglio è il banchiere Denaro.

«Auguroni!» prorompe un secondo signore distinto, che se non erro è il costruttore Depredo.

«Auguri sinceri!» proclama un terzo signore distinto, che credo sia l'immobiliarista Divoro.

Tintinnio di bicchieri. Bevono. Il cameriere intanto ha raggiunto il gruppetto.

«Ecco la torta per il tuo compleanno» sorride Deturpi a Minfischio.

«Oh!» esclama Sua Signoria. «Spero che la mia età sia esatta! C'è poco da scherzare, su queste cose!»

Tutti ridono, dandosi di gomito. Minfischio soffia sulle candeline, spegnendole tutte. Scatta un applauso.

«Bella, eh?» dice orgoglioso l'Ingegner Deturpi.

«È così bella che merita di essere vista da tutti, prima di tagliarla» annuisce Minfischio.

Il cameriere prende dal carrello il vassoio con la torta, e

fa il giro degli ospiti. Segue una serie di *oh* ammirati. A un tratto viene anche verso di noi. Mi accorgo che sopra, col cioccolato, c'è disegnata la pianta di Torino.

«Sono commosso» dice Minfischio, aggiustandosi la cravatta rossa. «Siete dei veri amici, è bello avervi tutti qui oggi. Quando un uomo ha la fortuna di avere amici come voi, è giusto che divida tutto con loro. Come premio per la loro fedeltà.»

Il cameriere intanto ha posato il vassoio con la torta sul carrello. Minfischio gli si avvicina, afferra dalla tovaglia bianca un lungo coltello per dolci coperto da un tovagliolo bianco. Quindi taglia con cura una fetta di torta, e di città.

«Come ricorderete, sono stato eletto con il novantotto per cento dei voti. Un caso credo unico in Italia, almeno qui al Nord. E sono splendide le cose che tutti noi abbiamo realizzato. Ma non vedo limiti ai traguardi che raggiungeremo.»

Mette la fetta che ha tagliato in un piatto per dolci bordato d'oro. La porge all'Ingegner Deturpi. Ne taglia un'altra, la mette in un secondo piatto e la porge a Denaro. Poi ne taglia una per Depredo. Poi una per Divoro. Infine tocca a Mincenso, Mintasco e Marrangio.

«E ora, vi invito tutti a gustare la mia torta» dice Minfischio.

«Auguri, Mario» dice a Sua Signoria il padre di Serenella.

«Auguri!» esclamano gli altri in coro.

Attaccano a mangiare. Serenella, che vista la solennità del momento si è limitata a fare un cenno di saluto a suo padre, peraltro non ricambiata, mi prende per mano e mi porta alla balconata che si affaccia sulla città.

«Allora? Ti piace il panorama?»

«Grandioso. Ci si potrebbe organizzare una serata, quassù.»

«Con te e i tuoi amici a mettere dischi?»

«Perché no?»

«Non credo che papà sarebbe d'accordo.»

Alle nostre spalle l'Ingegner Deturpi sta confabulando con Sua Signoria. Chissà Ozzy quanto darebbe per essere qui.

«Toglimi una curiosità» dico a Serenella. «Questa roba che hai preso nella tua stanza cos'è, un costume di carnevale?»

«Ma no, stupido.»

«E allora a che ti serve?»

«Tu che ne dici?»

«Non ne ho idea.»

«Ma è ovvio, no? Per una caccia alla volpe.»

«Per una caccia alla volpe?»

«Certo. Qui in collina.»

«Non ci credo.»

«Fatti tuoi.»

A un tratto, guardando di sotto i tram piccoli come giocattoli in piazza Vittorio e i puntini luminosi dei fari delle auto e la Mole e il grattacielo di piazza Castello, ho un attacco di vertigini. Mi gira la testa. Per un attimo ho la sensazione orribile di precipitare nel vuoto. Volto le spalle alla città. Dove mi trovo?

A poca distanza da noi, il gruppetto in abito grigio e cravatta rossa ammira a sua volta il panorama. L'Ingegner Deturpi indica agli altri una zona. Mi sembra di sentire l'espressione *fare sistema*, ma non ne sono sicuro. Mi pare anche, ora che li vedo da vicino, che tutti abbiano fili rossi tra i capelli. Il negro sta riportando via il carrello. Sul vassoio, la torta è finita.

Quando un paio di anni fa

Quando un paio di anni fa con Allegra ci siamo messi assieme, lei doveva già dare l'ultimo esame al Dams e aveva in mente di fare la regista, o la video-artista, o comunque la film-maker, magari di girare video per gruppi musicali o di lavorare per MTV *a Milano oppure Londra, anche se sua madre le ripeteva un giorno sì e l'altro pure di avere bisogno di una mano per gestire il suo cosiddetto polo del lusso che nel frattempo aveva spostato da via Andrea Doria in via Carlo Alberto. Suo padre, dopo non essersi presentato a quell'appuntamento da Mulassano il giorno della firma delle carte per il divorzio, non si era mai più fatto vivo. Poi però un giorno Allegra aveva ricevuto una telefonata dal Brasile da parte della russa, che l'aveva coperta di insulti perché lui era andato in depressione. Se tuo padre sta male è tutta colpa tua, le aveva detto tra le altre cose la Svetlana, pensa che sta perfino andando dallo psicologo qui a Copacabana per cercare di dimenticarsi di avere una figlia così, che non si è mai preoccupata di fargli nemmeno una chiamata per sapere come andavano le cose qui in Brasile, dico nemmeno una chiamata, roba da matti, dopo che lui da anni e anni si sta svenando per pagarti gli studi, vergognati, lui per te potrebbe anche stare sotto un ponte, che cosa te ne frega, sei uguale identica a tua madre, per voi due lui è solo una vacca da mungere, pensa che per far fronte alla situazione qui a Copacabana che è già pieno di alberghi di lusso e il nostro bed & breakfast Alla Bella Italia non decolla lui poveretto ha dovuto addirittura vendersi due Porsche, lo sai quanto ci teneva tuo padre alle sue Porsche, ne ha fatto una malattia, dovresti vede-*

re quant'è dimagrito, ed è tutta colpa tua, brutta strega, dovresti proprio vergognarti ma tu non lo sai cos'è la vergogna, non sei degna di essere sua figlia, lui che ha fatto tutto per te, lui che Allegra di qua e Allegra di là, sempre a parlare di sua figlia, la sua unica figlia, che ha sempre adorato più di ogni altra cosa al mondo, e tu invece l'hai trattato così, senza un minimo di gratitudine, adesso comunque sono due anni che da quanto ci risulta non dai un esame, ci siamo informati, e perciò di soldi da tuo padre non ne vedrai più, diglielo anche a quella stronza di tua madre, che tuo padre già è depresso per come sua figlia lo ha sempre trascurato, anche da piccola, che tu volevi sempre e solo viaggiare, viaggiare, viaggiare, papà per Capodanno voglio andare alle Maldive, papà facciamo una vacanza alle Seychelles, e adesso per colpa tua nel garage di Montecarlo gli è rimasta solo una Porsche, io e lo psicologo cerchiamo in tutti i modi di consolarlo dicendogli che almeno è quella a cui è più affezionato, la cabrio.

Mia madre

Mia madre è tornata la scorsa settimana da Puna, e oggi mi ha convocato a casa sua. Mi riceve in soggiorno. Con lei c'è una tipa che non ho mai visto. Entrambe sono drappeggiate di tessuti per lo più dorati, con qualche sfumatura arancione e porpora. Entrambe fumano bidi. Entrambe sono a piedi nudi.

«Il mensile che ti passa tuo padre ti basta?» mi chiede, anziché salutarmi.

«Be', sai, Gianna, i soldi non bastano mai.»

«Hai fatto bene a dirmelo. Gli farò scrivere dal mio avvocato.»

Le guardo i capelli, che si ostina a portare lunghi anche se ormai sono grigi.

«Che hai da guardare?»

«I tuoi capelli» le dico. «Perché non te li tagli? Staresti meglio.»

«Me lo ripetono tutti, quando sono in Italia. Perciò continuerò a portarli così.»

«Fa' come ti pare.»

«Ci mancherebbe» sbotta, lanciando un'occhiata all'altra.

Per un po' restiamo in silenzio.

«Devi dirmi altro?» le chiedo.

«Credevo fossi tu a volermi parlare.»

«No. Sei stata tu a chiamarmi.»

«Allora ci siamo capiti male.»

Per un istante rivedo Ludwig quel giorno. Aveva vent'anni. Vorrei urlare. Mi avvio verso l'uscita.

«Tuo padre deve piantarla di intasare la casella di posta del mio ristorante di foto delle troiette con cui si accompagna attualmente. Glielo fai capire tu, per cortesia? Digli che altrimenti lo denuncio all'Interpol.»

Non le rispondo.

L'unica vera icona del nostro tempo

Può darsi che abbia ragione Zombi, e che l'unica vera icona del nostro tempo sia Paris Hilton. Dovessi citare un dj, non avrei dubbi. Richie Hawtin aka Plastikman, l'uomo che ha ridato speranza alla techno. Ma francamente è troppo facile. Per il resto viviamo in un mondo assai frammentato, privo di punti di riferimento e di certezze, e le icone vanno e vengono. Papa Wojtyla, Fabrizio Corona, Flavio Briatore, Luciano Moggi, e perfino Bart Simpson sono ciascuno a modo suo un'icona per molti di noi. Ma per quanto mi riguarda, l'unica vera icona del nostro tempo è lo Hummer H3. Il sistema di frenata antibloccaggio ABS a quattro canali, di serie sulla gamma H3, consente il controllo dello sterzo anche in caso di frenata estrema, senza bloccaggio dei pneumatici. L'ABS di uno Hummer H3 rileva anche i cambiamenti nella superficie stradale e regola di conseguenza la frenata. Per esempio, dopo una forte pioggia, un manto stradale sporco e magari coperto di terra può assumere una configurazione ondulata. Il sistema ABS di uno Hummer H3 è in grado di riconoscere questa superficie e di reagire di conseguenza per impedire che l'ABS continui a ripetere un ciclo di applicazione e depressurizzazione dei freni. Di conseguenza, il sistema ABS di uno Hummer H3 permette un arresto controllato e agevole su qualsiasi superficie. Un altro componente importante di questo sistema di frenata intelligente è il proporzionatore di frenata posteriore dinamico. Questo sistema modula la pressione del freno posteriore e garantisce una frenata bilanciata tra freni anteriori e posteriori. Il muso di uno Hummer H3 non si abbassa in caso di frenata improvvisa, tanto che i passeggeri potrebbero non accorgersi nemmeno dell'accaduto. Il sistema Stabilitrak, di serie su tutti i modelli, offre inoltre un controllo più preciso in qualsiasi condizione di tempo, soprattutto su superfici lisce o durante le manovre di emergenza, per esempio una sterzata improvvisa per evitare un oggetto sulla strada. Applicando la forza di frenata per correggere sovrasterzo e sottosterzo, Stabilitrak aiuta a mantenere il controllo nelle situazioni più difficili.

Americani

Parcheggiato lo Hummer H3 fuori da quel poco che resta dei Docks, vado da Ozzy a ritirare il mio nuovo cappotto Gucci che nel frattempo spero sia invecchiato. Con 'sta storia che il suo cellulare non prende, l'unica è andarlo a stanare. Come nell'età della pietra. Mah.

Stavolta se non altro non ho bisogno di mettermi a urlare: Ozzy è seduto su un gradino di cemento fuori dal suo capannone e si gode il sole caldo di questo autunno un po' surreale con addosso una maglietta di Iggy Pop & The Stooges tutta buchi, un paio di pantaloni leopardati scovati chissà dove, piedi nudi. Sta leggendo "La Stampa".

«Be'» gli dico dopo che ci siamo salutati a colpi di *Ciao caldo* con la solita stretta di mano in stile negroide, «i soldi per mangiare non li hai, però ti compri il giornale.»

«È dell'altro ieri» mi fa lui. «L'ho trovato nella spazzatura, in uno dei miei giri a caccia di avanzi di cibo e roba utile, tipo questi pantaloni qui.»

«Cazzo Ozzy, tu sì che sei un vero punk. All'inizio anche i Sex Pistols a Londra si vestivano nella spazzatura, l'ho visto in un dvd che ho preso alla Fnac.»

«Sì, solo che loro avevano la metà dei miei anni. E non erano vittime della famiglia Deturpi.»

«Ancora con 'sta storia?» gli chiedo, digrignando i denti. Prima di uscire mi sono fatto due righe di quella buona.

«Dai un'occhiata qua» mi fa lui, porgendomi il quotidiano aperto più o meno a metà.

«Fammi vedere. Cocaina, sempre più italiani si rifanno il naso. Liste di attesa di cinque mesi in cliniche private e più di un anno e mezzo in ospedale, quasi quanto per una Tac.»

«Ma no, cazzo c'entra, non lì» mi fa lui, alzandosi dal gradino di cemento. Mi strappa dalle mani il quotidiano.

Istintivamente, mi tasto il setto nasale. Inspiro. Espiro. Per il momento sembra tutto a posto.

«Ecco, l'articolo è questo» mi fa, rimettendomi in mano "La Stampa".

«Vuoi dire... clochard annegato affiora nel Po?»

«No, quell'altro lì a fianco.»

«La famiglia Deturpi batte gli americani. Il palazzo di piazza Cavour è suo. Secondo il Tar l'asta era regolare.»

Guardo Ozzy.

«Hai visto? L'asta era regolare» gli dico, digrignando.

«Non fermarti ai titoli, vai avanti.»

«Nuove tensioni in giunta in merito all'asta affidata all'obsoleto metodo della candela di cera vergine con cui la famiglia Deturpi si è aggiudicata il palazzo in piazza Cavour destinato a diventare un casinò» leggo rapidamente. «Il bando prevedeva un'offerta minima di 7,15 milioni di euro da presentare entro le 10 del 14 agosto scorso. I più quotati pretendenti al business, un gruppo di casinò di Las Vegas, anziché consegnare la caparra con un assegno circolare presentarono un assegno normale, rifiutato dalla Tesoreria Comunale.» Guardo Ozzy. «Be', si sono sbagliati.»

«Vai avanti.»

«L'assegno buono fu consegnato con un ritardo di pochi minuti ma, regolamento alla mano, venne respinto. A trarne un enorme vantaggio fu l'altro concorrente, la ditta Deturpi, ormai guidata da Delfina e Serenella Deturpi, rimaste sole in gara. Fu un gioco da ragazze per le Deturpi presentarsi all'asta ventiquattr'ore dopo, offrire appena seimila euro in più dei 7,15 milioni indicati come soglia minima e attendere che la candela di cera vergine si consumasse completamente.» Guardo Ozzy. «E che dovevano fare?»

«Vai avanti.»

«"E che dovevano fare?" chiede oggi l'assessore Mincenso» lancio un'occhiata eloquente a Ozzy, «messo in croce per quello che fu subito letto come un favore alla potente famiglia. Gli americani fecero ricorso al Tar. Ora il Tar dà loro torto. Due sole volte è stato utilizzato il metodo della candela, e in entrambi i casi hanno vinto le sorelle Deturpi: l'anno scorso, aggiudicandosi Villa della Regina. Si attendono sviluppi.»

Guardo Ozzy. Lui sta guardando me.

«E allora?» gli faccio. «Il Tar agli americani ha dato torto. Che problema c'è?»

«Ah, secondo te non c'è nessun problema.»

«Mi pare proprio di no, bello mio.»

«E io che sono senza casa solo perché lorsignori vogliono fare un casinò e mi ritrovo a vivere in questo cazzo di capannone senza né cesso né riscaldamento? Chi devo ringraziare?»

Controllo il Submariner. Le tre. Verso le quattro Serenella sarà nel suo atelier. Se mi sbrigo faccio in tempo a fare un salto da MondoMusica e poi passo a trovarla, così pianifichiamo il week-end.

«Stammi a sentire, Ozzy, tu ne stai facendo una questione personale con la famiglia Deturpi. E per questo motivo hai liberamente scelto di non andare a stare in quei loro condomini di cui mi dicevi, giusto?» Cerco di non alzare la voce. «Non ti ha obbligato nessuno a stabilirti qui.»

Lui mi squadra come fossi un marziano.

«Comunque» taglio corto, «non sono venuto per difendere la famiglia Deturpi. Hai sistemato il mio cappotto?»

«Sì, ci sono passato sopra con la macchina e adesso sembra veramente strausato.»

«Con la macchina?» ringhio. «Fa' vedere, cazzo. Scommetto che me l'hai rovinato.»

Corro dentro il capannone. Il cappotto, appeso a una gruccia al chiodo dove l'altra volta Ozzy aveva attaccato il cartellone con la scritta POLVERE SIETE POLVERE RITORNERE-

TE, ha un'aria parecchio vissuta ma... non è affatto rovinato. Il ragazzo l'ha invecchiato davvero a regola d'arte. Sembra uscito da un mercatino dell'usato di New York. Evvai. Tiro un sospiro di sollievo.

«Ozzy!» gli mostro le zanne. «Mi hai fatto prendere un colpo!»

«Caccia i centocinquanta euro, che la macchina l'ho venduta da un pezzo e ho una fame che levati» mi fa lui, serio. «Ah: e ti ricordo che mi devi anche un pasto al Tre Galline.»

Bardonecchia

Ho fatto una certa fatica a convincere Serenella a lasciare Torino questo fine-settimana in cui oltretutto è prevista una Notte Bianca, e ci sono riuscito solo grazie a una serie di sms particolarmente brillanti e spiritosi. Era di pessimo umore per le polemiche suscitate ad arte dai giornali in merito alla faccenda del palazzo di piazza Cavour, e per aver di nuovo dovuto posticipare l'inaugurazione del suo atelier, anche se non ho capito bene per quali ragioni. Perciò voleva lasciarsi alle spalle questi problemi iniziando a disegnare la sua nuova collezione primavera-estate 2008 e cercando in rete nuovi tipi di carta di riso impermeabile, visto che l'altro giorno una sua amica si è lamentata per il fatto che le sue borsette s'impregnano d'acqua e si disfano, se piove. La gente oggi come oggi ha pretese assurde, le ho detto, facendole presente che anche lei aveva il sacrosanto diritto di prendersi un paio di giorni di vacanza, specie pensando ai futuri orari dell'atelier, che in base ai suoi progetti la terranno impegnata ben quattro sere la settimana dalle cinque del pomeriggio alle nove di sera. Lei allora se n'è uscita col fatto che anche sua sorella era fuori città e non avrebbe saputo a chi affidare Tobia, e dato che non voleva saperne di lasciare il suo maialino nano vietnamita a casa magari raddoppiando le ciotole del cibo e dell'acqua io le ho proposto di portarlo con noi. Evvai.

Così ora, cioè intorno alle undici del mattino di sabato, eccoci qua in montagna a Bardonecchia, dove Serenella è voluta salire per vedere un po' di neve. Peccato che sulle cime spelacchiate, in parte ancora visibili dietro le strutture commerciali in cemento armato che circondano l'abitato, di neve non ci sia traccia. Oggi anzi splende un sole caldo, addirittura primaverile. Quanto al coso pezzato, si comporta come da copione. Per tutto il viaggio da Torino fino a qui non c'è stato modo di farlo sloggiare dal sedile di mezzo, e ha continuato a grugnire e a minacciare di mordermi non appena mi azzardavo ad allungare una mano verso la sua mammina. Poco fa, mentre scaricavamo i bagagli dal mio Hummer H3 dopo averlo parcheggiato sotto il villino in stile... balearico, direi, della famiglia Deturpi, non mi ha nemmeno permesso di aiutare Serenella. E ora che lei sta frugando dentro la borsetta Borbonese in cerca delle chiavi del portoncino d'ingresso, non la pianta di attaccarmi le scarpe. Grazie al cielo sono stato previdente e mi sono messo un paio di Caterpillar da montagna.

«Tobia! Amorino mio! Ma cos'è che fai? Vuoi di nuovo giocare con le scarpe di Iaio?! Ma sono troppo grosse, quelle!»

«Bravo, Tobia, su. Stai buono» gli dico io, sperando che si dia una calmata.

«Oh, diosanto! Ma dove cazzo le ho messe 'ste chiavi?» sbotta a un tratto Serenella, frugando sempre più freneticamente dentro la borsetta. «Tobia! Tesorino! Fai il bravino, su!»

«Vuoi una mano?» chiedo.

«Sono sicura di averle prese.»

«AHI!» urlo, quando il porco mi azzanna il polpaccio destro malgrado le Caterpillar.

«Tobia! Ma che cosa fa la mammina? Non trova le chiavine?» gli fa lei.

«Certo che non è stata un'idea proprio geniale, quella di tirargli le scarpe e insegnargli a riportarle indietro» dico.

«Oh, eccole!» esclama Serenella, senza badare al mio commento. Tira fuori le chiavi dalla borsetta. Le infila nella toppa dopo aver disattivato l'allarme. Entriamo.

Giusto il tempo di posare i bagagli nell'ampio patio coperto che si apre subito dopo l'ingresso, dove accanto a una serie di finti cactus e finti peperoncini uguali a quelli del Pistola e del Pistolino svernano scarponi, sci, tavole da snowboard e racchette da tennis, e Serenella mi prende per mano.

«Vieni» mi fa, trascinandomi su per una scala ornata da conchiglie e stelle marine e cavallucci sempre marini e... cozze, tra i grugniti furiosi di Tobia, che affannandosi goffo su per gli scalini continua a cercare di azzannarmi le scarpe.

«Dove mi stai portando?» chiedo, mentre arriviamo al piano di sopra.

Serenella spalanca una porta, mi tira dentro una camera da letto rivestita di turchesi, con una finestra ornata da una tendina di perline, e ridacchiando mi butta sul materasso. Dopodiché si leva la giacca a vento della linea tecnica Prada e mi si getta addosso, leccandomi un orecchio in un turbine di capelli corvini. Non passa un secondo che Tobia la imita, grufolando.

«Pensa che questo» mi fa Serenella, baciandomi sul collo, «è il letto dei miei.»

«Ah, sì?» le dico, brancicandole le tette e allo stesso tempo cercando di sottrarmi a Tobia.

«Io da ragazzina dormivo di là con mia sorella» mugola, «ma ora voglio che tu e io scopiamo qui.»

Tobia attacca a mordermi deciso scarpe, caviglie e polpacci.

«AHIA!» grido, tentando di liberarmi del porco.

Serenella m'infila la lingua in bocca. Provo a limonarmela e a ficcarle le mani nei jeans e allo stesso tempo a scalciare via la bestia. Serenella tira giù la cerniera del mio giubbotto di cuoio Avirex anticato con effetto vintage e mi solleva la polo Fila bianca a righine blu uguale a quella indossata da Bjorn Borg all'epoca dei suoi successi, vinta all'asta su e-Bay per trecentocinquanta dollari, che col cambio attuale non sono un cazzo, e mi pizzica i capezzoli slinguandomi i pettorali. Io intanto ho cominciato a impastarle il culo, stupito di me perché malgrado non faccia uso di bamba da ben ventiquattr'ore sono piuttosto su di giri e mi sto producendo in un'erezione notevole. Solo che a questo punto Tobia in fondo al letto mi sta letteralmente strappando a morsi le spesse stringhe rosse delle Caterpillar, per cui gli sferro un calcio e lo butto giù. Attacca a guaire come un vero cane, manco l'avessi accoppato. Serenella mi lancia un'occhiataccia. Mi si stacca di dosso e si china a soccorrere il figlio adottivo.

«Tobia! Tesorino!» esclama. Lo prende su, se lo porta al viso e inizia a sbaciucchiarlo. «Ma che cosa ti ha fatto, quel cattivone di Iaio? Dillo a mammina!»

Il porco grugnisce, guardandomi torvo.

«Ehm» mi schiarisco la voce. «Ascolta, Serenella. Non credi che sarebbe possibile, almeno quando facciamo l'amore, chessò, prendere Tobia e chiuderlo da qualche parte?»

«Chiudere Tobia da qualche parte? Come un terrorista?»

«Sì, magari con addosso una tutina arancione.»

Si alza dal letto dei suoi genitori, tenendo il coso pezzato in braccio e afferrando la giacca a vento.

«Be'?» le faccio. «Che c'è? Ho detto qualcosa che non va?»

«Tobia, vieni con mammina, su» esclama lei, senza darmi retta. «Andiamo a fare una passeggiata.»

«Ma Serenella, aspetta...»

Non mi dà il tempo di finire la frase. Esce, sbattendomi la porta in faccia. La sento scendere le scale baleariche, e pochi istanti dopo sbattere anche il balearico portoncino d'ingresso. Mi alzo a mia volta dal letto dei suoi genitori e mi avvicino alla finestra, scostando la tendina di perline. Da dietro i vetri vedo Serenella. Sta parlando con Tobia, a cui intanto ha messo il guinzaglio. Si allontanano in direzione del paese circondato dal cemento. Spariscono dietro una specie di centro commerciale. A un tratto mi arriva un sms. Mi frugo in tasca, recupero il Nokia. Leggo: W VELTRONI. PARTECIPA ANCHE TU ALLE PRIMARIE DEL PARTITO DEMO-

CRATICO. VOTA: AMBIENTE, INNOVAZIONE, LAVORO. IL TEMPO DELLA BUONA POLITICA INIZIA CON TE!

Mi viene in mente che non mi sono portato nemmeno un po' d'erba. E mi rendo conto con stupore che per una frazione di secondo, da qualche parte dentro di me, ho sperato che fosse Allegra. Che ci faccio qui?

Quando con Allegra

Quando con Allegra è venuto fuori che ormai fumava da un pezzo 'sto mix di ero e coca ho provato a dirle che secondo me avrebbe dovuto cercare di smettere, o se non altro limitarsi alla bamba, come me e in linea di massima come tutti. Lei allora per farmi piacere ci si è messa d'impegno, ma siccome in realtà più di un tot non ci stava dentro ha pensato che la cosa migliore per attutire il suo bisogno di farsi fosse mettersi a bere. Bere sul serio, non semplicemente pasteggiare a Cristal o buttare giù cinque o sei mojito all'aperitivo. È stato così che a un certo punto, quando l'anno scorso nel periodo che avevamo scelto per le vacanze i voli per Ibiza erano strapieni e siamo finiti in Grecia a Ios, l'isola dei surfisti, mi sono reso conto della piega che aveva preso la cosa. Della serie che verso le due o le tre del pomeriggio ci svegliavamo dopo aver fatto nottata in qualche discoteca sulla spiaggia, e lei per colazione prendeva un Campari. Cazzo Allegra, le ho detto dopo qualche giorno, com'è che per colazione bevi quella roba? E lei – Qui in Grecia il cappuccino fa schifo. Poi mi sono accorto che se per caso andavamo al mare anziché restare in albergo a guardare MTV *dopo aver pippato e scopato con su un canale porno a pagamento, lei non si levava il pareo e la maglietta nemmeno per fare il bagno. E quando le ho chiesto perché, subito mi ha risposto di farmi i cazzi miei, ma più tardi, mentre al ristorante limonavamo come due cretini dopo che nei cessi ci eravamo sparati un paio di righe di quella buona, è venuto fuori che il pareo e la maglietta non se li levava perché si sentiva gonfia. Sei alta un metro e settantotto, Allegra, e per quel che ne so pesi cinquantadue chili, le ho fatto notare io. Sembri Kate Moss però alta. Come fai a sentirti gonfia? Lei allora ha digrignato i denti e mi ha accusato di spiarla e mi ha sibilato che dovevo piantarla e subito perché c'era già sua madre che la faceva seguire da un investigatore privato come aveva fatto con suo padre per controllare se studiava davvero visto che non riusciva a dare quel cazzo di ultimo esame e finire l'università e anche se stavamo assieme non dovevo intromettermi a quel modo nella sua vita privata. Io allora le ho fatto presente che non credevo che sua madre la facesse davvero seguire da un investigatore privato, altrimenti questo l'avrebbe messa al corrente di una serie di cose. Tu di me non hai ancora capito un cazzo, mi ha urlato in faccia lei. Dopo di che mi ha mollato lì e se n'è andata. E quando sono rientrato in albergo dopo aver fatto serata in spiaggia e aver flirtato con una tipa che però poi ho sfanculato in extremis nel momento in cui è venuto fuori che era un travestito, l'ho trovata stesa sul letto, nel vomito. Aveva fatto fuori anche tutto il contenuto del frigobar, comprese le mignon di Johnny Walker, Gordon's e Jack Daniel's.*

Al Balôn

Ma non c'è niente da fare, il mercato delle pulci del Balôn dove un tempo si trovavano interessanti capi vintage non lo si riconosce davvero più, perfino i venditori di cianfrusaglie in piazza Borgo Dora ormai sono in gran parte rumeni, e come al solito le stradine ingombre di bancarelle e passanti pullulano di marocchini che tirano a venderti fumo o eroina o ad asciugarti cellulare e portafogli, ogni sabato piazzano in mezzo a via Andreis, la strada che collega Porta Palazzo al Cottolengo in cui mi trovo ora, i loro teli colmi di roba rubata, autoradio, scarpe sportive, telefoni, hi-fi, jeans, *ehi, 'mico, fumo, vuoi fumo*, a un tratto mi rendo conto di essere l'unico bianco nei paraggi, e incrocio sguardi che non mi piacciono, allora mi giro, controllo i movimenti alle mie spalle, noto un paio di nordafricani che hanno tutta l'aria di tenermi d'occhio, fanculo, decido di andarmene, cerco di districarmi tra le membra puzzolenti, le barbe, i denti guasti, accelero il passo, mi volto, incrocio gli occhi neri di uno dei due, sono pieni di odio, svolto nella piazzetta che porta verso corso Giulio Cesare, lancio un'occhiata alle mie spalle, a questo punto è evidente, quei due mi seguono, accelero ancora il passo, urto una bancarella, rovescio a terra una scatola per scarpe piena di cartoline, ehi che cazzo fai, urto una donna bassa e grassa col velo, corro, arrivo all'angolo dove c'è Speziale, la rivendita di articoli militari, e faccio per rifugiarmi nell'Ambarabar dove anni fa mettevo i dischi con Boh il sabato sera quando mi accorgo che da piazza Borgo Dora sta arrivando un'ondata di piena, è come quella volta che straripò il fiume perché a Torino era piovuto per più di una settimana, solo che non si tratta di acqua e di fango, oggi tra l'altro c'è di nuovo un sole che spacca, è una marea rossa, una marea rossa che sale sempre di più e trasporta con sé vecchi pattini a rotelle e biciclette arrugginite e scarpe scalcagnate e vecchi mobili e panchine e rami d'albero e sedie impagliate e riviste porno e libri e giornali e coperte e abiti usati e tappeti e lampade e ciabatte e un tavolo da ping-pong e altre biciclette arrugginite e soprattutto cadaveri, cadaveri, cadaveri, corpi smembrati, arti spezzati, teste sfigurate, un cane, una donna con un vestito a fiori, è come un oceano, un oceano di sangue, e nessuno intorno a me sembra accorgersi della marea rossa che risale verso Porta Palazzo. Scappo.

Al Batija con Boh

Sono in trasferta con Boh al Batija, un locale sulla spiaggia di Cesenatico che mi dicono di proprietà di un tale che ho visto aggirarsi nel privé e che dovrebbe essere figlio di Alberto Zaccheroni, l'ex allenatore di Udinese, Milan, Inter, Lazio e Torino, e sto facendo il pieno di mojito in attesa del mio turno alla consolle. Suonerò prima di un dj del posto che francamente non conosco e che ha un'aria da tamarro *totale*, come direbbe Zombi, basti dire che porta ancora una di quelle magliette nere con la scritta dorata PUSHER, e dopo Boh, che in questo istante si sta sforzando di scaldare la pista con un set in stile Dimitri From Paris alla Playboy Mansion, solo che lui non è Dimitri From Paris e questa non è la Playboy Mansion.

Oggi, mentre ero al volante del mio Hummer H3, me lo sono dovuto sucare che blaterava in loop attaccato al suo cellulare per le tre ore scarse del viaggio da Torino fin qui, così ora so tutto quel che c'è da sapere riguardo agli ultimi sviluppi della sua vita sentimentale. Cioè nulla. Boh in realtà non se lo fila nessuna, nemmeno le più cretine tra le cretine al quoto con cui abbiamo a che fare un giorno sì e l'altro pure, 'ste cerebro che pur di tirarsela con le amiche perché stanno con un dj e pippano aggratis si fanno chiunque, compresi tipi che ovviamente non si sognerebbero neppure di salutare se di mestiere facessero gli operai o gli elettrauto. Lui comunque fa sempre in modo di esibire qualche tipa più o meno figa, anche se tutti sanno che si tratta della ragazza attuale o ex di un altro, cioè in linea di massima di Zombi. E da anni sostiene di avere una fidanzata tutta sua, che però per qualche motivo è sempre troppo impegnata per venire alle nostre serate e che né io né Edoardo abbiamo mai, dico mai, avuto l'onore di incontrare di persona.

Mentre con il mio Hummer H3 tenuto fisso in corsia di sorpasso accorciavo alla grande la distanza tra Piemonte e Romagna, Boh ha chiamato almeno una ventina di finte studentesse ma vere groupie, tra cui Alice, Francesca, Jessica, Asia, Irene, Zarina, Elena, Betta, Chiara. Ed è venuto fuori che aveva chiesto a tutte, procedendo evidentemente per esclusione, di accompagnarlo fin qui a Cesenatico. E che però, trattandosi appunto di Cesenatico e non di Ibiza o di Berlino, nessuna aveva accettato di farlo. Lui allora, dopo averle ammorbate con un tot di pettegolezzi, diceva a ciascuna che comunque c'era venuto con una tale Natasha, a suo dire una modella estone. Che forse, oltre a essere una modella estone, è anche un fantasma, visto che a bordo dello Hummer H3 c'eravamo solo io, lui e le rispettive borse dei dischi.

La sceneggiata è proseguita a cena, nel ristorante di pesce dove siamo finiti dopo aver preso possesso delle nostre stanze in albergo, un sopravvalutato quattro stelle poco distante da qui senza né champagne in frigo né Jacuzzi. Mentre lui continuava a tampinare via cellulare le varie Monica, Flavia, Gilda, Sonia, Alessandra, Claudia, Saskia, e le modelle estoni raddoppiavano addirittura grazie a una non meglio precisata e a sua volta invisibile Katiusha, io cercavo di farmi venire voglia di mettere qualcosa nello stomaco. Gamberetti in salsa rosa, più che altro. Gli stessi che in questo preciso istante sto cercando di far star giù, annegandoli nel mojito. Solo che i gamberetti per loro natura nuotano. Sento una vibrazione nella tasca dei pantaloni mimetici Bape. Un sms. Serenella? Nemmeno lei è voluta venire a Cesenatico, mi ha detto che doveva vedere suo padre per parlargli dei problemi che fin qui le hanno impedito di inaugurare l'atelier. Do un'occhiata al mittente. Sconosciuto. Leggo:

W VELTRONI! GRANDE SUCCESSO DELLE PRIMARIE DEL PARTITO DEMOCRATICO! IL TEMPO DELLA BUONA POLITICA È INIZIATO!

Ma tu dimmi. Tutto sommato erano meglio i messaggi che mi mandavano i pierre del La Gare. Faccio per riporre il cellulare e però arriva una chiamata. Controllo il numero in entrata. Zombi. L'essere che ha messo le mani sull'unica copia arrivata a Torino di *Spastik*. Quasi quasi non gli rispondo. Ma lui insiste.

«EHILÀ SOCIO!» urlo nel Nokia, premendo la mano sinistra sull'orecchio corrispondente per riuscire a sentire qualcosa.

«Allora? Sei caldo?»

«CALDISSIMO BRADER! TU?»

«Una stufa. Sta' a sentire, ti ho chiamato perché volevo comunicarti una novità importante.»

«ABBIAMO UN GANCIO CON BOB MAMBO?!»

«No. Però gli scienziati dell'università di San Diego hanno scoperto come alleviare il dolore dei topolini maschi.»

«CIOÈ?»

«Basta mettergli nella gabbietta una foto di Paris Hilton.»

«CAZZO DICI?!»

«Giuro! Praticamente questi luminari hanno notato che dopo un'iniezione dolorosa i topi maschi passano meno tempo a leccarsi la ferita se nella gabbia c'è una foto della Hilton.»

«E I TOPI FEMMINA?»

«I topi femmina se gli metti davanti la foto della Hilton la mandano a cagare.»

«ALTRE NIUZZ?»

«Davide Brocchi è un cretino totale. Ma non è una niuzz. Lì com'è? State dando il giro al locale?»

«IN QUESTO MOMENTO STA SUONANDO IL DIMITRI FROM PARIS DE' NOANTRI.»

«Mi sembrava. Subentra tu e spacca, mi raccom...»

Cade la comunicazione. Rimetto il telefono nei Bape. Do un'occhiata a come butta la serata. Tutte le ragazze che affollano la pista o che si accalcano dalle parti del bar hanno la frangia come quella tipa del *Grande Fratello*. Boh alza a palla i bassi di *Taj Mahal,* Salomé de Bahia, e mi fa segno che ha intenzione di mettere ancora solo quattro pezzi. Annuisco e faccio per afferrare la mia borsa dei dischi marca Technics quando, da un momento all'altro, mi viene un mal di pancia micidiale. Da urlare. Cazzo è? I gamberetti in salsa rosa! Mollo il mojito. Porto le mani all'addome. Dove sono i cessi? Devo trovarli per forza. Mi guardo attorno, la fronte imperlata di sudore. Qui nel privé, ossia tra i divani sul palco alle spalle della consolle, zero. Aguzzo lo sguardo in direzione del bar, piegato in due da un dolore fortissimo, simile a una coltellata. Cazzo Iaio basta che non te la fai addosso. Iaio ti prego no. Non qui. Non ora. Resisti. Un'altra coltellata. Serro le chiappe. Devo liberarmi a ogni costo. Inciampo nella borsa dei dischi marca Technics di Boh, ma riesco a non pestare i vinili che intanto sono scivolati fuori. Arranco verso il dj del posto conciato da tamarro, che sta chiacchierando con due ragazzini pettinati da gallo come un paio d'anni fa David Beckham e guarda Boh con evidente disprezzo. Noto sbigottito che ai piedi porta un paio di Adidas Rom *limited edition* identiche alle mie, e mi aggrappo alla sua maglietta nera con la scritta dorata PUSHER.

«EHI, SCUSA» farfuglio.

«SÌ LO SO POI TOCCA A TE, TRANQUILLO» mi fa lui.

«DOVE SONO I CESSI?» biascico.

«LAGGIÙ!»

Mi indica una fila di gabinetti chimici ai margini della spiaggia. Salto giù dal palco. Corro. Ho un mal di pancia lancinante. Non so per quanti secondi riuscirò ancora a resistere. I gamberetti in salsa rosa. Oppure... sta' a vedere che la bamba che mi sono sparato al ristorante prima di venire qua era tagliata con un lassativo! Cazzo.

Il primo gabinetto chimico è occupato.

Il secondo anche.

Il terzo pure.

Disperato, mi avvento sul quarto. LIBERO!

Entro, mi chiudo. Faccio giusto in tempo a sbottonare i Bape ed esplodo. Che sono? Fuochi artificiali? Sudo. Mi guardo attorno. No! Zero carta. Ma perché?

La vita glamour del dj.

Da Serenella

Quando esco di casa al termine di un pomeriggio trascorso a cazzeggiare su MySpace e YouTube e Facebook e Beatport e a cercare inutilmente di dormire dopo l'ennesima notte priva di sonno passata con la sensazione di trovarmi in presenza di Ludwig seduto sul futon, mi dico massì, anche se in realtà abbiamo appuntamento per dopocena vado a trovare Serenella nel suo atelier dietro largo IV Marzo. Solo che quando arrivo, notando che anche qui accanto a una scritta della serie POVERINI qualcuno ha aggiunto STRONZO, lei ha un'aria piuttosto... come dire? Scazzata, ecco.

«C'è qualcosa che non va?» le chiedo dopo che ci siamo baciati malgrado i violenti grugniti di protesta di Tobia. Se non altro il coso pezzato è legato a una gamba del tavolo di lavoro, e nonostante i suoi sforzi non riesce ad azzannarmi.

«No, niente» mi fa lei. «Tobia! Tesorino! Fai i capricci?»

«A vederti così non si direbbe.»

«Che ne sai? Non mi conosci.»

«Mah, un po' sì.»

«Ah, tu pensi?»

«Certo.»

«Be', ti sbagli.»

«Cattive notizie per l'inaugurazione?» azzardo.

Lei si stringe nelle spalle.

«Insomma Serenella vuoi dirmi che c'è? Non ti ho mai vista così strana.»

«Niente, è che oggi dovevo vedere papà per parlargli appunto dell'inaugurazione ma non ho potuto.»

«Perché?»

«Perché è nero. Non l'ho mai visto così arrabbiato.»

«Che è successo?»

«Mah, credo si tratti di un'intervista rilasciata a un giornale da un professore svizzero del Poli. Tobia! Insomma!» fa al coso pezzato, che non ha ancora smesso di grugnire. «La pianti sì o no?»

«E che diceva 'sto professore?»

«Bah, una montagna di malignità. Che a Torino si fanno edifici vecchi di trent'anni. Che c'è un mercato di cartello. Che tre o quattro costruttori negli ultimi anni hanno fatto da soli dieci o quindicimila appartamenti. E che mentre a Barcellona per le Olimpiadi ci sono stati tipo trecento concorsi internazionali, qui da noi appena otto.»

La guardo accendersi una sigaretta. Al solito sta soffiando via il fumo come a scatti.

«Ehm...» mi schiarisco la voce. «Io di queste cose non me ne intendo granché, ma in effetti... immagino siano dichiarazioni... un po' pesanti.»

«Tu dimmi se 'sto svizzero doveva uscirsene con le sue menate proprio oggi che avevo quasi convinto papà a sganciare i soldi per la mia cazzo di inaugurazione!» scatta lei, inviperita.

«Ma perché non te li ha ancora dati?»

«Perché dice che dovrei fare come Delfina e impegnarmi di più nella ditta di famiglia e lasciar perdere di baloccarmi, l'altro giorno mi ha detto proprio così, *baloccarmi*, con le mie borsette di carta!»

A un tratto mi accorgo che ha le punte delle dita insanguinate.

«Che ti è successo?» le chiedo.

«Che mi è successo cosa?»

«Le dita. Ti sanguinano.»

Nasconde subito le mani. La vedo avvampare. Non mi risponde.

«Che fai? Ti mangi le unghie fino a ridurtele così?»

«Ma che dici? Tobia! Smettila! Comunque non sono cose che ti riguardano. Adesso scusa ma devo chiederti di andartene perché ho un mucchio di lavoro da sbrigare.»

«Ma io volevo invitarti per l'aperitivo» cerco di addolcirla. «Mi pare che stasera ci siano una performance alle Fonderie Limone, una vernice alla Sandretto, un concerto segreto dei Subsonica da Giancarlo, l'anteprima a inviti per l'ultimo film di Ferrario al Museo del Cinema e tre inaugurazioni di nuovi negozi d'abbigliamento giovane, ribelle e creativo. Perché non ci andiamo assieme?»

«Non credo proprio» mi fa, andando verso la porta dell'atelier e spalancandola. «Su, vai, che ho da fare.»

«Ma...»

«Niente ma Iaio» taglia corto lei. «A me non va di discutere. E oggi non è giornata.»

con la tele che spara colori fortissimi e lui porta un paio di calze in filo di Scozia mentre io ho le mie solite Burlington nient'altro e poi lei si divincola e guardo Carletto che digrigna i denti anch'io sento la mascella serrata

e dallo schermo escono gemiti e urla e Carletto allora scoppia a ridere ma è una risata strana non una vera risata distolgo gli occhi dallo schermo mi sa che dobbiamo fermarci

«Cazzo, Carletto, e adesso?»

Ronaldinho giace riversa sul letto

le lenzuola quando siamo entrati in questa stanza un paio di ore fa erano bianche, me lo ricordo benissimo

adesso invece no

usciamo che è buio

la valigia è molto pesante ma la vuole portare lui da solo

«Non ti preoccupare Iaio ci penso io non abbiamo fatto niente non volevamo farle male è stato un incidente lei non la conosce nessuno non ci pensare è stato solo un incidente solo un incidente.»

«Tranquillo Iaio tranquillo ora calmati non ci pensare ti porto a casa e poi mi occupo io della faccenda.»

«Nessuno saprà mai niente credimi nessuno la conosce qui e nessuno verrà mai a cercarla dal Brasile questo è sicuro la faccio sparire io non avere paura tu non hai fatto niente e nemmeno io è stato un incidente solo un incidente solo un incidente.»

non gli rispondo.

Notte nera

E c'è questo grosso maiale che mi insegue, dal pelo pezzato come quello di una mucca, e io corro, corro, corro, ma lui si avvicina sempre di più, e siamo ai Murazzi, la mattina presto, il Lungo Po è deserto, guardo su verso piazza Vittorio ma non c'è nessuno che mi possa aiutare, provo a gridare ma dalla bocca non mi esce alcun suono, il maiale sempre dietro, sempre più grosso, sempre più vicino, allora stringo i denti e cerco di correre più forte, sudo, ho il fiatone, sento i grugniti alle mie spalle, ma improvvisamente l'asfalto grigio dei Murazzi davanti a me sembra muoversi. I dischi, i dischi, dove ho lasciato i dischi? Sempre correndo mi volto per dare un'occhiata alle mie spalle, devo averli dimenticati al Tortuga, ma non posso tornare a prenderli, il maiale sta diventando enorme, ha gli occhi rossi, la bava alla bocca. Allora torno a guardare avanti, stringendo i denti, e vedo la scritta POVERINI e... oh mio dio no... no... l'asfalto, l'asfalto grigio, non è più asfalto, è un tappeto di topi, topi che brulicano lungo tutto il fiume su fino alla salita che porta al Valentino e oltre, anche i gradini delle scale che portano in piazza sono fatti di topi, non posso continuare a correre in quella direzione, ma non posso nemmeno tornare indietro, a un tratto abbasso lo sguardo a terra e NOOOOO I TOPI SONO GIA' IN MEZZO AI TOPI STO CORRENDO SUI TOPI CERCANO DI SALIRMI SU PER LE GAMBE NO DIOMIO NO DEVO BUTTARMI IN ACQUA MA ANCHE L'ACQUA PULLULA DI TOPI MI GIRO IL MAIALE ORA CHE LO VEDO DA VICINO NON È UN VERO

MAIALE È TUTTO FATTO DI TOPI DIGRIGNO I DENTI CERCO DI URLARE AIUTO MA NON MI ESCE ALCUN SUONO DALLA BOCCA I DENTI MI SI SPEZZANO

e allora mi sveglio marcio di sudore e apro gli occhi e sono su un divano del soggiorno e sulla lingua sento qualcosa porto una mano alla bocca è il frammento di un dente.

Dal dentista

Lo studio di Paolo, il mio dentista, un ragazzo molto gentile e a modo che tra l'altro ama l'elettronica e viene regolarmente alle nostre serate, si affaccia sul cortile al primo piano di uno degli eleganti palazzi che col loro perimetro formano piazza Maria Teresa. L'assistente, una biondina di nome Ellen dall'aria allo stesso tempo dolce e maliziosa nel suo camice bianco, che se non sbaglio devo già aver visto alle nostre serate giù al Tortuga, mi ha fatto accomodare nel salottino che funge da sala d'attesa. Sono solo, e dato che non ho alcuna intenzione di ingannare il tempo leggendo i giornali, specie dopo aver adocchiato un titolo che dice LIBELLULE E ZANZARE CI SPIANO: LA CIA COLLAUDA GLI INSETTI ROBOT. C'È CHI ALLEVA INSETTI VIVI NEI QUALI SONO STATI INSERITI CHIP ELETTRONICI, m'infilo le cuffiette dell'iPod e scelgo la mia compilation preferita del momento, che comprende in realtà né più né meno che tutta la discografia di Richie Hawtin. Tranne l'ultimo singolo, naturalmente. Ma lasciamo perdere. Stamattina quando ho controllato la posta su Libero e la mia pagina su MySpace, dove c'erano solo comunicati stampa di nuove serate e vernici in giro per la città, ho fatto un salto sul sito dell'ANSA per verificare che non ci fosse la notizia del ritrovamento del cadavere di una minorenne brasiliana a Torino. Non c'era. Né lì né sul sito della "Stampa", che invece si apriva su MAFIA SPA, LA PRIMA AZIENDA DEL PAESE. IL RAPPORTO UFFICIALE: 90 MILIARDI DI FATTURATO ALL'ANNO, IL 7% DEL PIL ITALIANO. Evvai.

Chiudo gli occhi. Richie Hawtin ci dà dentro come un fabbro. All'improvviso, sobbalzo: qualcuno mi ha toccato una spalla. Riapro gli occhi. La biondina. Mi sfilo le cuffiette.

«Prego, se vuole accomodarsi il dottore è arrivato.»

Caccio l'iPod in una tasca dei jeans Diesel *limited edition* e seguo l'assistente lungo il corridoio dove Paolo tiene appesi gli attestati, conseguiti in America, dei vari diplomi e corsi di specializzazione. Una volta nello studio, prendo posto sulla poltrona, ed Ellen mi mette il classico bavaglino azzurro intorno al collo, versa una soluzione fucsia in un bicchiere di plastica bianca e posa quest'ultimo alla mia sinistra, sotto l'apposito rubinetto.

«Prego, si sciacqui» mi fa.

Eseguo, chiedendomi se sia il caso di proporle un aperitivo una di queste sere. Non ho mai avuto un rapporto fetish con le ragazze in uniforme da infermiera, come probabilmente ha Johnson Righeira, ma questa Ellen mi dice che forse mi sono perso qualcosa, saranno le sue gambe fasciate da calze bianche, chissà. Non faccio in tempo ad aprire bocca che Paolo piomba nella stanza, il camice svolazzante alle sue spalle.

«Iaio! Che piacere!» mi fa, stringendomi la mano in stile negroide. «Sei caldo?»

«Un fuoco!» gli sorrido, notando come dall'ultima volta che ci siamo visti anche lui abbia adottato un paio di occhiali dalla montatura ipercolorata da architetto milanese.

«Che posso fare per te?» mi chiede, sparandomi in faccia la luce della grossa lampada che pende sopra la mia testa.

«L'altra notte mi sono svegliato con un frammento di dente in bocca» gli spiego.

«Capito. Digrigni nel sonno» mi fa. «Succede a molti. Apri.»

Apro. Afferra uno specillo e me lo ficca tra i denti. Mi esamina. Noto che sta digrignando anche lui.

«Questione di stress. Lavori troppo.»

Mi stringo nelle spalle.

«Ecco. Qui è molto chiaro. Ti è successo altre volte?»

Scuoto negativamente la testa.
«Secondo me sì. Magari non te ne sei accorto.»
Traffica con lo specillo, digrigna di nuovo.
«Tra l'altro volevo proporti una cosa.»
Lo guardo con aria interrogativa.
«Sai, mi piacerebbe fare dei dj set qui da me, in studio.»
Continuo a guardarlo mentre traffica ancora con lo specillo e non la pianta di digrignare.
«Per dare un servizio in più ai miei pazienti.»
Annuisco.
«Tra i miei clienti ho un paio di modelle, diversi musicisti.»
Mi pianta lo specillo in una gengiva e non posso fare a meno di emettere un gemito.
«Scusa. Così ho pensato: e se dal giovedì al sabato organizzassi chessò, un aperitivo?»
Butta via lo specillo e arpiona fulmineo un trapano.
«Uno viene da me, io gli rimetto a posto i denti, e alla fine ci beviamo un drink. Figo, no?»
Noto che ha gli occhi arrossati.
«Ti smusso solo un poco il dente che ti sei frantumato.»
Aziona il trapano.
«Capace che ne parlano anche i giornali» mi fa, digrignando.
Il trapano attacca a fresarmi il dente. Lo sento rimbombare nella mascella e da lì nel resto del cranio.
«Di questi tempi anche noi dentisti dobbiamo offrire qualcosa in più ai nostri clienti, no?»
Di punto in bianco avverto un dolore piuttosto forte. Mi irrigidisco. Lui non ci fa caso e continua a trapanare, sempre digrignando.
«Mmmppphhhh» mi lamento.
«Tranquillo, Iaio» mi fa lui, con uno sguardo che non mi piace per niente.
«Aaahhh» gemo.
«E stai fermo!»
Mi contorco sulla poltrona, disperato: questo si è appena fatto.

«Ti ho detto di star fermo, cazzo!»
«OOOUUUCCCHHH!!!»
«Ellen! Tienilo fermo per favore!»
Due mani mi afferrano per le spalle, schiacciandomi giù sulla poltrona.
«Ti calmi o no?» mi fa Paolo. «Sei peggio di un bambino. Mica posso farti l'anestesia per 'sta robetta. Un secondo e ho finito.»
Afferra un trapano dalla punta più grossa.
Svengo.

La mia prima riga

La mia prima riga me la sono fatta con te, Ludwig. Eravamo dai nonni un'estate a Superga e avevo nuotato un po' in piscina e poi ero tornato in quella villa enorme che a me ha sempre messo un po' paura e ti avevo trovato in soggiorno con la tivù accesa. C'era il torneo di Wimbledon a cui eravamo andati l'anno precedente con nostro padre e tu stavi tirando sul tavolino di cristallo ingombro di riviste di design, e così, senza scomporti, mi hai chiesto se volevo provare una pista di coca. Perché no, ti ho detto.

L'unica vera icona del nostro tempo

Tutti gli Hummer H3 dispongono di serie di doppio airbag anteriore dotato di sistema Passenger Sensing per il rilevamento della presenza di passeggeri. Questo sistema permette di attivare o escludere l'airbag anteriore sul lato passeggero in base al peso applicato sul sedile. L'airbag viene attivato solo se il sistema classifica l'occupante come adulto e viene disattivato automaticamente se il sedile non è occupato o se il passeggero non è un adulto. Inoltre, uno Hummer H3 offre numerose caratteristiche per la protezione dei bambini, tra cui il sistema LATCH per il fissaggio dei seggiolini sul sedile posteriore e la protezione antipizzicamento per tettuccio e finestrini elettrici. Un'altra importante caratteristica di sicurezza dello Hummer H3 è rappresentata dagli airbag laterali a tendina per la protezione del corpo, che si estendono dal tetto alle cinture. Nel caso di impatto laterale, moderato o di notevole intensità, gli airbag laterali a tendina si gonfiano per proteggere ulteriormente il capo dei passeggeri accanto ai finestrini, sia sul sedile anteriore sia su quello posteriore.

Radio Torino I Love You

Ieri io, Zombi e Boh abbiamo avuto una botta di culo notevole: un redattore di Radio Torino I Love You si è fatto vivo per chiederci un'intervista sulla nostra nuova serata prevista per novembre giù al Tortuga, così ci siamo accordati per trovarci oggi pomeriggio nei locali dell'emittente di proprietà dell'associazione culturale che con Bob Mambo organizza il Klakson Festival. Solo che poco fa Boh mi ha mandato un sms per dirmi che era di nuovo bloccato a Eataly, il negozio di alimentari di lusso del Lingotto. E Zombi, che sarei dovuto passare a prendere da casa con il mio Hummer H3, non ha risposto né al cellulare né al citofono. Così all'intervista ci devo andare io per tutti e tre. 'Ste merde.

La sede di Radio Torino I Love You è in via Saluzzo, e mi tocca arrivare fino a San Salvario, il quartiere zulù che mi ha sempre messo tristezza e in definitiva detesto. L'emittente di solito fa campagna elettorale per Minfischio, ma prima che per lui l'ha fatta per chi l'ha preceduto, e caso strano da almeno dieci anni a questa parte ha una posizione di semi-monopolio per quanto riguarda l'organizzazione dei concerti che si tengono in città, compresi quelli del Klakson Festival diretto da Bob Mambo, a cui tra parentesi prima o poi dovremo far ascoltare 'sto cazzo di mixato: devo ricordarmi di parlarne con quei due deficienti.

Ma quando dopo aver incrociato lungo via Saluzzo qualche decina di pusher e battone e papponi e tossici e rapinatori e scippatori e ubriachi e negri parcheggio il mio

Hummer H3 sulle strisce pedonali di fronte all'edificio alquanto cadente dove hanno sede sia la radio sia l'associazione, un ex centro anziani della circoscrizione pare in comodato d'uso gratuito, trovo un assembramento di una ventina di ragazzi e ragazze: dalle kefiah e dall'aspetto sfigato che hanno, immagino siano i collaboratori dell'emittente. Scendo dal Suv e lo chiudo inserendo l'antifurto. Da quanto vedo, alcuni dei manifestanti si sono messi al collo grossi cartelli.

BASTA AL PRECARIATO DELLA CULTURA, leggo su uno. SIAMO GIOVANI, CARINI E SOTTOCCUPATI: IN PIÙ, NON VENIAMO PAGATI, c'è scritto su un altro, ironicamente affidato, almeno spero, a una vera cessa. Poi ne scorgo uno particolarmente verboso, che fa: IL VOSTRO MOTTO NEL 68: PAGHERETE CARO PAGHERETE TUTTO. MA A NOI NON PAGATE NEMMENO LE BRICIOLE.

«Ehilà, Iaio! Com'è? Sei caldo?» mi chiede uno dei ragazzi. «Vi ho cercati io per l'intervista, ma come vedi è saltata.»

«Caldissimo» gli sorrido, mentre ci stringiamo la mano in stile negroide. «Ma che succede?»

«Abbiamo deciso di dare collettivamente le dimissioni dalla radio, per costringerli a pagarci gli arretrati.»

«Arretrati?»

«Pensa che con tutti i finanziamenti pubblici che beccano danno trecento euro al mese anche a chi si fa quaranta ore la settimana, ed è da giugno che non vediamo niente.»

«E ora che fanno? Pagano?»

«Macché. Hanno subito assunto in blocco un'altra ventina di disperati che s'illudono di aver trovato uno sbocco e di finire un giorno a lavorare per RadioTre, e invece verranno sfruttati come noi in cambio di un pezzo di pane.»

«Grandioso» scuoto la testa.

Dalle finestre della sede di Radio Torino I Love You pendono una bandiera rossa e un paio di vessilli pacifisti alquanto zozzi che un tempo dovevano essere color arcobaleno.

«Be', bandiera rossa la trionferà!» esclamo, indicando al mio interlocutore il drappo color sangue.

«Come no» abbozza un sorriso lui. «Questi pigliano la stecca pure sui *service*.»

«In che senso, scusa?»

«Be', lo sanno tutti: chi vuol lavorare ai loro concerti deve sganciargli la percentuale, altrimenti ciccia.»

«Ma va'?»

«Beato te, che non campi con la musica dal vivo.»

«La musica dal vivo è una roba da squatter» sibilo, a un tratto di pessimo umore: è l'effetto San Salvario. «Mi fa cagare.»

«Che fai? Ti fermi a protestare con noi?»

«No» scuoto la testa, tornando verso lo Hummer H3. «Domani ho una riunione di lavoro e mi ritrovo... con un mucchio di roba arretrata da sbrigare.»

«Mi spiace che l'intervista sia saltata!»

«Oh, non importa.»

Evito un grosso rigagnolo di piscio che prima non avevo notato e una merda che a giudicare dalle dimensioni deve essere stata sganciata da un brontosauro e salgo a bordo. Quando metto in moto, mi giro per fargli un cenno di saluto e solo allora leggo il cartello che porta appeso al collo lui.

SFRUTTAMENTO SENZA CUORE: QUESTA RADIO UN TEMPO RIBELLE E SOLIDALE IPOSTATIZZA LA FOLLIA DEL CAPITALE.

Abbasso il finestrino.

«Di' un po', ma che vuol dire *ipostatizza*?» gli chiedo.

«Il cartello non l'ho scritto io, me l'hanno dato» mi sorride lui, allargando le braccia.

Gli mostro un pollice alzato e sgommo via.

Brainstorming

Dopo l'assurda telefonata dell'altra volta, Gaia non si è fatta trovare alla riunione di stamattina in F.U.F.F.A., alla quale come da regolamento sono arrivato giovane, ribelle, creativo e dunque con la mia tavola da surf. Seduti come fachiri al nostro tavolo della giovinezza, della ribellione e della creatività, io e Inti cerchiamo di mettere in moto i neuroni residui dopo che Chicco ci ha spiegato come il City Entertainer Mingozzo, entusiasta del brillante lavoro da noi svolto finora, si aspetti nuove idee, sempre nell'ottica di sostituire la vecchia Torino grigia con la nuova Gisèle rosa. Dato che non sapevo dell'assenza di Gaia, prima di venire qui mi sono fatto quattro righe di quella buona. Così ora sono bello carico.

«Bene, raga» ci sta dicendo Chicco, che oggi indossa un paio di Levi's Big E *limited edition* identici ai miei, «il City Entertainer Mingozzo si aspetta da noi qualcosa di spettacolare. Oggi come oggi tutto è spettacolo. Tra un mese, non so se lo sapete, Torino darà la cittadinanza onoraria a Mike Bongiorno e al Dalai Lama, *oh yeah*.»

«Accidenti!» esclama Inti, tono da frocio impressionato.

«Perfetto» parto in quarta. «A Torino noi torinesi lo sappiamo c'è il secondo Museo Egizio del mondo il più importante del globo dopo quello del Cairo ma a nessun americano o giapponese verrebbe mai in mente di venire a Torino per visitarlo giusto?»

«*Oh yeah*» mi fa Chicco, sorpreso dalla mia lucidità di pensiero.

«Semplicemente perché negli Stati Uniti e in Giappone non lo sanno ancora malgrado l'effetto delle Olimpiadi.»

«Tu dici?» mi interrompe Inti, tono da frocio importuno.

«Non tutti ora considerato l'interesse che riscuote l'antico Egitto e assodato che qui a Torino siamo pieni di papiri e mummie e geroglifici e cianfrusaglie varie se noi riuscissimo a comunicare la cosa al resto del mondo attireremmo un turismo di qualità.»

«Già. Ma come?»

«Provate a immaginare piazza Castello il cuore della città con al centro Palazzo Madama e sopra Palazzo Madama... un'enorme piramide egizia!»

«Una piramide?»

«Pensateci con l'edificazione della piramide oltretutto si potrà sfruttare un'altra risorsa locale i maghrebini che infestano la città per farla breve si tratta di gente mediamente povera poco istruita di bassa estrazione sociale che sopravvive ai margini della legalità oppure dedicandosi ad attività decisamente illegali bene noi li andiamo a prendere nelle loro soffitte dietro Porta Palazzo e a San Salvario li travestiamo da antichi egizi e gli facciamo costruire la piramide sopra Palazzo Madama secondo i metodi originali dell'antichità...»

«*Oh yeah!*» mi sprona Chicco.

«Sì e per di più riprendiamo con una serie di telecamere i lavori del cantiere ventiquattr'ore su ventiquattro sette giorni su sette proprio come accadeva anni fa a Berlino sulla Potsdamer Platz trasmettiamo la cosa in diretta su Internet in modo che da tutto il mondo ci sia la possibilità di assistere alla costruzione di una piramide egiziana così come le piramidi venivano costruite un tempo.»

Chicco si alza di scatto, afferra la sua tavola da surf e vola nel suo studio a telefonare al City Entertainer Mingozzo.

Inti mi guarda con odio.

Evvai.

Al The Club

Io, Zombi e Boh siamo seduti a un tavolino minimalista nel dehors minimalista del The Club, un nuovo locale minimalista in piazza Cesare Augusto, proprio dietro i resti romani della Porta Palatina. Ci siamo dati appuntamento qui dopo che l'intervista con Radio Torino I Love You è saltata per pianificare una volta per tutte l'inaugurazione della nuova stagione giù al Tortuga, all'insegna dello slogan La Droga Ci Fa Schifo, e le prossime mosse per riuscire a dare il nostro mixato a Bob Mambo. Ma non appena la cameriera ci ha portato i nostri cocktail minimalisti, ammiccando per farci capire che ci ha riconosciuti e che viene alle nostre serate, ci siamo immediatamente arenati. Innanzitutto perché a un paio di tavolini di distanza dal nostro abbiamo individuato Kartika, una modella che se non sbaglio sta con il tipo che l'accompagna, cioè con un nuovo calciatore del Torino, e abbiamo attaccato a discutere piuttosto animatamente sulle sue origini: olandesi-indonesiane secondo me, lituano-cingalesi a parere di Zombi, islandesi-antillane per Boh. E poi per colpa di quest'ultimo, che dopo averci raccontato di un nostro collega che non ho capito chi sia ma stando a lui sarebbe frocio, sostiene che il bastione spuntato l'anno scorso dietro i resti romani della Porta Palatina c'è sempre stato. La cameriera ha frangia e tatuaggio regolamentari. Sul muro qua di fronte c'è scritto POVERINI. Serenella ieri ha di nuovo voluto farlo con la porta della sua stanza aperta mentre di là in salotto il coinquilino guardava *Resident Evil* in dvd. Stanotte ho avuto un incubo in cui l'Interpol arrestava me e Carletto per aver ucciso Ronaldinho. Non la minorenne brasiliana che gli somigliava, ma proprio Ronaldinho.

«Ma di che cazzo parli?» sta dicendo Zombi a Boh. «Una volta quel coso non c'era.»

«Sì che c'era» insiste Boh.

«Roba da matti. Ma quanto sbambi? Si può sapere?»

«Sentite da che pulpito!» esclama Boh. «Cos'è, non li vedi i mattoni rossi del bastione? Sono uguali a quelli della porta. E se ci fai caso pure a quelli del colonnato.»

«Guarda che quei mattoni non sono veri» gli dico. «Sono finti.»

«Finti? Vuoi dire di plastica?»

«Ma no, voglio dire che li hanno... anticati, ecco. Sembrano più o meno della stessa epoca della porta, anche se in realtà credo che il bastione sia successivo, tipo medievale o giù di lì, ma in realtà non lo sono. Se ci pensi è lo stesso principio con cui vengono prodotti i Levi's della linea Vintage o certi capi Diesel, inaugurato una decina di anni fa da Helmut Lang per i suoi jeans tinti col tè o sporchi di vernice o di ruggine. Li invecchiano artificialmente, per farli sembrare usati. In realtà sono nuovi di pacca.» Taccio riguardo al lavoro magistrale di Ozzy sul mio cappotto Gucci. Preferisco non si sappia. Tra l'altro devo ancora pagargli un pasto al Tre Galline, il famoso ristorante tipico piemontese dei fratelli De Giuli. Quanto cazzo mi costerà?

«Io quel bastione me lo ricordo lì fin da quando ero bambino» s'intestardisce Boh.

«Ma se da bambino stavi da qualche parte in Costa Azzurra con i tuoi» sbotta Zombi. «Quando mai da gagno hai frequentato Porta Palazzo? Ti ci portava la tata in gita dopo che facevi il bagnetto sulla spiaggia di fronte al Negresco?»

«Tu invece vivevi qui con i prolet venuti su dalla Terronia, eh? Eri un figlio del *gheto, yo man, yo, simme tutti paisà*!»

Zombi non fa in tempo a mandarlo a cagare che il suo palmare, un grosso Sony nuovo di pacca posato sul tavolino minimalista, s'illumina. Gli è arrivato un sms. Ne arriva subito uno anche a me, annunciato dal doppio bip del mio Nokia, e poi un altro a Boh. Controlliamo i rispettivi display. Tra parentesi ora che ci penso devo ricordarmi che domani ho una nuova riunione in F.U.F.F.A.

«W VELTRONI!» leggo ad alta voce. «GRANDE SUCCESSO DELLE PRIMARIE DEL PARTITO DEMOCRATICO! IL TEMPO DELLA BUONA POLITICA È INIZIATO!»

«Uguale al mio» mi fa con una smorfia di disgusto Zombi.

«E al mio» scuote la testa Boh.

«Vorrei sapere chi mi manda 'sti messaggi» dico.

«Indovina» digrigna Edoardo.

«Siamo tutti intercettati, altro che storie» mormora con aria preoccupata Boh. «Hanno i nostri numeri, ci ascoltano con Echelon. Dovremmo comunicare con i piccioni viaggiatori, specie quando contattiamo i nostri pusher, come in quel film gangsta con Forest Whitaker.»

«Ma cazzo dici? Echelon!» scuote la testa Zombi. «Come se la Cia avesse tempo da perdere a intercettare noi! È solo quel cretino *totale* di Davide Brocchi.» Sputa per terra. «Da non credere. Se a 'sto giro eleggono anche lui prendo la cittadinanza ugandese, giuro. Che almeno da quelle parti Idi Amin Dada buonanima a uno così gli avrebbe fatto ficcare un limone in bocca dalle sue guardie del corpo.»

«Fosse norvegese-ugandese, Kartika?» torna a ipotizzare Boh, lasciando cadere l'argomento Echelon.

Io e Zombi lo guardiamo. Guardiamo la modella, che alle nostre spalle sta flirtando con il calciatore davanti a un paio di cocktail minimalisti. Ci guardiamo.

«Ma te la vedi?» esclamiamo in coro.

«Spiegami che cosa ci trovi di ugandese» prosegue Zombi.

«Be'... ha le labbra... piuttosto pronunciate» abbozza Boh.

«Quindi in base ai tuoi ragionamenti è ugandese anche chessò, Valeria Marini» gli fa notare Zombi.

«Vabbe', poi se non sbaglio...» Esita. «Ha sfilato... anche con... Naomi Campbell.»

«Che c'entra, scusa?» gli chiedo. «Con la Campbell secoli fa ha sfilato pure la Schiffer. E poi la Naomi è londinese-giamaicana, mica viene dall'Uganda.»

«E se l'è trombata pure Briatore, quindi per me è out» ci tiene a puntualizzare Zombi. «Sapete che non sono uno schifiltoso, io le tipe me le gommo anche in batteria con voi due come l'anno scorso quando abbiamo suonato a Lignano Sabbiadoro...»

«Che storia!» alza gli occhi al cielo Boh. «Ve la ricordate che porca quella là... come si chiamava? Susanna?»

«Ma giammai inzupperei il biscottino dov'è passato Flavio» tira dritto Zombi, ignorandolo. «Comunque per quel che ne so l'unica vera ugandese è Alek Wek. Hai presente? Sembra un guerriero zulù. Anzi no, un maori. Questa te la vedi sì o no? Cazzo ha di africano? Forse gli antenati, come tutti noi, sempre che 'sta storia sia vera e non l'abbiano messa in circolazione Bono o Veltroni, che tra l'altro ci andasse davvero in Africa e si portasse pure quel cretino *totale* di Brocchi farebbe un favore al genere umano.»

«Boh» si stringe nelle spalle Boh. «Avrete ragione voi. Resta il fatto che ieri sera sono andato a mangiare la pizza al Sicomoro e ho beccato la Seredova con Buffon, che tra l'altro anche dal vivo è una stanga da paura.»

«Chi? Lei o lui?» chiedo.

«Lei, cretino. E tengo a sottolineare che una volta a Torino tutte 'ste modelle non c'erano.»

«Come non c'era nemmeno quel cazzo di finto bastione là dietro» s'infervora Zombi.

«Sì che c'era.»

«No che non c'era.»

«Vabbe', chissenefrega» taglio corto io.

«Comunque su un punto devo ammettere che hai ragione, Boh» ci sorprende con effetti speciali Zombi, che in vita sua non ha mai dato ragione a nessuno.

«Quale?» gli chiedo.

«Una volta a Torino tutte 'ste modelle non c'erano. Ecco da cosa si vede che la città è cambiata. Mica dalla metropolitana o dai condomini con i tetti blu. Pensateci: qui negli ultimi anni sono venute a vivere la Herzigova, la Seredova, la Lessa e la Kartika qua dietro. Ogni tanto si fanno vedere anche la Santarelli e la Incontrada. E abbiamo perfino due, dico *due* Miss Italia. Torino è calda, raga. Anzi: caldissima. E quando partirà la nostra nuova serata, brucerà.»

Basta che l'Interpol non bussi mai alla mia porta.

Della paranoia

Della paranoia dell'investigatore privato assunto dalla madre per controllarla, Allegra non si è mai liberata. Quante volte mi ha costretto a seminare quella certa auto che secondo lei ci stava seguendo piuttosto che obbligato a lasciare sul più bello un privé solo perché era sicura di aver individuato tra il pubblico un tipo che aveva già visto da qualche altra parte, come se in questa cazzo di città non finissimo tutti per frequentare sempre gli stessi giri e vedere sempre le stesse persone. Poi un giovedì sera a casa sua mentre stavo aspettando che si vestisse per andare giù al Beach che Pisti e Samuel avevano come ospiti i 2 Many Djs la russa l'ha richiamata dal Brasile. Lei ha messo il viva-voce per far sentire anche a me e l'altra le ha detto che suo padre, che le voleva sempre molto bene e che non parlava altro che di lei, aveva bisogno di aiuto perché le cose a Copacabana avevano preso davvero una brutta piega e per pagarsi lo psicologo aveva dovuto cedere a questi il bed & breakfast e dato che a quel punto desiderava soprattutto rivederla, considerato che in fin dei conti lei era la sua unica figlia, avrebbe tanto voluto poter tornare in Italia e magari aprire una focacceria in Liguria, che quello in realtà era sempre stato il suo sogno. Allegra lì per lì non ha saputo che dire e la russa ha continuato a spiegarle quanto suo padre in effetti l'adorasse, e come lui, che in quel momento purtroppo non poteva parlarle perché doveva correre all'altro capo della città per una seduta dallo psicologo, avesse sempre la sua fotografia nel portafogli, e praticamente vivesse nel ricordo di lei, e dei momenti veramente magici che avevano trascorso in passato, come quando lui la portava da Torino a Parigi in cinque ore sulla sua Porsche cabrio. Suo padre, ha detto la russa a un tratto, era sicuro, anzi no, sicurissimo che lei lo avrebbe aiutato. Allegra allora ha chiesto alla russa che cosa lui si aspettava che lei facesse per aiutarlo, e la russa le ha spiegato che si trattava solo di andare a Milano da un loro amico per ritirare una certa quantità di farina per fare la focaccia e poi prendere un aereo e portargliela a Copacabana. Io ho strabuzzato gli occhi e ho fatto segno ad Allegra che quelli erano matti e lei ha chiesto alla russa che senso aveva portare della farina per fare la focaccia da Milano a Copacabana se poi suo padre la focacceria voleva aprirla in Liguria. La russa ha farfugliato qualcosa su un certo socio brasiliano del padre che voleva assaggiare questa focaccia prima di investire i suoi soldi in quell'attività, ma che comunque dentro la farina per fare la focaccia questo loro amico milanese avrebbe messo anche un tot di orologi. Allegra, che dopo l'11 settembre tra l'altro non ha più preso un aereo, per paura non dei terroristi ma dei controlli, a quelle parole ha interrotto la comunicazione. Da quella sera però le era venuta anche la paranoia di ritrovarsi prima o poi davanti questo tipo di Milano, con la sua farina per fare la focaccia, gli orologi e un biglietto di sola andata per Copacabana.

This Is Not a Love Song

È un pomeriggio di sole e dopo aver fatto un giro nel negozio di dischi usati di via Po dove ho comprato un bootleg di *This Is Not a Love Song* dei Pil remixata su una base house, gironzolo in centro senza una meta precisa, e mi viene in mente che potrei andare alla Fnac per vedere se è arrivato l'iPhone di Serenella. Mezz'ora fa, quando l'ho chiamata per chiederle se le andava di fare una passeggiata, mi ha detto di essere a Milano per cercare una carta di riso speciale che a contatto con l'acqua resta impermeabile, e che forse si fermerà a dormire lì da una sua amica. Mentre passo in via Cesare Battisti mi viene voglia di un ricoperto di Pepino, il famoso pinguino, così mi dirigo verso la vetrinetta dei gelati dello storico caffè di piazza Carignano, dove come sempre c'è una piccola coda di persone in attesa del loro turno per il gelato, e... Serenella è lì, con un cono in mano e gli occhiali dalla montatura ipercolorata da architetto milanese. D'istinto mi viene da tornare sui miei passi, ma è troppo tardi. Mi ha già visto.

«Che ci fai tu qui?» mi chiede, come se niente fosse.

«Passavo da queste parti e mi è venuta voglia di un pinguino. Tu piuttosto... non eri a Milano?»

«Sono... appena tornata» mi fa, arrossendo leggermente.

«Teletrasporto» le dico. «Tu sì che sei avanti.»

Lei tace, gustandosi il gelato. Mi metto in coda alle spalle di una coppia di turisti francesi, e penso: perché? Perché mi ha detto che era a Milano? Se non aveva voglia di fare una passeggiata, bastava dirlo. Arriva il mio turno. Prendo un pinguino alla menta. Mi giro e Serenella è ancora lì.

«Facciamo due passi?» mi chiede.

«Se vuoi.»

Arriviamo giusto fino al monumento al centro della piazza, e ci sediamo sui gradini.

«Anche oggi fa molto caldo, per essere in autunno» mi fa lei.

«Sono i mutamenti climatici» le dico. «Come i nostri gelati in questo momento, anche i poli si stanno sciogliendo. Secondo kamikaze Giorgio, tra non molto Venezia sparirà.»

«Chi è kamikaze Giorgio?»

«Un tipo. Di Milano, tra l'altro.»

«Be', può darsi» sospira lei. «Io so solo che a me questo sole mette una tale voglia di mare...»

Mi guarda. La guardo. Cos'è? Prima non ha voglia di fare una passeggiata in centro con me e poi mi fa capire di voler andare al mare?

«A te no?» mi chiede.

«Be', sì...» Controllo il giorno della settimana sul Submariner, che segna venerdì. «Domani è sabato. Che ne dici? Liguria?»

Un'ombra le attraversa lo sguardo. Cambia espressione.

«Ho detto qualcosa di sbagliato?» chiedo.

«Non mi va di discutere.»

«Discutere? Perché dovremmo metterci a discutere, scusa? Mi è sembrato di capire... che avevi voglia... di andare al mare.»

«Sì.»

«Quindi... domani... andiamo al mare?»

«Sì. Può darsi.»

«Che significa può darsi?»

«Non lo so. Magari cambia il tempo.»

Al Mare Nostrum

Serenella mi ha detto che stasera non se la sente di uscire, visto che domattina presto passerò a prenderla per il mare, ma io non ce la facevo a stare in casa a mettere a posto i dischi o a pensare a quello che abbiamo fatto io e Carletto quella sera, così anche se c'eravamo appena visti e non è che avessi tutta questa voglia di rivederli ho dato appuntamento per cena a Zombi e Boh al Mare Nostrum, il ristorante di pesce in via Matteo Pescatore frequentato da buona parte della Torino che conta, anche per pianificare una volta per tutte le mosse che dovremo fare per arrivare a un incontro con Bob Mambo. Un paio di tavoli più in là, Fernanda Lessa ha appena ordinato sei bottiglie di champagne per i suoi accompagnatori, tra cui naturalmente Boosta. Quanto a noi, non abbiamo ancora pianificato un tubo. Boh ci ha intrattenuto con un'intricata storia di corna tra un paio di colleghi dj e le loro concubine, senza che io capissi a chi si riferiva. In centro è tornata la strana puzza che nessuno riesce a spiegarsi. Dimenticavo: entrando, ho notato che di fianco all'ingresso qualcuno ha scritto POVERINI.

«Sono 'sti cazzo di maruocchi, che stanfano» sbotta Zombi, che stasera, non posso fare a meno di notarlo, porta un paio di Evisu *limited edition* identici ai miei. «Ecco da dove arriva la puzza. La scorsa settimana giù ai muri hanno aspettato che Titta uscisse dal Sax per rapinarlo dei dischi. Lui era in Vespa e ha cercato di seminarli ma quelli l'hanno circondato e buttato giù, spaccandogli un braccio. Dopodiché si sono portati via i suoi vinili.»

«Che merde» scuote la testa Boh.

«Che merde» concordo.

«Ditemi quello che volete, ma Torino prima che arrivassero 'sti beduini era tutta un'altra cosa» sibila Zombi, digrignando i denti. «Per carità, qua dentro siamo tutti di sinistra. Ma se facessimo un sondaggio garantendo l'anonimato, sarei curioso di sapere chi non ne ha i coglioni pieni.»

«È l'unica città in Italia dove non puoi scendere tranquillo ai Muri» scuote la testa Boh.

«Be', è anche l'unica città con i Muri» gli faccio notare io.

«Tra l'altro avete saputo del medico brasiliano che dice di essere stato pestato a sangue dai buttafuori del Beach?» ghigna lui, senza badare alla mia osservazione.

«Ma va'?» gli fa Zombi.

«Pare che l'abbiano scambiato per un maruocco che non voleva pagare le consumazioni. Lui sostiene che aveva semplicemente perso la tessera su cui le bariste ti segnano cos'hai bevuto. Fatto sta che l'hanno saccagnato malamente, c'è chi dice prendendolo a calci in faccia e trascinandolo via fin quasi in piazza Vittorio. Solo che poi qualcuno ha chiamato un'ambulanza, e lui li ha denunciati, anche se loro declinano ogni responsabilità.»

«Ah ah ah» ridacchia Zombi. «Prima o poi ci scappa il morto.»

«Sì, questione di ore» conferma Boh.

Né io né Zombi abbiamo ancora toccato gli antipasti nel piatto: rispettivamente, una tartare di tonno e un carpaccio di pescespada. Boh invece si è già scassato le sue capesante gratinate allo zenzero.

«Di' un po', Edoardo» cambio argomento io, «hai mica escogitato qualche altra soluzione per non dormire con le tipe che ti porti a casa dai locali?»

«Tipo? Che soluzione?» chiede Boh con la bocca piena, interessato all'argomento.

«Come dicevo l'altra volta a Iaio, io le tipe che raccatto in consolle voglio bombarmele, mica dormirci. Se dopo che sei riuscito a bombartele riesci anche a rispedirle a casa fai filotto» ghigna.

«Non ci piove» concorda Boh.

«E le scuse migliori per liberarti di una tipa dopo che te la sei gommata sono due» gli spiega Zombi. «La prima: domani mattina viene a trovarmi mia madre. La seconda...» Si blocca. Mi guarda. «Qual era la seconda? Ah, già: alle otto arriva la donna delle pulizie.»

«Sono le stesse che uso io!» salta su Boh, ridacchiando. «Che merde che siamo!»

«Facciamo veramente schifo» digrigna Zombi.

«Vi ricordate quella volta a Riccione che dopo aver suonato ci siamo portati in albergo quelle tre cretine?» dico io.

«Sì, che poi è andata a finire che ci siamo piazzati tutti e sei in una stanza e a un certo punto è diventata una roba tipo se tu mi fai scopare la tua io ti faccio scopare la mia» sghignazza Boh.

Nel ristorante entra un venditore di rose cingalese. Dato che quando siamo arrivati il locale era già strapieno e abbiamo dovuto accontentarci di sedere al primo tavolo, viene subito da noi. Ci porge il mazzo con il classico sorriso ebete che hanno i venditori di rose cingalesi.

«E lo sapevo» gli ringhia in faccia Zombi. «Sei proprio un turbominchia. Ma non lo vedi che siamo tre maschi? Cos'è, pensi che siamo froci?»

Si allontana.

«Ah! Ho saputo che un nostro collega sabato scorso ha dato una festa di compleanno in un locale dei Muri invitando tutti gli amici più cari» si ricorda a un tratto di dirci Boh. «E al culmine dei festeggiamenti si è spogliato ed è rimasto in tanga e poi si è fatto mettere una candela nel culo da una spogliarellista, e quando lei l'ha accesa ha attaccato a menarselo.»

Io e Zombi ci guardiamo. Lo guardiamo.

«Noooo» gli fa lui.

«Giura» gli faccio io.
«Parola di scout.»
«E chi era?» indago.
«Eh, questo non ve lo posso dire» fa il misterioso Boh.
«A proposito, non c'entra un cazzo, ma vi ricordate le due volontarie di Emergency rapite in Irak dai terroristi?» se ne esce Zombi.
«Sì» diciamo io e Boh, in coro.
«Fossi stato io il carceriere me le sarei trombate tutte e due. Ci pensate? Lì, in gabbia.»
Segue una pausa di silenzio.
«Ehilà, raga! Siete caldi?»
Ci voltiamo. Di fianco al nostro tavolo si è materializzato Carletto. Con lui ci sono un tizio abbronzatissimo con un taglio di capelli alla *marine* che sembra uscito da una festa di Capodanno e una tipa piuttosto figa, capelli biondi raccolti in una coda di cavallo, micromini di pelle nera. Evito di guardare Carletto. Che schifo.
«Caldissimi» risponde per tutti Zombi.
«Posso presentarvi due miei carissimi amici? Ermanno, nel ramo tessile con due, no, tre fabbriche in Romania. E Luba, la sua fidanzata ungherese che fa la modella.»
«Ciao» li salutano Zombi e Boh, in coro. Io evito.
«Questi sono dj Zombi, dj Boh e dj Iaio» dice Carletto ai suoi accompagnatori. «Cioè, in definitiva, tre fancazzisti di prima.»
«Ma senti chi parla!» sbotta Boh.
«Noi siamo l'orchestra del Titanic» ringhia Zombi. «Facciamo ballare gli inutili come te mentre questa palla che gira nel vuoto va a picco. È per questo che ci pagano. Tu invece devi solo star zitto, tour operator dei miei coglioni.»
«Ah, be', raga, vedo che stasera siete di buonumore» incassa lui, lanciandomi un'occhiata perché non lo sto cagando. «Cos'è? Il vostro pusher di fiducia vi ha fregati?»
«Noi siamo contro la droga» gli fa Boh.
«Su da Ermanno invece stasera facciamo sciambola, eh?»

ridacchia, dando di gomito al tipo abbronzatissimo con i capelli alla *marine*.

«Stammi a sentire» taglia corto Edoardo sul punto di sclerare. «Vedi quanti tavoli ci sono qua attorno? Trenta? Quaranta? E allora vai a rompere il cazzo a qualcun altro, vai.»

Segue un momento di silenzio. Per sclerare, ha sclerato di brutto. Ma mai quanto me.

«Dài, andiamo» fa a Carletto il tumefatto con i capelli alla *marine*, prendendolo per un braccio.

Poi mi passa vicino e mi sussurra:

«Perché mi ignori? Guarda che se è ancora per quella storia è tutto a posto, tranquillo. E poi tu non hai fatto niente.»

Non gli rispondo. Si allontana con gli altri due.

«Allora, parliamo o no di questo mixato per Bob Mambo?» dice Boh.

Nel ristorante entra un altro cingalese venditore di rose. Viene subito da noi. Abbasso gli occhi sul mio piatto, che non ho ancora toccato, e al posto della tartare rivedo quella ragazzina. Devo assolutamente farmi.

Una ragazza complicata

Quando come d'accordo chiamo Serenella per avvertirla che sto per passare a prenderla in corso Siccardi con il mio Hummer H3 per andare in Liguria, lei non risponde. Starà ancora dormendo, penso. Aspetto. Per un po' cazzeggio su MySpace, dove scopro con sgomento che Boosta ha 19.924 amici. Controllo la mia pagina, ma trovo la solita roba, tipe che non ricordo di avere mai visto che mi mandano i loro saluti e altri dj che annunciano il varo di nuovi progetti e nuove serate proclamando di fare musica non etichettabile e postando foto dove almeno uno dei soggetti ritratti porta il cappellino come Samuel dei Subsonica. Scorro rapidamente i nuovi post. Ce n'è uno particolarmente lungo. Leggo:

> Déjà Vu: Un ambiente intimo ed esclusivo. Tappeti sonori dalla trama complessa, variegata, minimalista e astratta. Il piacere di un cocktail sorseggiato lentamente, con gusto. Memoria inconscia. Sensazioni e ricordi di riti tribali. Percezioni confuse, flashback. Paranamnesia. Déjà Vu Club nasce nel centro di Alba, nuova realtà che tenta di riscrivere la geopolitica elettronica cuneese. È la rivoluzione che parte dal basso. Nuovi suoni. Nuove idee. Il concetto è semplice: creare un'alternativa musicale di qualità, rivolta a un pubblico adulto e selezionato, in un piccolo club poliedrico e in mutazione, cantiere di creatività e contaminazione. Un'impronta minimale e scheletrica, digressioni deep, cascate melodiche e accelerazioni impulsive, con escursio-

ni guidate nei meandri più oscuri e profondi della musica elettronica. Un occhio di riguardo è riservato alla parte grafica e visuale, e periodicamente verranno allestite mostre e istallazioni artistiche.

Seguono date con ospiti vari, ma la cosa che mi lascia perplesso, a parte la frase sulla *nuova realtà che tenta di riscrivere la geopolitica elettronica cuneese*, è quell'*istallazioni*. Istallazioni o installazioni? Ora che ci penso, è un dubbio che ho da sempre. Dovrei controllare da qualche parte. Ma dove? Quanto alla *rivoluzione che parte dal basso*, mi piacerebbe sapere se il basso in questione è lo strumento. Che abbiano in mente di fare anche musica dal vivo? Vabbe'. Provo a richiamare Serenella. Non risponde. Sto per virare su YouTube per vedere se per caso c'è qualche nuovo video di Richie Hawtin, l'uomo che ha ridato speranza alla techno, quando mi arriva un sms. Recupero il Nokia. Controllo il mittente. È Serenella. Leggo: CIAO IO SONO IN ATELIER. Be', allora passo a prenderti lì, penso. Chiudo il Mac. Scendo.

Dieci minuti dopo, recuperato lo Hummer H3 nel parcheggio sotterraneo di piazza Emanuele Filiberto, dove sul muro accanto all'apposita macchinetta per il pagamento della sosta qualcuno ha scritto POVERINI, sono da lei. La porta dell'atelier è chiusa. Suono il campanello. Serenella viene ad aprirmi.

«Ciao» le dico, baciandola sulle labbra. «Pronta?»

«Pronta per che cosa?»

«Per la Liguria.»

«A dire la verità... no» sorride.

«Devi ancora fare la borsa?»

«No. È che... io non vengo.»

«Tu... non vieni?»

Scuote negativamente la testa.

«E perché?»

«Così.»

«Che vuol dire *così*?»

«Vuol dire che non vengo.»

La guardo negli occhi. Li abbassa.

«Che è successo, scusa?» le chiedo.

«Niente» si stringe nelle spalle lei.

«E allora perché non vieni?»

Tace.

«Non ti capisco proprio, sai?» le dico.

«Sono fatta così. Prendere o lasciare.»

«Ma perché hai cambiato idea, scusa? Sei stata tu a dirmi che avevi voglia di andare al mare, ieri.»

«Sì. Ma poi me l'hai chiesto tu, di andarci.»

«E allora?»

«Sei sempre tu a propormi le cose. Volevo proportelo io.»

La guardo a bocca aperta.

«Perché mi guardi così?» mi fa.

Continuo a guardarla.

«Dimmi qualcosa.»

«Che ti devo dire? Tanto hai deciso, no? Siccome te l'ho chiesto io, tu non vieni.»

«No.»

«Questa è bella» sbotto.

«Sì, lo so. Sono una ragazza complicata.»

Dall'ultima telefonata

Dall'ultima telefonata della russa erano passati circa sei mesi, poi però quella ha richiamato. Allegra e io eravamo nella villa di Monterosso, e lei era di buonumore perché da qualche tempo era riuscita a eliminare quasi del tutto l'eroina e a diminuire parecchio gli alcolici, stabilizzandosi sulla bamba e sul Lexotan, cosa che secondo me l'avrebbe aiutata ad affrontare una volta per tutte questa storia dell'ultimo esame, visto che inoltre da quando suo padre aveva chiuso definitivamente i rubinetti sua madre scalpitava perché lei si laureasse e cominciasse a darle una mano nel suo cosiddetto polo del lusso, anziché gingillarsi con quel cazzo di dj che non avrebbe combinato mai niente nella vita come suo padre, cioè con me, e stavamo festeggiando qualcosa, anche se non ricordo cosa, e avevo già preparato un paio di righe sul tavolino del soggiorno tappezzato con le foto di viaggio della sua infanzia, quando il suo cellulare ha trillato. Quando ha visto il numero in entrata, Allegra ha di nuovo messo il viva-voce. Sai, le ha detto la russa venendo subito al sodo, tuo padre ieri ha tentato di suicidarsi. Gli manchi troppo, non ce la fa più a sopportare di aver perso così la sua unica figlia, anche perché non riesce a spiegarsi com'è successo. Tra l'altro la settimana scorsa si è anche dovuto vendere l'ultima Porsche, la cabrio. Ora purtroppo non ti può parlare perché è in ospedale, sotto controllo medico, ma mi ha chiesto di chiamarti e di chiederti di aiutarlo. Tu vuoi bene a tuo padre, vero? Capisci in che situazione è? Io sono sicura che vuoi aiutarlo. Allegra e io ci siamo scambiati un'occhiata. Abbiamo posato lo sguardo sulle due righe di bamba sul ta-

volino. Siamo tornati a guardarci negli occhi. Io le ho fatto segno di stringere. Lei allora ha chiesto alla russa come avrebbe potuto aiutare suo padre. La russa a quel punto si è schiarita la vocc, e ha borbottato qualcosa che né Allegra né io lì per lì abbiamo capito, forse per via di una qualche interferenza. Pronto, ha detto la russa, pronto Allegra, mi senti? Lei le ha risposto di sì, ma ha aggiunto che non aveva capito l'ultima frase. L'altra ha tossicchiato, e lentamente, sillabando bene le parole, ha sussurrato – Tuo padre, Allegra, ha bisogno urgente di soldi, e purtroppo qui nessuno è disposto a fargli un prestito, ora che ha venduto anche l'ultima Porsche. Perciò mi ha detto di chiederti, visto che la cifra è abbastanza importante, se per lui, considerando che è tuo padre e che tu sei la sua unica figlia, saresti disposta a... sì, ecco, a... venderti un rene.

MySpace

Non riesco a dormire e cerco l'mp3 di *Spastik* in rete ma non c'è nemmeno su Beatport, il che è cla-mo-ro-so, e allora guardo roba porno cazzo cazzo cazzo stasera mi sono fatto tre o quattro righe nei cessi del QuiQuoQua prima di raggiungere Serenella nel suo atelier e chiederle se andavamo al cinema che è lunedì o a un aperitivo o cazzo ne so una vernice qualcosa ma 'sta stronza mi ha detto che lei usciva con certi amici andavano a una festa in collina e però non le è nemmeno passato per la testa di invitarmi fanculo avessi almeno un po' di eroina me la sparavo e mi calmavo e magari riuscivo a dormire ma da quando non c'è più Allegra l'eroina scarseggia e mi sono di nuovo dimenticato di ricomprare il Lexotan. Allegra cazzo Allegra dove sei finita? Aspetta. Aspetta aspetta aspetta. La tua pagina su MySpace.

Ci sono.

Do un'occhiata alla foto.

Te la sei fatta con i capelli rossi sulla faccia.

E pure in bianco e nero.

Non voglio sembrare una che se la tira, mi hai detto.

Vado a:

ALLEGRA Donna.
27 anni.
Italia.
Ultimo accesso: 03.10.07.

Mood: strana.
Stato: confusa.
Segno zodiacale: Pesci.
Mi piacerebbe conoscere: Dio. Harry Potter.
Spazio amici: Allegra ha 1 amico.

IAIO

Guardo la mia foto, me l'avevi scattata una volta che avevo messo dischi a un aperitivo dato dalla Film Commission al Festival del Cinema di Venezia. A un tratto ti rivedo in lacrime, sulla spiaggia del Lido, mentre mi fai notare che io di amici su My Space ne ho 1.789, e anche se ti dico che di veri non ce n'è nemmeno uno tu continui a piangere e strilli: Sì, ma io ne ho solo uno e sei tu, capisci? Cazzo Allegra, pensa che Boosta ne ha 19.924.

Vado a "Parlo di me".

Leggo.

Chi sono... Come posso descrivermi?? Tanto tu non ne hai bisogno, Iaio. Dove sta la felicità?? Per me in un tuo sorriso inaspettato!! Qualcuno, non ricordo chi, ha detto: Dio è con noi. Io a volte piango guardando l'alba e di rabbia vedendo la merda che mi circonda. Però sono venuta al mondo, anche se non sono stata certo io a chiederlo, e voglio giocarmi questa incredibile possibilità. Tutto dipende da noi. E dalla fortuna di incontrare o meno le persone che amiamo o avremmo amato e ci avrebbero amato a loro volta se solo le avessimo incontrate. Il più delle volte ci si sfiora, penso, inconsapevoli dell'esistenza l'uno dell'altra. Ma quando hai la fortuna di incontrare la persona che ami allora devi abbandonarti totalmente. Quello che conta è capirsi nel bene e nel male e parlarsi e sapersi perdonare e starsi accanto sempre. Nessuno è perfetto! In fin dei conti siamo tutti polvere di stelle...

Non l'avevo mai letto fino in fondo. Controllo i messaggi saltando i vari flyer delle serate torinesi, più che altro Krakatoa al Beach e quelli delle serate techno al Fluido, e trovo dei messaggi miei. Che però non ricordo assolutamente di averti mandato.

IAIO: Allegra ti prego dove sei?

IAIO: Allegra per favore rispondi!

IAIO: Allegra continuo a chiamarti sul cell ma è sempre staccato o non raggiungibile oppure c'è la segreteria telefonica si può sapere dove sei finita?

IAIO: Allegra scusa per l'altra mattina non volevo litigare facciamo la pace?

IAIO: Allegra mi richiami?

Poi però trovo un post che non ho inviato io, e che dice:

MELISSA: ciao Allegra sai che ci manchi proprio? Chi l'avrebbe detto? Fatti viva!!!!!

E allora mi viene in mente che Melissa è una di quelle stronzette con cui Allegra divide la mansarda in via Montebello, davanti alla Mole. E che in effetti io Allegra non sono mai andato a cercarla, su da lei. Forse proprio perché mi stanno sul cazzo Melissa e quell'altra. Be' fanculo io domani ci vado. Cazzo non devo pensarci che Serenella stasera mi ha sfanculato così, prima sabato con 'sta storia da psicopatica che il mare voleva propormelo lei, e oggi di nuovo. Ma chi si crede di essere?

Al Tre Galli con Ozzy

Per sfiga m'imbatto in Ozzy proprio all'ora di pranzo mentre stordito da una mezza boccetta di Lexotan comprata sottobanco nella solita farmacia sto andando a fare una ricarica al cellulare dalla tabaccaia di via Sant'Agostino, così per levarmi il dente e allo stesso tempo risparmiare qualcosa sulla trasformazione del mio cappotto Gucci da nuovo di pacca a vintage decido di portarlo non al Tre Galline, il ristorante dei fratelli De Giuli in pieno Quadrilatero, ma al Tre Galli, il secondo ristorante dei fratelli De Giuli in pieno Quadrilatero, meno caro del Tre Galline e dove di solito mi fanno pure lo sconto perché in un paio di occasioni ho sonorizzato le feste all'AB+, il terzo ristorante dei fratelli De Giuli, che io e Zombi chiamiamo affettuosamente l'ABminchia e che però è ai confini del Quadrilatero ed è anche un lounge club. Per come si sta comportando Serenella, devo dire che l'idea di evitare i locali della famiglia Deturpi e di andare in uno della concorrenza mi garba proprio. Evvai.

Quando si rende conto del cambiamento di programma, Ozzy non riesce a nascondere una smorfia di delusione, ma io non faccio una piega. Inserito il pilota automatico, evito per miracolo una pozza di vomito e mi trascino fino all'ingresso del Tre Galli, dove noto che una scritta della serie POVERINI è stata coperta con una mano di vernice. Il locale è pieno di giovani ribelli creativi in pausa pranzo. Mi lascio cadere su una sedia dell'ultimo tavolo libero, seguito a ruota da Ozzy. Riccardo De Giuli, il minore dei fratelli De Giuli, ci vede e ci raggiunge. Saluta gentilissimo come suo solito, e attacca a parlare di champagne.

«Questa sera facciamo una sfida alla cieca.»

Lo guardo.

«Tipo?» reagisco con un impercettibile ritardo.

«Avremo con noi dieci piccoli produttori: i partecipanti potranno votare lo champagne preferito, e vedremo anche chi sarà il più bravo ad azzeccare il maggior numero di produttori.»

Continuo a guardarlo.

«Interessante» dico dopo un po', pensando che forse si potrebbe organizzare qualcosa di simile con la bamba di dieci piccoli pusher: devo ricordarmi di parlarne con Zombi.

«E l'iscrizione quanto costa?» chiede Ozzy.

«Appena cinquanta euro» sorride Riccardo. «Una cifra poco più che simbolica, considerato che in fin dei conti dà diritto a dieci assaggi di champagne.»

«Be', dipende. Io per esempio con cinquanta euro di cibo per cani campo per un paio di settimane.»

Riccardo lo squadra interdetto.

Segue un lungo silenzio.

«Sta scherzando» sorrido al De Giuli, rendendomi conto che il Lexotan sta dispiegando la sua geometrica potenza e mi sta rintronando malamente. «Oltre a essere un grandissimo artista» biascico, «Ozzy è anche un gran burlone. Lo sanno tutti. Grazie Riccardo, sei sempre gentilissimo. Se mi sveglio per tempo magari partecipo.»

«Ma la sfida è prevista per l'ora dell'aperitivo.»

«Appunto.»

«Bene» mi fa lui, sempre più perplesso. «Vi lascio pranzare.»

Se ne va verso la cassa. Porgo a Ozzy il menù, e mi guardo attorno in cerca di una cameriera. Il locale è proprio affollato, e mi sa che ci vorrà un po' prima di riuscire a ordinare. Amen. Tanto ho sonno, più che fame.

«Io prenderei tutto» mi fa Ozzy, che intanto si sta divorando il pane e i grissini del coperto.

«Io invece... mi sa... che mi limiterò... al monopiatto.»

Tempo due minuti, e Ozzy attacca la solita solfa. Che il palazzo di piazza Cavour vale cinque milioni di euro in più rispetto al prezzo pagato dalle sorelle Deturpi. Che anche gli immobiliaristi torinesi hanno detto ai giornali che quell'asta più che un affare è stata un affarone. Che il prezzo di vendita, stabilito in settecento euro al metro quadro, è molto ma molto al di sotto delle valutazioni di mercato. Che le sorelle Deturpi oltre a farci un casinò ci apriranno le succursali dei loro locali del Quadrilatero Romano. Diosanto che palle, Ozzy, penso mentre lui prosegue imperterrito. Ma che c'è che non va? Questa città non è mai stata così calda. Ci vengono a vivere le modelle. Ci fanno i servizi in tivù. Ma questo, niente. Non si stanca mai di rivangare sempre le solite cose. Per carità, capisco che la famiglia Deturpi per te è una specie di ossessione. Chi non ha qualche ossessione? *Nuova ossessione, perché ci sono dentro? Dammi solo anestetici sorrisi...* Cazzo, quella canzone dei Subsonica parla proprio di bamba, non ci sono dubbi.

«Tutti architetti e notai e avvocati e figli di chirurghi e dentisti e commercialisti e professionisti, adesso, da queste parti, dopo che sul Quadrilatero hanno messo le mani le sorelle Deturpi...»

Avessi saputo che dovevo sucarmi Ozzy mi sarei fatto un paio di righe di quella buona, anziché ciucciarmi tutto 'sto Lexotan.

«Ormai mezza Torino è loro e gira voce che con la montagna di soldi che si sono fatte vogliano investire perfino all'estero...»

Basta, ora chiamo Alì il Chimico e mi procuro una pista lunga come l'autodromo di Imola.

«Comunque va' a finire che faccio qualcosa, Iaio. Qualcosa di grosso.»

«Che cosa?»

«Non ne voglio parlare. Una performance. È da un po' che ci penso, sarà una sorpresa per tutti.»

A un tratto, al bancone del bar, scorgo Davide Brocchi. Mi saluta. Gli faccio un cenno al rallentatore. Ozzy si gira. Brocchi saluta anche lui. Ozzy invece lo ignora, e approfitta del fatto che due giovani creativi ribelli seduti al tavolo dietro al nostro sono usciti a fumarsi una sigaretta per impadronirsi del loro cestino con il coperto.

«Ecco, giusto per farti capire come funzionano le cose in questa città. Quello là, per esempio. Tu la sai la storia dell'agenda di Brocchi?» mi fa, attaccando con il pane.

«No» scuoto la testa. Dimmi, o Signore, che Davide Brocchi l'ha distratto dall'epopea della famiglia Deturpi. Così magari cambia argomento e mi riprendo pure dalla catalessi.

«Prima di diventare portaborse di qualche assessore, Brocchi per qualche tempo ha lavorato a contratto nella segreteria di Sua Signoria.»

«Lo so.»

«Ogni Natale Sua Signoria riceve tonnellate di regali: ceste di prodotti alimentari, casse di vini e liquori, scatole di sigari, confezioni di cioccolatini, insomma un po' di tutto.»

«È normale, credo» biascico, «quando uno è Sua Signoria.»

«È normale» annuisce Ozzy. «Tanto che tra i vari uffici pare che ci sia proprio la stanza dei regali. Comunque: chi detiene il potere, viene omaggiato anche così. E di solito spartisce almeno un tot di doni con i propri collaboratori.»

«Mi sembra giusto.»

«Già» annuisce Ozzy, che dopo aver fatto fuori tutto il pane del secondo coperto attacca con i grissini. «Solo che Sua Signoria si portava sempre a casa tutto quanto, senza condividere uno spillo.»

«Ma va'?» cerco di appassionarmi in qualche modo alla vicenda, di cui a dire il vero non mi frega un cazzo.

«Naturalmente, tra i tanti regali, fioccavano le agende. Da parte di banche, enti vari, assicurazioni.»

«Naturalmente.»

«Bene. Un Natale Sua Signoria si porta a casa tutto come al solito, prodotti alimentari, vini, liquori, sigari, cioccolatini, perfino una bicicletta da corsa con le ruote in titanio. E le agende, una dozzina. Tranne una.»

«Tranne una.»

«Esatto. Nessuno la tocca. Passano Capodanno e l'Epifania, e l'agenda è sempre lì, nella stanza dei regali. Intorno al 20 di gennaio, visto che Sua Signoria non se l'è presa, Brocchi inizia a usarla. Per lavoro, s'intende.»

Mi guardo attorno in cerca di una cameriera. Niente. C'è troppa ressa.

«Vai avanti» dico a Ozzy, che sta finendo anche i grissini.

«Una mattina, ai primi di febbraio, Sua Signoria si presenta in ufficio e fa: avete visto un'agenda così e così? Tutti guardano Brocchi, il quale dice sì, la sto adoperando io perché lei si è portato via le altre undici ma non questa, così ho pensato che non le piacesse. E Sua Signoria che fa?»

«Che fa?»

«Sua Signoria dice: no, no, mi piace. Me l'ero solo dimenticata. Brocchi allora gli fa presente che la sta già usando da un paio di settimane. E lui: non importa, me la dia lo stesso.»

Aspetto che continui. Si limita a guardarmi, sbranando grissini uno via l'altro. I due giovani ribelli creativi del tavolo dietro al nostro tornano dentro. Si lanciano un'occhiata stupita rendendosi conto che il loro cestino col coperto non c'è più.

«Dopodiché?» gli chiedo.

«Dopodiché cosa?»

«Dopodiché cosa è successo? Com'è finita la storia?»

«Com'è finita la storia?»

«Sì. Com'è finita?»

«È finita che Brocchi ha restituito l'agenda già iniziata a Sua Signoria, stop.»

«Stop?»

«Stop.»

Lo guardo sbranare l'ultimo grissino. È veramente identico a Ozzy Osbourne. Mi sa che ai Docks si mangia pure i pipistrelli.

«Non capisco» dico, pensando che forse è colpa del Lexotan.

«In che senso, non capisci?»

«Be', l'agenda era di Sua Signoria, no? Sua Signoria la rivoleva indietro e Brocchi gliel'ha restituita. Che c'è che non va?»

«Niente» sospira lui, scuotendo la testa.

«Ehilà, raga! Com'è? Siete caldi?»

Una voce familiare alle nostre spalle. Mi giro. Zombi. Ha tutti i capelli dritti in testa, e porta un gilet di... pecora, mi pare, con sotto una maglietta dei Chemical Brothers, jeans G-Star e un paio di stivali Walker. Ha l'aria di essersi appena svegliato. Beato lui.

«Ciao, Edoardo» lo saluto.

«Ciao, dj Zombi» lo saluta Ozzy.

«Riccardo mi ha appena detto che ha organizzato per stasera una sfida alla cieca tra piccoli produttori di champagne» ci fa lui.

«L'ha appena detto anche a noi» lo informo.

«I partecipanti dovranno esprimere un giudizio e provare a fare i giusti abbinamenti tra champagne e piccoli produttori. E allora mi è venuta in mente un'idea *geniale*» ghigna. Si china sul tavolo e sussurra: «Perché non ne organizziamo una anche noi con...»

«Dieci piccoli pusher che portano dieci qualità di bamba?» lo interrompo.

Scoppiamo a ridere forte.

«Ci avevi già pensato, eh?» mi fa Zombi. «Io però dicevo di farlo per la nostra serata d'inaugurazione all'insegna dello slogan La Droga Ci fa Schifo. Ci sta, no?»

«Ci sta, ci sta.» Battiamo cinque.

In quell'istante si sente un doppio bip. Zombi e io ci frughiamo in cerca del cellulare. Vince lui. Controlla il display. Alza gli occhi al cielo. Me lo mostra. Leggo l'sms ad alta voce anche se so già che c'è scritto.

«W VELTRONI! SONO APERTE LE ISCRIZIONI AL PARTITO DEMOCRATICO! CORAGGIO! VIENI CON NOI! IL TEMPO DELLA BUONA POLITICA INIZIA CON TE!»

«Quel cretino *totale* di Davide Brocchi!» ringhia Edoardo.

«Era qui un secondo fa» lo informo.

«Dov'è, che me lo mangio?»

«A proposito: quand'è che si mangia?» salta su Ozzy.

Ma non faccio in tempo a rispondergli che arriva una cameriera. La frangia c'è. Il tatuaggio pure. Se non sbaglio devo averla vista tempo fa a una mostra, la sua. Ma, sarà il Lexotan, non ricordo se di fotografia, di pittura o di scultura.

«Ciao raga! Che vi porto?» ci chiede lei, sporgendosi sul tavolo per afferrare i due cestini vuoti.

Zombi le luma la spacca.

Io le tette.

Ozzy le fa: «Tutto».

Una sera

Con Serenella abbiamo appena scopato nella sua stanza, Tobia legato ai piedi del letto e la porta di nuovo aperta. Anche questa volta il suo coinquilino era in casa. E anche questa volta lei non è venuta, credo. Così, dopo che a fatica sono venuto almeno io, me ne sto lì a fissare il soffitto con le mani intrecciate dietro la nuca, chiedendomi che cosa potrei escogitare per farle provare una buona volta un vero orgasmo. Magari potrei comprarle un dildo, oppure delle palline anali, o forse le potrei spalmare un po' di coca sulla clitoride, fermo restando che in questo caso prima dovrei convincerla, visto che lei non fa uso di droga. Sennonché a un certo punto sento dei singhiozzi. Sarà Tobia? Ferito nel suo intimo di maialino nano vietnamita perché la sua mammina s'è appena trombata il sottoscritto? Mi tiro su e do un'occhiata al coso pezzato, che però data l'ora dorme. Guardo Serenella. Mi dà la schiena, girata su un fianco. Le sue spalle sussultano leggermente.

«Serenella! Che hai?»

Lei non mi risponde.

«Serenella! Non stai bene?»

Continua a singhiozzare. Le metto una mano su un braccio.

«Serenella, che ti succede?»

Cerco di farla voltare verso di me, lei si rifiuta.

«Ho fatto qualcosa che non andava?» le chiedo.

Mi fa di no con la testa.

«Allora che c'è?»
La sento farfugliare qualcosa.
«Come dici?»
«Non sono cazzi tuoi» biascica, tra le lacrime.
«Ma come, scusa? Prima sco... cioè, facciamo l'amore, poi di punto in bianco ti metti a piangere e mi dici che non sono cazzi miei?»
Si limita a singhiozzare.
«Serenella» le sussurro, il più dolcemente possibile. «In fin dei conti ormai ci conosciamo, perché non ti apri?»
«No che non ci conosciamo» mi fa lei, sempre senza guardarmi.
«Ma come? È più di un mese che usciamo assieme e facciamo l'amore.»
«Che vuol dire?»
«Che vuol dire? Be', se due si vedono praticamente ogni giorno e vanno a letto e parlano del più e del meno... dopo un po' cominciano a conoscersi, no?»
Lei non mi risponde.
«Serenella, per favore, vuoi dirmi che è successo?»
Lei allora si tira su e si volta verso di me, la faccia tutta rossa segnata di lacrime, gli occhi azzurri rossi anch'essi di pianto, e mi dice:
«Stasera, all'aperitivo, ho intravisto il mio ex. Soddisfatto?»
«Il tuo ex? E chi è il tuo ex?»
«Non importa chi è. Importa solo che tre mesi fa, dopo quasi un anno che stavamo assieme, dopo che avevamo fatto una bellissima vacanza giù in Calabria, lui mi ha piantata. Così, senza spiegazioni. Da un giorno all'altro.»
Scoppia nuovamente a piangere, anche se in effetti non aveva ancora smesso.
«Be', si vede che non ti meritava» le dico.
«Stronzate» sibila lei, dal cuscino.
«Lo ami ancora?»
Singhiozza.
«È per questo che piangi? Perché lo ami ancora?» insisto.
«Non ho mai detto *ti amo* a nessuno, in vita mia.»

«E allora perché fai così?»
«Per come...»
«Per come?»
«Per come... mi ha lasciata» mi fa, tirandosi di nuovo su e asciugandosi le lacrime.
La guardo. Lei evita i miei occhi.
«Stammi a sentire, Serenella: c'è una cosa che voglio chiederti... da un po' di tempo.»
Lei continua a evitare il mio sguardo.
«Volevo capire. Ma tu, quando sco... be', quando facciamo l'amore, sì, insomma... vieni? Cioè, voglio dire, hai mai provato un orgasmo?»
«Bah, sai, l'orgasmo» si stringe nelle spalle lei. «Non è poi così importante.»
«In che senso, scusa?»
«Oh, che palle!» sbotta. «Sempre a fare domande, tu! Non mi va di discutere, lo sai.»
«Ma non stiamo mica discutendo.»
«Allora facciamo che non ho voglia di parlare, punto. Ora... è meglio se vai.»
«Preferisci così?»
«Sì.»
Mi alzo dal letto. Raccolgo i miei vestiti. Lei sul letto al posto mio fa salire Tobia, che nel frattempo si è svegliato. La sento cinguettare:
«Tobia! Amorino mio!»
Me ne vado.

È stata quella storia del rene

È stata quella storia del rene a far crescere a palla le paranoie di Allegra. Una domenica mattina che caso strano non abbiamo fatto l'after al Doctor Sax e ci siamo alzati presto, cioè verso la mezza, forse anche perché rincasando dalla nottata al Cacao mi ero dimenticato di accendere l'aria condizionata e malgrado fossimo appena alla fine di maggio faceva già un gran caldo, siamo andati a fare il brunch alla Lutèce, in piazza Carlina. E lei a un tratto davanti al bancone affollato di gente perlopiù reduce come noi da un sabato notte devastante mi ha preso per un braccio mentre valutavo se farmi un paio di braciole di maiale oppure un roast-beef, e mi ha detto – Iaio aiutami c'è uno qua dietro che non mi piace. Io mi sono voltato, ma alle nostre spalle oltre a una ragazza con la frangia come quella tipa del Grande Fratello *e un tatuaggio tribale appena sopra il culo che cercava invano di tenere a bada il suo Terranova, evidentemente attratto come me sia dalle braciole di maiale sia dal roast-beef, c'era solo il fidanzato della Herzigova appeso al suo cellulare. Ma chi scusa, ho chiesto ad Allegra, Gregorio? Lei ha strabuzzato gli occhi e poi con un'aria sospettosa mi ha chiesto – Perché, lo conosci? E certo, le ho risposto, è il tipo di Eva Herzigova, lo sai anche tu. Non è il tipo di Eva Herzigova, mi ha sussurrato lei, guardalo meglio, è uno che vuole rapirmi. Ho lanciato un'altra occhiata a Gregorio Marsiaj, chiedendomi per una frazione di secondo se per caso mi fossi sbagliato. No, non c'erano dubbi: dall'ultima volta che l'avevo incrociato si era solo fatto crescere la barba, ma era proprio lui. Guarda che quello è Gregorio Marsiaj, Allegra, credimi, ho cer-*

cato di rassicurarla. Si è solo fatto crescere la barba. Cazzo Iaio ti dico di no, mi ha sibilato lei, tirandomi via di brutto dal bancone e trascinandomi fuori, sulla piazza. Quello vuole rapirmi, lo so, ha ribadito a bassa voce sotto il sole accecante, mentre io mi frugavo in cerca dei Gucci scrutando contemporaneamente il dehors, giusto per vedere se oltre al Marsiaj c'era pure la Herzigova. Che in effetti c'era. Stava a chiacchierare con un tizio a uno dei tavolini nei pressi dell'edicola, ma era... ingrassata. Com'è possibile, non ho potuto fare a meno di chiedermi, la Herzigova ingrassata? Allegra allora mi si è appiccicata addosso, e all'orecchio mi ha detto – Quel tipo è qui per conto di mio padre, ne sono sicura. Vogliono portarmi via, forse in Brasile. Togliermi un rene. Andiamocene. Senza aggiungere altro mi ha preso e mi ha tirato via, puntando decisa verso via des Ambrois, dove poco prima avevamo lasciato l'auto. Io ho ancora fatto in tempo a sbirciare in direzione della Herzigova, e a quel punto ho capito. Non era ingrassata, era incinta. Solo qualche minuto dopo, quando siamo saliti a bordo del mio Hummer H3, ho scoperto che malgrado il caldo insopportabile di quella domenica di maggio Allegra accanto a me stava tremando.

Un dvd da Serenella

E quando andiamo a casa sua per vederci in dvd l'ultimo film di Sofia Coppola che le ho regalato lei cambia idea e di nuovo vuole farlo con la porta semiaperta e di là ci deve essere il capellone che mi odia perché sento dei rumori in cucina e noto che lei di tanto in tanto lancia un'occhiata verso la porta semiaperta e non si capisce se lo fa perché teme che entri qualcuno oppure perché lo spera. E stavolta faccio piuttosto fatica a mantenere l'erezione e cerco di concentrarmi sui suoi capelli corvini sulle sue enormi tette senza capezzoli stringendole i fianchi e a non pensare al fatto che di là qualcuno ci sta sentendo e che al limite potrebbe anche farsi venire in mente qualche idea strana e poi c'è sempre il solito problema, la penetro e vado su e giù, su e giù, su e giù, ora piano, ora più forte, ma in realtà non sto andando da nessuna parte, non sento quasi niente. Non so per quanto tempo va avanti la faccenda. Alla fine con un debole gemito vengo. Serenella come al solito non ha dato segni di vita. Almeno non si è affacciato nessuno. Mi sfilo e mi stendo al suo fianco. Allegra lei veniva sempre. Anche due o tre volte di seguito.

«Penso che ci stiamo vedendo troppo, io e te» mi fa lei all'improvviso.

«Troppo?»

«Sì, troppo.»

«Non ti seguo.»

«Non farmi ripetere le cose. Per quanto mi riguarda ci stiamo vedendo troppo, e ho deciso che non mi va.»

Recupera le sigarette dalla borsetta buttata a terra accanto al letto, e se ne accende una. Cerco di intercettare il suo sguardo. Come sua abitudine lei evita di incrociare i miei occhi e segue le evoluzioni del fumo sopra di noi.

«Il fatto è che ho bisogno di tempo, ecco.»

«Tempo per cosa?»

«Tempo per pensare.»

«Pensare a che?»

Non mi risponde.

«Posso sapere?» insisto.

«Lo sai che non mi va di discutere» mi fa. «Se mi pressi, mi chiudo.»

La guardo. Continua a evitare i miei occhi.

«Ma potrò farmi un'idea di quello che ti passa per la testa, ti pare?»

«Non lo so.»

«Che cosa non sai?»

«Non so che cosa mi passa per la testa. Non so che cosa voglio, ecco.»

«Non sai che cosa vuoi?»

«No. Non lo so. Per cui d'ora in poi ci vedremo un po' meno. Ho deciso così. Punto.»

Si alza dal letto, afferra il lenzuolo e se lo avvolge attorno al corpo nudo. Esce dalla stanza. La sento entrare in bagno. Fare la pipì. Tirare l'acqua.

«Be'? Che ci fai ancora lì?» mi chiede, quando rientra.

Raccoglie da terra i miei jeans Helmut Lang e la maglietta dei Motel Connection e il giubbotto di cuoio vintage Avirex e mi butta tutto quanto sul letto.

«Andiamo di là a vederci il dvd?» le chiedo, cominciando a rivestirmi.

«Non credo proprio.»

«Ma Serenella... si può sapere che ti prende, da un po' di tempo a questa parte?»

«Te l'ho già detto, c'è che ci stiamo vedendo troppo. E

che ho deciso che d'ora in poi ci vedremo un po' meno. E che non mi va di discutere. Mi pare di essere stata chiara, no?»

La guardo rivestirsi a sua volta. Scendo dal letto, la raggiungo nei pressi della porta-finestra che dà sul balcone. Poso le mie mani sui suoi fianchi. Lei lascia fare. Risalgo su, fino alle tette.

«Non fare il furbo» si scosta, infilandosi una felpa presa a caso tra quelle che tiene sulla libreria di fianco all'armadio, accanto ai due libri.

«Sai che non ti capisco?» le dico, dopo aver calzato le *limited edition* Adidas in pelle di canguro bianca ed essermi infilato l'Avirex.

Lei mi prende per un braccio e mi accompagna fuori dalla sua stanza, verso l'uscita.

«Non c'è nulla da capire» mi fa. «Ora vai. Ci sentiamo.»

E prima di chiudermi fuori, mi scocca un bacio sulle labbra.

Devo.

Assolutamente.

Farmi.

E-mail dagli States

Oggi quando ho aperto la posta ho trovato una mail di mio padre. Diceva:

> Ciao Iaio apri l'allegato ti presento Linda la mia nuova fidanzata. P.S. Ti ho fatto il bonifico ieri. Un abbraccio papà.

Ho aperto l'allegato, una foto. C'era lui al tavolo di un ristorante insieme con una tipa bionda sui diciannove anni, più o meno. Entrambi avevano un'aria alquanto ubriaca. Rossi in volto, sorridevano all'obiettivo. Lei tirandosi anche su la maglietta: e mostrando le tette con due stelle rosse a cinque punte tatuate sopra i capezzoli. *Grazie,* ho risposto. Poi ho salvato l'immagine e chiuso Safari e aperto Photoshop e tagliato via la faccia di mio padre, e mi sono fatto una sega sulla sua nuova fidanzata.

Artissima

Stasera nell'ex fabbrica Fiat del Lingotto s'inaugura la fiera d'arte contemporanea Artissima, e dato che il prezioso invito mi è stato recapitato a casa ci vado nella speranza di incontrare Serenella. Da qualche giorno non risponde né alle mie chiamate né ai miei messaggi. Per quanto la conosco, più che una speranza è una certezza. Il problema è che in concomitanza con Artissima ci sono anche Paratissima, cioè la fiera alternativa che ormai è d'obbligo organizzare parallelamente a qualsiasi manifestazione, e tutta una serie di vernici, per esempio alla Fondazione Sandretto Re Rebaudengo, alla Fondazione Merz, alle gallerie Maze, Dieffe, Masoero, Peola, E/Static, In Arco, Noero, Sonia Rosso, Franco Soffiantino, Giorgio Persano, Carlina, Allegretti, Biasutti, Gagliardi, Guido Costa Projects, Bookmakers, per non parlare di quello che è in programma alla GAM, al MIAAO, al TRANS+PORT, o perfino in posti come l'Accademia Albertina di Belle Arti, l'Archivio di Stato, il Museo di Antichità. Come se non bastasse c'è anche Club to Club, il festival di musica elettronica gemellato con il Sonar di Barcellona che vede tra gli altri ospiti addirittura Jeff Mills, Troy Pearce, Mauro Picotto, Akufen, i Digitalism, che poi sarebbero i nuovi Daft Punk però tedeschi, un dj svizzero che si fa chiamare Calabrese, e a seguire una Notte Bianca, con altri dj set in giro per la città non solo allo Spazio 211 o al Jam o all'Hiroshima Mon Amour o al Supermarket ma anche tra gallerie d'arte e *location* varie, a cui con Zombi e

Boh abbiamo deciso di non partecipare per non pregiudicare in alcun modo l'attesa che si sta creando in città per l'inaugurazione della nostra nuova serata giù al Tortuga. Risultato: nel giro di quarantott'ore devo assolutamente farmi vedere in almeno una ventina di posti, a cominciare proprio dal Lingotto.

Quando arrivo m'infilo in uno dei parcheggi sotterranei col mio Hummer H3, poi risalgo in superficie e all'ingresso presidiato da buttafuori in giacca blu, pantaloni grigi e cravatta Regimental consegno l'invito e subito m'imbatto nelle autorità, tra cui spiccano Sua Signoria Minfischio e gli assessori Mintasco, Mincenso e Marrangio tutti presi a farsi intervistare da alcune troupe televisive e con il relativo codazzo di guardie del corpo e portaborse. Con loro c'è Davide Brocchi, ma fingo di non vederlo e tiro dritto. Poco oltre noto l'ex sindaco Chiamparino, che oggi fa il ministro ombra, e con lui il suo predecessore Castellani, in compagnia delle rispettive consorti. Ma Serenella? Dov'è?

M'inoltro tra gli stand delle innumerevoli gallerie italiane e straniere, dove sono esposte opere d'arte contemporanea senza dubbio... divertenti, davvero divertenti, dalla statua in ceramica bianca raffigurante un uomo che sodomizza una gallina vera però imbalsamata, al video in cui un gatto viene preso per le zampe posteriori e sbattuto contro un muro fino a essere ammazzato. Mi chiedo chi mai incontrerò della Torino che conta. Risposta: tutti. Il Lingotto pullula di artisti vestiti di nero da capo a piedi circondati da gente vestita di nero da capo a piedi. Tutti chiacchierano, nessuno guarda le opere anche se tutti come al solito ogni tanto se ne escono con il classico *Divertente, davvero divertente*. Qua e là, dove un gallerista ha deciso di dare un rinfresco, ci si assiepa a caccia di un flûte, i camerieri del catering che distribuiscono champagne a raffica dietro selve di mani tese eccetera. Quando scorgo Boh che s'infila in tasca un tovagliolo pieno di salatini e che ghignando accenna a venirmi incontro per dirmi qualcosa, taglio la corda.

Vado a zonzo tra gli stand rispondendo distrattamente a

tutti quelli che incrociandomi mi fanno un cenno di saluto, e a un tratto noto una tipa buttata a terra, vestita da barbona come peraltro molti dei fintipoveri presenti, me compreso, solo che lei è una barbona vera, non indossa capi vintage magari sporcati o bucherellati ad arte ma banali stracci. Ai piedi porta un paio di scarpe sportive sfasciate, se non sbaglio delle vecchie Asics. Mi chiedo come abbia fatto a intrufolarsi, visto che stasera oltretutto l'ingresso è a inviti. Pazzesco. La evito e proseguo lungo gli stand in cerca di Serenella. In un angolo i tre assessori Mintasco, Mincenso e Marrangio si stanno di nuovo facendo intervistare da tre diverse troupe televisive, di fisso sui cambiamenti della nuova Torino. Giro al largo. Scorgo un'ex Miss Italia e accanto a lei Evelina Christillin e i nuovi vertici Fiat, che hanno saputo rilanciare l'azienda alla faccia dei gufi che appena tre anni fa la davano per spacciata. Proseguo.

Qua una scultura, bambini iperrealistici che fanno un girotondo, ma al posto del naso hanno ciascuno un uccello in erezione, proprio come i sette nani dell'Ingegner Deturpi su a Villa della Regina. Là un cane incatenato, vero, a cui è proibito dar da mangiare, e che sta morendo di fame. Peccato l'artista non abbia optato per un porco a caso. Tobia. Giro un angolo e dietro una scultura raffigurante una donna a grandezza naturale che partorisce una nidiata di ratti veri, ma per fortuna imbalsamati come la gallina, vado a sbattere contro Zombi.

«Ehilà, Iaio! Com'è? Sei caldo?» mi fa, digrignando.

«Come l'inferno. E tu?»

«Io sto cercando di nascondermi per non incrociare tutte le mie ex. Ma quante ce ne sono?»

«Tante, eh?»

«E tutte incinte. Speravo venisse Paris Hilton ma per il momento non s'è fatta vedere. In compenso, oltre alle mie ex, ho visto un mucchio di cameriere.»

«Cameriere?»

«Facci caso, ce n'è un'inflazione. Pensa che al Quadrilatero han dovuto chiudere i locali: col fatto che sono tutte artiste, si sono riversate in massa qua. E dire che da queste parti, un quarto di secolo fa, era pieno di operai.»

«Come passa, il tempo.»

«Basta» sbotta lui. «Ho deciso. D'ora in poi mi metto anch'io a fare l'artista contemporaneo. Faccio... una statua di Berlusconi a grandezza naturale, iperrealistica, però con una figa al posto del sorriso. Magari verticale. O una famiglia tipo Mulino Bianco che sorride felice al tavolo della colazione, guardando un fungo atomico fuori dalla finestra. Oppure chessò, il Papa accasciato a terra, colpito alla testa da un asteroide. Che ne dici?»

«Sei proprio caldo.»

«Bene. Vado a mettermi al lavoro. Ce lo vediamo.»

«Ce lo vediamo.»

Infila un corridoio scansando per un pelo una sua ex, che è davvero incinta. Riprendo a cercare Serenella. Potrei anche provare a richiamarla o a messaggiarla, ma preferisco che pensi a un incontro casuale. Mi soffermo per qualche istante davanti a un letto disfatto, le lenzuola sporche di... mestruo? Sparsi per terra su un tappeto lurido ci sono preservativi, mozziconi di sigaretta, pannolini, posacenere, bottiglie di birra, d'acqua, di Gatorade, giornali scandalistici, riviste porno, e l'occorrente per farsi, siringa, cucchiaino, accendino, laccio emostatico.

«Divertente» commenta qualcuno, «davvero divertente.»

Pochi metri più in là mi ritrovo di fronte a una piscina per bambini di quelle che si mettono i prolet in giardino, dalle pareti di plastica colorata e piena di sangue. Al centro galleggia il corpo di un neonato, apparentemente autentico ma mi auguro finto. Un video, subito dopo, mostra lo squartamento di alcuni cavalli, effettuato al cospetto di un'antica dimora nobiliare da alcuni uomini vestiti da pagliacci. Poco oltre c'è un cubo di vetro, o meglio una stanza d'ospedale dalle pareti trasparenti, dentro cui un vecchio vero è disteso su un letto attaccato a una flebo. Alle sue spalle, una scritta al neon avverte: QUEST'UOMO STA MO-

RENDO. Tutto intorno è pieno di gente. Sguardi ipnotizzati. Quasi tutti filmano la scena.

«Divertente» mormora qualcuno, «davvero divertente.»

Evvai. Sento un doppio bip. Mi frugo in cerca del Nokia. Lo recupero. Controllo il mittente sperando si tratti di Serenella. Invece è sconosciuto. Leggo:

IL VENERDÌ MOSTRA LA SUA HOT FACE COL DJ SET PIÙ HARD: CONSOLLE PER LA REGINA ROSA NIKI BELLUCCI, NUMERO 11 AL MONDO, IN TOPLESS TOTALE!!! A LA GARE STASERA BY 10X10.

Be', non fosse che devo andare in enne altri posti magari farei un salto. Faccio per riporre in tasca il cellulare ma mi arriva un altro messaggio. Controllo il mittente. Zombi. Leggo:

NON SO TU MA STASERA IO VADO A LA GARE.

Faccio per riporre in tasca il cellulare ma mi arriva un altro messaggio. Controllo il mittente. Boh. Leggo:

IAIO MI RACCOMANDO STASERA TUTTI A LA GARE. Ripongo il cellulare, e vedo Serenella.

È due stand più in là, davanti alla gigantografia a colori di un uomo pelato che sull'avambraccio ha... un orecchio. Un orecchio autentico, come trapiantato. Con lei c'è Tobia. E c'è anche uno di quei suoi ex compagni dello IED. Quando mi vede, si gira dall'altra parte.

al Beach e sta suonando uno chi cazzo è bah fanculo un belga o un finlandese ma chiunque sia fa cagare

«EHI IAIO COM'È SEI CALDO?»

roba da matti ma 'ste cretine non mi vedono?

«OUH ME LO FAI 'STO CAZZO DI MOJITO SÌ O NO?»

che stronza vuole pure farmelo pagare

«CIAO IAIO ALLORA? SEI CALDO PER LA VOSTRA INAUGURAZIONE?»

«UNA STUFA!»

ma andatevene tutti affanculo va'

toh c'è pure Max Casacci con un paio di Adidas *limited edition* identiche alle mie pazzesco

«NO NON È VENUTO, MA GUARDA CHE È DA UN PEZZO CHE NON ESCE PIÙ.»

«PERCHÉ?»

«DICE CHE SE NE STA CHIUSO IN CASA A DIPINGERE LE PORTE DELL'INFINITO. TROPPA BONZA.»

e 'sti zarri da dove sono usciti?

«CIAO IAIO TU SÌ CHE SEI UNO CALDO MICA COME QUESTO ALLA CONSOLLE!»

ma che coda c'è ai cessi?

Alla Sandretto

Alla Fondazione Sandretto Re Rebaudengo, in occasione di Artissima e di Club to Club, proiettano il nuovo documentario sulla nuova Torino girato da Boosta con una tale di nome Pacilli, intitolato *Surfin' Torino*, e ci vado con la speranza di incontrare Serenella, cosa abbastanza probabile visto che secondo lei non la conosco ma da quel che ho capito non si perde una vernice.

Quando arrivo alla Sandretto c'è quasi tutta la Torino che conta. Tra gli habitué del giro, come Paolo Grassino o Pietra Pistoletto o Nicus Lucà, ci sono Boosta con la Lessa, Marsiaj con la Herzigova, Buffon con la Seredova, uno che non riconosco con la Bobulova, Francesco Coco con una che somiglia a Elena Santarelli ma non sono certo che sia lei, Irene Grandi con Roberto Spallacci dell'Associazione Culturale Xplosiva, Fabrizio Gargarone dell'Associazione Culturale Hiroshima Mon Amour, Maurizio Cilli dell'Associazione Culturale The Beach con i soci Roberto Marucci e Samuele Rocca, Alberto Campo dell'Associazione Culturale Traffic Festival con il socio Ammendolia, Max Casacci con la sua tipa, Johnson Righeira con Isabella Santacroce, Pisti e Samuel con l'aria di voler sfuggire a cinque, no, sei ragazzine, dj Vespa con dj Samantha, il regista Davide Ferrario con la scenografa Francesca Bocca, le due stiliste del marchio Serienumerica di cui non ricordo il nome, la collezionista d'arte contemporanea Patrizia Sandretto Re Rebaudengo col marito Re Rebaudengo, e ci mancherebbe visto che sono a casa loro, l'attrice Stefania Rocca, lo scrittore Giuseppe Culicchia, Luciana Littizzetto col batterista degli Africa Unite, Tiziano Lamberti nudo che la intervista per *Le Iene*, i nostri rivali dell'Associazione Culturale Boombastic, un artista sconosciuto con una ex di Zombi, Luca dello Studio 515 con la sua nuova ragazza che se non sbaglio arriva da Bologna e fa l'artista concettuale, una ex di Luca con un'amica racchia, Ivan di Progetto Durden con un'altra ex di Zombi, Sara e Sebastiana Cordero anche loro con un'altra ex di Zombi, tutta una serie di dj più o meno noti in città tipo Titta, Frola, Gambo, Hugo, Lollino, Ubit, più il consueto stuolo di figli e figlie di imprenditori e avvocati e chirurghi e giornalisti e architetti e costruttori e ingegneri e notai e. In un angolo, Boosta vestito di nero da capo a piedi è circondato da gente vestita di nero da capo a piedi ed è con quella Pacilli, visto che accanto a lui in questo istante c'è una che palesemente non è la Lessa. Tutti chiacchierano, nessuno guarda le opere disseminate lungo le pareti anche se tutti come al solito ogni tanto se ne escono con il classico *Divertente, davvero divertente*. Al bar, i baristi smerciano cocktail a raffica dietro una selva di mani tese come si vede in certe scene del *Tg24*, quando le telecamere inquadrano i frati comboniani che dai camion distribuiscono provviste chessò, ai mutilati di Kabul. Come al solito m'imbatto in Boh che si sta infilando in tasca un tovagliolo pieno di salatini, e non faccio in tempo a scansarlo che mi fa:

«Ho saputo che in realtà è un contemplativo, e pare che la sua donna si presti volentieri a numeri di ogni tipo, anche con estranei» ma lo mollo lì senza aver capito a chi si riferisca.

Individuo Serenella in fondo al bancone del bar. È con uno che se non sbaglio ha tutta l'aria di essere un suo ex compagno dello IED, e quando mi scorge finge di non vedermi. Faccio per avvicinarmi, ma qualcuno mi prende per una spalla. Allegra? Mi giro, allarmato. Carletto.

«Ehilà» mi fa, con aria giuliva. «Come butta, Iaio? Sei caldo?»

«Stammi alla larga» mormoro.
«Perché? Che ti ho fatto?»
«Lasciamo perdere.»
«No, scusa, che lasciamo perdere?» mi dice, con aria sbalordita. «Sei il mio migliore amico e mi sento dire che devo stare alla larga e lasciar perdere?»
«Dopo quello che è successo, preferirei evitare di frequentarti. Almeno per un po'.»
«Ma perché? Che è successo?»
Lo prendo per un braccio e me lo trascino dietro, fendendo la folla. Usciamo fuori, sul prato.
«Stammi a sentire» gli dico, «non pigliarmi per il culo. Sai benissimo che è successo. Io con te per il momento non voglio avere più nulla a che fare, Carletto.»
Lui mi squadra dalla testa ai piedi.
«Cos'è? Prima di venire qui ti sei fatto un acido?»
«Non faccio più uso di acidi da un pezzo, io, per tua informazione. Se vuoi saperlo ho già gli incubi gratis, dopo quello che abbiamo combinato a quella poveretta a casa tua.»
«Ancora. Ma che abbiamo combinato a casa mia, scusa?»
Allargo le braccia.
«Pazzesco. Cos'è? Una recita scolastica? O hai già rimosso tutto quanto? Io no, caro mio. Ce l'ho ben presente, quello che abbiamo fatto a quella ragazzina brasiliana.»
«Quale ragazzina?» mi chiede lui, corrugando la fronte.
«QUALE RAGAZZINA?» urlo. «HAI IL CORAGGIO DI CHIEDERMI QUALE RAGAZZINA?»
Mi guardo attorno, in cerca d'aiuto. Sta arrivando Minfischio e con lui gli assessori Mintasco, Marrangio e Mincenso, accompagnati da Davide Brocchi e da altri portaborse. Inseguono una troupe. Afferro nuovamente Carletto per un braccio e lo trascino dietro un albero.
«Non fosse che c'è un po' troppa gente ti prenderei a pugni, cazzo» gli dico, a denti stretti. «Va bene. Può darsi che sia la tua tattica. Forse hai ragione tu, meglio far finta di niente, cadere dalle nuvole. Tanto quella poveretta non

era nessuno, no? E nessuno si è fatto vivo per reclamarla. Comunque io con te non voglio avere più nulla a che fare. Chiaro? Se per caso mi incontri, fingi di non vedermi. Oppure ciao ciao e amen, d'accordo?»

Lo pianto lì e mi allontano in direzione della Sandretto.

«Guarda che tu sogni! Hai le allucinazioni!» mi grida lui.

Non mi giro nemmeno. Al diavolo. Torno dentro, e fendo ancora una volta la folla puntando verso il bancone del bar, dove poco fa ho visto Serenella. Ma quando arrivo lì, lei non c'è più. La cerco tra le facce che mi circondano, sempre le stesse. Non c'è. Giro tra i capannelli di vip o presunti tali. Qualcuno mi saluta, rispondo a malapena. Mi alzo in punta di piedi. E a un tratto la vedo: è uscita, e se ne sta andando con il tipo con cui l'ho vista poco fa, che tra l'altro calza un paio di Adidas Rom *limited edition* identiche alle mie. Mi sento afferrare per un braccio. Mi volto. Carletto.

«Ancora tu!» sbotto.

«Vieni, ti faccio vedere una cosa» mi fa lui, sorridendo.

Ora sono io a venire trascinato. Mi porta fino ai bagni. Chiude la porta di una delle toilette. Estrae dalla tasca interna della giacca un involucro di stagnola. Lo apre delicatamente. Mi guarda.

«Dài, facciamo la pace.»

Attacca a fare una bella riga di bamba.

Luba

L'appuntamento con Ermanno e Luba è alla villa di lui, su dalle parti di Pecetto, a mezzanotte. Io arrivo per conto mio con il mio Hummer H3 e quando mi trovo davanti al cancello spengo il motore. Lì per lì ho un lungo momento d'esitazione. Non sono sicuro di voler davvero partecipare a questa cosa. Massì. Che cazzo sono venuto a fare fin quassù? Me ne vado. Ma ho appena rimesso in moto il Suv per tornare giù in città quando sento bussare al finestrino. Do un'occhiata. È Carletto. Ha un sorriso grosso così. Apre la portiera.

«Allora? Che fai? Parcheggi fuori? Anch'io l'ho lasciata qua dietro, ma guarda che se vuoi puoi metterla dentro.»

«Veramente mi stavo chiedendo se sia il caso che... ehm» mi schiarisco la voce, «partecipi anch'io alla serata.»

«Ma che, scherzi?» mi fa lui. «Guarda che ci divertiamo. Siamo tra amici, Iaio. Tranquillo.»

«Be', a dire la verità io questi non li conosco. Sono amici tuoi.»

«Ma scusa, ormai sei salito fin qua. Chi te lo fa fare di tornare giù? Tra l'altro forse non te l'ho detto, ma Ermanno ha la migliore bamba dell'emisfero occidentale. Dài, che facciamo sciambola!»

Parcheggio dietro l'altissima siepe che circonda la villa. Carletto si piazza sotto l'occhio nero di una telecamera e suona il campanello. Pochi istanti dopo, il cancello si apre con un ronzio. Ci avviamo sul viale alberato ricoperto di ghiaia. A circa trecento metri, dove finisce la doppia fila di alberi, vedo la villa di Ermanno. È tutta bianca, disposta su due piani. Grandi finestre splendono nel buio, come l'acqua azzurra della grossa piscina che si apre nell'enorme prato di fianco alla casa.

«Vedrai, non te ne pentirai» ridacchia Carletto. «Io di tortini me ne intendo, ma ti assicuro che le serate con Ermanno e Luba sono un'altra cosa. Spettacolari.»

Arriviamo alla villa. Ermanno ci aspetta sulla soglia. Se possibile, è ancora più abbronzato dell'altra volta. Indossa una canottiera bianca traforata sotto un completo di pelle nera. È scalzo.

«Ciao Carletto, ciao Iaio!» ci accoglie, stringendoci la mano in stile negroide. «Stavamo giusto aspettando voi per cominciare.»

Lo seguiamo lungo una serie di stanze che si aprono una dopo l'altra, piene di quadri e arazzi e lampadari e tappeti e mobili d'antiquariato, finché non arriviamo in un ampissimo soggiorno con un paio di sculture di Botero e un camino di marmo di Carrara, di fronte al quale sono disposti a U tre divani Le Corbusier. In mezzo ai divani, un elegante tavolino di cristallo. E al centro del tavolino, una piramide di Cheope di bamba.

«Ah, bene, bene» ridacchia Carletto. «Vedo che prima di dare il via alla cerimonia possiamo fare il pieno.»

«E ci mancherebbe» sorride Ermanno. «Siete miei ospiti. Prego, servitevi pure. Io, Luba e gli altri abbiamo già fatto.»

«Gli altri chi?» chiedo. «Credevo fossimo solo noi quattro.»

«No, stasera combinazione avevo un paio di amici a cena e alla fine hanno deciso di fermarsi anche loro» mi strizza l'occhio Ermanno. «Sono ragazzi molto simpatici. Uno è di Genova, fa lo skipper. L'altro è di Brescia, ha una fabbrica d'armi. Li ho conosciuti al Pacha di Ibiza, l'estate scorsa.»

«Eh, Ibiza» ridacchia Carletto, che intanto con la sua American Express di platino si è preparato due grosse righe. «Che serate! Soprattutto Manumission. Pensa» mi fa, entusiasta, «lì sono così avanti che scopano dal vivo.»

«Lo so. Ci sono stato anch'io» mormoro, per niente entusiasta della presenza dello skipper e dell'armaiolo.

«Ma Luba e gli altri dove sono?» s'informa Carletto, arrotolando a mo' di cannuccia la banconota da cinquecento euro che ha appena estratto dal portafogli.

«Ci aspettano di sotto» lo tranquillizza Ermanno.

Dieci minuti più tardi. Una sorta di vestibolo. Poltrone rococò. Specchi dalle cornici dorate. Ermanno ci dice di spogliarci. Lui si è tenuto addosso la canottiera traforata. Fa segno di seguirlo. La bamba era davvero di prima qualità. Purissima. Una porta. Scendiamo due rampe di scale. Entriamo in una cantina. Centinaia di bottiglie dalle etichette prestigiose. Dietro un angolo, Luba. Con lei due tizi seminudi. A vederli così non si capisce chi sia lo skipper e chi l'armaiolo. Inginocchiata su un tappeto, Luba indossa solo una guêpière di raso nero che le lascia scoperte le tette. Al collo porta un filo di perle. Ermanno le si posiziona alle spalle. Ci dice:

«Bene. Ora, signori, Luba è vostra. Vi ricordo tuttavia le regole del gioco. Siete pregati di seguire alla lettera le mie istruzioni. E soprattutto, di non venire se non quando e come ve lo dico io.»

Guardo Luba. A parte il rossetto scarlatto non ha un filo di trucco. È veramente una bella ragazza. Chi glielo fa fare di prestarsi a una roba simile?

«Tu» fa Ermanno a uno dei due tizi, entrambi già con il motore acceso. «Sotto.»

Il primo tizio esegue. Luba lo accoglie senza fare una piega.

«Tu dietro» fa Ermanno all'altro tizio.

Il secondo tizio esegue. Luba accoglie anche lui di nuovo senza fare una piega.

«Voi due» fa Ermanno a me e a Carletto, che nel frattempo si sta portando avanti manualmente, «davanti, a turno.»

Con Carletto mi avvicino alla faccia di Luba. Le sorrido,

un filo imbarazzato. Lei mi sorride a sua volta, scostandosi dal viso una ciocca di capelli biondi e attacca subito a darsi da fare.

Ermanno ci osserva attentamente. Noto che dalle sue parti non c'è alcun segno di vita. Per un po' andiamo avanti così. Qualcuno geme. Dopo circa venti minuti, Ermanno decide che è il momento di cambiare le rispettive posizioni.

«Scambiatevi di posto» ci ordina con il piglio di un regista.

Eseguiamo. Do un'occhiata a Ermanno. Scorgo un debole segnale. Be', forse dalle sue parti qualcosa si sta risvegliando dal coma. Improvvisamente sento arrivare un sms sul mio cellulare. Fosse Serenella? Oppure Allegra? No, sarà il Partito Democratico. Ermanno sibila:

«Siete pregati di spegnere i cellulari.»

Passano altri venti minuti. Gemiti assortiti. Guardo Luba negli occhi. Mi sorride. Non so come faccia. Poi Ermanno diventa tutto paonazzo. E allora esclama:

«Bene. Ora posizionatevi a semicerchio di fronte a lei.»

Eseguiamo. Ermanno afferra qualcosa dal collo di una delle bottiglie alla sua destra. È un anello d'acciaio. Lo apre e se lo infila alla base. Lo richiude.

«Amore, procedi.»

Luba esegue. Uno dei due tizi a un certo punto dice:

«Ermanno scusa ma a questo punto non so per quanto riuscirò ancora a trattenermi.»

«Anch'io» dice Carletto.

«Per cortesia pazientate ancora un minuto, signori» dice lui. Finalmente, dalle sue parti si fa vivo qualcosa e allora si posiziona alle spalle di Luba.

L'altro tizio tossisce.

Io sto sudando.

«Bene... adesso... potete liberarvi» mormora con voce roca Ermanno. «Però mi raccomando... non in bocca... in faccia... a turno... uno dopo l'altro.»

Guardo interrogativamente Carletto. Lui annuisce. Guardo Luba. Lei mi sorride.

E dopo che noi quattro abbiamo trasformato i lineamenti di lei in una maschera grottesca, Ermanno emette una specie di grugnito.

«I giapponesi lo chiamano Bukkake» mi fa Carletto, sudato marcio pure lui. «Bello, no?»

«Indimenticabile» gli rispondo.

Il jeans perfetto

Oggi sono in giro per spese e anche se in tutto ho già trentasette, no, trentotto paia di jeans, tra Levi's, Levi's Engineered, Levi's Big E della linea *limited edition* Vintage Clothing, Levi's Red, Levi's White Label, Evisu, G-Star, G-Star Raw, Wrangler, Wrangler Bluebell, Diesel, Diesel Lab, Helmut Lang, Replay, sto ancora cercando il jeans perfetto, il jeans con il taglio e il lavaggio giusto per me, il jeans che a volte mi chiedo se troverò mai, un pensiero che mi fa veramente sclerare. In questi ultimi anni ho comprato i miei jeans a New York Londra Zurigo Milano Berlino Monaco Amsterdam Barcellona Roma Parigi e se non ricordo male pure a Miami l'anno scorso quando con Zombi e Boh siamo andati alla *convention* di musica elettronica e non siamo riusciti a entrare a quella festa con spogliarello di Dita Von Teese in cui suonava Miss Kittin dove poi abbiamo scoperto che si erano imbucati Pisti e Samuel, 'sti canari. E però in realtà gira e rigira non ho mai trovato il jeans ideale, che, sono arrivato alla conclusione, per me dovrebbe avere lo stesso taglio dei 501 modello 1947 della Levi's Big E linea Vintage Clothing però con il cinch-back del modello 1937 e il fondo boot-cut della stessa ampiezza di quello dei Wrangler Bluebell, ma con il lavaggio nel tè degli Helmuth Lang prodotti in Italia nella stagione '98/99, anche se ottenuto a partire da un tessuto come quello dei G-Star Raw, possibilmente ricavato dagli stessi telai americani originali degli anni

Cinquanta usati almeno in un primo momento in Giappone dalla Evisu.

Stamattina ho già battuto San Carlo dal 1973, dove ormai nel settore uomo tengono praticamente solo jeans Gucci, inguardabili, poi Olympic, dove un commesso peraltro molto gentile voleva farmi comprare un paio di Burberry's, poi Mondo, dove però avevano solo marche per froci o calciatori tipo Birkemberg o Dolce&Gabbana, dopodiché mi sono spinto fino da Arsenico, dove il proprietario che da anni batte una biro a tempo con la musica sulla cassa mi ha spiegato come in questo momento lui tratti solo usato oppure capi della linea Levi's Vintage Clothing, però made in Romania anziché in USA, perché quegli incoscienti della Levi Strauss hanno chiuso la vecchia fabbrica di Valencia Street a San Francisco da dove a partire dal 1996 le riproduzioni dei jeans storici avevano ancora il numero 555 impresso sul retro dei bottoni. A quel punto sono uscito in strada, disperato, ma per fortuna avevo con me l'occorrente per rollarmi una sigaretta e un po' di bamba e così me la sono fumata mentre gli studenti andavano e venivano a o da Palazzo Nuovo, cercando di non pensare agli anni orribili dell'università, e poi mi è venuto in mente che in fatto di jeans non avevo ancora mai dato un'occhiata da Jack Plaza, il negozio per cabinotti alle spalle di piazza Bodoni.

Solo che adesso, ormai in vista delle vetrine davanti alle quali si assiepa la solita folla di ragazzini e ragazzine agghindati all'ultima moda grazie alle carte di credito di papà, come tutti, non riesco più a fare un passo. Perché mentre arrivavo qua ho notato con la coda dell'occhio un movimento strano dalle parti di via Andrea Doria, forse un arabo, non sono sicuro. E benché nessuno mi segua, non mi sento tranquillo. C'è qualcosa, qualcosa che non va.

I cabinotti davanti alle vetrine di Jack Plaza chiacchierano tranquilli seduti sui loro scooter.

Il fioraio di fianco all'edicola traffica tranquillo con un mazzo di rose.

Passa una volante della polizia.

Passano tre immigrati slavi di ritorno dalla spesa al discount di via Carlo Alberto, le borse di plastica gonfie di sottoprodotti immangiabili.

Passa un autobus.

E a un tratto KABOOM, un'auto parcheggiata di fronte a una banca esplode con un botto micidiale, producendo fiamme altissime e una colonna di fumo nero. Mi butto istintivamente a terra, coprendomi la testa con le mani, e KABOOM, un'altra esplosione scuote l'asfalto. Alzo gli occhi, una seconda auto in fiamme. Non faccio in tempo a pensare niente che KABOOM, ecco una terza esplosione, questa volta alle mie spalle, verso via Lagrange o via Roma. Fiamme fumo detriti foglietti di carta anneriti e svolazzanti e vetri in frantumi e polvere e un moncone di braccio sanguinante e un piccione morto e una scarpa con dentro quello che doveva essere il piede di qualcuno con attaccati brandelli di gamba e puzza di bruciato che satura l'aria cazzo sembra di stare a Baghdad o a Kabul e accanto a me sul marciapiede scorgo una mano trafitta da un pezzo di vetro, da cui fuoriesce un geyser di sangue, e allora grido, grido con tutto il fiato che ho in corpo senza emettere alcun suono, ma dall'altra parte della strada il fioraio continua come se niente fosse a trafficare con il suo mazzo di rose, e fermi davanti alle vetrine di Jack Plaza i cabinotti chiacchierano come prima a bordo dei loro scooter. Devo. Andarmene. Da questa cazzo. Di città. Subito.

L'associazione Culturale Todos Caballeros

Ad accoglierci sulla soglia che si apre dietro la targhetta ASSOCIAZIONE CULTURALE TODOS CABALLEROS troviamo come la volta scorsa Tamara.

Entriamo. Il divano Le Corbusier e le sedie Kartell e il tavolo Cassina. Però, appeso al muro c'è rimasto solo il ritratto di Veltroni. Da qualche parte, arriva l'eco di un pezzo electro. Felix Da Housecat. *Racket Ride.*

«Be', veramente la casa *è* nostra» sibila Zombi.

«Eddài, Zombi!» sbuffa Davide.

«Hanno già cominciato» gli risponde lei.

«Davide, la tua Associazione Culturale Todos Caballeros ce l'ha una tessera per i soci, vero?»

Per primo si fa avanti Boh, che a questo punto letteralmente scalpita.

«Dai qua» gli fa Zombi.

«E io?» salta su Davide.

Acchiappo il pezzo da cento.

In un lampo siamo di là.

Felix de Housecat ha lasciato il posto a Isolée.

Il pezzo: *Beau Mot Plage.*

L'album: *Isolée.*

Anno: 2000.

Casa discografica: Classic Recordings Ltd.

Durata: 10 minuti e 37 secondi.

La stanza è piena di cuscini e di altri tappeti dall'aria costosa e due tipe con indosso ciascuna solo una parrucca da clown verde si fanno un tipo che anche lui indossa solo una parrucca da clown verde e una delle due esibisce un tatuaggio tribale appena sopra il culo e potrebbe essere una ragazza che conosco ma del resto tutte le ragazze che conosco prima o poi si sono fatte fare un tatuaggio tribale appena sopra il culo... gemono... e di fianco al terzetto un altro tizio con la parrucca da clown verde si fa un'altra tipa con la parrucca da clown verde che appena sopra il culo esibisce un tatuaggio tribale e a sua volta si fa un'altra tipa con addosso solo la parrucca da clown verde che si fa un altro tipo con addosso solo una parrucca da clown verde... mentre un'altra tipa con addosso solo una parrucca da clown verde si fa un tipo con addosso solo una parrucca da clown verde che si fa un'altra tipa con addosso solo una parrucca da clown verde che appena sopra il culo esibisce un tatuaggio tribale... e a un tratto Tamara mi prende per mano e mi porta in un angolo... dove c'è un mucchio di parrucche da clown verdi e me ne infila in testa una... e mi fa dài che aspetti lasciati andare se vuoi abbiamo delle pasticche di Viagra ma speciali queste in farmacia non le trovi vedrai fanno effetto in un amen vieni con me su. La seguo in bagno.

Riunione.

Riordinare.

Controllare.

Richiamare.

E poi vedo Zombi che ghigna tutto rosso in faccia e con addosso solo una parrucca da clown... però gialla... e si fa un'altra ragazza con addosso solo una parrucca da clown verde che intanto si fa Boh che a sua volta indossa solo una parrucca da clown verde e mi ritrovo tra le mani due pillole blu simili al Viagra ma fosforescenti e un calice di champagne e le butto giù... e mi ritrovo disteso a terra su un tappeto... e ho un razzo tra le gambe... e mi sto facendo una tipa con addosso solo una parrucca da clown verde... e vicino a me Davide Brocchi che addosso ha solo una parrucca da clown verde si fa una tipa con addosso solo una parrucca da clown verde e allo stesso tempo guarda Tamara... che si fa un tipo con addosso solo una parrucca da clown verde... e sto per chiedere a Davide perché l'unico con addosso la parrucca gialla da clown è Zombi ma lui mi precede e digrignando i denti mi fa, sempre facendosi la tipa con addosso solo una parrucca da clown verde: sai... geme... ho deciso di presentarmi alle elezioniiiihhhhaaaaahhhhooohhhhhuuuuhhhh e a quel punto si accascia sulla tipa che. Tribale. Culo.

Da quella domenica mattina

Da quella domenica mattina alla Lutèce, Allegra in pubblico non è più riuscita a comportarsi normalmente. D'improvviso non ha più tollerato i posti affollati. Dappertutto ha cominciato a vedere persone sospette, che a suo dire la stavano pedinando in attesa del momento giusto per rapirla. Secondo lei c'era sempre qualcuno che la stava tenendo d'occhio: il pomeriggio in piazza Vittorio nel dehors dell'Elena, la sera nel Quadrilatero di fronte al Tre Galli, la notte al Valentino fuori dal Fluido. Perfino venire a una delle nostre serate al Tortuga, dove tranne qualche zarro di provincia di quelli che entrano per colpa di quelle teste di cazzo dei buttafuori conosciamo almeno di vista veramente tutti, per lei è diventato uno stress intollerabile. L'ultima volta è successo alla festa di chiusura della stagione scorsa. Mi ero appena piazzato in consolle dopo un'intro un po' moscia di Boh, dovuta senz'altro al fatto che proprio quella sera il suo pusher gli aveva inopinatamente rifilato della bamba merdosa, e avevo giusto fatto in tempo a scaldare la pista con il nuovo singolo dei Chemical Brothers, le tipe che ululando attaccavano a dimenarsi come le troie che in effetti erano e sono, le bariste che dal bancone alzavano i pollici o le mani al cielo in segno di approvazione. Poi, mentre mi stavo complimentando con un sorso di mojito per la qualità eccellente della riga che mi ero sparato un paio di minuti prima a un tavolino del privé, dove intanto Zombi si stava più o meno scopando una ragazzina chiaramente minorenne raccattata al bar con l'offerta esplicita di un po' di coca, qualcuno nel buio alle mie spalle mi ha strappato via le cuffie argentate Sony, urlandomi nei tim-

pani – Iaio portami via da qui ci sono due che stanno per rapirmi! *Non ho avuto bisogno di voltarmi per sapere chi era. Me la sono scrollata via con un gesto della mano, ho posato il cocktail accanto ai Cdj1000 Panasonic e mi sono rimesso le cuffie, attaccando a scartabellare tra i vinili in cerca del pezzo successivo, indeciso tra* Heroine, *Lotterboys, Dj Kicks Mix, e* Let The Sunshine In, *Milk & Sugar, Terrace Mix. Ma lei mi ha nuovamente strappato le Sony.* Iaio ti prego aiutami quelli mi vogliono togliere un rene! *Oh Dio santo, ho pensato, come cazzo si fa a lavorare così?* Cristo Allegra ma non vedi che ho da fare? Sto creando, cazzo! *Lei allora ha afferrato il mio mojito e me l'ha rovesciato in faccia, sbraitando* Sei solo uno stronzo, come tutti gli altri, *dopodiché è corsa via. Ho dato un'occhiata ai Chemical. Mancavano più o meno una trentina di secondi alla fine del pezzo. Mi sono asciugato la faccia nella T-shirt degli AC/DC, ho afferrato al volo* Crazy, *Part T-One, 12" Club Mix, ho cercato in cuffia la battuta, uno due tre quattro cinque sei sette otto, l'ho piazzato su. Un mix perfetto. Fanculo.*

Sorpresa

Quando poco fa Davide Brocchi ce l'ha detto e ripetuto al cellulare, né io né Zombi volevamo crederci. Ma ora che dopo aver pagato il conto ci siamo fiondati qui, be', dobbiamo crederci per forza.

Boh giace sul pavimento del bagno di servizio di Davide. Deve essere lì da questa notte. O forse da stamattina, chissà. È riverso a faccia in giù. Completamente nudo. In testa porta ancora la sua parrucca verde da clown. Per terra, accanto al corpo a dir poco sformato, noto cinque o sei paste blu fosforescenti uguali a quelle che ho preso anch'io, e un sacchetto di plastica pieno zeppo di ecstasy. Su uno specchio posato sopra la lavatrice, invece, c'è un pezzetto di stagnola che contiene dei sassolini biancastri. Free-base. E lì vicino, posata su una copia dell'"Espresso" che a caratteri cubitali spara in copertina TUTTI I PRIVILEGI DEI POLITICI, una pipa ad acqua. Ma tra le dita di una mano, Boh stringe ancora... una pizzetta.

Nel bagno si sente un leggero ronzio. Va e viene. Non si capisce da dove arrivi. Di là in soggiorno, Tamara piange.

Dubbi

«Che facciamo, raga?» ci dice Brocchi. È pallidissimo. Ma mai come Boh.

«In che senso, che facciamo?» gli chiedo. «Come minimo bisogna subito chiamare un'ambulanza. O forse a questo punto i necrofori.»

«Bravi! Così poi a ruota arriveranno dei tipi vestiti di blu» ci fa notare Zombi. «Mi sa che questa roba è meglio farla sparire.» Prende il pezzetto di stagnola con la mezza riga di coca. Ripiega il tutto con cura e se l'infila in tasca. Poi passa un dito sullo specchio e se lo sfrega sulle gengive. «Fatemi sapere!» esclama, acchiappando il pacchettino di plastica pieno di ecstasy e infilandosi in tasca pure quello. «Io vado a casa, mi sono ricordato che ho da fare.»

«Ma che dici?» salta su Davide. «Dove pensi di andare? Qui se viene fuori che nella sede dell'associazione c'è scappato il morto, nei casini ci finisco io!»

«Sbagliato» scuote la testa Zombi. «Tu nei casini ci sei già.»

«Iaio, vi prego» frigna Davide. «Dovete aiutarmi!»

Io guardo Zombi. Zombi guarda me. Tutti e due guardiamo Boh. Una bisteccona inerte.

«Che testa di minchia» borbotta Zombi. «A fine serata metteva sempre i Velvet Underground, *Sunday Morning*. E difatti una domenica mattina ci ha lasciato le penne. Per una pizzetta di troppo. Ma si può?» Scuote la testa. «Chi l'ha visto, a parte noi?»

«Tamara» risponde Davide, come in trance.

«Fin lì ci ero arrivato anch'io, cretino. Dicevo degli altri ospiti convenuti alla manifestazione culturale di ieri.»

«Che io sappia nessuno, credo.»

«Che tu *sappia* nessuno, *credi*. Be', sei veramente a cavallo Davide. Complimenti.»

«Ma no, non l'ha visto proprio nessuno» cerca di convincerlo e soprattutto di convincersi Brocchi. «Altrimenti la cosa sarebbe venuta fuori prima. L'ha trovato mezz'ora fa Tammi, che questo bagno oltretutto non lo usa mai.»

«E perché oggi l'ha usato?»

«Qualcuno ha vomitato nell'altro.»

Il ronzio aumenta d'intensità. Strano.

«Che cazzo è?» chiedo.

«Ci fosse ancora Boh indovinate che direbbe» ghigna Zombi.

«Che direbbe?» gli fa Davide.

«Boh.»

«Va e viene» dico.

«Che hai? Problemi con la filodiffusione in bagno?» chiede Zombi a Brocchi.

«Macché filodiffusione! Guardate!»

Punta un dito verso il naso di Boh. Una grossa mosca sta cercando di venir via dalla narice destra, ma non riesce a spiccare il volo perché ha le ali inzuppate di sangue.

«Diosanto che schifo» mormoro. È una settimana che non sento Serenella. Da quasi due mesi che non ho notizie di Allegra. E chissà perché penso: tra poco inaugureremo la nostra nuova serata e non sono ancora riuscito a procurarmi la mia copia di *Spastik*.

«Più che altro: ma vi rendete conto?» sbotta Zombi, l'essere che invece ci è riuscito a mie spese. «Ormai ci sono mosche *grosse come elicotteri*! Non so se mi spiego! Dove andremo a finire?»

«State a sentire» geme Brocchi, che oltre a essere pallidissimo ha un'aria veramente angosciata. «Dobbiamo assolutamente fare qualcosa... ma che cosa?»

«Portiamolo via» propongo.

«Bravo! Ma via dove?» si preoccupa Brocchi.

«Buttiamolo nel Po» spara Zombi. Non si capisce se scherza o se dice sul serio.

«Nel Po?» chiede conferma Brocchi.

«Tanto ormai l'hanno scritto tutti i giornali che nelle acque reflue del fiume finiscono in media ogni giorno quattro chili di coca. Non sarà certo Boh a fare la differenza.»

«E se qualcuno ci vede mentre lo buttiamo in acqua?» tentenna Brocchi. «E se dopo qualche ora il cadavere riemerge? No, niente Po. Non se ne parla.»

«Edoardo, tu le hai ancora le chiavi di Boh?» chiedo a Zombi.

Lui annuisce.

«Allora portiamolo lì.»

«Dalla madre?» ci guarda sbalordito Davide.

«Ma quanto sei cretino!» gli fa Zombi, torvo. «Sei un cretino *totale*, Davide Brocchi. Veramente *totale*. Ma dove cazzo eri, quando distribuivano i cervelli? Figurati se lo portiamo dalla madre! Dirige il Four Seasons di Dubai! Come vuoi che lo portiamo fino a Dubai? Iaio intendeva da lui! Cioè da Boh! Nella sua mansarda in precollina!»

«E come? Ormai è pieno di telecamere di sorveglianza dappertutto.»

Ci pensiamo su, disturbati dal ronzio della mosca imprigionata nel naso di Boh, in effetti veramente grossissima. Chissà che fine faranno, adesso, tutti i suoi dischi. Lui tra l'altro ha il cofanetto con la collezione completa dei singoli dei Massive Attack, quello grigio antracite che quando lo tocchi compaiono per qualche istante le tue impronte. Già, le impronte. Dobbiamo stare attenti alle impronte.

«Ci sono!» salta su Zombi.

Prende ed esce dal bagno. Poco dopo è di ritorno. Con uno dei tappeti su cui ci siamo dati da fare fino a poche ore fa. E un'aria che tra me e me non riesco a non definire *raggiante*.

«Ma no!» protesta Brocchi. «Quello è un Kilim persiano! L'ho comprato a Milano!»

«E allora fanculo, trovatene uno che va bene tu!» gli ringhia in faccia Zombi.

«Dài qua» gli leva di mano il tappeto l'altro, e va a cercarne uno meno prezioso in cui avvolgere quel pezzo di carne inerte che è diventato Boh.

Mansarda

Sono le tre e mezzo della notte tra una domenica e un lunedì quando Zombi orba con una bomboletta spray color oro la telecamera di sorveglianza all'angolo con via Volturno, a un paio d'isolati dal fiume. Io ho parcheggiato il mio Hummer H3 un po' più in su, a metà di via Manara. Quando Zombi torna sui suoi passi e ci fa segno, io e Brocchi scendiamo dal Suv. Attenti a non fare rumore estraiamo dal bagagliaio il tappeto dentro cui abbiamo avvolto il cadavere di Boh dopo averlo infilato per la testa e per i piedi in un paio di grossi sacchi neri della spazzatura, e aver richiuso il tutto con lo scotch per pacchi marrone.

«Diosanto che storia» mormoro, caricandomi in spalla l'estremità dove dovrebbero esserci i piedi. Almeno spero.

«Ssshhh» mi zittisce Davide, di nuovo pallidissimo. Per la prima volta da quando lo conosco mi rendo conto di quanto sia tonda la sua faccia. Come la luna, che per fortuna stanotte non c'è. Raggiungiamo Zombi.

«Andiamo!» ci fa.

Lo seguiamo giù per la via, in direzione di corso Moncalieri. Tutti e tre portiamo berretti di lana per evitare di perdere capelli durante l'operazione, che di questi tempi con l'esame del DNA ti fottono. A un tratto Davide incespica e prende una storta e per un attimo temo che caschi a terra, trascinando con sé il tappeto con il cadavere. Invece riesce a mantenere l'equilibrio soffocando un gemito di dolore.

«Occhio all'hot dog!» lo redarguisce Zombi.

«Quale hot dog?» chiede Davide.

Nessuno gli risponde.

Il condominio che cerchiamo è immerso nel silenzio più totale. Zombi estrae le chiavi di Boh dal giubbotto di cuoio da motociclista e apre la porticina d'ingresso accanto al portone principale. Cani non ce ne sono: l'abbiamo verificato poco fa, quando arrivati in Borgo Crimea sul mio Hummer H3 abbiamo fatto tre o quattro volte il giro dell'isolato. Anziché accendere la luce delle scale, Zombi usa la minitorcia che adoperiamo in serata quando in consolle è troppo buio per trovare i dischi nelle rispettive borse. Ci guardiamo attorno nella flebile speranza che dall'ultima volta che siamo stati qui abbiano messo l'ascensore. Macché. Zombi borbotta una bestemmia e ci fa segno di stare attenti a dove mettiamo i piedi. Ma mentre lo seguiamo su per le scale, mi accorgo che Davide davanti a me sta tremando. La sua agitazione mi mette in testa brutti pensieri. Ora salterà fuori qualcuno da una delle porte che si aprono sul primo pianerottolo, mi dico. Beccherà Zombi con la sua minitorcia e noi con questo coso pesantissimo in spalla e si metterà a urlare e sveglierà tutto il palazzo e nel giro di due minuti avremo la polizia addosso e vaglielo a spiegare a quei tipi vestiti di blu che noi in definitiva non c'entriamo nulla, a parte forse Edoardo che in effetti ha messo a disposizione di tutti la sua coca. Ma no, mi viene in mente quando dopo due rampe di scale, passato il primo pianerottolo senza problemi, attacchiamo la terza, adesso che ci penso la bamba di Zombi ce la siamo sparata tutta sul tavolo di Davide, quindi Boh ne aveva dell'altra e a un certo punto deve aver scelto di farsela nel bagno di servizio per non doverla spartire con nessuno. Grazie tante, dico tra me e me al cadavere. Poi però deve aver pensato di farsi ancora una pizzetta.

Mentre salgo cerco di fare attenzione agli scalini. La luce prodotta dalla minitorcia che Zombi tiene puntata su di noi è appena sufficiente a intuirne i bordi. Dopo la terza rampa viene la quarta e poi il secondo pianerottolo e di nuovo mi figuro scene tremende da film di serie B e vorrei tanto starmene da tutt'altra parte. Nell'istante in cui curviamo per attaccare la sesta rampa, Brocchi incespica di nuovo. Lungo la tromba delle scale riecheggia il rumore secco prodotto dalla suola delle sue scarpe e per un pelo non mi lascio sfuggire tappeto e contenuto.

«Cazzo fai?» sento sibilare Zombi da qualche scalino più in su. È una specie di urlo a bassa voce. «Sta' attento a dove metti i piedi, cretino!»

Davide ritrova l'assetto. Ripartiamo. Ci lasciamo alle spalle senza brutte sorprese anche il terzo pianerottolo, e attacchiamo la settima rampa. A questo punto ansimiamo. E i berretti di lana ci fanno sudare. Proprio in una mansarda al quarto piano senza ascensore dovevi andare a stare, dico mentalmente a Boh. Del resto te l'aveva lasciata in eredità la nonna, se non ricordo male. Col fatto che tua madre sta a Dubai ci va veramente di lusso, comunque. Vi sentite, cioè, vi sentivate tipo due volte l'anno, da quello che ti lasciavi sfuggire. Tuo padre invece per quanto ne sappiamo non l'hai mai conosciuto. Secondo Zombi la tua genitrice c'era rimasta da ragazza a Saint Moritz con qualche parente alla lontana dell'Avvocato. Ma tu quell'unica volta che hai toccato apertamente l'argomento ci avevi detto che si era trattato di un banalissimo maestro di sci svizzero. O magari di un suo collega di Sestriere. Vabbe'. Ottava rampa. Ancora un piccolo sforzo e ci siamo. Sempre che in questi ultimi giorni non abbiano affittato la mansarda di fronte alla tua, e il nuovo inquilino non rincasi proprio a quest'ora. Ma no. Qui in precollina il giro delle case è più esclusivo del circolo del Whist. Se fosse successo qualcosa di simile ce l'avresti detto. Improvvisamente sopra di noi sento girare una chiave nella toppa di una serratura. Oh, cazzo... ci hanno beccati!

«Che succede?» chiedo sottovoce a Davide, bloccandomi alle sue spalle e bloccando di conseguenza anche lui.

«No, niente» mi fa. «Zombi è già arrivato al pianerottolo, e sta entrando nella mansarda.»

Facciamo gli ultimi scalini. Entriamo anche noi, seppure a fatica, visto quant'è stretta la porta. Zombi la richiude dietro di me. Quando ci affianca in corridoio vedo che si è ricordato di infilarsi i guanti di lattice da tatuatore che si è procurato anche per noi, mentre ai piedi ha messo due sacchetti di plastica di quelli per la spesa, fissandoli alle caviglie con lo scotch per pacchi marrone. Con grande cautela posiamo a terra Boh.

«Mettetevi guanti e sacchetti» ci fa Zombi piano, frugandosi nelle tasche del giubbotto e passandoci il necessario.

Io e Davide eseguiamo. Zombi spegne la minitorcia e accende la luce. Diamo un'occhiata alla mansarda. Alla nostra sinistra, la cucina è un casino totale di piatti sporchi e bicchieri dove galleggiano cicche. Boh non ha più voluto avere nessuna donna delle pulizie tra i piedi da quando l'ultima, una rumena, è sparita facendogli fuori il panetto da un chilo di fumo che conservava nella dispensa. Stesso panorama in soggiorno, dove sul pavimento in parquet troviamo lunghe file di dischi in vinile e pile su pile di cd. Mi chino e scartabello tra i vinili a caccia del cofanetto dei Massive Attack.

«Cazzo, Iaio, ma ti sembra il momento di metterti a cercare un disco?» mi fa Zombi.

«Davo solo un'occhiata» abbozzo. Lascio perdere.

«Dài, tiriamolo fuori e mettiamolo sul divano davanti alla tivù» ci istruisce Zombi.

Torniamo in corridoio. Davide srotola piano il tappeto. Tre o quattro giri, e salta fuori la sagoma di Boh dentro i sacchi neri della spazzatura. Zombi tira fuori il suo Laguiole comprato a Nizza quella volta che tutti e tre siamo andati in auto al Sonar di Barcellona e con un unico gesto deciso apre uno squarcio per tutta la lunghezza dell'involucro nero, tagliando come carta velina lo scotch per pacchi marrone. Dallo squarcio viene fuori una zaffata tremenda.

«Che schifo!» esclama Zombi. «Coraggio, voi due, datemi una mano!»

Prendiamo su Boh senza toglierlo dai sacchi e lo portiamo in soggiorno. Dopodiché lo tiriamo fuori e lo mettiamo a sedere nudo sul divano di fronte al televisore. A un tratto mi viene da vomitare. Devo correre in bagno.

In ginocchio davanti alla tazza, tossisco tra un conato e l'altro. Quando torno di là, la gola mi brucia malgrado mi sia sciacquato la bocca. Boh sembra un'atroce caricatura di se stesso. L'hanno appoggiato come un osceno pupazzo di carne a un bracciolo, e Zombi gli ha sistemato accanto il pezzo di stagnola in cui c'era la coca, gettando sul parquet un paio di paste di ecstasy. Incredibilmente, Boh stringe ancora in una mano la pizzetta.

«*Voilà*!» esclama Zombi. «Così penseranno che ha fatto tutto da solo.»

Io e Davide ci guardiamo. Forse ha ragione. Ma prima di lasciarlo così, accende il televisore al plasma e il lettore dvd, infilando in quest'ultimo uno dei porno che Boh teneva accanto alla serie di *Spazio 1999*. Una volta azzerato il volume, osserviamo la scena soddisfatti. Lo troveranno così, lo schermo ancora acceso, e se ne faranno una ragione. Senza che ci sia bisogno di dire una parola, capiamo tutti e tre che è tempo di andare. Mentre loro recuperano i sacchi neri della spazzatura e il tappeto in corridoio, mi soffermo ancora un istante in soggiorno. Non fosse mai che per una botta di culo metto gli occhi sul cofanetto dei Massive Attack. Ma mi dice male. E con Brocchi zoppicante, poco dopo le quattro, ce la battiamo.

Trans-Europe Express

Non ne avevo nessuna voglia nessuna voglia nessuna voglia veramente nessunissima voglia e però lui ha insistito tanto che pur di farlo tacere alla fine porca puttana gli ho detto sì Edoardo sì va bene vieni a dormire da me se proprio hai l'impressione di essere seguito da Boh o meglio dal fantasma di Boh... io ai fantasmi non ci credo anche se spesso Ludwig viene a trovarmi... Boh a quest'ora semplicemente non esiste più al massimo è un pezzo di carne in putrefazione in quella cazzo di mansarda di via Volturno e tornerà a darci qualche fastidio solo nel momento in cui qualcuno lo troverà ma neanche tanti perché il dj che crepa in overdose è un classicone tipo *Trans-Europe Express* dei Kraftwerk Capitol Records 1977 traccia 1 *Europe Endless* 2 *The Hall of Mirrors* 3 *Showroom Dummies* 4 *Trans-Europe Express* 5 *Metal on Metal* 6 *Franz Schubert* 7 *Endless Endless* prodotto da Ralf Huetter e Florian Schneider registrato al Klingklang Studio di Düsseldorf e al Ruessl Studio di Amburgo e poi inciso al Record Plant di Hollywood... Edoardo sta dando di matto sul divano nero piange urla geme grida emette strani suoni che mi ricordano quella volta in autostrada stavamo andando a mettere i dischi in una discoteca di Vicenza o Padova o Pordenone e fermi all'autogrill ci fumavamo una siga e dal parcheggio riservato ai camion e agli autotreni arrivava il muggito lungo continuo doloroso di una mucca che sapeva di essere destinata al macello erano le nove di una sera buia piovigginosa faceva un freddo cane e forse anche lei diceva come dice adesso Zombi HO PAURA SONO SOLO NESSUNO MI VUOL BENE VI PREGO AIUTATEMI NON VOGLIO MORIRE ma di sicuro non ripeteva ogni tre per due TI PREGO BOH LASCIAMI STARE BOH VATTENE porca troia i tappi i tappi devo riuscire a trovare i tappi che Allegra usa per dormire basta ho deciso anche se non si fa più trovare domani vado da Serenella devo dormire devo dormire devo dormire.

In atelier

Serenella apre al pubblico il suo atelier, inaugurato la scorsa settimana senza che io ne sapessi nulla, dal giovedì al sabato, ma solo la sera, dalle quattro alle nove. Prima di andarci mi sparo un paio di righe di quella buona. Ma oggi la bamba non mi sta facendo alcun effetto, e non so perché ma penso solo a gente morta: Boh, la ragazzina brasiliana, mio fratello. Quando entro nell'atelier dietro largo IV Marzo, Serenella è seduta davanti al Mac. Ai suoi piedi c'è Tobia. Dorme in una nuova cuccia Louis Vuitton.

«Che ci fai qui?» mi chiede lei.

«Sono... disperato, Serenella. Totalmente disperato» mi lascio sfuggire.

«Sai che ho appena trovato in rete un nuovo tipo di carta di riso?» mi sorride lei, tornando a posare gli occhi sullo schermo del computer. Le trilla l'iPhone. Controlla il numero.

«Scusa, è mio padre.»

Corre di là. Per qualche minuto me ne sto lì imbambolato a farmi mordere le scarpe da Tobia, che nel frattempo si è tirato su dalla sua nuova cuccia Louis Vuitton. Poi Serenella torna. È tutta rossa in faccia.

«Allora? Dov'eravamo rimasti? Ah, sì. Ti dicevo che stamattina in rete ho trovato un nuovo tipo di carta di riso.»

Siede nuovamente al computer e attacca a smanettare.

«Grandioso. Io invece ti stavo dicendo che sono disperato.»

«Ho deciso che mi merito un premio. Ma non so se andarmi a comprare un vestitino da Born in Berlin o concedermi una vacanzina a Phi Phi Island. Tu che ne dici?»

«Io... sto male, capisci?»

«Domani sera tra l'altro c'è una performance alle Fonderie Teatrali Limone. Io ci vado con un mio ex compagno dello IED. E tu?»

«No» le dico.

A un tratto mi pare di vederle tra i capelli un filo verde, ma non ne sono sicuro. Mi avvio lentamente verso l'uscita. Lei non distoglie lo sguardo dallo schermo. Apro la porta. Il suo cellulare trilla di nuovo. Controlla il numero in entrata.

«Scusa, di nuovo mio padre» mi sussurra.

Torna di là. Tobia mi guarda torvo. Esco.

Dopo la serata

Dopo la serata di chiusura della stagione scorsa al Tortuga, per un tot con Allegra non ci siamo né visti né sentiti, proprio come ora. Che mese era? Fine maggio, primi di giugno. Poi una sera che ero a cena in via Matteo Pescatore al Mare Nostrum con Zombi, Boh e Yoghi, Bubu e Ranger Smith, impegnati come da copione a fregarci sui soldi sostenendo che erano entrate solo millenovecento persone anziché le duemila che secondo gli accordi ci avrebbero consentito di intascare una percentuale maggiore, Ozzy è passato al nostro tavolo a salutarci e in un orecchio mi ha sussurrato – Guarda che Allegra sono tre giorni di fila che vegeta al Punk Rock Café, un po' fatta e un po' ubriaca. Più tardi, tornando a casa, l'ho cercata al cellulare. Non mi ha risposto. La mattina dopo ho riprovato, ma lei niente. Così nel pomeriggio sono andato a cercarla in quel cazzo di bar incrostato di punkabbestia al fondo di via dei Mille, il paradiso in terra di tutti gli spacciatori. Appiccicati ai muri coperti di graffiti ai due lati dell'ingresso c'erano i soliti parassiti, ciascuno col suo kit completo di stracci neri, catene, borchie, piercing, canna tra le labbra, cane coperto di zecche e merda di cane d'ordinanza, grossa come se l'avesse cagata un tirannosauro. Sul momento ho esitato, dicendomi che prima di spingermi fin lì avrei dovuto procurarmi una tuta di quelle per la guerra batteriologica. Uno dei parassiti mi ha chiesto, smandibolando – Ciao ti serve mica un paio di scarpe da rave? Sabato c'è una festa da qualche parte in un'ex fabbrica, l'ho sentito su Radio Black Out, e ho una partita di Acupuncture troppo fighe. Io ho tirato dritto e sono entrato nel locale. Oltre il bancone luri-

do e le vetrinette farcite di panini che avrebbero fatto schifo a uno zingaro negro subnormale con l'Aids e la scabbia, c'era il bel giro di sempre. Addormentato in un angolo, Peppo: il pusher storico della città, almeno in apparenza ormai settantenne ma probabilmente più giovane, l'effetto vintage amplificato dagli anni di eroina, alcol, Murazzi e Nuove. E intorno a lui i suoi giovani allievi e discepoli, Fredo, Lillo, Orco, Muto e Pollo. Per la serie il più pulito aveva la rogna, come si dice in questi casi quando si cerca comunque di essere eleganti. Lei era lì, seduta sulle ginocchia di un tizio che non avevo mai visto, con una maglietta dei Rancid e la cresta da mohicano. Ubriaca, più che fatta. Per un po' l'ho osservata, senza che se ne accorgesse. Spettinata, sudata, aveva l'aria di non essersi cambiata da una settimana e le unghie sporche. Era la prima volta che la vedevo in quello stato. Finché lei a un tratto ha alzato gli occhi. Mi ha visto, senza fare una piega. Ha messo su un sorriso sghembo. Come di sfida. E poi, nemmeno fosse la cosa più naturale del mondo, si è voltata verso il tizio con la cresta da mohicano, gli ha preso la testa tra le mani e lo ha baciato a lungo. Allora me ne sono andato.

Autobahn

Lascio Torino anche se in programma ci sarebbe una Notte Bianca e in autostrada mi piazzo ai 250 sulla corsia di sorpasso. Ogni volta che incontro un ostacolo sparo gli abbaglianti: prima di partire mi sono fatto un altro paio di righe di quella buona per accorciare il viaggio fino alle Cinque Terre, e le altre auto mi vengono incontro come sulla Playstation. Sono sicuro che Allegra è a Monterosso per preparare tranquilla 'sto maledetto ultimo esame. Il lettore mp3 del mio Hummer H3 satura l'abitacolo con le note di *Destroy Rock'n'roll*. Un vecchio cd di Mylo uscito nel 2004 dopo il successo del singolo *Drop the Pressure*. Ormai un classico. In questo momento sta suonando la traccia numero 3. *Muscle Cars*. Decisamente appropriata. Mi incollo al culo piatto di una Fiat Panda nera vecchio modello con su un adesivo che dice LAIFISNAU. Cazzo significa LAIFISNAU? Al volante uno con la testa rasata e le braccia tatuate. Al posto del passeggero una bruna con i capelli lunghi. Stanno sorpassando una Opel. Levatevi su. Bravi. Per un istante rivedo Serenella. Lei e i suoi *Non so cosa voglio*. 'Sta decerebrata. Ma il decerebrato sono io. Che cosa pretendo da una che nella vita è stata solo capace di aprire con i soldi di papi un atelier di borsette di cartone? Dovevo starmene con te, Allegra. Sei l'unica che mi conosce davvero. Solo a te ho raccontato tutto. Ma che ci fa un Tir sulla corsia di sorpasso? Sorpassa un secondo Tir che a sua volta ne sta sorpassando un terzo. Roba da ritiro della patente immediato. Sparo raffiche di abbaglianti. Su. Datevi una mossa. Allegra dove sei? Solo tu sai come sono andate le cose. Solo a te ho detto tutto di Ludwig. Mi sarebbe piaciuto fartelo conoscere. E tu, Ludwig, perché l'hai fatto? Noi due eravamo una cosa sola. Quando a Natale i nostri genitori ci piantavano in asso per andare a sciare con gli amici su a Saint Moritz eri tu a occuparti di me. Tu mi hai insegnato ad andare in skateboard. E ad apprezzare la musica. Il mio fratello maggiore. La mia roccia. Disegnavi fumetti bellissimi. Avevi sempre l'erba migliore. Cambiavi ragazza ogni fine-settimana. Poi all'università hai cominciato a frequentare quel cazzo di centro sociale. A fare discorsi strani. Sulle masse sfruttate. L'anarchia. Il proletariato. A un tratto noi eravamo tutti sbagliati. Hai smesso di portare il Rolex che ti aveva regalato nostro padre per il diploma delle medie. Però continuavi a usare l'American Express che sempre lui ti aveva regalato per i tuoi sedici anni, dopo il divorzio da nostra madre. E quando una volta al mese tornavi a casa ti facevi lavare dalla filippina le magliette dei Crass bucherellate ad arte. Se per caso nostra madre ti incrociava al ritorno da un periodo di sei mesi passato in un qualche ashram ti diceva che se volevi te lo poteva insegnare lei come si faceva la rivoluzione. Ma tu manco la cagavi. Me lo ricordo benissimo, Ludwig. Hai iniziato con l'eroina quando è uscito in Europa il primo disco dei Nirvana. Non andavi più né all'università né al centro sociale. Te ne stavi chiuso tutto il giorno nella tua stanza ad ascoltare *Nevermind* con la tele accesa su MTV per veder passare il video di *Smells Like Teen Spirit*. Hai continuato così fino all'uscita di *Bleach*, che in realtà negli Stati Uniti era stato il vero primo disco dei Nirvana. Allora hai lasciato la tua stanza e sei andato a vederli in concerto prima al festival di Glastonbury e poi a quello di Lollapalooza e poi a quello di Roskilde e poi in un sacco di altre date in giro per il mondo. Naturalmente facendoti pagare i voli da nostro padre. I Nirvana erano diventati la tua ossessione. Ti eri strappato i Levi's scoloriti. Ti eri fatto crescere i capelli e la barba come Kurt Cobain. Ti eri messo a suonare il basso. Non ti facevi nemmeno più lavare dalla filippina le magliette bucherellate. Se per combinazione nostra madre ti rivedeva al ritorno da uno dei suoi ritiri spirituali in Tibet si lamentava perché puzzavi più dei tibetani. Una volta sei perfino andato a vedere un concerto delle Hole a Milano solo perché la cantante era Courtney Love. Quando è uscito *In Utero* mi hai detto – *Sai Iaio non credo che qualcuno potrà mai fare un disco più bello di questo. Che senso ha imparare a suonare il basso?* Hai smesso di esercitarti chiuso nella tua stanza. I Nirvana li hai visti l'ultima volta a Roma nell'aprile del 1994 quando Kurt Cobain è andato in overdose. Un mese dopo Kurt Cobain si è sparato. E un mese dopo Kurt Cobain ti sei sparato anche tu.

Cazzo Allegra, vedi di esserci.

Monterosso

Dato che poco prima di Chiavari sono stato costretto a fermarmi in una piazzola di emergenza a pippare, in modo da affrontare l'eventuale incontro con Allegra nel migliore dei modi, quando parcheggio il mio Hummer H3 in fondo al vialetto d'accesso alla villa della madre di lei sono in ritardo di sette minuti rispetto alla tabella di marcia. Amen. E adesso che faccio? Be', scendo dall'auto e vado da Allegra e mi comporto come se non fosse successo nulla. Tanto lei di Serenella non sa niente. E comunque si è fatta la sua storia con quel cazzo di mohicano. Chiudo gli occhi. Apro la portiera.

Sotto un sole che spacca anche se ormai siamo a fine ottobre faccio a piedi il tratto ghiaioso fino al cancello. Lo trovo sprangato. Suono il citofono guardando l'occhio impassibile della telecamera. Riprovo una, due, tre, quattro, cinque, sei volte. Niente.

«ALLEGRA!» grido.

Si sente solo il frinire dei grilli, fortissimo.

«ALLEGRA! SONO IO! IAIO!»

Macché. Provo a sbirciare attraverso la fessura che si apre tra il cancello e l'alto muro a protezione della villa. Riesco a vedere, oltre il prato con l'erba tagliata all'inglese e le buganvillee, solo le persiane sbarrate di una finestra. La piscina circondata da palme è dall'altro lato della casa. Magari lei è lì stesa su una *chaise-longue* e non mi sente.

«ALLEGRA!» grido più forte. «ALLEGRA TI PREGO! VIENI FUORI!»

Niente da fare. Faccio per arrampicarmi sul muro ma poi mi accorgo che la sua sommità è coperta di cocci di bottiglia. Digrigno i denti.

«ALLEGRA! SU, DÀI! NON FARE COSÌ!»

Zero. Mi sa che Allegra proprio non c'è. A un tratto mi sembra che i grilli aumentino ancora il volume. Ormai a forza di OGM devono essere grossi come pantegane. Se lei non c'è che ci sono venuto a fare fin qui? Sto iniziando a sclerare.

«CRISTO ALLEGRA!» sbraito, pestando i piedi sulla ghiaia. «PERCHÉ NON RISPONDI? DOVE CAZZO SEI FINITA?» Sferro un calcio al cancello. Chissà perché mi viene in mente quella volta che Serenella mi ha raccontato di come suo padre guardasse altrove quando lei si metteva a girare nuda per casa.

«'STA STRONZA MICROCEFALA! LEI E I SUOI NON SO COSA VOGLIO! LO SAI BENISSIMO CHE COSA VUOI! VUOI SCOPARTI TUO PADRE!»

Fanculo. I grilli mi martellano il cervello. Devono essere enormi. Fa troppo caldo. Sento tutto un formicolio sotto la pelle. I grilli. Sempre più forti. Mi viene in mente quell'articolo sulle libellule della Cia. E se anche questi fossero grilli della Cia? O comunque dei servizi segreti? Sono troppo grossi per essere veri. Me li sento addosso. Porca puttana quei cazzo di grilli mi si devono essere infilati sotto la pelle. Attacco a grattarmi le braccia. Cristosanto e adesso che faccio? Sto male. Allegra ti prego aiutami.

«ALLEGRA! AIUTAMI!»

Il prurito. In tutto il corpo. Dio che schifo sono pieno di grilli enormi. Mi butto a terra sotto il sole, sbavando sulla maglietta dei Motel Connection. Mi gratto la testa le cosce il torace i polpacci la faccia il collo ancora le braccia le mani dietro le orecchie. I grilli si muovono sotto la pelle. Grilli grossi come elicotteri. Quella volta che nostro padre mi ha portato a fare un giro in elicottero tra i grattacieli di New York. Sto per trasformarmi in un grillo. Ho paura.

«LUDWIG!» urlo terrorizzato. «ALLEGRA! AIUTATEMI!»

Nessuno risponde.

Festival del cinema

Tra gli habitué Boosta con la Lessa, Marsiaj con Johnson Righeira, l'attrice Francesca Rocca, no, Samantha Bocca, nemmeno, vabbe', e tutti gli altri, insomma. In un angolo, Nanni Moretti vestito in modo informale con un paio di pantaloni di velluto a coste beige e un maglione azzurro è circondato da gente vestita di nero da capo a piedi. Mi arriva un sms. W VELTRONI STASERA AL LA GARE. Cazzo significa? Atmosfera frizzante. In programma c'è una Notte Bianca. Serenella c'è ma l'ho persa di vista quasi subito, se ne andasse affanculo.

«Divertente... davvero divertente.»

«Che ne dici se prima ci facciamo un'aperocena da Moretto?»

Ho voglia di PIPPARE. TIRARE. SBAMBARE.

Ashes to ashes.

Dust to dust.

Polvere alla polvere.

«Disegnavo spillette» sorride. «Disegnavo magliette con i manga. Ora disegno borsette di carta di riso.»

MA VAI A FARE IN CULO STILISTA DI BORSETTE DI CARTONE DEI MIEI COGLIONI.

Butto giù un flûte. Poi l'altro. Figa 'sta Mole Antonelliana. Vado verso i bagni tastandomi l'involucro nella tasca interna della giacca. Entro. I primi due séparé sono occupati. Il terzo pure. Apro la porta del quarto, che ha la maniglia rotta. Mi ritrovo davanti un cameriere del catering: sta pippando da un vassoio. Non alza nemmeno gli occhi dalle righe di bamba.

«Occupato» mi fa.

«No. Disoccupato, se ti denuncio ai tuoi superiori» ringhio.

«Tanto mi hanno assunto con un contratto a progetto solo per quattro ore» mi risponde lui, facendo spallucce.

A pranzo con Zombi

Zombi mi ha dato appuntamento per pranzo alla Lutèce di piazza Carlina per, dice lui, pianificare le prossime mosse in vista dell'incontro con Bob Mambo, anche se non ho idea di che cosa stia parlando. Abbiamo appena ordinato i rispettivi piatti e, in attesa che la cameriera ci porti da bere al tavolino che abbiamo occupato nel dehors, io penso ad Allegra e a Serenella e a Ludwig e a Janine e a Boh e al fatto che l'essere che ho di fronte ha messo le mani sull'unica copia arrivata a Torino del nuovo singolo di Richie Hawtin aka Plastikman, e lui sfoglia "La Stampa". A una pagina, improvvisamente, si blocca. Scorre con gli occhi arrossati il testo dell'articolo.

«Basta» esclama. «Io con la bamba ho chiuso.»

Mi squadra, in attesa di una mia reazione. Io lo guardo a mia volta, confuso.

«Sta' a sentire» mi fa Zombi. «Roma. Un numero sempre maggiore di italiani ricorre al chirurgo a causa dei danni al setto nasale causati dalla cocaina.» Sghignazza. «E, contestualmente, aumentano i laureati in estetica del naso.»

Caccio via con un gesto deciso della mano un marocchino carico di cianfrusaglie prima che se ne esca col classico *ehi, 'mico, compra qualcosa.*

«La bamba fa male, lo scrivono pure i giornali» continua Zombi. Ha un'aria molto seria. «E ti dirò, mi sento già meglio. Del resto era una decisione che meditavo da tempo.

Resti tra noi: ho già preso contatti con una comunità di recupero. Ci entro la prossima settimana.»

A queste parole, sobbalzo.

«Tu entri in comunità? La prossima settimana?»

«Sissignore» annuisce. «Ieri ho fatto domanda di ammissione e me l'hanno subito accettata. Anche perché basta che paghi. Non te l'aspettavi, eh, dal tuo Zombi?»

«Ma Edoardo, renditi conto: in comunità non puoi farti nemmeno nel fine-settimana.»

«E certo. Anche perché altrimenti per punizione i preti t'inculano.»

«E tu ci entri lo stesso?»

«Esatto. Mai dare nulla per scontato, quando c'è di mezzo il sottoscritto.»

Lo guardo negli occhi arrossati. Non mi sembra che si sia fatto. Forse ha davvero deciso di ripulirsi. Poi però mi viene in mente il Tortuga.

«Ehi! Ma così addio inaugurazione!» protesto.

«E allora? Se proprio vuoi saperlo, caro mio, sai che ti dico? Secondo me, dovresti farlo anche tu.» Si sporge sul tavolo, e mi sussurra piano: «Pensa a quello che è successo a Boh».

Mi guardo attorno. No, non ha sentito nessuno. Mi sporgo a mia volta, e a bassa voce gli dico:

«Sì, ma lui ci è rimasto per colpa di una pizzetta.»

«Al posto delle cartilagini del naso, ti mettono quelle di un orecchio. Dimmi, Iaio: vuoi forse ritrovarti un bel giorno con un orecchio dove prima avevi il naso?»

Porto una mano al setto nasale. Lo tasto con una certa cautela. In effetti mi pare... non lo so, mi pare diverso da com'era una volta. Cerco di ricordarmi se ultimamente ho avvertito qualcosa di strano. Non mi sembra.

«Ma tu in quale comunità entri?»

Lui allora si guarda attorno, inarca le sopracciglia e mi fa: «La San Pablo».

«La San Pablo?»

«Sì. La San Pablo... Escobar.» Dopodiché, scoppia a ridere come un matto.

Ecco. Lo sapevo. Mi ha preso per il culo. Guardo Zombi sganasciarsi, aspettando che si calmi. Non si calma. Continua anzi a ridere sempre più forte, e a un tratto attacca a tossire, tutto rosso in faccia. Do un'occhiata agli altri tavolini del dehors, affollati di giovani ribelli creativi. Nessuno gli fa caso. Ormai lo conoscono.

«Sto male... io... proprio io... che faccio... domanda... di ammissione... in una... comunità.»

Si contorce sulla sedia, facendo cadere a terra le posate. Tenta di raccoglierle, ma non ci riesce.

«E li pago pure... quegli stronzi... perché mi rompano... il cazzo... con le loro prediche... e mi impediscano... di fare... quello che voglio.»

Si tiene la pancia. Sta letteralmente piangendo. Gli cade anche il tovagliolo.

«Ci pensi?... io che vado... dallo psicologo... e lui che mi spiega... che ho dei problemi... come se... non lo sapessi.»

Geme.

«Ma io... a uno... che pretende... di spiegarmi... che cosa ho... gli tiro... una pizza così... gli stacco... la testa dal collo.»

Poi, di punto in bianco, la smette. Si passa le mani tra i capelli e si schiarisce la voce, raccogliendo da terra posate e tovagliolo. Torna a sedere composto. Più o meno.

«Allora: ti spiego il mio piano d'azione» mi dice. «Ieri ho fatto il punto riguardo al nostro mixato. In realtà è praticamente perfetto. Per me, se vuoi saperlo, è il momento di darci un giro» proclama. «E mercoledì prossimo, tienti forte, abbiamo appuntamento a casa di Bob Mambo.»

«Giura.»

«Giuro. Alla fine mi sono fatto dare il numero da quel cretino *totale* di Davide Brocchi, che va da sé ce l'aveva, e l'ho sentito. E credimi: gli ho messo addosso una certa curiosità. Dopotutto ora come ora siamo gli unici ad avere un sound deep-house-punky-funky-happy-disco di chiara derivazione Detroit con sfumature electro, techno, tech-house, però riviste secondo i dettami di una minimal filtrata dal french-touch, insomma molto molto originale, impossibile da definire con esattezza. Quando gliel'ho detto è rimasto impressionato. Ci aspetta per le nove.»

Cerca di attirare l'attenzione di una cameriera.

«Ehi! Tipa!»

La cameriera si avvicina. Frangia. Tatuaggio. Artista.

«Puoi portarmi altre due posate?»

Lei sbuffa e gli fa: «Se proprio devo».

Domenica

Sono le cinque di domenica mattina e sto venendo via dal Fluido sul mio Hummer H3 con cui attraverso il parco in direzione di corso Massimo tagliando dritto per i prati consapevole di essere vagamente ubriaco per aver bevuto un certo numero di mojito di cui almeno cinque gratis visto che al bancone del bar c'era Stefano uno dei soci che si è ricordato di come all'inizio anch'io mettevo dischi qui quando a un tratto mentre sto evitando un albero che mi sta venendo addosso ricevo un sms sul cellulare e mi dico che stavolta deve trattarsi di Allegra o magari è Serenella, se non è il Partito Democratico. Fermo il Suv alle pendici della collina degli spacciatori e mi frugo in cerca del Nokia. Non lo trovo.

«Non lo trovo» biascico.

Mi guardo le mani. In una vedo il cellulare.

«Cazzo, eccolo» borbotto.

Premo un tasto a caso. Il display s'illumina. Leggo: IAIO TI ASPETTO IN PIAZZA CAVOUR PER LA MIA PERFORMANCE OZZY.

Cazzo avrà fatto? Dato fuoco a l palazzo delle Deturpi? Riparto. Anziché lanciare lo Hummer H3 su per la collina faccio un'inversione a U e sempre evitando gli alberi che mi vengono addosso raggiungo corso Vittorio. Lungo il controviale incrocio una selva di pusher africani tra cui un paio che conosco, ma evito di fermarmi. Svolto in via della Rocca che diventa via Giolitti che diventa un'altra via di cui non ricordo il nome. E solo quando sbuco in piazza Cavour e vedo i lampeggianti delle auto dei vigili urbani e della polizia e dei carabinieri mi rendo conto di essere senza cintura. Ma non faccio in tempo a pensare che se mi beccano e mi fanno la prova del palloncino mi ritirano subito la patente che vedo tutto.

Inchiodo.

Vedo il palazzo dove viveva Ozzy prima che lo comprassero le sorelle Deturpi.

Vedo i ponteggi dei lavori in corso.

E vedo Ozzy, nudo come un verme e impiccato a un tubo Innocenti con al collo un enorme cartello nero con una scritta bianca a caratteri cubitali, POLVERE SIETE POLVERE TORNERETE.

E a un tratto, l'ubriacatura mi passa.

Vladimir Putin

Quando dopo aver saltato una serie di pozze di vomito e guadato svariati rigagnoli di piscio torno per la seconda volta in vita mia al Punk Rock Café al fondo di via dei Mille lo trovo incrostato dai soliti rifiuti dell'umanità. Tossici, pusher, barboni, punkabbestia. Ci sono anche un paio di ex cabinotte conciate da scarafagge chic, un mio ex compagno del Valsalice figlio di un primario che per quel che ne sapevo era davvero in comunità, e una ragazzina con il cranio rasato a zero e un paio di piercing in faccia infagottata nella tipica uniforme del posto, felpa nera col cappuccio, pantaloni militari, Acupuncture ai piedi, più il consueto corredo di catene e bracciali e borchie assortite, ma priva di cane coperto di zecche con tanto di merda da dinosauro come da regolamento, che mi fissa con due occhi azzurri grossi così, manco avesse visto entrare un marziano. Vabbe'. Ma Allegra zero. Niente. Non c'è. E non c'è neppure quello spurgo di un mohicano. Oltrepasso il bancone lurido e le vetrinette con i panini istoriate dalle cacche di mosca e do un'occhiata nella saletta rivestita di manifestini e flyer e sputi e schizzi di vomito e di piscio e caccole dove ogni tanto questi subumani organizzano qualche concerto, pazzesco, siamo entrati nel terzo millennio e ci sono ancora stronzi che suonano dal vivo e altri stronzi che li applaudono, però anche lì niente, vedo giusto due universitari impegnati a limonare a un tavolino e su una sedia poco più in là un tizio col giubbotto di jeans scolorito e gli occhi semichiusi che cerca senza riuscirci di accendersi una sigaretta. Si è appena fatto una pera.

«Cerchi qualcuno?» chiede una voce alle mie spalle.

Mi volto. È la ragazzina col cranio rasato. Sto per dirle di farsi i cazzi suoi ma lei mi precede e mi fa:

«Ma tu non sei Iaio, il dj del Tortuga?»

Noto che parlando smandibola di brutto. Un'altra col cervello bruciato dalle paste. Mi viene in mente la frase che sentii dire da John Lydon a un concerto dei Pil, quand'ero ragazzino e anch'io pogavo sotto i palchi: *Try to be original.*

«Colpito e affondato» le dico. «Ma non dirmi che una come te viene a ballare in un posto come il Tortuga.»

«Be', io vado ai rave» mi risponde lei, sempre smandibolando.

«Non credevo ce ne fossero ancora.»

«Mah, sì. Ogni tanto. Li organizzano i traveller, su in montagna. Però giù al Tortuga una volta ci sono stata.»

Mentre smandibola mi punta con i suoi occhi azzurri. Ma che ha da fissarmi così? Avrà diciotto anni.

«Chi stai cercando?» mi fa.

«La mia...» esito. Non so perché ma rivedo per un istante Serenella che nel suo atelier mi dice, evitando il mio sguardo, *Non so cosa voglio.* 'Sta cerebrolesa. «Cerco... la mia ragazza.»

«Quella che sembra Kate Moss che veniva qua a ubriacarsi?»

«Sì. Lei.»

«Sono mesi che non passa. Ma... posso dirti una cosa?»

«Cosa?»

Continua a fissarmi. Le viene fuori una risatina strana.

«Allora? Che devi dirmi?»

«Be'» mi fa, grattandosi il cranio rasato con un tintinnare di ferraglia. «Volevo dirti che... mi piaci.» Arrossisce.

Ma tu dimmi. Si sarà appena fatta una pasta.

«Non credevo che... eravate ancora assieme» aggiunge.

«Perché?»

Se ne esce di nuovo con la stessa risatina strana di prima. Si stiracchia. Dopodiché, mi chiede:

«Ma tu ci vai mai alle feste rave?»

«Ci andavo. Secoli fa. Però te l'ho fatta io, una domanda.»

«Che domanda?» aggrotta le sopracciglia.

«Ti ho chiesto perché credevi che io e Allegra non stavamo più assieme.»

«Mah. Così» si stringe nelle spalle.

«L'hai ancora vista con quel bastardo?» non riesco a trattenermi dall'indagare.

«Chi? E.P.?»

«E.P.?»

«Eh.»

«Non lo so. Quello conciato da mohicano.»

«Sì, lui. No, con E.P. nessuna sta più di un tot. Lui adesso sta con una tipa che fa la modella. Ma vedrai che non dura.»

«Perché lo chiamate E.P.?»

La stessa risatina strana di prima.

«Allora?»

«Credevo lo sapessi anche tu.»

«No, non lo so.»

«Be', lo sanno tutti che Ale ha l'eiaculazione precoce.»

A un tratto le trilla il cellulare. È così fuori dal mondo che tiene ancora come suoneria *Jilted Generation* dei Prodigy. Estrae un Samsung del Paleolitico da una tasca dei pantaloni militari, portati bassissimi in vita. Noto che ha un tatuaggio tribale appena sopra il culo. Porta un tanga verde. Quando controlla il numero in entrata, improvvisamente impallidisce.

«Cos'è, ti cerca la mamma?»

Lei scuote il cranio rasato. Il cellulare continua a sparare i Prodigy. La vedo tremare.

«Ehi, che c'è?»

Fa per dirmi qualcosa ma di bocca non le esce alcun suono, si limita a smandibolare. I suoi occhi non mi fissano più. Si guarda attorno, palesemente terrorizzata. Faccio per andarmene, ma lei mi afferra un braccio.

«Ti prego» mormora. «Non mi lasciare.»

«Stammi a sentire, mi spiace se hai qualche problema, ma anch'io ne ho uno. Sto cercando la mia ragazza, e...»

«Ti prego.» Non molla la presa. Ha l'aria di una che sta per mettersi a piangere.

«Devo anche comprare dei dischi, e...»

Ha le lacrime agli occhi. Mi stringe ancora più forte. I Prodigy impazzano.

«Ma se non vuoi rispondere almeno spegnilo, no?»

«Non posso.»

«Perché no?»

«Altrimenti quelli si arrabbiano.»

«Quelli chi?»

Mi obbliga a sedermi con lei a un tavolino. Gli universitari continuano a limonare. Il tossico si sta ancora industriando con gli occhi semichiusi, ma proprio non riesce a portare l'accendino all'altezza della sigaretta. Finalmente i Prodigy tacciono. Comunque non c'è storia, era un bel pezzo. Anche dopo dieci anni è sempre un palo. Massì, magari all'inaugurazione lo rimetto. Pensa che figata, mixarlo con *Anarchy in the U.K.* Allegra, dove sei?

«Ehi!» La ragazzina col cranio rasato è tornata a fissarmi.

«Che c'è?»

«Ma tu mi vuoi bene?»

Questa è matta. Ha veramente il cervello bruciato.

«Grazie, che sei rimasto» mi fa. «Quando faccio così di solito la gente se ne va. Quelli invece hanno visto che non ero sola e mi hanno lasciata in pace.»

«Quelli chi?» Rivedo Allegra sulle ginocchia del mohicano, proprio a questo tavolino. La ragazzina col cranio rasato mi sussurra:

«Sai mantenere un segreto?»

«Come no» le rispondo. Ora mi alzo e appicco il fuoco a questo cesso di posto.

«I servizi segreti russi.»

«I servizi segreti russi?» Però prima di appiccare il fuoco dovrei aspettare che ci fosse anche il mohicano.

«Vogliono farmi tornare in Russia.»

«Ah. Perché tu abiti in Russia.»

Lei si guarda attorno sospettosa. Mi si avvicina.

«A te posso dirlo» mi sussurra in un orecchio. «Non te ne sei andato. Io sto a Mosca... al Cremlino.»

«Al Cremlino.»

«Già.»

«E che ci fai, al Cremlino? Organizzi feste?»

Lei torna a guardarsi attorno. Il tossico è quasi riuscito a portare l'accendino alla sigaretta. Dài che ce la fai, su.

«Io... in realtà...» sento le parole che mi entrano nell'orecchio mentre il tossico accende la sigaretta, anche se poi subito questa si spegne «... sono... Vladimir Putin.»

Mi ritraggo dalla bocca sghemba della ragazzina col cranio rasato. La squadro.

«Tu... in realtà... sei... Vladimir... Putin» ripeto.

«Shhh!» mi fa lei, portandosi un dito alle labbra. «È un segreto! Te l'ho detto! Nessun altro lo sa!»

«Meno male.»

E a quel punto mi dico che prima o poi dovrò decidermi a cercare Allegra nella sua mansarda, anche se la condivide con quelle cretine di Vanessa e Melissa. Diosanto quanto mi stanno sul cazzo.

Da Allegra

È sera quando imbocco via Montebello e mi dirigo verso il portone che cerco. Magari le cose stanno davvero così. Magari Allegra è davvero chiusa in casa a studiare. Suono il campanello.

«Seee?»

«Allegra?»

«No. Vanessa.»

Lo sapevo. «Ciao, Vanessa. Sono Iaio. C'è mica Allegra?»

«Non so, sono al cellulare e sono appena tornata e in bagno qualcuno si sta facendo la doccia. Magari è lei. Scusa ma ti devo lasciare. Sali.»

Mi apre.

Vabbe', salgo. Mentre mi faccio a piedi i quattro piani fino alla mansarda, rivedo la scena di me, Zombi e Brocchi che portiamo su il cadavere di Boh. A quest'ora sarà marcio come un grosso pomodoro. Che coglione. Lasciarci la pelle a ventinove anni per una pizzetta. Oltretutto nel cesso di Brocchi. Non vorrei essere nei panni del vigile del fuoco che prima o poi lo troverà. Chissà se ha già la muffa. I morti ammuffiscono, se non li si seppellisce? O esplodono? Non ne ho idea.

Quando raggiungo il pianerottolo la porta è socchiusa. Entro nell'ingresso-living. Pile disordinate di "Vogue" e "Vanity Fair" e "Gioia" e "Flair" e "Glamour" e mucchi di magliette e di scarpe, ballerine, sandali, infradito, sportive, col tacco dodici, senza, argentate, dorate, fucsia, e stivali da amazzone e da cow-girl, con la punta o il carrarmato, e jeans stretch della Diesel buttati per terra sul parquet o sui divani Philippe Starck, ricamati di strass o dal lavaggio effetto vintage, e poi shorts, hotpants, reggiseni, e posacenere stracolmi, confezioni vuote di Tampax, pacchetti sempre vuoti di sigarette e gomme da masticare e caramelle, c'è perfino un assorbente appiccicato alle piastrelle dell'angolo cottura, per fortuna non ha l'aria di essere stato usato, al contrario dei piatti da cui deduco che da queste parti si mangino più che altro cornflakes e pizze surgelate oppure consegnate a domicilio, ma no, ci sono anche gli avanzi di un Big-Mac e svariati vasetti di yogurt, usati a loro volta come posacenere viste le condizioni in cui versano quelli veri, e poi tazzine sporche di caffè e bollette ancora sigillate e attrezzi per il trucco e ricaricabatteria per il cellulare e post-it con su scritti messaggi incomprensibili e altre confezioni di Tampax però nuove e testi universitari apparentemente intonsi di diritto privato e architettura e ben tre cd di Justin Timberlake, diosanto che schifo, queste prima vengono alle nostre serate e poi per conto loro ascoltano Justin Timberlake, e dvd di *Kill Bill I* e *II* e di *Sex and the City* e peluche e fumetti manga e cartine Rizla e bottigliette vuote di Bacardi Breezer e Corona Extra e Gatorade e lattine di Coca Light e di Sprite e involucri di Mars e Twix e Bounty e merendine del Mulino Bianco e bustine di dolcificante e flaconi di profumo D&G e fermacapelli comprati da H&M e collant neri o grigi o a righe orizzontali colorate e tinture per capelli e un barattolo di Nutella e un blister ormai privo di pillole contraccettive e un iPod nano fucsia e un tubetto di Smarties e di nuovo calzature di ogni tinta e materiale e foggia, Prada, Miu Miu, Manolo Blahnik, Converse, Nike,

Blundstone, Camper. In un angolo c'è anche un tanga di pizzo rosa La Perla, e insomma: sembra un appartamento reduce da una perquisizione della Digos.

«Scusa il disordine ma di solito non è così, credimi. Non so cosa sia successo» mi fa Vanessa spuntando dalla sua stanza con addosso una felpa Stussy e un paio di Evisu tagliati all'altezza dell'inguine da cui vengono giù due gambe molto lunghe. «Non ho ancora avuto tempo di sistemare perché è da stamattina che sono al Politecnico e sarà mezz'ora che sto al telefono.»

Mi si avvicina a piedi nudi col cellulare in una mano e una canna tra le dita dell'altra. Baciamo l'aria all'altezza delle rispettive guance. Mi offre la canna. Faccio un tiro controvoglia. Gliela ripasso. Porta la frangia come quella tipa del *Grande Fratello.*

«Si è capito se quella sotto la doccia è Allegra?» le chiedo.

«No. Vieni, andiamo a vedere.»

La seguo lungo il corridoio ingombro di biancheria e lenzuola e altre magliette e mutande sporche gettate a terra. Dalla porta chiusa del bagno, dove l'acqua della doccia continua a scrosciare, fuoriesce a tutto volume la cover di *These Boots are Made for Walkin'* nella versione R'n'B di Jessica Simpson, forse meno dotata di Nancy Sinatra da un punto di vista vocale ma di sicuro più figa. Tra l'altro ora che ci faccio caso Vanessa ha una certa somiglianza con Jessica Simpson. O almeno ce l'ha il suo culo, sopra cui non vedo tatuaggi tribali anche perché la felpa Stussy le copre inopinatamente la vita.

«Allegra!» fa Vanessa, sfiorando la porta del bagno con il palmo di una mano. «Sei tu? C'è qui Iaio!»

These boots are made for walkin' / And that's just what they'll do / These boots are made for walkin' / And they'll walk all over you!

«Allegra!» chiamo. «Sono Iaio!»

La musica si spegne. L'acqua cessa di scrosciare.

«Chi?» chiede una voce dal bagno.

«Allegra, sei tu? C'è qui Iaio.»

«Arrivo!»

Oh, finalmente. Mi schiarisco la voce. E, senza togliere gli occhi dal culo di Vanessa e dalle sue gambe, davvero molto lunghe, non ci avevo mai fatto caso, ricapitolo tra me e me le cose che mi sono detto in questi ultimi giorni. Cioè che di fisso Allegra non sa nulla della fintacorvina affetta da cretinismo, semplicemente perché non ci siamo mai incrociati nemmeno da lontano, altrimenti in caso contrario figuriamoci se non si sarebbe fatta viva per chiedermi spiegazioni, e in ogni caso lei si è fatta la sua storia con E.P., il mohicano con l'eiaculazione precoce, quindi anche se qualcuno le avesse riferito qualcosa di me e della creatrice di borsette di cartone deve solo starsene zitta e non rompere. Piuttosto: si può sapere perché da un bel pezzo non si degna di rispondermi al telefono? Che le ho fatto? Anche se in passato è già successo, non vuol dire che sia il modo di comportarsi. E che cazzo.

Dal vetro smerigliato della porta intuisco che dopo essere uscita dalla doccia si sta infilando un accappatoio rosa. Vanessa mi offre di nuovo la canna. Sto per afferrarla quando Allegra esce dal bagno, la testa china in avanti. Si sta asciugando i lunghi capelli rossi nel cappuccio dell'accappatoio. Alza la testa.

«Sorpresa!» mi fa con un ghigno. Solo che non si tratta di Allegra, ma di Melissa. Infatti i capelli sono bruni. Anche se sono bagnati è evidente che porta la frangia come quella tipa del *Grande Fratello*.

«Melissa! Ma sei fuori?» scoppia a ridere Vanessa, che con la canna è più avanti di me.

«E dài, scherzavo!» le fa lei.

Vanessa le passa la canna. Melissa si fa un tiro lunghissimo.

«Cos'è? Ti sei incazzato?» mi chiede, dopo aver buttato fuori il fumo tossicchiando.

La guardo, i lunghi capelli bagnati, i piedi nudi, l'accappatoio rosa. Poi guardo Vanessa, con i suoi jeans tagliati all'altezza dell'inguine, le gambe di fuori, i piedi nudi pure lei. Be', Allegra non l'ho trovata. Ma ho un principio di erezione. Abbozzo un sorriso. In una tasca del giubbotto Wrangler mi è rimasta un po' di bamba. Vediamo se funziona. Scommetto di sì.

«Ehm» mi schiarisco la voce. «Che ne dite... ragazze... se... ci divertiamo un po'?» propongo.

«Divertiamo? Noi tre?» mi chiede Vanessa. «Ma non eri venuto a cercare la tua Allegra?»

«Già. Non sei qui per lei?» aggiunge Melissa.

«Mah, sì» mi stringo nelle spalle. «Però a quanto pare non c'è.» Estraggo dalla tasca del giubbotto Wrangler la bamba avvolta nell'involucro di stagnola. Vanessa e Melissa si scambiano uno sguardo d'intesa. Sorridono.

... e preparo due, quattro, sei righe belle spesse, cioè due a testa, adoperando anziché uno specchio i tre cd di Justin Timberlake, e ridendo come bambini sbambiamo alla grande...

Cinque minuti dopo siamo tutti e tre nudi sul letto di una delle due, credo quello di Melissa, i miei vestiti buttati a terra sul parquet con quelli di Vanessa e con l'accappatoio rosa, e mentre con la lingua mi faccio Vanessa, no, Melissa, che se ne sta cavalcioni sulla mia faccia, Vanessa si dà da fare con me. Melissa a un tratto attacca a gemere. Allora decido di premiarla, e visto che in fin dei conti è appena uscita dalla doccia oltrepasso il perineo. Lei comincia a gemere più forte. Vanessa da parte sua s'impegna coscienziosamente, e così scopro che ha un piercing sulla lingua. Penso che in effetti mi sono sbagliato a giudicare queste due amiche di Allegra, che chissà perché ho sempre trovato antipatiche. Succede...

Vanessa si dedica a Melissa.

Melissa si dedica a me.

Io mi dedico a Vanessa.

Melissa tira fuori qualcosa da un cassetto. Avverto un ronzio.

La cosa mi ispira così esploro un lato di Vanessa che ancora non conoscevo, e lei geme.

Sto per concludere ma mi trattengo con uno sforzo sovrumano.

Evito di guardare sia Vanessa sia Melissa.

Chiudo gli occhi.

Penso alle maschere che usano i Daft Punk quando suonano in pubblico.

Penso alle mie Adidas *limited edition* bianche e azzurre in pelle di canguro.

Penso al fatto che è da un po' che non vado più da Mister Hu a mangiare sushi.

Riapro gli occhi.

Il ronzio è più intenso.

Melissa si sta dedicando a se stessa.

Vanessa geme sempre più forte guardando Melissa.

Tutte e due hanno un tatuaggio tribale appena sopra il culo.

Vanessa arriva a destinazione.

Melissa ci comunica di stare per arrivare anche lei, in due posti contemporaneamente.

Arriva.

Penso che a questo punto posso anche lasciarmi andare.

Mi resta solo un dubbio: Vanessa o Melissa?

Tutte e due.

Più tardi Melissa torna a farsi una doccia seguita da Vanessa. Io entro nella stanza di Allegra. Anche lì sembra sia appena passata la Digos. A un tratto mi chiedo: e se invece da qui fosse davvero passato un investigatore pagato dalla madre? Ma no, è solo disordinata come le altre due. Rovisto tra i libri. Apro cassetti. Cerco qualcosa tra le magliette e le mutande, anche se non so che cosa. Poi, a forza di frugare, trovo due cose. Dalla copertina di *Dinasty* dei Kiss, un album in vinile oggi piuttosto raro che avevo regalato ad Allegra perché era uscito nel 1979, il suo anno di nascita, salta fuori il suo libretto universitario. Lo apro. Al fondo, nelle pagine dove di norma c'è l'elenco degli esami dati con a fianco voto, timbro e firma del professore o dell'assistente di turno, è tutto vuoto, bianco. E mentre me ne sto lì nudo a rigirarmi il libretto tra le mani, noto che da sotto il letto spunta qualcosa di rosso. L'afferro.

È una parrucca da clown.

Brainstorming

Alla riunione in F.U.F.F.A. arrivo con la mia tavola da surf con appena tre quarti d'ora di ritardo. Gaia, lo noto subito, mi guarda dalla sua sedia a rotelle come... pentita, forse, ma di nuovo adorante. Comunque eccoci ancora tutti qua, giovani, ribelli, creativi e fachireggianti.

«Innanzitutto, le buone notizie» ci dice Chicco, che oggi indossa dei Wrangler Blue Bell *limited edition* identici a un paio di jeans che sono sicuro di avere anch'io. «Al City Entertainer Mingozzo l'idea di costruire una piramide egizia su Palazzo Madama dopo aver colorato la città di rosa e averle cambiato nome in Gisèle è così piaciuta che ne ha subito parlato a Sua Signoria, il quale si è detto assolutamente entusiasta, *oh yeah*.»

«Evviva!» strilla Inti con tono da frocio entusiasta.

«Tra l'altro si mormora che la città stia per essere travolta dai debiti accumulati negli ultimi anni, *oh yeah*» continua Chicco. «Tre miliardi di derivati, e decine di milioni spesi allegramente, e stipendi da trecentomila euro e passa l'anno, e carte di credito usate per viaggi di piacere, e una valanga di rimborsi spese, e insomma pare che ci si debba inventare qualcos'altro per non finire con le pezze al culo, *oh yeah*.»

Lo guardiamo a bocca aperta.

Gaia finge di prendere appunti, ma in realtà non la smette di fissarmi pentita e adorante.

«Ora il punto è» tossisce Chicco, «che le parole chiave sono tre. La prima è *Glocal*. La seconda è *Entertainment*. La terza è *Fare Sistema*. Per vincere la sfida della contemporaneità, le nostre metropoli devono attrezzarsi. Vedi l'esempio di Bilbao: prima non se la filava nessuno, poi hanno chiamato Frank Gehry, gli hanno detto facci qualcosa, lui si è inventato una balena e Bilbao è diventata trendy, *oh yeah*...»

«Ehm» mi schiarisco la voce, piegando in quattro il post-it senza badare a Gaia, che continua a fissarmi. «Scusa se t'interrompo, Chicco, ma credo di aver capito qual è il problema. Allora: Torino è stata, lo sappiamo, la città della Fiat. Ma se da un lato non lo è più, e c'è anzi bisogno di esplicitare più di quanto non si sia fatto finora la cosa, dall'altro è anche la città di qualcos'altro. Pensateci: per che cosa è famosa Torino, oltre che per la Fiat?»

«Be', per il cioccolato» dice Inti, tono da frocio saccente.

«Torino è la città della magia» spiego, ignorandolo. «E la magia esercita un fascino incredibile su una quantità di persone. Ma soprattutto, da qualche anno a questa parte, su giovani e giovanissimi, ossia sui migliori tra i consumatori: il cliente ideale, lo sappiamo, ha al massimo quarant'anni. Ora... avete presente il fenomeno Harry Potter?»

Tutti annuiscono.

«Be', provate a pensarci: la nuova Torino, che si chiamerà Gisèle, sarà interamente ridipinta di rosa, e avrà una piramide egizia in piazza Castello, sarà anche... la città di Harry Potter» sparo. «Qui fonderemo la Scuola Torinese di Magia. E Harry Potter... sarà il nuovo simbolo della città, al posto di Gianduia.»

Chicco afferra la sua tavola da surf e schizza nel suo studio per chiamare il City Entertainer Mingozzo.

Inti caccia un urlo.

Gaia dalla sua sedia a rotelle mi guarda con occhi pieni... d'amore, temo.

Halloween

Dato che per Halloween io e Zombi avevamo da tempo deciso di non far niente così da non pregiudicare in alcun modo l'attesa che si sta creando in città per l'inaugurazione della nostra nuova serata giù al Tortuga, ho deciso di accettare l'offerta del Fluido, il locale del Valentino affacciato sul Po che da un paio di estati a questa parte ha decisamente spaccato anche per la *location*: messo com'è tra gli alberi e il fiume, con tutte le terrazze che scendono fino al livello dell'acqua, sembra una piccola portaerei all'ancora. Per cui ora eccomi qua ai piatti in veste di ospite al fianco di Luciano, il dj residente, uno che va soprattutto di hip-hop, funk e R'n'B. Nelle borse dei dischi, oltre alla solita roba elettronica, tra cui Ritchie Hawtin, Danny Tenaglia e Ricardo Villalobos, ho messo *Sympathy for the Devil*, Rolling Stones, *Superstition*, Stevie Wonder, *Pet Sematary*, Ramones, *Time of the Season*, The Zombies, *Thriller*, Michael Jackson. Come scrive il mitico Claudio Coccoluto in *Io, dj*, la serata la fai non quando sei in discoteca dietro alla consolle, ma a casa mentre prepari la borsa dei dischi. Parole sante. Quindi ho deciso che quando subentrerò a Luciano attaccherò con qualcosa di sorprendente, spiazzante, inatteso. Magari proprio con *Thriller*, in modo da evocare la famosa scena con i morti viventi che escono dalle tombe. Qui non mancano.

Come c'era da aspettarsi, questo pomeriggio il prato di fronte al locale è stato trasformato in un camposanto, con tanto di cipressi finti, finte lapidi e autentici fuochi fatui. Quanto ai presenti, si sono tutti conciati da comparse di un film horror di serie Z. Le ragazze, bariste comprese, portano in testa ciascuna il suo cappello nero da strega e sembrano tanti cloni di Asia Argento alla serata di gala di un festival del cinema. I ragazzi, baristi inclusi, hanno invece optato per canini da vampiro, maschere da fantasma e cicatrici assortite, il solito ibrido tra Dracula, *Scream* e Frankenstein, anche se qualche originalone ha optato per il vecchio Freddy Kruger e qualcun altro si è messo una sorta di divisa da college inglese e un paio di occhialini dalla montatura di metallo per darsi un tocco alla Harry Potter. Perfino il pusher africano che mi ha avvicinato poco fa quando ho parcheggiato qua dietro lo Hummer H3 se n'è uscito con *Dolgeddo o sgherzeddo?*, non so se mi spiego. Vabbe'.

L'unico a scegliere un travestimento fuori dagli schemi è stato dj Luciano: indossa un bellissimo costume da Happy Hippo, l'ippopotamo usato dalla Kinder per pubblicizzare l'omonima merendina, e addosso gli sta davvero a pennello. La cosa me lo ha subito reso simpatico, anche se dopo un inizio assai promettente e molto Old-School a base di Africa Bambaataa e Beastie Boys e Grand Master Flash e Run DMC e Stetsasonic e Kool & The Gang e LL Cool J e Public Enemy da un tre quarti d'ora a questa parte sta inanellando una serie di pezzoni R'n'B veramente zarrissimi, andando avanti a colpi di Beyoncé, J Lo, TLC, Black Eyes Peas, Jay Z, Nelly, Fifty Cent eccetera. Le ragazze comunque apprezzano, visto che hanno già intasato la pista dimenandosi come scimmie in calore con le stesse mosse imparate guardando le puttanelle negre nei video di questi presunti artisti *black* su MTV. Quanto alle bariste, lanciano ululati soddisfatti a ogni hit. Dunque, *chapeau*: se funziona ha ragione lui.

Da parte mia, stasera sono l'unico vestito normale. Prima di uscire di casa mi sono fatto un paio di righe di quella buona, fermo restando che avrei dovuto spararmene almeno quattro, e non mi è neppure passato per la testa di travestirmi in qualche modo. Anche se poi quando all'ingresso del locale ho incrociato Carla-Non-Lo-Sa, che a sua volta sfoggiava l'immancabile cappello nero da strega e tra le mani reggeva addirittura una scopa, mi sono sentito dire: *Cazzo Iaio tu sì che ti sei fatto delle occhiaie realistiche*. Mah. A un tratto sento una vibrazione nella tasca laterale dei pantaloni mimetici Maharishi. Recupero il cellulare. Controllo il numero in entrata. Zombi.

«EHILÀ, ZOMBI! CAZZO, SOCIO, NON POTEVAMO NON SENTIRCI PROPRIO STASERA» urlo nel Sony, premendomi una mano sull'orecchio sinistro per riuscire a sentire qualcosa.

«Battutona, Iaio, complimenti. Di' un po', sei caldo?»

«CALDISSIMO! TU?»

«Io volevo aggiornarti su una questione della massima importanza perché so che ci tieni.»

«SPARA!»

«Sembra che Paris Hilton, attesa in Uganda dai bambini ugandesi per una raccolta di fondi da destinare in beneficenza, ne abbia combinata una delle sue.»

«CIOÈ?»

«In alternativa le hanno proposto di fare shopping a Tokyo, e lei non ci ha pensato due volte: ha sfanculato i bambini ugandesi e anziché in Africa è volata in Giappone.»

«MA VA'?!»

«Giuro! Che grande, Paris. È veramente... com'è che si dice? Un'icona del nostro tempo, ecco. Lì com'è? State cappottando il locale?»

«PARE DI SÌ. MA IN QUESTO MOMENTO SUONA LUCIANO.»

«Non avevo dubbi, da quello che sento. Minchia che zama, ragazzi. Ma dove cazzo crede di essere? Tra gli zulù del ghetto di Soweto? A bordo piscina a casa di Puff Daddy? Spiegagli che Halloween non è una festa multietnica. Anzi, subentra tu e spacca, porc...»

Cade la comunicazione. Luciano intanto ha addirittura messo... Shakira, cazzo, e le streghe che in pista si muovono da zoccole negre hanno alzato le mani al cielo, in estasi. Pazzesco. No, io qua nel momento in cui subentro mica gli metto Michael Jackson a 'ste deficienti. Io gli metto i

Chemical Brothers. Anzi, no, qualcosa di ancora più spietato... i Dead Kennedys! Che tra l'altro hanno perfino fatto una canzone intitolata *Halloween*! Mi chino sulle borse e attacco a scartabellare freneticamente tra i vinili, ma mi fermo subito. Figuriamoci se ho qui un vinile dei Dead Kennedys. Qualcuno mi tocca una spalla. Alzo la testa. Luciano.

«COM'È?» mi urla, sorridendomi mentre si sfila le cuffie, un paio di Sennheiser.

«ALLA GRANDE» gli rispondo, urlando a mia volta. «VEDO CHE STAI DANDO IL GIRO AL LOCALE, EH?»

«TU DICI?»

«BE', QUESTE TRA UN PO' S'ARRAMPICANO SUGLI ALBERI.»

«AH AH AH» ride lui.

«TRA L'ALTRO: COMPLIMENTI PER LA SELEZIONE.»

«DAVVERO?»

«FIGHISSIMA. IO ADORO LA MUSICA BLACK.» Do un'occhiata al Cdj500 che sta adoperando, e vedo che mancano pochi secondi alla fine del pezzo. «OCCHIO CHE SHAKIRA STA FINENDO!»

In un lampo si volta, ri-infila le cuffie, e senza nemmeno pre-ascolto fa partire Eminem perfettamente a tempo. Le streghe-scimmie lanciano urletti d'approvazione. Luciano torna a girarsi verso di me.

«GRAZIE! È CHE HO BEVUTO DECISAMENTE TROPPO STASERA E SONO UN PO' FUORI.»

«BE', TRA COLLEGHI...»

Battiamo cinque.

«SE PER TE VA BENE VADO AVANTI ANCORA UN PO' E POI TI LASCIO LA CONSOLLE» mi fa.

«TRANQUILLO. IO INTANTO VADO IN BAGNO.»

Gli giro intorno a fatica, avanzo lentamente nel grappolo di Asie Argento baccagliate lungo il bancone da altrettanti Scream. Qualcuno mi tasta ripetutamente il culo, mi giro pronto a sferrare un pugno al frocio di turno e invece si tratta di tre streghe minorenni. Ghignano.

«BE', SODO CE L'HA SODO!» esclama una.

«EHI DJ! CHE ARIA DA BEL TENEBROSO!» mi dice un'altra.

«COME MAI SEI SENZA COSTUME?» mi chiede la terza.

Giro i tacchi e riparto verso i cessi. Asie Argento a gogò, e altri Freddy Kruger, e nuovi Dracula, e ancora un paio di Harry Potter. Carla-Non-Lo-Sa si sta slinguando un Frankenstein nei pressi dell'ingresso. Fuori, oltre le vetrate che danno sul prato trasformato in cimitero, un vampiro sta vomitando. Strano: al mio arrivo non avevo notato i due buttafuori travestiti da Calderoli. Vabbe'. Imbocco i gradini di pietra che portano al piano di sotto, raggiungo i cessi. Come al solito davanti a quello delle donne c'è una coda spaventosa. Stasera sembra un corteo funebre composto da ubriache. Mi dirigo verso quello degli uomini, notando che la porta è socchiusa. Bene, per fortuna non c'è nessuno. Recupero nella tasca laterale dei Maharishi mimetici l'involucro con la bamba. Solo all'idea di pippare mi sento già meglio. Ora mi rimetto in pista, cazzo. Glielo faccio vedere io a 'ste scimmie come si suona. Spalanco la porta.

E lì.

Davanti a me.

Ci sono due.

Che stanno scopando.

In piedi.

Attaccati al lavabo.

Dracula.

Una strega.

Mi guardano.

Li guardo.

Lui in realtà non è Dracula.

E lei non è una strega.

Carletto.

Serenella.

After

TUM TUM TUM TUM la techno batte a palla e Gaia lo so mi vuole scopare ecco perché sulla sua sedia a rotelle mi ha trascinato all'after al Doctor Sax dove di solito vengo con Allegra ma io sto male perché sono solo, solo, solo, solo, e il Sax scoppia di gente arrivata lì come noi da qualche altro locale, TUM TUM TUM TUM, gambe, braccia, siamo tutti sudati, ubriachi, strafatti, Gaia mi prende per mano e mi porta a ballare proprio davanti alla consolle, se non sbaglio ai piatti c'è Ubit, o forse è Titta, non lo so, TUM TUM TUM TUM, e cerco di muovermi a tempo ma ho bevuto troppo, al Beach ho smesso di contare i bicchieri di vodka dopo il dodicesimo, e arrivo sempre in ritardo sul battito freddo della cassa, TUM TUM TUM TUM Gaia mi sorride, dice qualcosa, non sento, me la ripete, NON SENTO le urlo, gambe, braccia, chiudo gli occhi per isolarmi dalla massa di corpi, ci sono immerso, TUM TUM TUM TUM, ma mi gira la testa e devo subito riaprirli, e cerco di fissare lo sguardo su qualcosa, qualsiasi cosa, per non cadere a terra, ecco, la scritta luminosa dell'uscita di sicurezza, TUM TUM TUM TUM, l'omino bianco sullo sfondo verde, ma tutto continua a muoversi e a ripassarmi davanti, gambe, braccia, vedo l'omino bianco che corre via sullo sfondo verde, anche io vorrei correre via ma non ci riesco, TUM TUM TUM TUM, arrivo sempre in ritardo sulla cassa, e mi viene da piangere, perché sono solo, solo, solo, solo, la musica va e viene, i corpi sudati, gambe, braccia, l'omino bianco che corre, lo stomaco che mi brucia, a un tratto ho una botta di nausea tremenda, TUM TUM TUM TUM, Gaia alza le mani al cielo, mi sorride, prende a girarmi intorno sulla sua sedia a rotelle, santodio che vergogna uscire con una handicappata, fermati Gaia, ferma, stai ferma Cristo sennò vomito, GAIA FERMATI, ma lei ride, TUM TUM TUM TUM, devo andare in bagno, cerco di farmi largo tra i corpi sudati, gambe, braccia, vado a sbattere contro un tipo, chiedo scusa, sbatto contro un altro, gambe, braccia, fanculo, incespico e un ragazzo con gli occhi di fuori mi afferra per un braccio, TUM TUM TUM TUM, impedendomi di cadere, e mi fa TI PREGO DIMMI CHE ORE SONO, e io sento veramente che sto per vomitare, ma dove cazzo li hanno messi i bagni 'sti stronzi maledetti, non me lo ricordo, TUM TUM TUM TUM, non capisco in che punto del locale mi trovo, gambe, braccia, qualcuno mi tira indietro afferrandomi per la maglietta, chi cazzo è, GAIA NO SMETTILA DEVO ANDARE IN BAGNO, la vodka sale su con tutto il resto, TUM TUM TUM TUM, porto una mano alla bocca, Gaia continua a tirare, incespico di nuovo, diosanto sto per esplodere, l'omino bianco, gambe, braccia, e improvvisamente sono nei bagni, mi aggrappo alla sedia a rotelle di Gaia che non so come mi ha portato nei bagni, PUF PUF PUF PUF, ma c'è la coda, tre che limonano, e guardo Gaia disperato, e lei ride e mi caccia una mano tra le gambe, e con l'altra mi tira giù verso di lei e poi fa per baciarmi, È DALLA NOTTE DELL'INCIDENTE CHE NON MI BACI TI RICORDI IAIO? GUIDAVI TU e dalla bocca mi esce un uragano di pizza e birra e bile e vodka e fuoco e fango e Gaia caccia un urlo, PUF PUF PUF PUF, Cristo le sto vomitando addosso, e allora lei mi lascia e io cado e allungo le mani cercando di non finire con la faccia nel vomito e sento risate, PUF PUF PUF PUF, e vomito, vomito, vomito, vomito, mi sembra di soffocare, tossisco, annaspo, mi manca l'aria, vorrei che tutto finisse subito ma devo continuare e perciò vomito, vomito, vomito, vomito, PUF PUF PUF PUF, vomito il mondo, e a un tratto penso ora muoio, diomio non riesco più a respirare, non so più dove sono, piedi, mani, ecco sto morendo, è tutto buio, sento altre risate, dalla bocca mi esce lo stomaco e poi anche i polmoni, non respiro più, annaspo nel vomito, PUF PUF PUF PUF, muoio.

YouTube

«Ciao caldo, hai saputo di Ozzy?» mi chiede Zombi al cellulare, quando gli rispondo mentre entro alla Fnac per... non lo so. Forse per comprarmi un altro iPod.

«Sì, s'è impiccato.»

«Impiccato? Cazzo dici?»

«Ma sì, sarà una settimana. A quel palazzo di piazza Cavour, davanti all'EscoBar.»

«Guarda che ha impiccato un manichino con la sua faccia. Ozzy se n'è andato a Berlino.»

«A Berlino?»

«Sì, me l'hanno detto Samuel e Pisti che suonavano su. Pare che gli abbiano comprato una delle sue opere e si sia trasferito lì perché la vita non costa un cazzo.»

«Ma va'?» mi blocco accanto a una delle guardie che controllano l'uscita.

«Giuro. L'hanno incontrato nel locale dove mettevano i dischi, ubriaco come una merda. Tra l'altro, che cazzo ci fai tu su YouTube che vomiti su una tipa handicappata nei cessi del Sax?»

«Come sarebbe a dire?»

«Sarebbe a dire che se vai su YouTube e digiti il tuo nome» mi fa lui, «c'è un filmato di te che vomiti su una tipa in carrozzella nei cessi di un locale: il Sax, mi ci gioco i coglioni.»

«Ma va'?»

«Giuro. Li ho riconosciuti perché ci ho vomitato anch'io

una paccata di volte. Ma mai addosso a una spastica. Vai a dargli un'occhiata, ti assicuro che vale la pena.»

«Oh, cazzo.»

«Io intanto segnalo la cosa a quel cretino totale di Brocchi, così se per caso il suo amico assessore alle Notti Bianche ha in mente anche una serata di solidarietà per i subnormali lo proiettiamo sul megaschermo dietro la consolle» ridacchia. «Tra l'altro chi era la mongoloide? Dal video non si riconosce, sarà che le stavi vomitando in faccia.»

«Vabbe', ora do un'occhiata e poi ti richiamo. Ciao.»

«Ah, ricordati l'appuntamento con Bob Mambo. A casa sua stasera alle nove.»

Chiudo la comunicazione. Ma tu dimmi, Ozzy. Be', sono contento per lui. Anche se mi sta sul cazzo che mi ha fatto credere di essersi impiccato. Ma non poteva farsi vivo dopo la performance, 'sto deficiente? Vabbe'. La Fnac trabocca di gente, le code alle casse sono lunghissime. Colgo al volo la frase di una tipa tutta in tiro al suo tipo, uno con i capelli brizzolati e la faccia spaventata, Sì lo so che siamo a zero ma tanto per la tivù al plasma facciamo un finanziamento, e facendomi largo tra la folla mi dirigo verso il banco dove lasciando un documento a un commesso ci si può collegare a Internet. Lascio il documento al commesso, raggiungo un computer libero e mi collego. Vado su YouTube, digito il mio nome. Vengono fuori i soliti video in cui suono al Tortuga o da qualche altra parte, e anche quello in cui parlo ubriaco con Samuel dei Subsonica a proposito dei suoi cappellini. Ma il primo della lista, il più recente e anche il più cliccato, è il filmato a cui si riferiva Zombi. Titolo: ANNEGA LA SPASTICA. Clicco anch'io. Guardo. Poi vado ai commenti:

ke kaldo Iaio kosì si fa! ***tigrearkan84***

Ah ah ah questa sì ke è club culture!! ***bobtheboss***

Suonasse come vomita sarebbe il nostro Number One! ***kkk***

Ma ke figo!!! Dmn in klasse tutti a sbokkare sul mostro!!! ***Susy91***

La prossima volta già ke ci sei pisciala!! ***Psych-o***

Nn c kredo! cmq al Sax cero ankio ma nn sapevo ke era lui! Iaio 6 the best!! ***sandra***

Mitiko Iaio!!!!! ***V89***

Scorro velocemente tutti gli altri, più o meno una ventina. Be', alla fine sono tutti molto positivi, a parte quello di kkk che dice *Suonasse come vomita* eccetera: di fisso è un invidioso del giro djistico. Poi vado su MySpace e apro la mia pagina. Leggo gli ultimi post:

Minkia tipo ma sei troppo forte nell'ultimo video!!! ***Carla***

Sei veramente fuori, ora ti chiamo... ***Zombi***

Questa almeno potevi evitartela ***Gaia***

Che faccio? Le rispondo? Ci penso un po', indeciso sul da farsi. Tanto non si vede che è lei. Che cazzo pretende? Il video non l'ho certo fatto io, e tanto meno messo in rete. Lascio perdere. Stasera finalmente abbiamo appuntamento con Bob Mambo, cazzo. Me ne fregasse ancora qualcosa.

Bob Mambo

Bob Mambo non abita in centro e nemmeno su in collina, ma a San Salvario tra gli zulù. Io e Zombi arriviamo sul mio Hummer H3 alle nove e mezzo. Lui si è dimenticato a casa il mixato. Non ho parole. Ma ormai siamo qui.

Bob Mambo, che dimostra più o meno cinquant'anni, ci accoglie nell'ingresso del suo appartamento, ingombro di dischi in vinile, cd, minidisc e perfino musicassette. A vederlo così, capello tendente al grigio, nuca preda dell'alopecia, denti guasti apparentemente rovinati dall'eroina, colorito giallastro, non si direbbe che è il boss del Klakson Festival. E da com'è conciato, maglietta degli Smiths vecchia di vent'anni, jeans neri, Reebok nere da aerobica, no, dico, da *aerobica*, pazzesco, ci si chiede come abbia impiegato quei due soldi che deve essersi messo in tasca in veste di organizzatore della manifestazione. Di sicuro, non per rifarsi il guardaroba. Dopo i saluti di rito, da negroidi anche se siamo tre bianchi nati e cresciuti a Torino, Mambo ci accompagna in cucina, una stanza di nuovo piena zeppa di dischi in vinile, cd, minidisc e musicassette, dove una tipa sulla cinquantina pure lei vestita di nero dalla testa ai piedi che somiglia tantissimo a qualcuno, ma al momento non saprei dire chi, sta montando una valanga di anelli ricavati da tasti di computer al tavolo apparecchiato solo per tre.

«Ragazzi, questa è Cosima, mia moglie» ci fa Mambo.

«Ciao» le diciamo in coro io e Zombi.

Lei, senza smettere di lavorare, emette una specie di ruggito.

«Ehm» si schiarisce la voce Mambo, «sedetevi, che io intanto finisco di cucinare.»

Sediamo. Mi guardo attorno. I dischi in vinile e i cd e i minidisc e le musicassette occupano ogni superficie disponibile. A centinaia, no, a migliaia, forse a milioni, se ne stanno impilati sui mobili e sul pavimento, dietro la porta che dà sull'ingresso e su un paio di sgabelli, oltre che sopra i pensili incombenti sull'alopecia di Mambo, tutto preso dai fornelli.

«Allora, Bob» gli fa Zombi. «Sei soddisfatto dell'ultimo Klakson Festival?»

«Altroché» sorride Mambo, mettendo in mostra i denti guasti. «Ne ha parlato tutta la stampa nazionale. Ormai è il festival d'avanguardia più figo d'Europa, Glastonbury e Roskilde ce li siamo lasciati alle spalle. E attenzione: è un festival d'avanguardia gratuito, pensato in un'ottica di sinistra, e rivolto anche ai giovani alle prese col problema del precariato.»

Alla parola precariato la moglie, senza interrompere il lavoro, emette un altro ruggito. Io sarei tentato di far presente a Mambo che il festival è gratuito in teoria, ma non in realtà, visto che con la sua milionata di euro è tra le manifestazioni più costose della storia del rock e grava per intero sulle tasche dei contribuenti, sovvenzionato com'è dagli assessorati di Mintasco, Marrangio e Mincenso. Ma dato che ci troviamo qui per parlare con lui del nostro mixato, taccio.

«E i numeri ci danno ragione» continua Mambo. «Abbiamo fatto sold-out per tutte e cinque le serate, perfino in quella che ha visto il clamoroso ritorno alla ribalta degli Inti-Illimani.»

Si avvicina al tavolo con in mano una pentola fumante. Prende un cucchiaio e attacca a servirci una specie di pappetta grumosa, biancastra, simile a quella che danno ai degenti negli ospedali, mischiata a un tot di pezzetti di pomodoro e foglioline di prezzemolo.

«Spero che il cuscus vi piaccia» ci fa, riempiendo il mio piatto, quello di Zombi e il suo.

«E... tua moglie?» chiede Zombi. «Non mangia?»

La moglie borbotta qualcosa senza smettere di montare anelli.

«Ehm» si schiarisce la voce Mambo. «Avete sentito l'ultimo disco dei Perturbazione?»

Lancio un'occhiata a Zombi. Chi cazzo sono i Perturbazione? Ma Edoardo per fortuna si è preparato:

«Come no. So che tu li paragoni... agli Smiths, vero?»

«Bravo» annuisce lui. «Eh, gli Smiths» sospira. «Che grandi.»

«Veramente grandi» concorda Zombi.

«Proprio grandi» mi sento in dovere di aggiungere io, benché quei froci degli Smiths mi facciano a dir poco cagare.

«Grandissimi» ribadisce Mambo.

«Forse i più grandi di tutti i tempi» rincara la dose Zombi.

«Sì, i più grandi di sempre» rilancio io.

«Pensate che questa maglietta l'ho presa a un loro concerto su al Marquee di Londra, giusto vent'anni fa» ci fa Mambo, riferendosi allo straccio che indossa, che sarà anche vintage come il suo proprietario ma a me fa cagare al pari degli Smiths. «Ormai è un pezzo di storia.»

«Che caldo che sei» approva Zombi.

«Che caldo» mi associo.

«Ma su, adesso mangiamo il mio famoso cuscus alla Mambo» decide il nostro ospite.

Zombi e io assaggiamo la pappetta grumosa e biancastra dalla quale fanno capolino pezzetti di pomodoro e foglioline di prezzemolo, il cosiddetto cuscus alla Mambo. Non sa di niente.

«Vi piace?» ci chiede Mambo.

«Ottimo» annuisce convinto Zombi.

«Squisito» mento spudoratamente io.

«È uno dei miei piatti forti» ci fa Mambo, afferrando una boccetta d'olio tendente al rosso in cui langue un peperoncino enorme. «Io aggiungerei appena un po' di questo, giusto perché sono un fanatico del piccante.»

La moglie borbotta qualcosa.

Siccome io invece aborro il peperoncino, specie sotto forma di olio, evito di imitare Zombi, che oltre a farne fuori una quantità inverosimile cosparge il suo cosiddetto cuscus alla Mambo con una nube tossica di pepe e sale. Mi lancia un'occhiata.

«Allora, ragazzi, come butta?» s'informa Mambo. «Sbaglio o volevate farmi ascoltare qualcosa?»

«Sì, un nostro mixato» gli fa Zombi. «Come ti dicevo al telefono, il nostro è un sound deep-house-punky-funky-happy-disco di chiara derivazione Detroit con sfumature electro, techno, tech-house, però riviste secondo i dettami di una minimal filtrata dal french-touch. Nelle nostre serate ci stiamo lavorando da tempo, e secondo me siamo decisamente a buon punto. Vero Iaio?»

«Decisamente» approvo, sforzandomi di buttare giù almeno un altro paio di bocconi di pappetta grumosa alla Mambo.

«E dov'è 'sto mixato?» ci chiede sornione questi con i suoi denti guasti.

In quell'istante, sentiamo il trillo di un cellulare in stile vecchio telefono. Tutti e tre prendiamo a frugarci. Alla fine vince Bob Mambo.

«Ehm» si schiarisce la voce, arrossendo. «Scusate un secondo.»

Lascia la cucina. La moglie Cosima lo segue con occhi torvi, poi ci guarda e ci dice:

«È da un mese che gli ho detto di andarsene di casa, a 'sto bastardo. Ma lui dice che prima deve capire dove mettere i dischi e con questa scusa non se ne va. Giuro su Dio che prima o poi l'ammazzo.»

E in quel momento, malgrado i lineamenti di lei siano deformati dall'incazzatura, capisco a chi somiglia: Totò. È sparata il principe De Curtis.

Un quarto d'ora dopo, come previsto dalla graziosa consorte, il nostro ospite torna in cucina. Nel frattempo lei ha buttato su un divano gli anelli e se n'è andata sbattendo la porta. Noi invece, approfittando della cosa, abbiamo gettato il contenuto dei nostri piatti giù dal balcone e dato un'occhiata a dischi in vinile, cd, minidisc e musicassette. Bob Mambo vede subito che la moglie non c'è più, ma non proferisce parola. Raggiunge i pensili. Apre un'anta e ghermisce un barattolo di caffè. Lo scoperchia. Estrae un mallopo avvolto nella stagnola. Lo libera dal suo involucro. È un ciocco di fumo grosso quanto il pugno di un bambino. Dal barattolo salta fuori anche un pacchetto di cartine Rizla. Dopodiché, sempre senza fiatare, torna al tavolo, prende posto alla sua sedia e con grande serietà attacca a disfare tre Marlboro, per poi rollarsi una canna gigantesca. Io e Zombi lo guardiamo in silenzio. Forse anche Edoardo si sta chiedendo come me quale piega prenderà la serata. Bob Mambo accende la canna. Fa un paio di tiri in tutta calma, poi ce la passa. E dopo che noi tiriamo a nostra volta, anche se controvoglia, e gli ripassiamo la canna nauseati, perché parafrasando lo slogan che dovremo usare per l'inaugurazione del Tortuga a dire la verità Il Fumo Ci Fa Schifo, specie dopo un piatto di cosiddetto cuscus alla Mambo, lui tra un tiro e l'altro ci fa:

«Voi giovani di oggi mi piacete... davvero... avete un mucchio di potenzialità... anche se in linea di massima... avete ancora molto da imparare... dai giovani che vi hanno preceduti... cioè da noi... io per esempio non so se lo sapete ma... a Torino sono stato uno dei primi punk... anzi forse il primo in assoluto... mi ero fatto una cresta rossa... e portavo Cosima al guinzaglio... quando andavamo a comprare i dischi d'importazione... da Rock 'n' Folk... che all'epoca stava da tutt'altra parte... il nostro era tutto un altro mondo... si capisce... avevi davvero la sensazione di fare... qualcosa di grandioso... di leggendario... ribellione allo stato puro... contro tutte le regole... contro tutto e contro tutti... ci sentivamo veramente dei *prime-movers*... degli eroi maledetti... dei sovversivi... un po' come oggi certi hacker... anche se poi finiscono a lavorare... per le multinazionali a cui hanno violato i siti... noi vecchi punk no... noi questo non lo avremmo mai fatto... noi eravamo veramente... alternativi al sistema... noi lo rifiutavamo in blocco... ma c'era un'energia incredibile nella nostra generazione... e non era solo questione di anfetamine... ce ne stavamo tutto il giorno seduti sul monumento di piazza Carlo Alberto... ci siamo fatti un mucchio di droghe... in anticipo sui tempi... per carità parecchia gente ci ha rimesso le penne... io comunque di eroina non mi sono mai fatto... pensate che ho visto suonare... i Clash... gli X... i Cramps... i Dead Kennedys... all'epoca la musica era tutta un'altra storia... non c'erano gli iPod... e nemmeno Internet e i telefonini... io ho occupato centri sociali... io ho fatto trasmissioni nelle prime radio indipendenti... io ho messo dischi al Tuxedo... io sono andato con i CCCP a Berlino... sì lo so Giovanni Lindo adesso fa il tifo per il papa... e anche per Bush... perché dice che Condoleeza Rice... è la prima donna nera al potere negli Stati Uniti... e quando è uscito il suo libro... è andato alla tele a leccare il culo a Giuliano Ferrara... che perfino Giuliano Ferrara si è imbarazzato... ma già allora si capiva che... anche se se la tirava da profeta-sciamano... più che altro era fuori di testa... io glielo dicevo... Giovanni Lindo guarda che a pigliare tutta quella roba vai fuori di testa... comunque poi sono anche stato... tra i primi se non il primo... a scoprire la techno... ad andare ai rave illegali... nelle fabbriche dismesse... e al Sonar di Barcellona... a vedere dal vivo gli Underworld... i Chemical Brothers... i Prodigy... gli Orbital... perché se sei veramente punk hai la mente aperta... ai ragazzi della vostra età io lo dico sempre... andate a studiarvi com'è nato il punk... noi eravamo diversi dai figli di papà del Sessantotto... e siamo rimasti tali... ribelli e sognatori... forse un po' romantici... ma del tutto incapaci... di scendere a compromessi... i giovani d'oggi dovrebbero imparare da noi... sì per carità qualcuno... un atteggiamento punk anti-sistema... l'ha anche pseudo-adottato... per esempio quei Wu-Ming... avete letto *Q*?... e *Manituana*?... io sono dell'idea... che *Q* era meglio... comunque questa storia della narrazione collettiva... sotto pseudonimo... è molto punk... anche se io penso che... per essere davvero credibili per i kids...

avrebbero dovuto scrivere... per un editore indipendente... anziché per una casa editrice... controllata da Berlusconi... noi vecchi punk una cosa del genere... non l'avremmo mai fatta... per carità c'è stata anche Jo Squillo... ma già allora non la prendeva sul serio nessuno... tra l'altro sto scrivendo anch'io... voglio raccontare la storia del punk... ma non la storia del punk londinese... o berlinese... la storia del punk torinese... che poi fatalmente è anche la mia... ed è una storia molto interessante... lo dico senza falsa modestia... perché io di cose epiche... ne ho fatte veramente tante... e con uno stile... un atteggiamento... una Weltanschauung... assolutamente punk... e non penso solo al fatto... che sono stato il primo... a scoprire i Righeira... naturalmente... molto prima che si sputtanassero... pensate che una volta... avevo vent'anni come questa maglietta... io...»

E a quel punto, di fisso sarà per via del fumo cui non sono abituato, mi addormento.

In piazza San Carlo

Quando vado a cercare la madre di Allegra in via Carlo Alberto nel suo cosiddetto polo del lusso una commessa, frangia come quella tipa del *Grande Fratello* e tatuaggio tribale appena sopra il culo, mi dice che la signora è uscita per andarsi a prendere un caffè, probabilmente al Torino in piazza San Carlo. Sbuco sotto i portici e mi dirigo verso l'obiettivo zigzagando tra marocchini carichi di cianfrusaglie, tamarri a caccia di figa e zingari suonatori, e a momenti inciampo in due punkabbestia accucciati con i loro cani infestati di zecche sotto una colonna, intenti lui a leggersi un fumetto e lei a fare parole crociate, un piattino per l'elemosina a terra ma nessun cartello della serie VI PREGO ABBIAMO FAME L'AIDS IL MORBO DI PARKINSON DI CREUTZFELDT-JAKOB LA VARICELLA LE TONSILLE I BRUFOLI E SIAMO SENZA CASA SENZA LAVORO SENZA VOGLIA DI FARE UN CAZZO A PARTE DROGARCI AIUTATECI, che quelli ce li hanno solo i barboni veri, gente comunque più attiva di questi cazzo di parassiti col cervello bruciato dalle paste troppo fancazzisti per procurarsi anche solo un pennarello e un pezzo di cartone, e quando arrivo in piazza San Carlo mi rendo conto che deve essere per forza di cose la tarda mattinata di sabato, altrimenti sul pavé da poco pedonalizzato non ci sarebbero 'ste torme di ex cabinotte ultra-trentenni tutte con gli occhiali dalla montatura ipercolorata da architetto milanese e tutte a spasso con i loro passeggini hi-tech, che fino all'anno scorso facevano le artiste o le stiliste o anche solo le vetriniste e giravano col levriero al guinzaglio ma poi hanno trovato il marito giusto con l'attico giusto o la villa su in collina e senza perdere altro tempo si sono fatte inseminare, così da avviarsi con i loro pargoli verso una comoda vita da madame tale quale quella condotta dalle loro già detestate madri. E a proposito di madri, eccola lì, quella di Allegra: fasciata al solito come a una prima pucciniana del Regio in una specie di kimono dorato, Martin Margiela o Marithé et François Girbaud, e superaccessoriata a colpi di Gucci, Chanel, Borbonese, Bottega Veneta, Manolo Blahnik. Sta sorseggiando un caffè shakerato a un tavolino del dehors, davanti al "Sole 24 Ore" aperto alla pagina dei mercati finanziari. E quando mi avvicino, senza alzare gli occhi dal quotidiano, mi fa:

«Il conto, grazie.»

«Ehm» mi schiarisco la voce. «Buongiorno signora... sono Iaio.»

Lei allora alza gli occhi. Mi squadra. Tace.

«Sono passato a cercarla in negozio...»

«Il mio non è un negozio. È un concept-store» m'interrompe subito lei.

«Sì, nel concept-store» mi correggo, consapevole che la madre di Allegra mi ha sempre detestato ma comunque confortato dal fatto che prima di uscire di casa ho avuto l'accortezza di farmi un paio di righe di quella buona. «E una delle commesse, già, mi ha detto che... be', che l'avrei trovata qui.»

«Mantengo una manica di pettegole. A che debbo l'onore?»

«Ehm» torno a schiarirmi la voce, passandomi una mano tra i capelli. Sudo. Non ricordo un inizio novembre così caldo. «Sì, ecco, il fatto è che Allegra, sua figlia...»

«Lo so che è mia figlia.»

«Certo, be'... è... sparita. Già, sparita, direi.»

«Sarà a Monterosso.»

«No, a Monterosso non c'è. Ci sono stato nei giorni scorsi. È tutto sprangato.»

«Allora in quel bar di nullafacenti di via dei Mille.»

«No, non è nemmeno lì.»

«Hai provato nella sua mansarda? Magari si è decisa a chiudersi in casa a studiare.»

«No, non si è chiusa in casa a studiare. E... non mi risponde al cellulare da quasi due mesi, più o meno.»

«Avrà i suoi buoni motivi.»

Faccio per sedermi. Cambio idea. Mi chiedo se possa avermi visto in giro con quell'ameba. Torino è un buco. Non lo escludo.

«Comunque io... sono preoccupato» le dico, grattandomi il naso. A un tratto mi prude da morire.

«Tu? Preoccupato? E perché, di grazia? Hanno arrestato il tuo spacciatore di fiducia?»

«Non sono un tossico, signora» le dico. «Non nego di avere fatto uso di certe sostanze, in passato, ma per fortuna ho chiuso con le cattive abitudini.»

Non posso fare a meno di digrignare i denti. Sudo.

«Lo vedo. A ogni modo io Allegra non la sento da un pezzo. E non ho intenzione di sentirla finché non si è laureata e non ti ha piantato, lei lo sa bene perché è esattamente quanto le ho comunicato l'ultima volta che ho avuto il dispiacere di vederla. Ora devo andare, giovanotto. Al mondo c'è gente che ha una visione, se vuoi un'utopia, e che lavora sodo per realizzarla, sai?»

Lascia qualche moneta sul tavolino, prende e sgambetta via nel suo kimono dorato, con la sua visione, o utopia: vendere alle sue simili montagne di capi firmati da ventimila euro cadauno.

Inaugurazione

Sono preso male. Sono preso veramente male. Anzi: sono preso malissimo. Ma tant'è. Adesso non devo pensare né ad Allegra né a Serenella, e nemmeno a tutto il resto. Adesso devo solo tenere la mente sgombra. Adesso devo solo concentrarmi su 'sta cazzo d'inaugurazione. A cominciare dallo stato della consolle. Regola numero uno: verificare tutti i cavi che collegano i piatti Technics e i Cdj1000 Pioneer ai diffusori Marshall. Escono da dove devono uscire? Ma soprattutto: entrano dove devono entrare? Verifico.

Al Tortuga io e Zombi siamo arrivati separatamente. Prima io poi lui. Come sempre. Per quanto mi riguarda ho passato tutto il pomeriggio a cercare di non pensare né ad Allegra né a Serenella e neppure a Ludwig, e a decidere quali dischi portarmi. Alla fine me li sono trascinati dietro quasi tutti. Be', no. Proprio tutti no. Ma comunque un bel po'. Tra le due valigie d'acciaio con i vinili e le quattro borse Freitag piene di cd, direi un duemila. Forse duemilacinquecento. L'unica cosa che so è che stante l'assenza forzata di Boh, di cui sorprendentemente non si è accorto nessuno, toccherà a me fare l'intro. Che per spiazzare tutti 'sti stronzi in fissa sempre e solo per le ultimissime novità, sarà vintage: a partire dal primo pezzo, *Release the Pressure*, Leftfield, Album Version. So anche che al termine della mia intro, prima di lasciare la consolle a Zombie, userò *Eleanor Rigby*, Beatles, Instrumental, ossia la versione con i soli violini. E so che quando la consolle ripasserà a me attaccherò il mio set con *Daftendirekt*, Daft Punk, Album Version, per poi passare a *Jealousy*, Martin Solveig, Club Mix. Da lì in poi dovrò costruire un crescendo che culminerà in *E Samba*, Junior Jack, Original Club Mix, e *Hung Up*, Madonna, Club Mix. Dentro però dovrò farci stare di sicuro *E Talking*, Soulwax, Nite Version featuring Nancy Whang. Ma pure *Daft Punk is Playing at my House*, LCD Soundsystem, Radio Edit. E magari *Hear my Name*, Armand van Helden, Original 12 Mix featuring Spalding Rockwell. E perché no, *Familiar Feeling*, Moloko, Timo Maas Remix. Salvo sorprendere tutti con *Sexy Girl*, 2raumwohnung, Tiefschwartz Remix, che da noi 'sti tedeschi non li conosce nessuno ed è un palo che levati. Di sicuro a un certo punto toccherà a *Make it Happen*, Playgroup, Album Version. Dopodiché, il vero problema è: visto che l'altra sera a casa di Zombi sono riuscito a mettere le mani su *Spastik*, il nuovo singolo di Richie Hawtin remixato da Dubfire dei Deep Dish, approfittando di una sua trance da ketamina, e considerato che l'ho masterizzato dall'originale, come fare a essere sicuro di metterlo prima di lui senza giocarmelo malamente? Quasi di certo, lui non lo userà nel suo primo set. È un vero palo, e nessuno se lo aspetta, anche perché è improbabile che qualcuno lo abbia già sentito da qualche parte, visto che su MTV il video non è ancora uscito e a quanto ne so nemmeno le radio per il momento l'hanno ancora inserito nella loro programmazione. Ragion per cui Edoardo farà in modo di spararselo nel secondo. Ma se invece per qualche ragione a me del tutto incomprensibile decidesse inopinatamente di usarlo nel primo? Se, per fare un'ipotesi a caso, la bamba stasera gli facesse quell'effetto lì? È un bel problema. Ed è un problema, me ne rendo conto, irrisolvibile. Mi viene una botta d'ansia devastante. Mi passo le mani tra i capelli. Sudo. In realtà, non ho modo di venirne fuori. Posso solo sperare. Pregare che lui se lo riservi per dopo. Perché da parte mia non avrebbe alcun senso inserire *Spastik* nella scaletta dell'intro. *Spastik* è un palo *mostruoso*. E un palo così lo metti in ogni caso passate le due, meglio se intorno alle tre. O addirittura verso le quattro. Un palo così le fa ululare 'ste merde drogate e ubriache. Gli fa venire voglia di pippare di nuovo e buttare giù un altro paio di paste e farsi altri tre o quattro mojito. Questa sera poi con un surplus di divertimento, considerato che il tutto avverrà all'insegna dello slogan La Droga Ci Fa Schifo.

Bene. I cavi sono a posto. Controllo i led luminosi del preascolto sul mixer. L'1 e il 3 corrispondono ai piatti Technics, il 2 e il 4 ai Cdj1000 Pioneer. No. Così non va. Fa confusione. Cambio il cavo che corrisponde al 3 con quello che corrisponde al 4, in modo che ora l'1 e il 4 corrispondono ai piatti Technics e il 2 e il 3 ai Cdj1000 Pioneer. Il volume in cuffia? Lo verifico dopo, col ritorno della spia. Alzo gli occhi dalla mia postazione. Al bancone del bar, le bariste si stanno preparando per la battaglia come l'equipaggio di una nave pirata, affettando lime e limoni e menta e ananas e fragole, riempiendo le bottiglie ornate da etichette altisonanti con liquori sottomarca comprati all'ingrosso spendendo meno della metà, caricando di cubetti i contenitori per il ghiaccio. I buttafuori si fumano una sigaretta nei pressi dell'ingresso, confrontando per l'ennesima volta muscoli e tatuaggi. La tipa addetta alle luci pigia i tasti del suo computer, provando e riprovando gli spot. Le hostess addette alla distribuzione delle magliette e dei cappellini con su scritto LA DROGA CI FA SCHIFO, che purtroppo hanno già indossato le une e gli altri, cianciano dalle parti dell'uscita, anche loro fumandosi una sigaretta. Yoghi, Bubu e Ranger Smith invece sono già spaparanzati sulle rispettive poltrone a uno dei tavolini del privé, e anche se dalla consolle non riesco a sentire di che cosa stanno parlando, lo so: discutono dei soldi che non vedono l'ora di contare. All'appello manca Davide Brocchi, che da quello che so è andato a raccattare Mintasco. E Zombi, che come al solito è sparito.

Controllo il Timex modello militare da venti euro che uso per venire giù ai Muri al posto del Submariner, giusto per prevenire l'ipotesi più che probabile di una rapina da parte di quei cazzo di marocchini. Sono appena le dieci di sera. Inserisco in un Cdj l'ultimo cd di Dj Spooky, una raccolta col meglio della Trojan Records: il reggae-dub, in attesa dell'intro, è l'ideale. Ne approfitto per sentire il volume in cuffia. Lo alzo appena un filo. Perfetto. Abbasso leggermente quello della spia. Poi scendo dalla consolle evitando con cura il privé, attraverso la pista, scambio un cenno di saluto con le bariste ed esco dal locale sgusciando in mezzo ai muscoli tatuati dei buttafuori. Mi guardo attorno. I Murazzi sono ancora semideserti. Superga, la Gran Madre e il Monte dei Cappuccini illuminati. Più su, oltre il Beach e Giancarlo 2 e il Doctor Sax, intuisco alcune ombre. Raggiungo l'argine del fiume. Nel buio rotto dalle luci dei lampioni e dall'insegna al neon del Tortuga Club, sotto cui questa sera uno striscione proclama a lettere cubitali LA DROGA CI FA SCHIFO, intravedo tre o quattro grossi ratti. Disturbati dai miei passi, si voltano verso di me. Se ne stanno lì a guardarmi con aria di sfida. Una volta, all'avvicinarsi di un essere umano, sarebbero corsi a tuffarsi nelle acque maleodoranti. Da un po' di tempo a questa parte invece non hanno più paura di niente. Come i marocchini, che prima quando rapinavano qualcuno correvano subito via facendo perdere le loro tracce tra la folla, mentre ora aspettano che sia il rapinato di turno ad andarsene, e gli ridono pure dietro, sprezzanti, e se sono presi bene si fanno pure fare una foto.

Finisco la sigaretta. Butto in acqua il filtro, e sto per accenderne un'altra quando a un tratto mi viene in mente che forse potrei approfittare dell'assenza di Zombi per... be', semplicemente per sottrargli l'originale di *Spastik.* Senza perdere altro tempo torno nel locale e corro al piano rialzato dove c'è la consolle. Di Zombi non c'è traccia, ma i suoi dischi sono lì. Noto che purtroppo non si è quasi portato cd: conto appena una borsa piena di compact ma ben quattro valigie di metallo come le mie, gonfie di vinili. Apro la prima e attacco a scartabellare. Morillo, Tenaglia, Picotto, Maas, Mylo, Kelis, Garbage, Satrecase, Placebo, Moby, di nuovo Morillo, Streets, Jestofunk, Incognito, Dimitri, Rufus, Blaze, Diviniti, Mistura, Rebirth, un altro Morillo, un altro Tenaglia, Bastian, Aloud, Goldfrapp, Therese, Jaydee, StoneBridge, Double Dee, Scissor Sisters, Richard X, un altro Morillo, Mambana, Guetta, Gregory, The Brand New Heavies, The Sunburst Band, Ultra DeVoted, Gus Gus, un altro Goldfrapp, Les Rythmes Digitales, Bonnie Bailey, Silver Sonic, Sonic Youth, come cazzo si fa a portarsi dietro per una serata un disco dei Sonic Youth, Basement Jaxx, Soul System, Soul Central, Urban Soul, De La Soul, Bob Sinclair, un altro Morillo, King Britt, Inaya Day, Laurent Wolf, Laurent Garnier, 2 Many Deejays, Chemical Brothers, The O'Jays, Niko Belletto, Disco Di, Montefiori Cocktail, Dirty Harry, The Committee, Lil' Louis, Kerri Chandler, Dubtribe Sound System, Louie Vega, Crystal Waters, Paul Hunter, Greg Gibbs, Rufus & Chaka Khan, Joey Nigro, Silk, alzo lo sguardo, Zombi latita, chissà dove cazzo l'ha ficcato 'sto *Spastik*, torno a scartabellare, Onda, Madjolly, Tim Deluxe, Hi Fi Mike, Prospect Park, Tom de Neef, Isaac James, James Lavelle, James Brown, Groove Armada, Warren Clarke, un altro Morillo, Deep Dish, Richard F, Flower Power, Dj Ralph, Dj Krush, Dj Oliver, Dj Rok, Dj Chus, Josh Wink, Black Strobe, Robert Calvin, un altro Bob Sinclair, Astrotax, Eddie Amador, Urban Magic, Peace Division, Kruder & Dorfmeister, Chris & Cosey, Layo & Bushwaka, Sandy Rivera, Roland Clarke, Underground, Macho Cat, David Carretta, un altro Morillo, ma quanti cazzo di Morillo ha, Subliminal Cuts, Frankie Knuckles, Kenny Thomas, Mantronix. Fine della prima valigia.

Seconda valigia: The Glimmers, Magnetophone, Two Lone Swordsmen, Deepstate, Lotterboys, Kerry Chandler, Impi, Kaos, Hamilton Bohannon, Sebastian Ingrosso, Tim Wright, Tim Hudson, Insignificant Others, Ethan, Alex Smoke, un altro Morillo, Mousse T., Felix Da Housecat, Antoine Clamaran, Woody Bianchi, Seraphin Suite, 7 Beers, Babayaga, Beli & Deluca, Evil Nine, Steve Angello, un altro Steve Angello, ancora Steve Angello, un altro Morillo lo sapevo, Roger Sanchez, Chicken Lips, Glowing Glisse, Dj Buck, Patrick Turner, Pete Moss, Doc Martin, The Wiseguys, The Psychedelic Waltons, Natural Born Lovers, Faze Action, Nu Solution, Pure Orange, Giorgio Moroder, Kraftwerk, The Bongos, Lindstrom, Brainticket, un altro Bob Sinclair, Cassius, Kojak, Soulwax, Dee Lite, The Clash, Dj Hell, C.J. Bolland, Patrick Pulsinger, Joey Beltram, Sound Enforcer, Nexus 6, Rotor Type, Phrenetic System, Magenta, Bandulu, Clementine, Fluke, Jn Carter, Stanton Warriors, Dirty Vegas, Carl Cox, Hernan Cattaneo, Slam, Secret Life, Hysterix, Fishbone Beat, Funtopia, Corrado, Bedrock, Memphisto, Moonchild, Sunscreem, O.M.D., River Ocean, Spooky, Havana, Jaco, Age of Love, Solar Plexus, un altro Morillo, un altro Carl Cox, un altro Steve Angello, Unity 3, Anthony White, Dave Seaman, Allister Whitehead, A Man Called Adam, Adam F, Genetica, Manitou, Blue Velvet, Primal Scream, Astrud Gilberto, che roba è, ah già la Disco Version di *The Girl from Ipanema*, devo ricordarmi di prendermelo, Carl Craig, Akufen, Soft Cell, roba da matti, questo gira con i Soft Cell, Ricardo Villalobos. Fine della seconda valigia.

Terza valigia: David Bowie Remixed, un altro Morillo, Jessica Simpson, non ho parole, ah, be', è la sua versione di *These Boots are Made for Walkin'*, Dimitri from Paris, Chem-

«Cerchi qualcosa?»

Alzo la testa.

«Zombi! Dov'eri finito?»

«Secondo te?» mi fa, digrignando i denti. «Che cazzo cerchi nei miei dischi?»

«Ah, ecco» metto su un'aria sorpresa. «Erano i tuoi!» Scuoto la testa. «Non riuscivo a capire come ci fossero finiti, tra i miei, questi remix di David Bowie.»

«Quello di *Heroes* sarà zarro ma se glielo sbatti nei timpani all'ora giusta ti assicuro che spacca. Vieni, scendiamo giù.»

Lo seguo attraverso la consolle e il privé, dove nel frattempo i soci sono spariti, fino alla scala dai gradini luminosi che porta nel sotterraneo, dove dietro una porta dorata con in cima un oblò c'è il secondo privé. Bussa. Una, due, tre volte. Aspettiamo che qualcuno ci riconosca sbirciando dall'oblò. La porta dorata si apre. Ci troviamo di fronte Davide Brocchi.

«Spero che ne sia rimasta ancora un po' per Iaio, oltre che per me» digrigna i denti Zombi.

«Tranquilli, raga. Ce n'è per tutti. Occhio che ci sono anche le telecamere di *Lucignolo*.»

Scorgo una troupe televisiva. Stanno intervistando Mintasco.

... ora sì che sono caldo caldo caldo cazzo che intro che gli ho fatto a 'sti stronzi impasticcati di merda tutti che ridono fino a star male e si danno di gomito quando le hostess all'ingresso gli regalano il cappellino o la maglietta con la scritta LA DROGA CI FA SCHIFO comunque sono stato veramente grande cazzo a un certo punto hanno cominciato a ballare perfino le hostess tra l'altro ce n'è una veramente molto figa che quando ho messo l'ultimo singolo di Rosalyn Murphy è salita su un tavolo e s'è tolta la maglietta con la scritta LA DROGA CI FA SCHIFO ed è rimasta seminuda ha giusto due croci di nastro adesivo nero sui capezzoli e un tatuaggio tribale appena sopra il culo io quella anche se ha la frangia dopo me la porto nel privé di sotto e me la...

... SEI STATO UN GRANDE IAIO mi fa Zombi inserendo il jack delle sue cuffie Sony argentate dopo che io mi sono sfilato le mie Sony argentate CAZZO CHE INTRO HAI VERAMENTE SPACCATO e allora battiamo cinque e gli sorrido GRAZIE ORA STENDILE TU 'STE MERDE! e poi faccio segno a una barista di portarmi da bere...

... e allora la hostess mi si struscia addosso e in un orecchio mi urla STO SDANDO DALLA VOGLIA DI FARMI UN TIRO! e io la prendo per mano e me la trascino attraverso il privé verso la scala dai gradini luminosi Ranger Smith mi strizza un occhio alzando un cocktail ricambio il saluto sghignazzando e a momenti rovino addosso alla escort slava che inginocchiata sul pavimento optical si sta dedicando a Mintasco...

... e Brocchi mi fa che vogliono vendersi la Mole il Regio il Carignano perfino il Borgo Medioevale perché pare che la festa sia finita e gli hanno appena detto che non potrà più andare in vacanza usando la Visa dell'Associazione Culturale Todos Caballeros e che non avrà più un euro da spendere in pranzi cene taxi troie e che se non riuscirà a entrare in Parlamento tenterà un provino per il *Grande Fratello*...

... ma non mi viene duro abbastanza perché non riesco a non pensare ad Allegra mi viene da piangere Allegra perché Allegra io ho bisogno di te sono stufo marcio di questa vita di merda e solo insieme con te posso smettere Allegra torna ti prego mi levo da dosso la hostess con i capezzoli incerottati e le urlo MA LASCIAMI STARE CAZZO TE NE VAI SÌ O NO? e le mollo un ceffone...

... CAZZO ZOMBI STACCI DENTRO NON VEDI CHE QUESTI NON NE VOGLIONO SAPERE DI DRUM'N'BASS?...

... e li vorrei ammazzare tutti tanto li odio questi bastardi guarda guarda guarda come si dimenano sulla pista le facce orrende un groviglio di serpenti e cocktail e oscene lolite con i loro tatuaggi tribali appena sopra il culo e ansiose di farsi immortalare in tanga dal primo stronzo ubriaco che passa col cellulare puntato mentre si slinguano tra loro o mostrano le tette e di rivedersi il giorno dopo su YouTube cazzo Zombi è stramazzato a terra sotto la consolle dopo aver messo uno strumentale che non riconosco fanculo tocca di nuovo a me e allora sfoglio i *case* con i cd techno e a colpo sicuro trovo quello che cerco...

Firestarter
Prodigy
Empirion Mix
XL Recordings
7.49

... un pezzo vecchio di dieci anni ma sempre devastante queste merde andavano ancora all'asilo o alle elementari lo inserisco nel Cdj1000 Pioneer interrompo lo strumentale...

... silenzio...

... la pista ondeggia stordita...

... poi urla mani fischi occhi che mi guardano...

... incespico nel corpo di Zombi sembra morto...

... afferro il microfono...

CAZZO AVETE DA GUARDARE?

... urla estatiche...

... premo il tasto PLAY...

... l'ululato della musica...

... una belva feroce...

... braccia levate al cielo altri ululati e urla e poi fischi d'approvazione e la pista torna a brulicare di serpenti e occhi e bocche un'orgia di corpi luci suoni alzo al massimo i bassi la consolle trema e poi la voce di Keith Flint che sbava *Firestarter I'm your Firestarter* e a un tratto Brocchi mi prende per un braccio indicandomi Zombi a terra CHE GLI È SUCCESSO? STA MALE? e io me lo scrollo via MA SECONDO TE? gli sputo in faccia CRETINO, NON LO VEDI CHE È IN OVERDOSE? e allora accorrono anche Yoghi e Bubu e trascinano via Zombi che tra l'altro me ne accorgo solo ora ai piedi ha un paio di Adidas Rom *limited edition* identiche alle mie...

... e fuori vedo i lampeggianti blu di un'ambulanza ma in pista nessuno sembra essersi accorto di niente e Ranger Smith mi si avvicina infilandosi due enormi mazzette di banconote nelle tasche interne della giacca e faccio per scostarmi le cuffie dalle orecchie ma lui mi fa segno di continuare a suonare e sulle sue labbra leggo VAI AVANTI VAI AVANTI NON TI FERMARE e mi porge un mojito e allora metto *Spastik* EVVAI...

... e dato che non posso andare in bagno perché sono rimasto da solo a un certo punto approfitto di *Windowlicker* Aphex Twin Original Mix e vado a pisciare contro la parete di mattoni del privé ma nessuno dei presenti fa una piega sono tutti impegnati a bere pippare limonare tu dimmi se io mi devo fare un culo così per questi subumani ora che finisco di fare acqua mi sparo un paio di righe per arrivare fino in fondo alla serata...

... controllo il Timex le sei e un quarto del mattino non so più che cazzo mettere giù è ancora pieno di sfiniti che continuano a ballare...

... fanculo vi odio andatevene via via via dalla mia vita sparite...

... e adesso che faccio?...

... dove vado?...

Ormai

Ormai stavamo assieme da quasi due anni. Non avevo mai avuto per tanto tempo la stessa ragazza. Con Allegra eravamo stati inseparabili. Lei mi aveva raccontato tutto di suo padre eccetera e io avevo cercato di starle vicino ed ero quasi riuscito a ripulirla dall'eroina, non so se mi spiego. Adesso invece solo perché alla festa di chiusura della scorsa stagione mi aveva beccato a limonare con una ragazzina nei cessi del Tortuga continuava a non rispondere alle mie chiamate. Mi sembrava impossibile che dovesse finire così. Per un paio di settimane ho bazzicato il Punk Rock Café. Spesso lei non c'era. In caso contrario, con lei c'era anche il mohicano. Gli avrei spaccato la faccia, non fosse che sentivo che in quel modo l'avrei persa per sempre. Lei comunque quando ci incrociavamo mi evitava. Poi un pomeriggio, risalendo via Po dopo aver fatto un salto al negozio di dischi usati, me la sono trovata davanti. Era sola, ferma di fronte alla vetrina di una farmacia. Si era ripulita da cima a fondo, lavata i capelli, tagliata le unghie. Kate Moss, però più alta. Uno schianto. Ciao Allegra, le ho detto. Che ci fai qui? E lei – Ho finito il Lexotan e non trovo nessun cazzo di farmacista che me lo venda senza ricetta. Sono entrato, mi sono fatto dare l'ansiolitico dicendo alla tipa dietro il bancone che la mattina dopo alle sei dovevo prendere un aereo e non potevo permettermi di passare la notte in bianco, sono uscito di nuovo in strada e le ho messo in mano la piccola confezione. Grazie, mi ha detto lei. Ci siamo guardati negli occhi. Le ho chiesto – Che fai ora? Niente, mi ha risposto. Ti va se ci prendiamo qualcosa alla Drogheria? Perché no, si è stretta nelle spalle.

Un paio d'ore più tardi, sprofondati in uno dei divani del locale di piazza Vittorio, ci siamo baciati. Quando poi a casa mia ci siamo fatti un paio di righe di quella buona e abbiamo scopato, le ho chiesto dove fosse finito il mohicano. Lei mi ha detto che era stata una cazzata, che non lo voleva rivedere mai più e che lo odiava e che comunque se volevo davvero che ci rimettessimo assieme non dovevo chiederle nulla. Cazzo, non ho potuto fare a meno di dirle, non so come hai fatto a trombarti uno così. Ma non ti sei resa conto che era un tossico di merda? Lei allora mi ha di nuovo guardato negli occhi come poco prima in via Po, e mi ha chiesto – Perché? Noi cosa siamo? Io ci ho pensato un po' su, poi le ho risposto – Noi non siamo tossici di merda. Noi siamo diversi. Non potevo immaginare, allora, che un giorno lei sarebbe sparita di nuovo.

Notte Bianca

E le strade sono intasate di persone che girano a vuoto e guardano altre persone che girano a vuoto e guardano altre persone che girano a vuoto e guardano altre persone che girano a vuoto e guardano altre persone che girano a vuoto e guardano altre persone che girano a vuoto, così, all'infinito, è un'altra Notte Bianca e nel Quadrilatero Romano sembra di stare a Rimini d'agosto, è un'altra Notte Bianca e non so dove andare, mi limito anch'io a girare a vuoto e guardare gli altri che intorno a me girano a vuoto guardando gli altri che intorno a loro girano a vuoto, i dehors tutti affollati, le cameriere tutte tatuate, qualcuno ogni tanto mi saluta ma io tiro dritto, non ho voglia di questo, non ho voglia di un'altra Notte Bianca, ma in casa da solo non riesco a stare, ci ho provato, non ci riesco non ci riesco non ci riesco.

Mi fermo tra la folla che gira a vuoto guardandosi girare a vuoto più o meno al centro di piazza Emanuele Filiberto, un vociare assordante, musica, urla, il rumore di una rissa dalle parti di Porta Palazzo, la scritta POVERINI, c'è troppa gente, troppa, troppa, troppa gente, pozze di piscio e rigagnoli di vomito, anche volendo non si riesce a fare un passo, facce dappertutto, oscene, sghembe, spiritate, occhi come tentacoli, mi scrutano, faccio fatica a respirare, soffoco.

Cerco un po' d'aria alzandomi sulle punte dei piedi, tra i tavolini di uno dei locali mi pare di scorgere Carletto, se non sbaglio è con un travestito, sì, è proprio un travestito, lui mi vede, accenna un saluto, abbasso i talloni, gli volto le spalle.

Allegra dove sei.

Allegra perché te ne sei andata.

Allegra torna.

Ti prego.

Torna.

Un tipo con i capelli rasta mi sbatte contro, lo squadro, non mi pare di conoscerlo.

«Oh, hai un po' di fumo? Ehi, ma tu sei dj Iaio, sai che anch'io faccio il dj?»

Mi frugo nelle tasche del giubbotto, afferro il cellulare anche se non sta suonando. Fingo di rispondere a una chiamata.

«Ciao Zombi, com'è? Sei caldo? Io? Qui in piazza Emanuele Filiberto. E tu? Ah! Allora aspettami che ti raggiungo. Cinque minuti e sono lì.»

Giro i tacchi e mi dirigo verso via Sant'Agostino cercando di farmi largo nel groviglio di corpi. Punkabbestia e pensionati e rappresentanti e casalinghe e maghrebini e commesse e architetti e musicisti e tossici e cubiste e impiegati e professionisti ed elettrauto e baristi e assessori e artiste e

«Ehi, Iaio!»

Tiro dritto. Lasciatemi stare. Dal Pastis fuoriescono le note dell'ultimo cd dei Motel Connection, mentre davanti al FreeVolo sta mettendo dischi Johnson Righeira, se non sbaglio *Torino is Burning*. Da qualche parte arriva un rumore di bicchieri infranti. Che faccio? Dove vado? C'è troppa gente, troppa. E tutti mi guardano. E io mi vedo nei loro occhi. Solo. Sono solo. Solo. Solo. A un tavolino del Pistola avvisto lei. La stronza. È col suo maialino nano vietnamita. Sta chiacchierando con uno che non conosco. Ma chi cazzo se ne frega. È solo una... poverina? Mi frugo in tasca. Afferro il cellulare, fingendo di rispondere a un'altra chiamata.

«Pronto. Ah, sei tu. Sì, sono nel Quadrilatero. Già, alla Notte Bianca. Sono nel Quadrilatero alla Notte Bianca. Nel Quadrilatero. Alla Notte Bianca. Il Quadrilatero. La Notte Bianca. Notte Bianca. Quadrilatero. Quadrilatero. Notte Bianca. Nottebiancaquadrilatero. Quadrilateronottebianca. Come dici? No, non sto dando di testa. Va tutto bene. Molto molto bene. Allegra non c'è più. E quell'altra stronza si è fatta scopare da Carletto. E Zombi è finito in comunità... E Boh è morto. E Gaia per colpa mia è finita su una sedia a rotelle. E mio fratello si è suicidato. E Ozzy se n'è andato a Berlino. Figo eh? E io sono solo, solo, solo, capisci? Sono solo. Ma va tutto benissimo.»

Mi allontano.

Via, via, devo andare via.

Ma dove?

Allegra.

Non è vero che tornerai.

Stavolta non succederà più.

Lo so.

«Ciao Iaio!»

Abbozzo un saluto ma non ho idea di chi sia il tizio. A un tratto mi sembra di sentire dei cori. Non capisco le parole. Tutti guardano verso piazza della Repubblica. Mi faccio largo a fatica. Lampeggianti blu. Vedo volare cubetti di porfido. Centinaia di ragazzi hanno circondato un'auto dei Carabinieri e tirano loro addosso di tutto. Lattine, bottiglie, sedie dei dehors. I militari hanno estratto le pistole. Uno, nell'abitacolo dell'auto, sta chiamando i rinforzi.

«Cazzo è, la rivoluzione?» fa un tipo di fianco a me.

«No, hanno tolto la patente a un ubriaco» ghigna un altro. «Come l'altra sera in piazza Vittorio, che la folla a momenti se li sbranava.»

Brindano con i loro mojito. Fanculo. Torno indietro. Porto di nuovo all'orecchio il cellulare, anche se esattamente come prima nessuno mi sta chiamando e non sto chiamando nessuno. Chi dovrebbe chiamarmi? Chi dovrei chiamare? Occhi. Occhi. Occhi dappertutto. Come tentacoli.

«Pronto. Sì. No, stasera i dischi non li metto. Sono in città. C'è la Notte Bianca. Sì, un'altra. Dove sono? E dove dovrei essere? Al Quadrilatero. La Notte Bianca si va al Quadrilatero. Lo sanno tutti. Ecco perché Torino è una gran figata. A Torino ogni notte è bianca. E ogni Notte Bianca si viene al Quadrilatero. Ormai è come stare a Barcellona. Cosa? L'ultimo singolo di Richie Hawtin? Sì, ce l'ho. Spacca alla grande. Un vero palo. Io? Benissimo. Sto davvero benissimo. Mai stato così bene in vita mia. Giuro.»

Ringraziamenti

Grazie a Barbara, di tutto e per sempre. Grazie a Elisabetta, Ciccio, Gabriella, Fabrizio, Graziano, Walter, Ada, Pier-Vittorio, Gianandrea, Luciano, Oddone, Antonio, Giulia, Marisa. Grazie a Francesco per avermi insegnato a contare fino a 8 nell'estate 2003.

Indice

Giuseppe Culicchia aderisce alla campagna "Scrittori per le foreste" lanciata da Greenpeace.

Questo libro è stampato su carta certificata FSC, fabbricata utilizzando materie prime di origine legnosa provenienti solo da foreste gestite in modo ecologicamente compatibile o da altre fonti controllate.

FSC

Misto

Gruppo di prodotti provenienti da foreste correttamente gestite e da altre origini controllate

Cert no. SQS-COC-100209

www.fsc.org

Arnoldo Mondadori Editore S.p.A.

Questo volume è stato stampato
presso Mondadori Printing S.p.A.
Stabilimento Nuova Stampa Mondadori - Cles (TN)

Stampato in Italia - Printed in Italy